KB077437

바다뱀자리 장편소설

1

흑근의 뜰에
핀 꽃

동아

폭군의 뜰에 핀 꽃 1권

초판 1쇄 인쇄일 | 2019년 08월 06일
초판 1쇄 발행일 | 2019년 08월 14일

지은이 | 바다뱀자리
펴낸이 | 박성면
펴낸곳 | (주)동아

출판등록 | 제 396-2011-000014호
주소 | 경기도 파주시 문발로 115, 세종출판벤처타운 201-A호
전화 | (031)8071-5201
팩스 | (031)8071-5204
E-mail | bear6370@hanmail.net

정가 | 10,800원

ISBN 979-11-6302-234-3 (04810)
       979-11-6302-233-6 (set)

독그늘의 뜰에 핀 꽃

DONGA ROMANCE STORY

바다뱀자리 장편소설

동아

차례

서문. 엇갈린 마음은 꽃을 꺾는다

휘강은 한동안 말없이 그저 려화를 내려다보기만 하였다. 들끓는 분노를 차갑게 식혀 가슴 안에 내리누른 휘강은 겉으로만 봐서는 참으로 무료한 일을 앞둔 사람처럼 보였다.

곧, 그가 피식 웃음을 터뜨렸다. 훤칠한 사내의, 그것도 곤룡포를 챙겨 입은 데다 위엄이 넘치는 미남의 웃음이란 지극히 아름답기 짝이 없었다.

그는 반 시진 전까지만 해도 눈앞의 죄인을 황후로 삼아 제 옆에 세울 작정이었다. 려화의 겉과 속이 다른 것을 모르고 말이다. 그녀가 내뱉은 황제를 두둔하던 말들을 전부 믿었다.

아둔하기 짝이 없는 것은 눈앞의 계집만이 아니었던가.

어쩌면 황후가 되었을지도 모를 여인 공려화. 지금의 이 상황에서조차 표정 하나 바꾸지 않고, 무엇을 생각하는지도 모를 그녀의 모습에 휘강의 마음속이 끓어올랐다.

"네가 짐을 농락한 시간이 족히 오 년이다. 쉽게 죽음으로 끝낼 수 있으리라 보는가?"

"죽음이 가볍지 않으니 죽음으로 죄를 갚겠다 하는 것입니다. 폐하께는 죽음이 가벼우신지요?"

"건방을 떨어 이 자리에 세웠거늘 여전히 건방지기가 하늘 높은 줄을 모르는구나!"

휘강이 일갈했다. 예부상서와 형부상서, 뒤로 도열한 신료들 모두가 어깨를 움츠려 목을 숨겼건만. 정작 이 상황을 만든 려화는 아무렇지도 않아 보였다. 도리어 휘강을 다시 노려보다 못해, 피식 웃음을 흘리기까지 하였다.

"이리 건방진 계집이니 감히 황실을 모독하고 폐하를 미치광이라, 사람 목숨을 벌레만큼도 생각지 않는다 입을 놀릴 수 있었겠지요."

려화의 안에는 독기만이 남았다. 눈물로 전부 쏟아 내고 나니 그러했다. 그 깊은 곳에 앙금처럼 가라앉아 기어이 쏟아 내지 못한 연심을 눈치채지 못하자, 결국 휘강에게 퍼부을 수 있는 것은 독기뿐이었다.

하여 휘강에게 보이는 지금의 려화도, 제게 독기를 쏟아 내는 모습뿐이라.

하나 어찌 된 마음인지, 쉬이 려화에게 죽음을 내릴 수가 없었다. 입이 떨어지지 않았다.

대체 왜.

"폐하께서 직접 죽음을 내리는 것도 아까울 간악무도한 죄인이라 이리 고민하십니까?"

려화가 늘 품고 다니던 은장도를 꺼냈다. 휘강에게서 받은 것이다.

그에게서 받은 것으로 목숨을 내려놓으리라. 그리 품었던 마음도 모두 끊고 가족들에게, 전쟁으로 목숨을 잃은 다른 모든 이들에게도 진정 속죄하리라. 려화가 잽싸게 은장도를 도집에서 뽑아 제 목에 날을 들이댔다.

"허면 다시는 윤회를 돌아 태어날 수도 없도록. 이 소녀가 자결하겠습니다. 그리 목숨으로 죄를 갚⋯⋯!"

휘강의 동공이 좁혀 들었다. 그가 본능적으로 뛰쳐나갔다. 려화가 만들어 준, 그리고 제 손으로 단 붉은 매듭이 장식된 검집에서 찰나와도 같은 순간에 검이 뽑혔다.

장검이 단도를 쳐 내었다.

"뭐 하는 짓이냐!"

장내의 모두가 놀랐다. 휘강의 검이 쳐 낸 은장도의 칼끝은 려화의 목덜미에 실금을 그어 놓는 것으로 그치고 그녀의 손에서 빠져나갔다.

경옥으로 덮은 바닥 위로 은장도가 튕기는 소리가 날카롭게 들렸다. 좌중이 경악하였으니 아무도 숨소리조차 내지 못했다.

사위의 모든 이들이 머리를 잽싸게 굴렸다. 대체 저들이 어떤 사이였기에, 쉽사리 사람의 목을 치는 휘강이 자결을 막을 정도란 말인가.

일그러진 얼굴로 휘강이 입을 열었다.

"네년의 죽음이 네 모든 죄를 사할 정도로 그리 값지다 생각하나?"

"자결이 아니라면 법전에서 이르는 형벌을 주십시오."

"끝까지 죽음으로 도망할 생각만 하는군."

휘강의 턱이 파르르 떨렸다. 잠시 눈을 감았다 뜬 그의 얼굴에, 상황에 어울리지 않는 매력적인 미소가 깃들었다.

그가, 만인지상의 황제가 죄인의 앞에서 한쪽 무릎을 꿇었다.

죽이지 않고, 계집을 괴로워 울부짖게 할 방법이 떠올랐다. 더하여 제 알 수 없는 마음을 풀어놓고, 혈기를 눌러 주던 이 계집을 제대로 활용할 방법이기도 하였다.

그러니 휘강의 입에 걸린 미소는 만족의 미소였다.

"너, 전쟁이 두렵다 하였지? 그로 죽는 사람들을 가엾게 여기는 것도 같구나."

려화에게는 휘강의 미소가 잔인하게만 보였다. 그가 자신의 속을 모두 아는 것만 같았다. 이 죽음이, 자신에게 사죄하기 위함이 아닌 것을 말이다.

려화는 모진 목숨을 직접 끊어 내며 제가 죄를 지은 많은 것들에 사죄하려 하였다. 다만 그 모든 것들에 휘강만큼은 포함되지 않았다. 그에게 지은 죄는, 진심으로는 죄가 아니라 여겼기에 그러했다.

자신의 목숨을 지켜 낸 가족들, 그밖에 전쟁으로 목숨을 잃은 자들, 희망을 잃고 절망만을 배운 모든 이들.

자신의 속죄는 그들을 위한 것이었기에.

전쟁을 일으킨 전쟁광, 그럼에도 폭군이라는 말은 꺼내기조차 못하도록 포악한 자. 단지 성군의 가면을 뒤집어썼을 뿐인데 그것을 알지 못했다. 해서 눈앞의 황제를 사랑하였다.

그가 황제인 것을 알고 연모의 마음을 품은 것은 아니다. 그러나 가족을 모두 죽음으로 몰고 간 전쟁을 일으킨, 자신의 인생조차 수렁으로 내몰 뻔한 전쟁을 이어 간 남자를 한눈에 알아보지 못했으니 그것만으로도 큰 죄다.

더욱이, 그런데도 불구하고. 내심 그를 사랑하는 마음을 사금파리처럼 가라앉힌 그대로 전부 버려 내지 못하는 자신은 누구보다 큰 죄인이었다.

그러니 이 목숨 가벼이 버리고 윤회의 틀에서 벗어나 세상에 존재한 바 없는 자가 되려 하는 것인데.

그것을 막은 휘강의 미소가 이리 진득하니, 려화는 자신의 이 깊은 속이 그에게 전부 읽힌 것만 같았다. 그러지 않고서야 지금의 휘강이 자신을 앞에 두고 이리 웃을 수 있을까. 그제야 려화는 지금의 상황이 두려웠다.

"대답해. 너는 전쟁으로 죽는 이름 모를 사람들조차 가여우냐?"

휘강은 답을 알면서도 재차 물었다. 휘강은, 감히 자신을 속였을지언정 려화가 타인의 아픔이나 고통에 민감하다는 것을 아주 잘 알고 있었다.

"사람이라면 응당 가여움을 느끼겠지요."

려화는 짧게 말했으나, 휘강은 그 뒤에서 당신은 그렇지 않겠지만. 하는 행간을 읽었다. 더 화낼 것도 없었다. 그러니 휘강의 미소는 더욱 짙어졌다.

그의 속은 모르나 여태껏 황제가 미소와 함께 벌인 일들을 다 아는 신료들은 더욱이 눈치를 살피기에 바빴다.

"사람이라면 응당 그럴 것이다? 당장 이곳에 있는 놈들만 해도 제 목숨만 귀한 줄 알고 날뛰는 자들이 천지다. 네년처럼 짐을 제한 모든 이를 박애하는 자들은 흔치 않아."

황궁이 복마전이라 하였으니, 그 말을 한 자가 바로 휘강이니 틀리지 않을 것이다. 세상 사람 모두가 어찌 타인의 아픔까지 전부 제 것인 양 굴겠는가.

모두가 이타적인 이들뿐인 세상이었더라면, 처음부터 려화가 전쟁으로 이리 아픔을 겪지는 않았을 것이다.

려화는 입을 열지 않았다. 그저, 휘강이 대관절 무슨 이야기를 할 것이기에 이리 뜸을 들이나.

그의 입술만을 쳐다보았다. 감히 황제의 용안을 똑바로 보았다.

"네년에게 내릴 아주 재미있는 벌이 생각났다."

휘강이 손을 뻗어 려화의 턱을 거칠게 잡아채었다. 그대로 들어 올려 좌우로 휙휙 돌려보기까지 했다. 비참함과 수치심이 섞여 려화의 얼굴이 붉어졌다.

"끔찍이도 싫어하는 나를 만족시켜 봐라."

"그것이……. 그것이 어찌 폐하를 능멸한 저의 벌이 됩니까?"

"짐이 만족하지 못하면 전쟁을 일으킬 것이거든. 네 말에 따르면 무고한 자들의 목숨을 앗아 갈 것이다."

휘강의 잔인한 말에 려화의 얼굴이 삽시간에 희게 질렸다. 눈이 크게 떠지며 그녀의 담갈색 눈동자가 훤히 드러났다. 말간 눈동자 사이에 자리한 새카만 동공마저 놀라 꽤 커졌다.

"어찌……."

어찌 사람을 벌하는 데 있어 전쟁을 이용하겠다는 것인지. 말문이 막혔다.

역시나 휘강은 미치광이였다. 광증이 뇌리를 모두 잡아채 정상적인 인간으로는 살 수 없는 자이리라. 하나의 죄인을 벌하기 위해 수없이 많은 자의 목숨을 저당 잡았다.

이럴 수가 있는가. 나는 이런 자를, 사랑했는가.

"짐을 만족시킬 수만 있으면, 본디 벌이려던 전쟁마저 한번 생각해 보마. 이 정도면 네게도 수지가 맞지 않겠느냐."

지금까지, 려화는 단 한 번도 눈물만큼은 터뜨리지 않았다.

그러했는데 이제 와서는 눈물이 후드득 떨어져 앞이 보이지 않을 정도로 시야가 흐려졌다.

휘강은 만족했다. 이 간악한 계집의 급소를 제대로 찔렀으니 말이다. 지금 몸에 돌고 있는, 사람의 목을 쳐도 풀리지 않던 분이 풀리며 드는 쾌감은 반드시 그 때문일 것이었다.

반드시.

다른 이유가 없이.

"너는 다른 답은 할 수 없다. 그러니 말해라."

그 어떠한 다른 이유도 없어야 하기에. 휘강 자신이 그리 믿기에 더욱이 그의 목소리는 단호했다. 마치 려화가 아니라 자신에게 말하는 듯도 보였다.

"그리하겠다고."

려화가, 더는 흐려진 휘강의 얼굴조차 볼 수가 없어 눈을 감았다. 감은 눈 사이로도 눈물은 봇물이 터진 듯 그치지 않고 흘러내렸다.

"……소녀가 죄를 갚으며 수많은 삶을 구할 수 있다면, 하지 않을 이유가 없지요."

휘강이 려화의 대답을 듣자마자 그녀의 턱을 거칠게 놓았다. 그러고는 곧바로 돌아서 다시 옥좌로 돌아갔다.

두 상서가 휘강이 가까워지자 숨을 크게 들이켜 입을 다물었다. 전에 없이 휘강의 기세가 흉흉했다.

"형부상서와 예부상서는 들으라."

"하명하십시오, 폐하."

"저 궁녀 계집을 유배형에 처한다. 위리안치할 것이며, 죄인의 유배소는 짐의 처소 후원에 두겠다."

앞엣것은 의아하긴 해도 문제 될 것은 없었으나, 뒤는 달랐다.

곧장 예부상서가 먼저, 곧이어 형부상서가 말을 덧붙였다.

"폐하! 이는 아니 될 말이옵니다!"

"어찌 죄인의 유배지를 만인지상의 폐하께서 기거하는 곳 근처에 두시려 하십니까!"

여색을 가까이하지 않는 휘강이기에, 그들은 휘강이 려화에게 하는 말을 듣고도 그것이 려화를 취하기 위함임을 알아채지 못하였다. 설마, 하고 생각한 것이다.

그러나 이제 휘강의 목적이 투명하게 보이니, 말리지 않을 수가 없었다. 황후와 수십 수백의 후궁을 두었어도 말려야 할 일이거늘.

휘강은 정비 하나가 없는 황제다. 그런 그가, 평범한 궁녀도 아닌 죄인을 품겠다니 이는 있어서는 안 될 일이었다.

그러나 휘강은 자신이 정한 뜻을 꺾을 생각이 없었다. 그가 살벌한 눈으로 좌우를 돌아보았다.

그가 검을 들어 올렸다.

"반박은 듣지 않는다."

기겁한 와중에도, 예부상서가 기어이 한마디를 보탰다.

"폐하! 그러나……!"

"짐이 아직 검을 거두지 않았다!"

그러나 예부상서도 휘강의 일갈에 차마 말을 다 잇지는 못했다.

"목숨이 귀하지 않다면 계속 떠들라. 다음 어전회의에서도 짐의 생각은 같을 것이니, 두 상서는 속히 다른 대신들에게도 전해."

그제야, 휘강이 검을 검집에 밀어 넣었다. 검집에 걸린 붉은, 초라한, 처량한 공예 매듭이 휘강의 눈에 걸렸다.

만든 주인의 꼴을 고스란히 닮았지 않은가.

기분이 더욱 상했다.

"금번 짐의 처사에 토를 다는 자가 있다면, 그들 전부를 죽음으로 치죄하겠다고. 번복은 없을 것이다."

1장. 무릇, 자라는 인연

려화가 궁에 처음 발을 들인 것은 이른 봄이었다. 꽃이 피기에도 조금 일렀던, 따사로운 햇살보다는 찬바람 이는 일이 더 많았던 그런 어느 날이었다.

얼음은 낮의 햇살에 녹았다가도 밤의 질투에 다시금 꽁꽁 얼어 걸음을 조심해야 했던 그런 계절.

열다섯의 려화는 작고 깡마른 몸집 때문인지 그 나이보다도 한참을 어리게만 보였다. 그것이 어쩌면 천운이었다. 황제의 여인이자 궁의 꽃이라 불리는 궁녀는 열셋이 넘지 않은 아이들 중에 고르고 골라 올린다. 원래 열다섯인 려화는 예비궁녀가 될 수 없었다.

어찌 되었든, 려화는 예비궁녀로 입궐에 성공하였다. 열다섯의 피어날 나이, 더해 입궐이라는 어려운 일을 해냈으니 려화의 얼굴에는 봄이 와 있어야 했건만. 그녀의 표정은 깊은 사색에 잠긴 가을이었다.

"오늘부터 너희들에게 맡기는 일을 모두 평가할 것이다! 남을 이들은 남겨 해(姟)로 임명하고 봉인, 염인, 멱인, 혜인, 해인, 변인, 장인, 주인에 각 배정할 것이다! 떨어진 이들은 그 신분에 따라 여궁(女宮)이 되건 집으로 돌아가건 상관 않겠다."

'해'란 보좌궁녀를 말했다. 여궁은 올라갈 길이 없는 궁녀로, 궁녀라기보다는 노비에 가까웠다. 그러니 궁녀 선발에서 떨어진 여인들은 여궁이 되어 궁에 남느니 집으로 돌아가는 것을 택했다.

예비궁녀는 정식 궁녀로 내명부에 이름 올리지 못하더라도 평생 혼자 살아야 할 팔자였다. 황제를 모실 준비를 했던 몸이다. 찰나이나 황제의 여인이었던 자, 필부를 지아비로 모실 수는 없으니 당연한 일이었다.

여인의 몸으로 평생 수절하며 혼자 사는 것이 어디 쉬운 일이던가. 그렇다 하더라도 여궁의 일이 너무나 고되었다. 또한 궁에서 일할 뿐 여궁은 하인이나 다름없었다. 그래서 여궁으로 남는 자가 적은 것이었다.

이곳에 그런 여궁의 처지로 전락하거나, 궁을 나가고 싶은 이는 하나도 없었다. 하여 모두 긴장해 허리를 세우고 해의 말에 집중했다. 그러나 려화는 달랐다.

그녀는 궁에 들어왔으나 티끌만큼이라도 궁에 오래 남을 마음이 없었다. 승은을 입고 후궁이 되고 싶은 마음도, 여자로서 닿기 어려운 높은 지위를 휘두를 수 있는 궁녀가 되고 싶은 마음도 없었다.

다른 이들과 달랐다. 려화는 궁녀가 되고자 입궐한 것이 아니었으니 말이다. 오히려 정식 궁녀가 되어서는 곤란했다.

의지할 곳 없는 여인이 흠을 잡히지 않고 평생 혼자서 살 수 있는 거의 유일한 방법. 려화는 그것을 위해 잠시 궁에 몸을 의탁한 것뿐이었다.

그녀의 목적은 궁 밖에 있었다. 퇴궐 전에 조금이나마 녹을 모으면 앞으로 사는 데에 보탬 되긴 하겠으나, 기실 예비 궁녀였다는 신분을 얻었으니 당장 궁 밖으로 나가도 좋았다. 려화가 궁에 들어 가장 얻고자 했던 것은, 바로 도성을 마음대로 활보해도 문제없을 신분이었으니 말이다.

다음으로는 찾아야 할 것을 찾아, 혼자 조용히 살면 그만이었다. 가족들이 남겨 준 보물. 보관 기한이 남은 전장의 보물을 찾기만 하면. 가족들이 살려 준 목숨 지탱할 여유는 되고도 남았다.

전쟁으로 가족을 모두 잃은 려화는, 여태까지는 지켜 줄 가족 하나 없이 험난한 삶을 헤쳐 와야만 했다. 과거에는 려화도 한 성을 다스리는 지방 호족, 성주의 딸이었던 적이 있다. 그러나 려화의 고향은 전쟁으로 모든 것이 폐허가 되었다. 눈앞에서 가족을 모두 잃었고, 심지어 일가친척의 생사조차 불분명했다. 대부분 성에 함께 모여 살았으니 말이다.

혼자나마 살아남을 수 있었다는 것은 다행일지나, 살았기에 겪어야 했던 험난한 사연이 많았다. 그중에는 려화가 혼인하지 않고 혼자 살고자 마음먹게 만든 일 또한 있었다.

려화는 그때의 기억이 떠올라 저도 모르게 잇새로 입술을 물었다.

"탈락하고 돌아간 이들은 다시 궁으로 돌아올 수 없을 것이니 각자의 품행을 단정히 하고 심사를 통과해야 할 것이다!"

여사(女史)의 호령이 호랑이보다도 더 무서웠다. 그러나 려화에게는 가문을 덮친 화마에 비할 것이 못 되었다.

려화는 곧 해의 명으로 황궁에 드나드는 과일을 다루는 변인서에 임시 배정받았다. 심사가 끝나지 않은 예비궁녀는 잠시라지만 여궁보다도 지위가 낮았다.

하여 당분간 려화를 포함한 몇몇 예비궁녀들은 여궁과 해의 부림을 받으며 여덟 부서의 일을 배울 것이었다.

다수의 궁녀는 황궁의 재봉을 도맡는 봉인서에서 가장 노력할 것이다. 봉인서에서 뛰어난 이는 황족의 의복을 만들고 관장하는 내사복부에 들어갈 수 있는데, 내사복부에서 오래 버틴 자는 후궁의 휘하에 들어 내명부를 호령하는 높은 궁녀가 될 확률이 크기 때문이었다.

려화는 실수로 쫓겨나는 일이 가장 잦다는 변인서에 먼저 배속받은 게 기꺼웠다. 그러면 여러 곳을 돌면서 고생할 필요 없이 변인서의 과일을 다루다 몇 번 멍들게만 해도 심사에서 탈락하고 곧장 원하는 바대로 궁을 떠날 수 있을 터였다.

"아휴, 한동안 살 떨려서 죽겠네."

속으로 다른 생각을 품은 려화를 제한 나머지, 그녀와 함께 변인서로 향하는 일곱 예비궁녀의 얼굴에는 먹구름이 드리웠다.

"넌 걱정도 안 되니?"

중에 눈이 새초롬하게 올라간 아이가 물었다. 려화가 흘긋 그 아이를 바라보며 입을 열기도 전에, 살결이 희고 몸집이 통통한 아이가 먼저 려화를 변호했다.

"얘는 아까부터 죽상이었잖아."

"그러니까 이상하다는 얘기야. 아까는 초례를 통과하고 예비궁녀가 되었으니 기뻐야 맞고, 지금은 기쁨이 다 씻기기도 전에 변인서로 가서 멍든 과일 꼴이 되게 생겼으니까, 지금 죽상을 해야 하는 거 아냐?"

새초롬한 아이의 손가락, 그러니까 공영의 손가락이 려화를 가리켰다. 통통한 아이, 세야는 이제 아예 려화의 몸을 제 팔을 벌려 가렸다.

"같은 궁녀끼리 왜 손가락질을 하고 그러니? 얜, 얜⋯⋯."

그러나 변명할 말은 찾지 못한 모양이었다. 그리 웅얼거리며 할 말을 찾던 세야가 제풀에 지쳐 팔을 내리고, 한숨을 푹 쉬었다.

"뭔 사정이 있겠지. 변인서에 아는 궁녀님이 계실 수도 있고, 아님 뭐."

"과수원집에서 올린 딸이라도 되나?"

공영이 피식 웃으며 그리 말했다. 이번에도 려화를 대신해 세야가 공영을 흘겼다. 이리 계속 친하지도 않은 아이에게 자신의 변호를 맡길 수는 없는 일이니, 려화가 드디어 입을 열었다.

"난 궁에 들어와 목숨 부지한 것으로도 좋아. 궁녀가 못 되어도 상관없거든."

공영은 려화의 말에 절반 정도 수긍하고 고개를 끄덕였다. 저것으로 변인서에서 처음 일을 배워도 겁내지 않는 것은 설명이 되었다.

"그럼 궁에 들어오는 것이 확실시된 아까까지는 왜 표정이 똥 씹은 표정이었는데? 그리고 궁녀가 못 되어도 상관없다니, 궁녀가 되면 좋은 점이 얼마나 많은데⋯⋯. 너 굉장히 이상한 거 아니?"

공영은 찝찝한 것을 그냥 두는 성격이 못되었다. 공영의 물음에 려화가 한숨을 푹 내쉬고 답했다.

"생각보다 녹이 쥐꼬리만큼 적어서 그랬어. 예비궁녀도 제법 돈을 많이 받는 줄 알았거든. 그리고 난 왈가닥으로 뛰어다니며 자라서, 평생 얌전하게 살아야 하는 궁이 썩 좋지도 않아."

웃긴 변명이었지만 그보다 좋은 변명 거리를 찾기가 힘들었던 탓에, 려화가 대충 둘러대었다. 공영도 나름대로 수긍한 모양인지 묘한 얼굴로 려화를 보다가 고개를 홱 돌렸다.

분위기가 묘하게 가라앉았다. 세야는 가라앉은 분위기를 견디지 못하고 우왕좌왕하다간 다른 아이와 부딪혀 연신 사과를 하고 있었다.

그네들을 이끌던 해가 서슬 퍼런 눈으로 뒤를 돌아보았다. 모두 찔끔하며 입을 다물었다.

"이곳이 변인서다. 도착했으니 들어가 일감을 받고 열심히 수행하렴."

곧 예비궁녀들을 이끌고 왔던 해는, 변인서의 여변에게 그들을 넘겨주고는 떠나 버렸다.

예비궁녀들이란 아직 어리숙한 존재일 따름이다. 게다가 평균 나이라고 해 봐야 열둘에서 열셋이다. 권문세족이나 지방호족이라면 이른 나이에 혼사를 치러 어른 소리를 듣는 이들도 있을 나이였으나 또 이들은 그렇지가 않았다.

그러니 여변에게 나서서 무슨 일을 해야 할지 묻는 싹싹함이라곤 도통 없었다.

"윗전인 내가 먼저 인사를 해야겠니?"

그리 답답한 꼴을 보자니 여변이 한숨을 토하고야 말았다. 그러고는 결국 먼저 입을 연 것이었다. 그제야 어린 계집들이 하나같이 열을 맞춰 모여 서서 고개를 숙여 뒤늦은 인사부터 건넸다.

"변인서의 일을 배우러 온 제미공영이라 하옵니다."

"마찬가지로 배우러 온 연세야라고 하옵니다."

"황궁의 귀한 과실을 다루는 변인서의 일을 배우고자 온⋯⋯."

일곱 예비궁녀가 순서대로 이름을 말했다. 려화는 너무 앞도 뒤도 아닌 네 번째 순서에 제 이름을 말하고 아이들의 중간에 숨어 목을 움츠렸다. 튀어 좋을 것이 없었다. 실수를 저질러 여궁이 되는 것은 나중 일이고, 윗전의 눈에 잘못 들어 피곤할 일은 만들고 싶지 않았다.

여변은 예비궁녀들의 이름을 모두 듣고는 마땅치 않다는 얼굴을 해 보였다.

"봉인서랑 주인서의 것들이 괜찮은 아이들을 모두 빼 가는 건 매번 있는 일이니 그렇다 친다지만……."

여변의 입에서 깊은 한숨이 새 나왔다. 빠릿빠릿한 아이들이 와도 모자랄 일인데, 이리 덜떨어져 보이는 것들만 한데 모아 왔는가 싶어서 앞날 걱정이 태산이었다.

지금은 겨울에 더욱 가까운 봄이니 과일이 귀했다. 황제 폐하와 태황태후마마, 두 분 드실 것만 겨우 지난해의 것을 새것처럼 보관해 두었다. 그 외에는 이른 봄에 열리는 제철 과일인 딸기가 있는데, 그것은 또 그것대로 무르기가 짝이 없는 과일이니 이 엉성하게만 보이는 신입들에게 맡길 수는 없었다.

이건, 새로 온 예비궁녀들을 교육하며 일을 더는 게 아니라 더하게 생겼다. 그러니 여변의 표정이 도통 좋을 수가 없었다.

"다른 부서까지 변인서를 무시하는 꼴이니 정말이지."

여변의 눈빛이 여기까지 저들을 인솔해 온 해의 것 이상으로 싸늘했다. 어린 예비궁녀들이 받아 내기에는 과히 무겁고 두려운 눈빛이었다. 움츠러든 예비궁녀들 사이에서 고개를 팍 숙인 려화의 표정만이 덤덤했다.

어쨌든 이리 예비궁녀들을 변인서 입구에 세워 둘 수만은 없었다. 여변이 그녀들을 끌고 들어가 지나가는 변인서 소속의 해에게 변인서 내부의 안내를 맡겼다.

전국에서 진상되는 과일이며 견과류를 보관하는 창고, 간식에 곁들일 과일을 꿀과 설탕에 절이거나 과일 그 자체로 곁들이 음식을 만드는 작은 소주방, 변인서에 드나드는 물류를 관리하는 관리감까지 중요한 네 곳을 모두 돌았다.

그러고는 이제 드디어 예비궁녀들에게 변인서에서 할 일을 나누어 맡길 차례였다. 누구에게 친절하게 가르침 받는 시간은 없었다. 예비궁녀들은 이미 한차례 걸러져 입궁한 아이들이었다. 그것으로 이들을 황제와 혼례를 올린 어른으로 쳤으니, 아이에게 모르는 것을 알려 주듯 친절하게 일을 가르칠 리는 없는 것이었다.

또한, 이렇게 실전에서 일하는 것을 보고 떡잎이 누런 아이들을 다시 한번 걸러 내자는 속셈도 있었다.

"변인서가 일이 고되고, 실수도 자주 일어나기에 기피되는 부처인 것을 너희도 알겠지."

"예."

"반대로 말하면 너희들이 여기만 잘 지나도, 폐하의 술을 관리하는 주인서와 황궁의 모든 저장 음식을 담당하는 해인서만 마저 조심하면 궁녀가 되지 못할 일은 없다는 뜻이야."

"예."

여변에게 어리숙함을 지적받았던 예비궁녀들이었으나 그래도 첫 관문을 통과해 예비나마 궁녀가 된 아이들이었다. 일동의 대답이 하나의 어긋남 없이 동시에 떨어져 하나의 음을 냈다.

변인서에 엄청난 자부심을 가진 여변과는 달리, 예비궁녀들에게 변인서를 안내한 해는 오히려 그네들이 생각했던 것보다는 썩 나쁘지 않다고 생각했다. 그녀는 곧바로 변인서의 일을 하나씩 나누어 주기 시작했다.

"그럼 이제 너, 너, 너는 우선……."

"가만, 제미공영과 고혜량이라는 아이가 여기 있느냐?"

해가 일을 나눠 주기 시작하기 바로 직전 변인서의 열 명의 해 중 가장 오래 일해 곧 승급을 앞둔 해가 끼어들었다. 여태까지 예비궁녀들을 통솔하던 해가 잠시 얼굴을 굳혔다가, 제게 끼어들며 다가온 이가 한참 선임인 것을 알고는 곧바로 표정을 풀며 한걸음 뒤로 물러났다. 다가온 해는 얼마 전 태후전에 뒷배를 대는 것에 성공한 가문의 방계 여식이었다.

고로, 출세 가도가 약속된 이나 다름없다는 말이었다.

"제미공영 여기 있습니다."

"고혜량 여기 있습니다."

이름을 불린 두 예비궁녀가 손을 들었다. 끼어든 해가 너그러운 얼굴로 웃으며 그들을 손짓해 불렀다.

"너희들 처음을 변인서로 불려 와 적잖이 놀랐겠구나."

"아닙니다. 궁녀가 되고자 하는 순수한 마음뿐인데 어찌 예비궁녀가 일의 배움을 가리겠습니까."

공영의 말이었다. 입술에 침은 발랐는가 싶다. 처음 변인서로 오는 길에 가장 툴툴거리던 여아를 뽑자면 방금 이름 불린 둘이었다. 려화는 특히나 눈을 새초롬히 뜨고 괜히 제게 시비를 걸던 공영을 흘끔 보았다.

공영은 저를 부른 해에게 집중하느라 려화가 저를 보는 줄도 몰랐다. 이름 불린 둘은 저를 부른 해와 서로 얼굴에 금칠하는 말을 주거니 받거니 하며 사라졌다.

"자 그럼, 이제 정말로 일을 나눠……."

"여기 반서라는 아이가 왔나?"

"저 여기 있습니다!"

그걸로 끝이 아니었다. 처음 이름 불린 둘 말고도, 변인서로 온 예비궁녀 대부분이 가깝든 멀든 연결된 끈을 따라서 홀랑 내빼 버렸다. 그러고 나니 남은 것은 세야와 려화 둘뿐이었다.

이렇게까지 사람이 빌 줄은 몰랐던 해의 낯빛이 붉어졌다. 화가 잔뜩 난 것이다. 그러나 예비궁녀들이 정식으로 내명부에 이름 올리고 변인서에 배속받기 전까지는 그녀가 막내였다. 막내 주제에 누구에게 화를 풀겠는가.

불똥은 세야와 려화에게 튀었다.

"그러니까 진짜 변인서에 가르치라고 보낼 애들이라곤 너희 둘뿐이란 얘기지. 너희 둘……. 하. 정말이지."

화가 머리끝까지 미친 해의 눈길은 아까 여변의 눈빛보다도 더욱 날카롭게 세야와 려화에게 꽂혔다. 아까는 일곱이 나눠 받던 눈초리를 단둘이 받고 있으니 더했다. 세야가 어깨를 움츠리고, 려화는 시선을 내리깔았다.

두 여아가 질겁해 눈치를 살피는 것을 보고도 해의 화는 가라앉지 않았다. 씨근거리던 해가 싸늘하게 일갈했다.

"고작 둘뿐으로 무슨 일을 나눠 주겠어? 알아서 여기저기를 쫓아다니며 일을 배워 보렴. 아니면 없는 끈이라도 여기서 만들어 보든지."

세야와 려화가 서로를 마주 보았다. 그들을 인솔하던 해는 금세 자리에서 사라졌다.

려화는 아쉬움 반 안도감 반으로 어깨를 축 늘어뜨렸다. 맡은 일이 없으니 실수할 것도 없어 아쉬운 마음이 반, 혹시라도 남은 예비궁녀가 둘뿐이니 괜한 것으로 눈에 뜨일까 걱정했는데 적당히 넘어가 안도하는 마음이 반이었다.

려화의 속도 모르는 세야가 그녀를 보고 울상 지었다.

"우리만 아무것도 없네."

그녀는 려화에게 동질감을 느끼는 모양새였다. 세야는 아주 려화의 소맷자락까지 잡았다. 려화는 어설프게 웃으며 잡힌 소매를 조심스레 뺐다.

"어떻게 들어온 궁인데 그렇다고 이대로 실망만 하고 있을 순 없겠지?"

"그, 그래……."

세야는 개의치 않고 려화의 소매를 다시 잡았다. 소매를 잡은 손이 타고 내려와 이제는 려화의 손을 깍지 껴 꽉 붙잡았다. 소매를 터는 것이야 그냥 넘어갔다지만, 이렇게 꽉 잡은 손을 떨쳐 내기는 어려웠다.

"다른 분께라도 일을 달라고 해 보자!"

려화가 어설프게 웃으며 저를 이끄는 세야의 걸음에 결국 발을 맞추었다.

엉망이었던 변인서에서의 처음도 벌써 한 달이 흘렀다. 세야의 손에 붙들려 여러 궁녀에게 한 소리 듣기도 하고, 무시당하기도 하면서 결국 어떻게 일을 맡기는 했고 말이다.

다만 한 달이 흐른 지금도 과일이 귀한 철이었다. 예비궁녀들에게까지 생과를 관리하는 일이 맡겨지지는 않았다. 창고 관리, 꿀에 절인 과일을 담아 둔 단지를 닦는 일 같은 잡일을 주로 맡아 했다. 몸이 힘드니 시간은 쏜살같이 흘렀다. 그간에 려화는 원하던 실수를 해내지 못했다.

과일 하나를 망치는 것은 너무나 쉬운 일이지만, 열심히 닦아 대는 절임 단지를 깨는 일은 어려운 일이었다.

보는 눈이 많았고, 단지 하나를 잃으면 려화 하나가 아니라 여럿이 다쳤다. 제가 예비궁녀에서 탈락하겠다고 벌이기에는 너무 큰 실수였다. 그래서 죽은 듯이 맡은 일이나 적당히 해내던 려화에게 기회가 왔다.

"애, 거기 너!"

과일이라는 게 매일 많은 양을 내갈 일이 없는 것이니 평소의 변인서는 창고를 관리하고 절인 과일을 살피는 것 외엔 크게 일이 없었다. 한데 오늘은 유난히 변인서가 분주했다.

"부르셨어요?"

예비궁녀 의관 위에 두른 앞치마에 손을 닦은 려화가 저를 부른 여변을 향해 돌아섰다. 공손히 손을 모아 허리를 숙여 인사를 하자니 여변의 얼굴에 다급한 기색이 짙어졌다.

"이 바쁜 날에 그런 예의는 사치야! 재게 움직여도 모자랄 판에……. 넌 어찌 한 달을 가르쳐도 쓸모가 없는 것이냐?"

"죄송합니다."

본래의 려화는 아주 영민하지는 않아도 행동이 빠르고 눈치가 좋았다. 그러나 이곳에서 제 몫을 전부 꺼내 보일 필요가 없는 려화는 늘 느긋하게, 적당히 굴었다. 그래서 눈에 띄지도 않고 그렇다고 또 아예 눈 밖에 나지도 않은 채 한 달을 버틴 것이었다.

오늘은 그래서는 안 되는 날이었다. 굼뜨게 구는 것만으로도 큰 잘못이 될 만치 바쁜 날이었다. 변인서뿐 아니라 궁의 모든 부처가 바쁘게 돌아갔다. 다름 아닌, 황제 폐하께서 전장에서 돌아오시는 날이기 때문이었다. 려화도 임시나마 궁에 속한 처지이니 사정을 모르지는 않았다. 그러나 남 일이었다. 이리 바빠도 마땅히 할 일이 정해진 것이 아니다 보니, 남의 일처럼 느껴졌다.

더군다나 황제 폐하의 궁궐 입궁 행차시라니, 전쟁광인 황제를 원수처럼 여기는 려화는 오히려 평소보다 더욱 굼뜨게 움직였다.

"이곳에 있어야 동선만 어지럽히고 굼뜨게 구니, 오늘 저녁 연회에 쓸 복숭아나 받아 오거라."

"예? 이 봄에 복숭아요?"

처음 변인서에 오고 고작 한 달이 지났으니 이제야 꽃이 흐드러지게 피고 지는 봄이 한창이었다. 복숭아꽃도 이제야 피었다. 그런데 어디서 황제 폐하께 진상할 영근 복숭아를 구한단 말인가.

구할 수 있다고 하더라도, 황제에게 진상되는 과실이라면 응당 멀쩡한 과정을 거쳐 변인서의 창고에서 꺼내 오는 것이 맞았다.

"이 아둔한 것! 변인서 생활 한 달이 지났는데 아직도 이리 몰라서야. 폐하께서 잡수시는 하늘 복숭아가 사시사철 열리는 농원이 궁궐 뒷문을 나와 길을 따라가면 있다는 것을 아직도 몰라?"

그야 몰랐다. 려화의 입장에서야 모르는 것이 당연한 일이었다. 그동안 배운 일이라곤 하라는 대로 창고의 과일을 세고, 눌려서 무르거나 마른 것이 없는지 둘러보고, 아니면 절인 과일 단지를 닦는 게 전부였으니 말이다.

그런데 이렇게 아는 것이 없이 아둔한 예비궁녀는 정말로 려화 하나인 모양이었다. 려화가 행주를 들고 근처를 지나던 세야를 바라보았다. 세야가 고개를 젓는다. 그나마 다행이라 해야 할까. 모르는 것이 저 혼자는 아니고, 끈 없고 연 없기로는 저와 마찬가지인 세야까지 둘인 모양이다.

"죄송합니다."

뭘 몰라도 우선은 죄송합니다가 지금의 정답이었다. 그래서 우선 려화는 정답을 뱉으며 또 허리를 푹 숙였다. 답답함에 려화를 다그치던 여변이 가슴을 내리쳤다. 반대편 손에는 서슬 퍼런 칼까지 쥐고 있으니 이건 궁녀가 아니라 어여쁜 백정이 따로 없다.

웬만해서는 이제 겁먹을 일이 없는 려화마저 질겁할 모양새였다. 여변이 려화를 흘겨보다간 마저 말을 이었다.

"거기 가서 하늘 복숭아를 여섯 개 구해 와. 폐하께선 승전
하고 돌아오시면 꼭 그걸 드셔. 들어갈 요리가 많으니 재게
다녀오고!"

"알겠습니다. ……궁궐 뒷문을 나가서 길을 쭉 따라가라 하
셨지요?"

"그래! 야트막한 산으로 이어지니 어설프게 길을 잃을 일
도 없을 것이야!"

여변은 말을 마치기 무섭게 려화의 인사도 받지 않고 돌아
섰다. 려화는 곧장 돌아서 변인서를 빠져나갔다. 나갔다가 돌
아섰다. 려화는 정식 궁녀인 해도 아니고, 그렇다고 여궁이
된 것도 아니었다. 단순히 윗전의 명을 받았다는 핑계 하나
만으로 궁 밖을 쉽게 나갈 수 없었다.

"하아……."

려화가 잰걸음으로 다시금 변인서 안으로 들어섰다. 그런
데 제게 하늘 복숭아를 구하라 호령한 여변이 보이지 않았다.
그에게 궐 밖을 오갈 수 있는 패를 받든지, 아니면 용무가 있
다는 것을 밝히는 확인장이라도 받아야 하는데 말이다.

곤란하게 되었다.

그렇게 려화가 두리번거리고 있으니, 여럿 해와 여변이 려
화를 지나쳐 가며 거슬리지 말라며 성을 내었다. 려화는 우
선 뒷걸음질로 변인서를 다시 나왔다. 명은 받았으니 길을
나서기는 해야 할 텐데, 이게 일이 아주 골치 아프게 되었다.

이것을 실수로 쳐서 예비궁녀의 옷을 벗고 내쳐지자니, 책

임질 이가 혼자가 아니고 다칠 이가 여럿일 것이 빤히 보여서 그리할 수도 없었다. 려화는 남에게 피해 입히는 것을 끔찍이 싫어하는 성격이니 말이다.

그리 한숨을 내쉬고 있자니 제법 익숙한 얼굴이 려화의 앞을 지나쳤다. 한 달 전 변인서로 향하던 예비궁녀 무리에 있었던 이였다. 그중에서도 려화에게 새초롬한 얼굴로 시비를 걸던 공영이었다.

"얘!"

"깜짝이야!"

려화가 평소답지 않게 다급한 손길로 공영의 옷자락을 쥐어 그녀를 멈춰 세웠다. 공영이 화들짝 놀라며 자리에 멈췄다. 한 달 전과 똑같은 새초롬한 눈으로 공영이 려화를 노려보았다.

"뭐니?"

"나 좀 도와줘."

"우리가 서로를 돕고 말고 할 사이니?"

"그러지 말고 도와줘. 동기잖아."

려화의 급한 속내와는 다르게 말은 참 덤덤하게도 나왔다. 그런 려화를 위아래로 훑어본 공영이 피식 웃으며 혀를 찼다. 처음에는 내용과 어울리지 않는 려화의 말투만 눈에 들어왔는데, 그녀의 눈빛이 꽤 진지한 것이 공영의 흥미를 끌었다.

저 혼자 세상만사 관심 없는 것처럼 굴더니.

공영이 다시 걸음을 옮기려던 마음을 접고, 려화의 앞에 섰다. 려화가 잡은 옷가지를 털어 내고 팔짱을 끼고 말이다.

"내가 너랑 같지는 않지."

"물론 너는 나랑 같진 않지. 그걸 아니까 내가 널 잡았고."

"말꼬리를 이런 식으로도 잡네? 그래서 부탁할 게 뭔데?"

공영은 여전히 새침했지만 려화의 말이 마음에 들었는지 태도는 다소 누그러졌다. 어디까지나 려화의 부탁을 어디 한번 들어나 보자는 수준이었지만 말이다.

려화에게는 이것도 감지덕지했다. 급한 마음에 공영의 옷자락을 잡기야 했지만, 그녀가 멈춰 줄 줄도 몰랐고 이렇게 이야기를 들어줄 거라는 기대도 크지 않았기 때문이었다. 만약에 공영이 저를 무시하고 그냥 지나쳐 갔다면 그대로 돌아서 변인서의 아무나라도 잡고 사정을 했을 것이다.

거기까지 가지 않아서 다행이었다. 일단은.

"천도를 구하러 가야 해."

"천도? 신선들이 먹는 그 천도 말이니? 너 미쳤니? 이 바쁜 날에 날 잡고 한다는 부탁이 그런 미친 소리야?"

공영이 기가 찬다는 듯 눈을 크게 떴다. 그리곤 한숨을 쉬고, 다음으로는 비웃음이 따라왔다. 허, 하는 비웃음에도 려화는 아랑곳하지 않았다.

"진 여변께서 구해 오라 하셨으니 뭐라도 아주 허무맹랑한 얘기는 아닐 거야. 궁 뒷문을 따라 나가 이어지는 길로 가면 천도를 기르는 농원이 있대."

려화가 제게 일을 맡긴 여변까지 언급해 가며 말하자 공영도 그녀의 말을 마냥 허무맹랑하다 무시하기는 어려워졌다.

그렇지만 천도라니 말이다. 천도라 불릴 정도로 대단히 크고 단 복숭아가 지방에서 진상되는 것은 알고 있지만, 그것도 지금에서 두 달은 넘겨야 복숭아가 영글고 진상이 시작될 것이다.

지금은 한창때의 봄이었다. 꽃피는 춘삼월도 지나 사월 초입 무렵이었다. 이 시기에는 복숭아도 겨우 꽃을 피운다. 여름이 그리 덥지 않은 도국의 수도에서는 알이 적은 복숭아나 겨우 열리고 말이다. 그런데 궁궐 뒷산의 복숭아라니.

잠시 고민하던 공영이 답했다.

"너, 미움받고 있니?"

"그 정돈 아닐걸. 그냥 눈에 띄지 않는 예비궁녀 이상도 이하도 아냐."

"연줄 하나 없는 예비궁녀는 그것부터가 미운털 박히고 시작하는 거야. 거기에 싹싹하고 제 밑 닦아 줄 마음이 없어 보이는 예비궁녀라면 말 다 했지."

공영의 말을 축약하자면 그거였다.

"날 쫓아내자고 할 수 없는 부탁을 하셨다는 말이니?"

"그래. 이제야 알다니 너 좀 머리가 아둔하구나?"

려화가 한숨을 내쉬었다. 이 궁에서는 사람의 말을 그대로 믿는 것도, 조금 느리게 행동하는 것도 전부 아둔함의 울타리에 드는 일인 모양이다.

"네 말이 아주 틀리진 않겠지. 하지만 날 쫓아내겠다고 황제 폐하께서 전승하고 돌아오시면 꼭 드시는 과일이라는 말까지 입에 올리셨다고? 그 진 여변께서?"

"폐하께서 꼭 드시는 과일이라 하셨다고?"

혼잣말인 듯 똑바로 제게 쏟아지는 려화의 말에 공영이 흠 칫 놀랐다. 이러면 또 말이 달라지는데.

공영이 려화의 어깨너머로 바쁘게 움직이는 변인서의 소주 방을 바라보았다. 어쩌면 정말 지켜야 하는 명을 내리고 바 쁘게 움직이느라 려화를 방치한 것일 수도 있겠다.

하지만 황제 폐하께서 잡수실 과일이라면 변인서의 일 중 에서도 화급한 일일 터인데 어째서 암암리에 둔하다 소문이 자자한 려화에게 일을 맡겼단 말인가.

누가 보아도 앞뒤 상황이, 꼭 려화를 예비궁녀에서 파직하 기 위해 그리 한 것처럼 보였다.

그렇다고 해도 감히 그런 사사로운 일에 황제 폐하를 들먹 인 것은 너무 과했다. 고민하던 공영을 려화가 채근했다.

"급해. 저녁 연회에 꼭 써야 한다고."

려화의 채근에 공영의 머릿속에 가득하던 생각이 어그러졌 다. 암만 잰 체해 봐야 공영도 려화와 같은 예비궁녀다. 연줄 이 있고 없고의 차이일 뿐이고 말이다. 그러니 이리 급한 일 은 공영도 제게 연줄이 닿아 있는, 그 사이에 여어가 되어 태 후전의 막내로 들어간 담당 궁녀에게 물어야 옳았다.

문제는 공영의 뒤를 봐주는 염 여어 또한 오늘 폐하께서 돌아오시는 길에 난리가 난 다른 궁녀들의 상황과 다르지 않 게 바쁘다는 것이다. 더군다나 태후전의 막내가 되었으니, 손 주 반기는 태황태후의 등쌀에 못 이겨 변인서의 여변과 해들 이상으로 바빴다.

사실 공영도 사흘이 넘도록 얼굴을 뵙지 못했다.

분명, 염 여였다면 연줄도 없는 예비궁녀의 일에 상관치 말라 하셨을 것이다. 그러나 어린 공영의 생각은 거기까지 닿지 못했다.

　황제 폐하, 그 한 마디가 공영의 머릿속을 가득 채웠다.

　"그, 그래서 네가 필요한 게 뭔데?"

　"천도를 구하려면 궁 밖으로 나가야 하잖아. 그러니 문을 지날 패든 확인장이든 필요한데 아무것도 없어서."

　"그게 나랑 무슨 상관인데?"

　"너는 임시패가 있잖아."

　려화가 공영에게 손을 내밀었다. 려화의 말이 틀리지 않았다. 공영처럼 지위가 괜찮은 궁녀에게 연줄이 닿은 예비궁녀들은 여덟 부서에 배속되어도 부서의 일을 배우지 않고 윗전의 잔심부름을 돕는다. 황후나 태후, 후궁의 여어나 내사복부의 여어가 하는 일을 배우는 것이다.

　그걸 위해서 궁 밖을 나서는 경우도 적지 않았다. 공영에게도 임시패가 있었다. 려화는 처음부터 그것을 달라 요구할 셈이었다.

　"이건 내 거야. 네가 궁 밖으로 나가 잘못되면 나까지 화를 입는다고."

　"내가 아둔하긴 해도, 귀는 뚫려 있거든. 예비궁녀의 임시패는 주인의 이름이 없잖아. 아직 내명부 소속도 아닌 이들의 이름을 다 파악하지는 않는다는 것도 알아."

　"그래도 무슨 일이 생기면!"

　"내가 네 것을 훔친 거로 할게. 처음 맡은 큰일을 그르칠까 봐 몹쓸 짓을 한 거로 하자고. 물론, 잘못되지 않도록 할 거지만."

그제야 공영이 치마 사이에 묶어 두었던 임시패를 풀어 려화에게 건넸다. 려화가 마치 도화가 된 것처럼 화사하게 웃었다. 늘 뚱한 표정으로 미적거리던 얼굴에 꽃이 피니 몹시 안색이 희고 향기마저 나는 것처럼 보였다.

동성인 공영의 얼굴까지 붉어질 정도였다. 공영이 얼굴을 붉히며 한 걸음 뒤로 물러났다.

"애초에 잘못될 일을 만들지 말고 돌아와."

"고마워."

"이건 거의 네가 갈취하다시피 한 거니까, 내게 고마워 말아."

공영은 고맙다는 말로도 려화와 엮이기 싫은 것처럼 진저리를 쳤다. 아무리 새초롬하게 굴고 똑똑한 척을 해도, 공영은 고작 열셋 나이의 어린 소녀였다. 황제 폐하라는 말에 패를 빌려주긴 했지만 찝찝함과 두려움이 대단할 것이다.

"네가 그렇게 생각한다면. 패는 어찌 돌려줄까?"

"내일까진 쓸 일이 없으니, 내일 점심때 봉인서 뒤뜰에서 봐."

"그래. 그럼 내일 보자."

려화는 간단히 공영에게 인사하고는 곧장 치맛자락을 잡고 달렸다. 궁궐 뒷문이라면 다행히 변인서와 가까웠다. 어쩌면 황제 폐하께서 반드시 찾으신다는 천도 농원이 가까워서일 수도 있겠다.

공영의 패를 빌렸으니 궁 밖으로 나가는 것은 어려울 것도 없이 바로 통과, 여변의 말대로 궁 뒷문 밖으로 곧장 길이 하나 이어졌다. 길의 규모는 려화가 생각한 것보다 컸지만 말이다.

"하아……. 재게 걸어, 아니 달려야겠네."

려화가 치맛자락을 고쳐 잡았다. 그리고 너무 빠르지도, 너무 느리지도 않은 걸음으로 달렸다. 그렇게 길을 서둘렀는데도 끝이 보이지 않았다. 한 식경은 달렸을 것이다. 길은 어느새 오르막이 되었고, 려화는 궁궐 안에서 보면 넓게 궐을 감싼 것처럼 보이는 산속으로 들어선 뒤였다.

여변의 말마따나 뒷문에서 바로 이어지는 길은 오직 하나였으니, 어쨌든 이 길을 따라가면 농원이 나온다는 말이 거짓은 아닐 것이다.

려화는 슬슬 아파지는 다리를 동동 구르며 잠시 쉬었다가 다시 길을 따라 오르기 시작했다.

그리해서 결국 반 시진을 올랐다. 어디선가 향긋한 내음이 퍼지기 시작했다. 꿀에 절인 복숭아의 향기와 같으면서도 그보다 더 상큼하고, 풋내 하나 없이 그야말로 천상의 향이라 칭해도 어려움이 없을 향기였다.

"여긴가 보다!"

려화가 마지막 힘을 내서 달렸다. 조금 힘을 내 능선 끝을 디디니 산 중턱이라 믿기 어려울 정도로 완만한 평지가 나왔다. 뒤를 돌면 키가 높은 상수리와 침엽수가 뒤섞여 시야를 가리고, 다시 돌아보면 눈앞으로는.

"세상에."

벌써 정오가 된 햇살을 내리받고 마치 알알이 주홍빛과 흰 빛의 야명주를 단 것처럼 반짝반짝 빛을 내는 복숭아나무가 보였다.

꽃이 아니라, 과실을 단 복숭아나무 말이다.

그리고 그 나무들을 감싼 울타리 앞에, 나뭇등걸에 걸터앉은 초로의 노인이 보였다.

농원의 관리인일 것이었다. 황실과 연관이 있다기에는 몹시 꾀죄죄한 행색에 터럭 모자란 수염 꼴도 이상하고 꼬장꼬장해 보이는 늙은이라고는 하지만 말이다.

"이곳이 황제 폐하께 올리는 천도가 열리는 농원이 맞나요?"

"황제 폐하께 올리는, 맞고. 천도? 천도는 없는데?"

"하지만 분명히 천도를 구해 오라고……."

"천도가 아니라, 하늘 복숭아라 하지 않더냐?"

노인은 초라한 행색에도 예비궁녀라 하나 비단으로 지은 궁녀복을 갖춘 려화에게 말을 낮추었다. 그것으로 그치지 않고 려화를 위아래로 훑어보기까지 했다.

"윗전의 말을 제대로 기억도 못 하는 아둔한 것이로구면."

오늘 일진이 사나웠다. 벌써 몇 번이나 아둔한 아이라는 소리를 듣다니 말이다. 잠시 울컥해서 볼을 부풀렸던 려화가 금세 표정을 풀고 웃었다.

"제가 멋대로 잘못 기억을 했으니 제 죄가 맞지요. 그럼 이게 하늘 복숭아가 맞단 말씀이시죠?"

"그렇지."

"폐하께서 승전 때마다 찾으신다는?"

"승전 때만 찾으면 참 좋겠는데 꼭 그렇지는 않고."

"아무튼요!"

노인이 엉덩이에 깔고 있던 곰방대를 꺼내 불을 붙여 입에 물었다. 한데 노인의 곰방대에서도 복숭아 향기가 솔솔 피어났다. 어쩌면 이 복숭아나무가 가득한 곳에서도 노인의 곰방대에 물린 향기가 가장 강한가 싶을 정도였다.

"내가 이리 아둔한 것한테 내 귀한 자식들을 맡겨도 되는지……. 쯧!"

려화가 다급해졌다. 발을 동동 구를 정도였다. 전쟁이나 좋아하는 피에 미친 황제 폐하인지 나발인지가 복숭아를 먹든 말든 려화가 상관할 바가 아니었으나, 변인서 전체가 이 일로 욕을 봐선 안 됐다.

더욱이 공영의 임시패까지 빌려 나온 길이다. 일이 꼬이면 곤란한 것이 한둘이 아니었다. 아주 약간의 실수, 그 정도면 모를까. 이리 큰일을 그르쳐서는 곤란했다.

"폐하께 꼭 올려야 합니다! 저녁 연회 때 써야 하니까 늦어도 신시 전엔 돌아가야 하고요! 얼른 주셔요. 네?"

"허허, 참."

노인이 인상을 찌푸리며 실소했다. 빠진 이 사이로 헛바람까지 새는 노인의 웃음에 려화가 입술을 꾹 물고 그를 뚫어지게 바라보았다.

노인이 산골 복숭아 농원에 홀로 지낸다고 하여 황제가 행차하는 일까지 모르지는 않았다. 려화의 생각대로 그는 황제만을 위한 이 복숭아 농원을 관리하는 자니 말이다.

물론, 노인이 오늘 복숭아가 필요하게 될 것이라는 사실을 알게 된 것은 평범치 않은 방식이었지만 말이다.

"저기 있다."

노인은 손가락을 뻗어 미리 준비해 둔 복숭아를 가리켰다. 나무가 즐비하게 늘어선 등걸 아래 노인이 가리킨 손끝을 따라 시선을 옮기자, 정말로 크고 탐스러운 복숭아 여섯 개가 이미 흰 화선지에 싸여 준비되어 있었다.

"감사합니다!"

려화는 인사를 잊지 않았다. 허리를 깊이 숙여 꾸벅 인사하는 려화의 모습은 노인의 마음에 제법 찬 모양인지 노인이 처음으로 껄껄 웃었다. 그러고는 또 튀어나오는 말이 가관이었지만 말이다.

"여기서 나가는 복숭아는 전부 개수를 기록해 관리하니 행여나 멍청하게 떨어뜨리거나, 감히 맛볼 생각은 말아야 헌다. 알겠냐?"

"명심할게요!"

려화가 화사하게 웃으며 말했다. 공영의 앞에서 보였던 것만치 해사한 웃음이다. 그것이 마치 하늘 복숭아의 꽃을 닮아 노인은 고개를 돌리고 다시 한번 늙어 주름진 입술을 오물대며 웃었다. 땟국물에 전 누런 옷을 걷어 드러난 깡마르고 검은 손으로 머리를 긁적였다.

뻐끔, 노인이 뱉는 곰방대 연기에서는 여전히 짙은 복숭아

향이 피어올랐다.

려화는 조심스레 얼기설기 쳐진 울타리를 넘어 구석에 쌓아 둔 복숭아를 하나씩 치마 위로 올렸다. 생각 없이 급히 오느라 과실을 담을 바구니 하나 챙겨오지 못한 것이다.

하나 차라리 잘 되었다. 복숭아 하나하나가 어찌나 크고 실한지 바구니를 준비해 왔다 해도 다 못 담았을 것으로 보였다.

치마폭에 복숭아를 알알이 담고 나니 두 손으로 받치기에도 제법 무거웠다. 이제 시간은 정오를 넘어 완연한 오후의 햇살이다. 나무에 닿은 햇살은 여전히 복숭아를 싱그럽게 빛냈다. 솜털 보숭한 복숭아가 어찌 이리 반짝거리는가 의아할 정도였다.

그것은 이 하늘 복숭아라는 것의 특징 때문이었다. 하늘 복숭아는 실하고 식수가 튼튼하며, 향기가 뛰어난 것에 더해서 잘못 손을 댔다가는 닿은 살갗을 붉게 일어나게 하는 복숭아의 솜털이 없었다.

매끈하게 이미 씻어 놓은 것처럼 솜털은커녕 얇은 껍질이 반들반들했다. 조금만 잘못 만지면 손자국이 날 정도로 무른 과육은 상큼한 과즙을 잔뜩 품고 있었고 말이다.

그러다 보니 그것을 치마폭에 담고 내려가는 려화의 발걸음은 몹시 조심스울 따름이었다.

마음이 급한 탓에 노인에게 다시금 인사하는 것도 잊은 려화의 뒷모습을 보고도 노인은 그저 걱정스러운 마음밖에는 없었다.

이곳을 처음 들른 다른 궁녀들처럼 저를 무시하지도 않았고, 초면부터 노인에게 반말을 찍찍 뱉지도 않은 려화였다. 저 어린 궁녀의 심성이 나빠 부러 무시한 것이 아니고, 급해서 그러려니 하고 십분 이해가 가는 것이다.

오히려 저 다급한 뒷모습이 노인에게 걱정을 불러일으켰다. 노인이 곰방대를 깊이 빨아들여 후 뱉었다. 흰 연기가 마치 맞닿은 하늘에 구름이 되어 올라갈 것처럼 뭉글거렸다.

"저, 저……. 저러고 가다가 자빠지지나 않아야 할 것인데."

려화의 뒷모습이 능선을 넘어 내리막길로 들어서 보이지 않을 때까지 지켜보던 노인이, 려화의 머리꼭지까지 보이지 않을 정도가 되었을 즘에는 자리에서 일어났다.

엉덩이를 털고 슬슬 나이를 이기지 못하는 무릎을 통통 두드린 노인은 영문도 모르게 복숭아 농원을 감싼 수림의 한구석을 바라보며 픽 웃었다.

귀하신 하늘 복숭아가 혹여 물러질까, 멍이 생기지는 않을까 려화의 걸음은 아주 신중했다. 다시 말하자면 엉금거리는 꼴이 거북이 못지않았다는 소리다. 그러니 오르막보다 걸음 가벼운 내리막을 걷는 것일진대 도무지 진도가 나가지를 않았다.

차라리 내리막을 내려가 오르막을 지나 궁으로 가는 것이면 나을 뻔했다. 맨손으로 오를 때는 적당히 잘 닦인 길이라 생각했는데, 이것이 막상 귀하신 복숭아를 치마폭에 담고 걸어보니 돌부리는 왜 이리 많고, 부러진 나뭇가지는 또 왜 이리 많이 굴러다니는지.

"엄마야!"

이번에도 또다. 나뭇가지를 밟았다. 버석, 하는 소리가 나더니 마른 나뭇가지가 부서지며 발 디딘 곳이 꺼졌다. 려화가 몸을 휘청했다가 바로잡았다. 그녀의 치마폭 안에서 복숭아가 묵직하게 뒹굴, 하고 춤춘다.

려화가 순간 얼어붙었다. 어디 멍든 곳은 없는지, 어디 또 무른 곳은 없는지…….

시간이 한참 흐른 것 같았다. 발걸음은 점점 느려지고 마음만 조급해졌다. 하늘에 뜬 태양이 야속하게도 점점 위치를 바꾸었다. 려화는 정수리에서 느끼던 태양이 이제는 뒷머리를 뜨끈뜨끈 달구며 그림자가 길어지는 것에 울상이 되었다.

"미치겠네……."

올라오며 걸렸던 시간만큼 걸은 건 아니지만, 얼추 그 비슷하게 걸었던 것 같다. 그런데 앞으로 남은 길은 반이 훌쩍 넘는다. 아직도 내리막이 끝나지 않았으니 확실했다.

려화는 슬금슬금 상록수가 만든 그늘 안으로 조심스레 들어섰다. 그리고 잠시 나무 곁의 편편한 돌에 엉덩이를 걸치고 앉았다.

다리도 다리지만, 허리와 팔이 무지하게 아팠다. 려화의 얼굴에 생긴 주름이 도무지 펴질 생각을 않았다. 생각보다 봄볕의 뜨거움도 보통 일이 아니었다. 예비궁녀복 아래로 땀이

비 오듯이 흘렀다.

려화의 입에서 한숨이 푹 새어 나왔다. 빌어먹을 황제를 위해 이 무거운 하늘 복숭안지 상전 복숭안지를 들고 걸어 내려온 만큼을 더 걷고 또 걸어야 도착이다.

려화는 지금 제게 이 일을 맡긴 여변을 속으로 욕하고 있었다. 주변에 아무도 없건마는 그래도 궁에서 바로 통하는 길이라고 혹여 누가 들을까 무서워, 차마 밖으로 내뱉지는 못했다.

속으로만 읊조리는 욕은, 자신에게 이 궁으로 들어올 길을 터 준 환관에게까지 이어졌다. 그 환관 덕에 높디높은 도성 문턱을 넘어 기뻐하던 것은 싹 잊고 말이다.

"풉, 정말로 뒷간 들어올 때랑 나올 때 다르다더니……."

실컷 사람들의 욕을 마친 려화가 혼자 웃음을 터뜨렸다. 제 꼴이 우스워서였다. 분명 노인이 지키고 있던 농원에 들어설 때만 해도 여변의 명이 자신을 골탕 먹이기 위한 것이 아니라 사실이었다는 것에 기뻐했었는데 말이다. 그런데 지금은 반대로 그것이 정말로 사실이라, 그래서 이리 몸이 힘드니 여변의 욕부터 시작해 자신을 궁으로 내몬 환관의 욕까지 하는 제 꼴이 우습지 않은가.

웃음도 날 정도면 다시 걸을 만큼은 쉬었다. 그리 생각한 려화가 자리에서 일어났다. 다리는 좀 쉬었는데, 계속 복숭아를 담은 치맛자락을 잡고 있던 팔은 여전히 아팠다. 부들부들 떨리고 힘에 부쳤다.

려화의 이마에 송골송골 땀이 맺혔다. 햇살이 그녀의 땀방울에 부서지며 반짝였다.

려화의 땀은 열심히 일한 자의 훈장이건만, 그것이 정도를 넘어서니 문제가 되었다. 마음은 점점 급해지고 팔은 아프니 계속 느려지기만 하던 걸음이 어느 순간 빨라졌다.

종종거리는 잰걸음이 된 와중이었다.

"어어……!"

려화의 이마에 맺혔던 땀방울이 몽글몽글 커지다 자기들끼리 뭉쳐 주르륵 흘렀다. 그것이 그녀의 눈에 들어가 순간 눈앞이 흐려지고 화끈거렸다. 본능적으로 려화가 눈을 꼭 감았다. 하필이면 그때 발은 돌부리에 걸렸다.

"으악!"

아뿔싸.

소리 없이 와르르 쏟아진 하늘 복숭아가 길바닥을 굴렀다. 별일 없이 걸으면 딱 걷기 좋은 산책로와 같다지만 마음 급히 걷자니 걸리는 것이 많았던 길이다.

그 울퉁불퉁한 길에 복숭아가 모조리 떨어졌으니 어떻게 되었겠는가.

"아파……."

큰 대(大)자로 자빠졌으니 려화의 얼굴에는 잔 생채기가 났다. 무릎은 까져서 붉은 피가 속바지를 적셨으며 발목은 시큰거렸다.

몸을 감싼 옷에 가려지지 않은 손바닥도 흙바닥에 까져서 조그맣게 핏방울이 솟고 빨갛게 부었다.

그런 그녀의 몸뚱이보다도, 하늘 복숭아의 상태가 더욱 엉망이었다.

"하아……. 어떡해!"

려화가 이번에는 울상을 넘어, 숫제 울기 직전의 표정이 되었다. 분명 노인이 가는 길 조심하라는 말도 했었고, 그래서 조심히 가고 있었는데 말이다.

그깟 팔 좀 아프다고 서두르다가 일을 완전히 그르쳤다.

"망했구나, 망했어!"

려화가 자리에 주저앉았다. 하나는 자빠지는 려화의 몸에 깔려 완전히 뭉그러졌고, 나머지는 어딘가가 깨지고 터졌다. 성한 것이 하나도 없었다. 멍이 든 놈은 양반이었다.

노인이 분명 복숭아의 들고 나가는 개수를 정확히 기록한다고 했다. 그러면 이걸 차라리 잘 됐다고 해야 할는지.

노인이 기록한 장부에 복숭아가 더 나간 것이 적혔으니 려화의 큰 실수는 덮이지 않을 것이고, 그러면 그녀가 변인서에 처음 오던 날에 원하던 것처럼 예비궁녀에서 탈락하는 것이다. 어찌 보면 과해지긴 하였으나 려화가 딱 원하던 실수가 벌어진 것이다.

분명 여유 시간만 많았으면 딱 그러했을 것이다. 한데 지금은 시간이 없었다. 아직 한낮이라 해도 어색지 않을 만큼 주변은 밝았으나, 머리꼭지에 있던 태양은 가장 뜨거운 볕이 뒷덜미에 떨어질 만큼 기울었다.

왔던 길을 돌아가 농원에서 복숭아를 다시 받아도, 아마도 제시간까지 궁 안의 변인서에 당도하지 못할 것 같았다. 려화의 얼굴에 허망함이, 당혹이, 죄책감이 깃들었다.

저 혼자 혼나든 죽든 려화에게 그런 건 전혀 상관없었다. 다만 자신의 실수에 타인이 말려드는 것은 끔찍한 일이었다.

그런데 제가 가장 끔찍하게 여기는 상황이 지금 벌어졌다. 어떻게 해야 한단 말인가.

려화가 공황 상태에 빠져 있는 사이, 정말로 조용한 인기척이 그녀의 곁으로 다가왔다. 려화는 정신이 없기도 했거니와, 정말로 소리 하나 들리지 않은 접근이었기에 인기척을 뒤늦게야 알았다.

갑자기 그녀보다 한참은 큰 그림자가 몸을 덮어 왔다.

"멍청한 계집 같으니."

"……예?"

가뜩이나 화가 나고 속상해서 죽겠는데 속을 후벼 파는 말이 들려왔다. 목소리가 워낙에 좋아 순간 말의 내용을 이해하지 못할 뻔했다. 멍하니 듣고 있던 려화가 뒤늦게 정신을 차리고, 목소리의 주인을 향해 몸을 돌렸다.

"뭐라고요?"

암만 려화가 타인에게 피해 입히는 것을 몹시 싫어하고 두려워하는 여인이라고는 하나, 그렇다고 성격이 유순한 여인은 또 아니었다. 깨져서 시큰거리는 무릎에, 따가워서 끙끙 앓는 소리가 절로 나는 손바닥으로 려화가 잘도 자리에서 일어났다.

분노가 솟으니 아까는 어디로 사라진 줄만 알았던 힘이 불쑥 튀어나왔다.

"내가 멍청한 건 맞지만 댁한테 피해를 준 것도 아닌데 왜 나한테 멍청하다 아니다 멋대로 말을 해요?"

"……댁이라고?"

저보다 껑충 키가 높은 사내였다. 온통 검은 무복으로 몸을 돌돌 싼 사내의 허리엔 길고 커다란 검까지 걸려 있었다. 한데 려화는 겁도 없이 사내에게 삿대질까지 하며 말했다.

보통이라면 삿대질에 가장 기분이 나빠야 옳을 것인데, 어째 이 사내는 다른 것에 꽂혔다. 려화가 저를 '댁'이라 칭한 것에 말이다.

사내가 삐뚜름히 서서 려화를 아래위로 훑어보았다.

"멍청한 게 아니라 제정신이 아닌 계집이냐?"

"미쳤으면 좋았겠건만, 불행히 제정신은 유지하고 있습니다. 한데 어디서 갑자기 튀어나와 시비신지요?"

"허, 참."

"이제 수습도 불가할 사고를 일으켜 그러잖아도 골머리가 아픈데, 왜 시비냐 물었습니다. 그러고 보니 제게 반말도 하셨지요? 그렇담, 저도 달리 예의를 지킬 필요는 없겠네요."

"뭐라고?"

"왜 시비야? 댁은 가던 길이나 가!"

짧은 사이에 려화의 작은 입에서 무수히 많은 말이 우다다 쏟아졌다. 사내는 잠시 질린 얼굴을 하고 려화를 다시금 훑어보았다.

그러고 그는 또 허, 하고 혀를 찼다. 이제는 아예 말이 짧아졌다. 그에게는 생에 처음 받는 대접이었다.

광증 있는 핏줄을 타고나, 광증이 발휘되었고 그것을 피를 보는 것으로 해소했으니 그의 앞에서는 누구라도 고개를 조아렸다. 핏줄에 흐르는 광증은 그의 명암 중 어두운 부분이었으나, 더불어 어떤 것이든 하나 천부적인 재능을 주었으니 그것이 바로 밝은 부분이었다.

그러나 그의 재능은 그야말로 자신의 광증을 더욱 돋우어 주는 부분에 발현되었다. 어느 누구에게도 어떤 방식으로든 싸움에는 지지 않는 것.

무공에 있어서는 비견할 자가 없을 정도였다. 무소불위의 권력에다 힘까지 가진 그를 감히 이리 험하게 대한 자가 없었다.

"귀한 하늘 복숭아를 땅바닥에 패대기치는 것으로도 모자라 깔아뭉개기까지 한 실수를 한 계집에게 멍청하다고 말한 것이 어떻게 시비냐?"

"남이 실수를 했으면 큰일이구나, 하고 위로는 못 할망정. 거기다 대고 멍청하니 어쩌니 하면 그게 시비지, 시비가 아니니?"

려화의 반말지거리가 다시 시작되었다.

그러니까, 여태껏 한 번도 져 본 적이 없는 뛰어난 재능의 그는 제 본래 성정도 지위도 잊고 려화의 기세에 결국 걸음을 뒤로 물리고야 말았다.

그러다가 이 상황이 몹시도 우습고, 그럼에도 불구하고 조막만 한 계집에게 화가 나지도 않는 제가 신기해 사내는 실소하고야 말았다. 본디의 그였다면 진즉 려화의 목을 치고도 남았다.

그런 다음⋯⋯.

궁으로 돌아가 이런 패악한 계집을 궁녀로 뽑은 자들의 눈깔을 후벼 파고 나서도 화가 가라앉지 않아 다시금 전쟁을 벌이려 국경으로 떠났을 것이다.

"뭐, 듣고 보니 네 말이 틀리지 않다. 미안하게 됐다."

"누가 보면 생에 사과 처음 하는 사람인 줄 알겠네. 무슨 사과하는 사람 태도가 그래요?"

생에 처음 사과하는 것은 아니지만, 그 비슷한 건 되었다. 성인이 된 후로 사내는 그 누구에게도 미안하다는 말을 한 적이 없었다. 잘못을 인정한 적은 더욱이 없었다.

그러던 것을, 마치 불문율과 같았던 것을 깨고 어린 계집에게 사과한 것이었다. 한데 이 멍청한 줄 알았다가, 알고 보니 맹랑한 계집은 콕 잡고 늘어져서 줄줄이 또 말을 쏘아 대는 것이다.

주변에 다른 이가 있었더라면 필시 그가 나서지 않아도 먼저 나서 려화의 목을 쳤을지도 모르겠다. 그는 그런 대접을 받는 이였다. 그런 대접을 받아야만 하는 위치였다.

지금, 생에 이렇게까지 신선하도록 몹쓸 대접을 받는 것은 처음인 사내의 이름은 도휘강.

도국의 젊은 황제였다.

"이만하면 됐지, 뭐 얼마나 대단한 잘못을 했다고 나보고 더 굽히라는 거냐?"

그러니 평소와 달리 유순하게 굴었던 휘강이라도 다시금 짜증이 울컥 치받히는 것이다. 해서 마주 쏘아 대고 나니, 려

51

화가 저를 정말로 죽일 듯이 노려보는 것이다.

그래서 이제는 또 얼마나 대단하게 쏘아 댈지 흥미까지 생기는지라, 휘강은 팔짱을 끼고 려화를 내려다보았다.

그런데 려화가 또 우다다 쏘아 댈 거란 휘강의 예상은 보기 좋게 빗나갔다.

"그러게. 이만하면 됐긴 하다."

려화가 다시금 쪼그려 앉으면서 말했다. 목소리에 속상함이 묻어난다. 이게 또 휘강의 관심을 끌었다. 지켜보기에 퍽 재미난 계집이었다.

"맞아, 그만하면 됐지 뭐……. 그냥 나도 앞일이 갑갑해서 질러 봤어요."

혼자서 중얼거리는 꼴이 꽤나 가엾다. 휘강은 그리 생각하고는 짐짓 놀라고야 말았다. 제가 누군가에게 가엾다든지 하는 생각을 할 수 있는 사람이었다는 것에 웃음이 났다. 하긴 이 계집은 처음부터 좀 남달랐던 데가 있다. 본디 타인에게, 특히 여인에게 관심이라곤 눈곱만큼도 없는 자신의 눈길을 잡아끌었지 않은가.

기실 려화가 처음 휘강의 눈길을 끈 것은 그녀가 큰 실수를 벌인 이곳이 아니었다. 휘강은 그녀가 복숭아 농원에 도착했을 때부터 그녀를 보고 있었다. 처음엔 궁궐에 차고 넘치는 궁녀 중 하나가 온 것이기에, 높은 나뭇가지에 등을 기대고 복숭아나 베어 먹고 있던 휘강은 큰 관심을 두지 않았다.

노인만 있을 때는 피차 말이 없어 조용하기에 소란이 생기겠다고 짜증만 일었었다.

보통 궁녀라는 것들은, 휘강이 생각하기에는 그저 궁의 잡일을 맡아 하는 일꾼에 불과했다. 더불어 간혹 생각나면 황제가 건드릴 수 있는, 딱 그 정도의 존재밖에 되지 않았다. 그런데 막상 궁녀들은 자신의 처지를 그리 생각하지 않았다. 농원을 지키는 노인에게 하대해도 될 정도로 자신의 지위를 높게 여겼다.

비단 궁녀뿐이겠는가, 황궁에 드나든다는 것들은 모두 그랬다. 휘강에게는 그들의 꼴이 굉장히 우습고 아니꼬웠다. 사람의 목숨이 쉽고, 권력보다도 힘을 더 우선시하는 만인지상의 그에게는 말이다.

한데 려화는 달랐다. 소란이 일어나리라 생각했던 것과 달리, 노인과 제 나름 평화롭게 답을 주고받고는 아무 일 없이 복숭아를 받아 가는 것이었다. 꾀죄죄한 노인의 하대에도 아무렇지 않게 존대로 답하고, 꾸벅 인사까지 하는 모양새가 제법 인상적이었다.

그러니 노인도 려화를 걱정한 것일 거다. 치마폭에 복숭아를 담고 엉성한 걸음으로 머리꼭지가 사라지는 계집을 말이다.

노인은 거기서 그치지 않고 그렇지 않아도 려화의 머리꼭지를 같이 보고 있던 휘강이 앉은 나무를 지긋이 바라보았다. 휘강은 노인의 은근한 부탁에 한숨을 푹 내쉬며 려화의 뒤를 쫓은 것이었다.

과거, 휘강의 아버지인 선황에게 대들며 휘강을 지켜낼 정도로 간담이 대단히 큰 태감이었던 노인에게는 휘강도 종종 반 수 물러 주고는 했다.

이번에도 그러했다. 때마침 풋내 나는 어린아이인 려화에게 관심이 기운 것도 있으니 노인의 부탁을 따라 그녀의 뒤를 쫓은 것이다.

"이제 어떡하지? 다시 올라갔다가, 또 내려가서 저녁 연회 전에 복숭아를 가져다줄 수 있을까? 여섯 개를?"

휘강이 려화의 말에 단호하게 고개를 저었다. 아닌 말이다. 아까 려화의 걷는 꼴을 보았던 휘강은 그녀가 절대 제시간에 다시 농원을 왕복할 수 있을 거라곤 생각지 않았다.

려화가 눈을 새초롬히 뜨고 다시 휘강을 흘겼다. 그의 단호한 태도가 정답임을 알면서도 마음에 들지 않았던 것이다.

"내가 어디서 어디로 가는 줄 알고 안 된대? 알아도 뭐, 위로 좀 못 해 주나?"

"하늘 복숭아를 구하러 산 중턱으로 갔다가, 황궁으로 들어가겠지. 나……. 크흠, 나도 아는 것이 황제가 하늘 복숭아를 좋아한다는 거니까."

휘강은 답지 않게 말을 더듬고야 말았다. 거기에 신경 쓸 겨를이 없는 려화는 느끼지 못하고 넘어갔지만 말이다. 그는 어쩐지 제게 반말을 찍찍 내뱉는 이 어린 예비궁녀에게 자신이 황제라 밝히고 싶지 않았다.

아주, 오랜만에 듣는 반말이 꽤 신선해서였다. 려화가 자신의 정체를 알고는 태도를 바꾸는 것이 내키지 않았다.

"예에, 예에. 제가 궁녀복을 입고 있었으니 모두 다 알아보셨겠군요."

"그렇다. 그리고 하나 더."

"하나 더?"

휘강이 턱을 치켜들고 려화를 내려다보았다. 려화는 순간 휘강의 표정이 몹시 얄미운 것이 속에서 무언가 울컥하는 것을 느꼈다.

"내가 위로한다고 상황이 달라지나?"

"……맞는 말이긴 한데, 정말 재수 없게 말하네. 진짜."

입술을 삐죽이며 말한 려화가, 쭈그려 앉은 채로 휘강에게서 등을 돌렸다. 그러고는 혼자서 또 웅얼대며 듣는 이 없는 하소연이나 내뱉었다.

휘강은 팔짱을 끼고 가만히 려화의 하는 꼴을 내려다보았다. 자꾸 눈에 박힌다. 그래서 가만히 이놈 저놈에, 난리가 났느니부터 별소리를 다 하는 것을 가만히 듣고 있는데, 대뜸 려화의 고개가 홱 돌아 다시 저를 향하는 것이다.

"……뭐냐?"

"그건 내가 하고 싶은 말인데?"

"……왜?"

"아까부터 자꾸 나를 쳐다보고 있으니까. 그리고 대체 누군데 황제 폐하를 친구처럼 황제, 황제하고 함부로 부르고 변인서 궁녀인 나도 모르는 하늘 복숭아 이야기를 알아?"

휘강이 당돌한 려화의 물음에 뭐라고 답해야 할지 잠시 고민했다.

그야, 휘강 본인이 황제니 친구보다 더 대담하게 부르는 것이고, 자신이 황제니까 하늘 복숭아 이야기를 아는 것이다.

그러나 여전히 휘강은 려화에게 정체를 밝힐 생각이 없었다.

"넌 궁녀가 아니라 예비궁녀잖아."

"어쨌든 궁녀는 궁녀지. 별일 없으면 그냥 궁녀 되는 건데. 그래서 당신은 누구냐니까?"

"댁에서 당신까지는 올라왔군."

"그래서 누구냐고!"

휘강이 려화에게 눈높이를 맞추려 저도 길바닥에 주저앉았다. 그래도 신장 차이가 한참 나니 여전히 저의 시선이 훨씬 높았다.

"너부터 밝혀라. 그럼 알려 주마."

"당신은 내가 궁녀인 걸 알잖아."

"그것 말고 내가 아는 게 없잖아. 내 신분이 궁금하면, 대단하게 나이 차가 나는 것을 알면서도 발라당 까져서 반말을 찍찍 뱉는 너부터 밝히라 이 말이다."

려화가 입술을 삐죽였다. 주저앉은 휘강의 허리춤에 묶인 기다란 장검의 검집이 바닥을 긁었다. 어쩐지 먼저 밝히면 지는 기분이 들 것 같았다.

그런데 시간은 이미 많이 지체했고, 안 되는 걸 알아도 이제 일어나서 다시 농원으로 가 봐야 했다. 제 실수이니 수습하는 시늉이라도 해야지 않겠는가. 그러니 차라리 자꾸 사람을 놀리듯 해서 시간 가는 줄도 모르게 만드는 이 사내부터 내쫓는 것이 낫겠다는 데까지 생각이 미쳤다.

이번에는 려화가 자리에서 일어났다. 흙이 묻고 구겨져 엉망인 치마를 탈탈 털고 휘강을 내려다보았다.

"변인서 예비궁녀 공려화. 당신은?"

"나는 황……, 제 폐하의 호위 검사인 도휘강이다."

황가 핏줄의 이름은 이름만으로도 존귀하다 여겨져 쉬이 노출되지 않았다. 그러니 글씨로 써서 보여 주지 않으면야 려화가 이름을 들은 것만으로 휘강이 황제거나 최소한 황실의 일원임을 알 수는 없었다. 그래서 휘강은 제 본명을 스스럼없이 말했다.

려화는 호위 검사씩이나 되면 이제 궁 생활이 석 달을 넘어가는 자신보다 훨씬 황제에 대해 잘 아는 것이 이해가 되고도 남겠다고 수긍했다.

그의 신분을 알았으니 이제부터는 대놓고 반말을 할 수는 없어졌다. 급히 다시 농원을 들러야 하는 려화이니, 그녀는 언제 반말을 하며 휘강에게 맞먹었냐는 듯 고상하게 허리를 숙여 궁녀의 인사를 해 보였다.

'도' 씨 성은 황가의 것과 음이 같고 나라의 이름과 같으니 높으신 귀족이 아니고서는 쓸 수가 없었다. 그러니 려화가 알게 된 휘강은 높은 귀족에 황제를 모실 정도로 검을 잘 쓰는 무인인 것이다.

나이는 딱 보아도 저보다 족히 넉 살은 위일 것 같고. 그러면 이제 반말을 지껄일 이유는 사라졌고.

"실례가 많았습니다. 무사님. 그럼 이제 저는 실수를 수습하는 척이라도 해 보려 다시 농원으로 가 봐야겠습니다. 살펴 가시어요."

아까와는 정반대로 공손해진 려화의 모습에 휘강이 혀를 찼다. 이런 걸 바라고 통성명을 하자 한 것이 아니었다. 휘강의 미간에 내 천(川)자가 그려졌다.

그가 미련 없이 돌아서서 다시 농원으로 향하는 려화의 손목을 붙잡았다.

"역시 멍청한 계집이잖아. 또 소용없는 짓이나 하러 가려고?"

휘강의 말이 맞다. 소용없는 짓이다. 려화도 충분히 그걸 안다. 하지만 혹시 모른다. 물론 노인이 복숭아를 더 내주지 않을 수도 있고, 다시 내주더라도 들고 절대로 시간 내에는 도착하지 못하겠지만.

지금 바닥에 엉망이 되어 향긋한 내음이나 풍기는 복숭아만 허망하게 보고 있으니, 조금 늦게라도 멀쩡함에 가까운 하늘 복숭아를 변인서에 가져가야 했다.

이렇게라도 수습하면, 그래도 변인서의 다른 죄 없는 궁녀들은 폭군 황제의 화를 피할지도 모르는 일 아니겠는가.

그러니 려화는 재게 달려 올라가서, 복숭아를 다시 얻어다 이번에는 빠른 걸음으로 달려 변인서까지 갈 속셈이었다.

"소용이 없어도 최악보다는 좀 더 나은 상황을 만들 순 있지 않겠습니까?"

"아까 반말을 찍찍하던 게 더 네게 어울린다. 어설픈 존대 집어치우고 헛짓도 그만두고."

"귀인의 신분을 몰랐을 때면 모를까, 지금은 알고 있는데도 반말을 할 이유가 없답니다. 그럼 이제 정말로 살펴 가셔요."

말을 마친 려화가 휘강에게 잡힌 손에 힘을 주어 흔들었다. 이러면 손이 쏙 빠져나올 줄 알았는데 어림도 없었다. 휘강은 려화가 손에 힘을 주는 시점을 기가 막히게 맞춰서 바짝 힘을 주었다 뺐다.

완전히 희롱당하는 기분이다. 려화의 얼굴이 짜증으로 붉게 달아올랐다.

"장난하시는지요?"

"장난 아닌데?"

"그럼 이 손 놓고 각자 갈 길 가는 것이 어떠신지요?"

가만히 듣고 있으면, 말투만 공손한 존대로 바뀌었을 뿐, 려화는 권력 그 자체에 굽신거리듯 자신을 낮추지 않았다. 존대를 해도 신선한 여인이라니 참으로 대단했다. 여인이라 부르기도 한참을 어려 보이고, 예비궁녀의 옷을 입고 있으니 많아 봐야 열넷 나이의 소녀일 것인데 말이다.

그러나 휘강은 조금 이상하게 보일진 몰라도 려화의 군더더기 없는 반말이 좋았다. 이런 제가 웃기게 느껴지긴 하지만 다소 억지를 부리더라도 다시 이 계집, 려화에게 반말을 듣고 싶었다.

"도와줄까?"

"예?"

"도와준다고."

"어떻게요?"

휘강은 려화가 자신의 말을 들을 생각이 있어 보이자 그제야 그녀의 손목을 놓아주었다. 잠깐 잡고 있었던 것인데, 려화의 새하얀 피부는 금세 붉게 자국이 남았다.

휘강의 시선은 저도 모르게 려화의 붉어진 손목을 향하고 있었다. 그는 말을 이으며 제 마른 입술을 핥아 축였다.

"나는 무인이니 발이 빠르고, 또한 폐, ······하의 심부름으로 농원을 자주 들락였으니 노인과 안면도 있다. 내가 가면 장부에 기재하지 않고 몰래 몇과 따서 들려 줄 터이니 네게는 완벽한 수습이지 않겠나?"

휘강의 제안이 몹시도 달콤했다. 려화는 순간 홀려서 고개를 끄덕일 뻔했다. 그러나 정신을 차리곤 반대로 한 발짝 물러났다.

"그런 일을, 처음 보는 멍청한 계집을 위해 해 주신다니 제가 믿을 방법이 없습니다."

"호의다."

"듣지 못한 것으로 하겠습니다."

"어째서?"

려화가 고개를 모로 기울이고 말했다.

"실례지만 귀인께서는 선의로 호의를 베풀 분으로는 보이지 않거든요."

"뭐라?"

"그러니 그 호의에는 사실 대가가 따를 것이라 여겨집니다. 물론 고매하신 황제 폐하를 호위하는 분이시니······."

이쯤 말하며 려화는 한 걸음 뒤로 몸을 내뺐다.

"그럴 리는 없겠지만 그 대가라는 게."

휘강은 려화가 아직 뱉지도 않은 말이 어떤 내용인지 전부 파악했다. 어린 계집이 참으로 의심도 많았다. 멍청한 계집보다는 의심이 많고 머리가 돌아가는 쪽이 더 낫기는 하지만.

한데 그건 그거고. 지금 이 상황은 휘강에게 몹시 불쾌한 상황이 아닐 수가 없었다. 원래의 그라면 불같은 분노를 침묵으로 승화하며 검을 빼 들었을 그런 상황 말이다.

"네가 무슨 생각을 하는진 알겠는데, 내가 그렇게 굶주리지는 않았다!"

참으로 이상하다. 이번에도 휘강은 검을 빼 들지 않았다. 아니 그럴 생각조차 들지 않았다.

그저, 이리저리 빠져나가며 툭툭 튕겨 대는 려화가 조금 귀엽다는 생각을 했다. 참으로 우스운 일이었다.

"굶주리지 않았다는 말씀이 무슨 뜻인지는 잘 모르겠지만……."

려화는 충분히 뜻을 알아들은 것처럼 얼굴을 붉히면서도 딴청을 부리며 고개를 돌렸다. 휘강은 허, 하고 혀를 찼다.

"궁녀는 오로지 황제 폐하라는 만인지상의 한 지아비를 모시는 여인이니 어떤 때라도 몸가짐을 조심하라 배웠답니다."

정말로 어떤 뜻인지 알지 못하고서는 나올 수 없는 말을 하면서, 려화의 얼굴에선 붉은 기가 사라지고 천연덕스러운 기색이 올라왔다. 휘강은 이 조막만 한 계집의 머리통에 아프지 않게 꿀밤을 한 대 먹이고 싶은 그런 마음이 들었다.

한마디로, 귀엽긴 한데 얄미웠다는 뜻이다.

"네가 궁녀라서 내가 직접 손을 대지 않는 것을 다행으로 알아라."

휘강의 말에 려화가 눈을 동그랗게 떴다가 고개를 끄덕였다. 그녀의 속에는 휘강에게 해 줄 여러 가지 반박이 있었지만 이미 시간을 많이 지체했다. 아직까지는 휘강의 도움을 받을 생각도 없고 말이다.

휘강이 려화의 표정에서 그녀의 속내를 읽고는 한숨을 푹 내쉬었다. 황상이 이리 한숨을 내쉬거든 다른 이들이라면 제국의 무운이 꺼질까 걱정을 하며 호들갑을 떨었을 것이다.

"내가 너를 돕는다면, 대가는 이것 하나다."

"굶주리지 않으신 귀인이 바라시는 대가가 무엇이온지요?"

려화의 얄미운 한마디에 휘강이 결국 주먹을 꽉 쥐었다. 정말로 꿀밤을 먹일 뻔했다. 배시시 웃어 버리는 려화의 어린 얼굴이 해맑다.

"아까처럼 나에게 맞먹고 덤비거라. 그게 내가 바라는 대가다."

커다란 땅덩이의 중앙을 차지하고 지금도 거침없이 대륙을 넓혀 가는 황제의 열한 번째 승전을 축하하는 연회가 열렸다. 도무지 황궁에는 붙어 있지 못하는 성정의 황제를 익히 아는 대신과 궁인들은 아예 연회를 저녁으로 잡았으니, 연회가 막 흥을 돋운 지금은 달이 휘영청 떠오르고 하늘이 온통 짙은 감색으로 덮였다.

하늘의 어두움은 지상의 빛을 더욱 찬란하게 하는지라, 연회가 벌어지는 대관을 장식한 등불이 휘황찬란했다.

하나 정작 연회의 주인공이신 황제의 표정은 좋지가 않았다. 그가 황제가 되던 첫해의 승전에는 연회가 없었으니, 이번이 열 번째 승전축하연이다. 그러면 기념이 될 만한 자리건만 그는 내도록 무료한 표정이었다.

나잇값을 하느라, 신분을 신경 쓰느라, 황제의 눈치를 보느라 조용하기만 했던 대신들이 너 나 할 것 없이 나와 꽃처럼 아름답게 차려입은 여악들과 어울려 춤췄다.

"황상, 어찌 이리 표정이 좋지 않은 게요?"

휘강을 제하면 황궁에 유일하게 남은 황실 일가인 태황태후가 물었다. 휘강이 조모의 질문에야 그나마 시선에 초점을 찾았다.

"소손의 표정이야 원래 그렇잖습니까."

"그렇더라도 오늘은 즐거운 날이 아닙니까? 주인공인 황상이 이리 표정이 좋지 않으면 다들 연회를 진심으로 즐기지 못합니다."

휘강이 태황태후의 말에 피식 웃었다. 그가 술잔을 들어 입술을 축이곤 턱을 치켜들어 춤판이 벌어진 곳을 가리켰다.

"이미 잘 즐기고들 있는 듯 보입니다."

"그럼 이 할미를 위해서라도 즐겨 주세요."

휘강이 고개를 끄덕였다. 퍽 성의 없었으나, 본디 그의 성정이 그런 것을 아는 태황태후가 적당히 만족하고 물러났다.

한번 술잔을 들기 시작하니 그제야 휘강의 입에 술이며 음식들이 조금씩이나마 들어가기 시작했다. 혜인서와 해인서,

장인서와 주인서의 궁녀들이 오늘을 위해 허튼 고생을 한 것은 아니니 퍽 다행이라 해야겠다.

태황태후도 젓가락을 들어 몇 가지 눈에 뜨이는 음식을 집어 먹었다. 그러다간 집중해서 저와 휘강의 앞에 놓인 상의 음식을 찬찬히 살폈다. 그녀의 얼굴에 살짝 노기가 깃들었다. 뒷방 늙은이처럼 굴고 있으나, 그녀의 본디 성정은 온화하고 조용한 뒷방 늙은이와는 거리가 멀었다.

상황의 치세에서, 힘없는 황태후로도 휘강에게 가장 큰 힘을 실어 주었던 여인이니 품은 힘과 강단이 오죽 대단할까.

"상에 황상이 좋아하는 복숭아 요리가 없구나."

그녀가 젓가락을 놓으며 말했다. 태황태후를 모시는 가장 품계가 높은 여어가 하얗게 변한 낯빛으로 뒤에 선 다른 궁녀들을 노려보았다.

잽싸게 태황태후에게서 가장 멀리 서 있던 여어가 연회 음식을 준비하는 소주방으로 달려갔다.

"하늘 복숭아라면 이미 배부르게 먹었습니다. 할마마마."

뒤늦게 휘강이 태황태후의 언짢음에 반응했다. 그가 처음으로 얼굴에 흐릿한 미소를 띠었다. 태황태후조차 오랜만에 보는 휘강의 온화한 얼굴이었다.

태황태후의 얼굴에서 언짢음이 가라앉았다. 그녀가 조금 눈을 크게 뜨고 휘강을 바라보았다. 태황태후가 휘강을 바라보는 눈빛은, 황제를 바라보는 것이 아닌 자신의 손자를 보는 눈빛이었다.

"우리 황상께서도 웃을 줄 아셨군요."

"자주 웃지 않습니까?"

"마음을 울리는 웃음 말입니다. 농원에서 무슨 좋은 일이라도 있었습니까?"

휘강의 미소가 짙어졌다.

"별일은 아닙니다. 그저 오늘은 복숭아를 가지러 온 궁녀가 유 노인의 기분을 상하게 하지 않더군요."

태황태후가 휘강이 지은 미소의 의미를 알았다는 듯이 고개를 끄덕였다. 그러나 그녀는 어딘가 내심 실망한 기색을 내비쳤다.

"황상의 눈에 차는 어여쁜 여인이라도 만난 줄 알았더니. 하긴, 궁녀라면 그 또한 여인은 여인이군요."

"여인이라뇨. 할마마마께서 소손을 웃길 생각에 하신 말씀입니까? 그렇다면 성공하셨습니다."

"이 할미는 항상 황상의 비어 있는 옆자리를 신경 쓰지 않았습니까. 농은요."

태황태후가 어린 손주에게 투정을 부리듯 말했다. 휘강이 웃으며 술잔을 들었다. 때마침 태황태후의 여어에게 재촉을 받은 소주방에서 하늘 복숭아로 만든 요리들을 내왔다.

하늘 복숭아는 본디 그 향이 짙고 대단히 달콤하고 맛이 좋은 복숭아였다. 그러나 오늘 내온 것은 평소보다도 더욱 모양새가 좋았다. 마치 갓 딴 복숭아를 내온 것처럼 말이다.

당연했다. 휘강이 닦달해 유 노인이 직접 좋은 것을 골라 딴 것을, 그가 빠르게 황궁 근처에서 기다리고 있던 려화에게 전달한 것이니 말이다.

그리해도 다소 시간이 늦었기에 요리가 늦게 나온 것일 거다. 사정을 다 알고 있는 휘강이 피식 웃으며 어떤 조리도 닿지 않은 복숭아 조각을 하나 집어 입에 넣었다.

짙은 단맛 뒤로 묘하게 사람을 잡아끄는 아련한 쓴맛이 산미와 함께 퍼졌다. 하늘 복숭아의 맛은 휘강이 살아온 삶을 닮아 있었다. 만인지상이라는 말이 어울리도록 모든 것을 손에 쥐고 있는 지금이 있기까지, 소년기를 채웠던 그 쓸쓸하고 아릿한 과거마저 말이다.

"오늘 유난히 복숭아의 맛이 좋구나."

태황태후가 요리를 내오고 평을 기다리고 있던 여변에게 말했다. 그녀가 고개를 깊이 숙이자 휘강이 말을 덧붙였다.

"농원에서 복숭아를 옮긴 궁녀가 일을 잘한 것 같습니다. 할마마마, 그에게 앞으로 계속 하늘 복숭아를 관리하는 일을 맡기는 것이 어떻겠습니까?"

곁에 태황태후가 있기에, 그녀의 면을 세워 주기 위해 휘강이 직접 물었다. 모든 이야기를 듣고 있는 여변의 얼굴에는 안도감이 감돌았다.

"그리하지요. 내가 내명부를 통해 명을 내리리다, 황상."

"유 노인의 위장에도 좋은 결정이겠군요."

입에 남은 달콤함을 쓸쓸한 술로 쓸어내리며, 휘강이 그리 말했다.

2장. 여름, 꽃은 처음으로
   피어나고

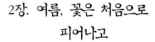

본디 예비궁녀란 정해진 일 하나만을 해서는 안 되었다. 모든 궁의 일을 두루 배우고 그중 가장 맞는 것을 찾아 배치하는 것이 원칙이기 때문이었다.

한데 태황태후마마께서 려화에게 직접 하늘 복숭아를 관리하는 일을 맡기셨으니 이는 이치에 어긋났다. 려화는 예비궁녀였으며, 하늘 복숭아를 관리하는 것은 정식 궁녀의 일이었기에.

도국의 국법이 지엄한 것은 자명했다. 다만 내명부의 일에 관해서는 국법 위에 황후가, 황후가 없으면 내명부 최고 어르신이 우선되었다. 그러니 태황태후의 명은 거절이 불가했고, 내명부의 일원들은 궁여지책을 짜내었다.

"이리 이르게, 파격적으로 궁녀직에 든 아이는 네가 처음이겠구나."

"……감읍할 따름입니다."

려화가 여사의 손에서 궁녀복을 받아들며 허리를 깊이 숙여 인사했다. 여사는 이리 기쁠 수 없는 일에도 무덤덤하게 보이는 려화를 보고 의아함에 미간을 찌푸렸다.

여사는 황후와 후궁들이 거처하는 육궁의 내정과 궁녀들의 사사로운 관리를 도맡는 직책으로, 궁녀들 사이에서는 가장 큰 권한을 휘두르는 자리였다.

실질적으로는 당대 황제에게 가장 사랑받는 황후, 혹은 후궁을 모시는 여어의 힘이 더 강하게 작용했으나 현 황제는 후궁은커녕 황후조차 들이지 않았다. 그러니 자연적으로 태황태후의 명을 따라 육궁의 내정을 펼치는 여사의 힘이 가장 강해졌다.

그러니, 그들은 실질적으로 태황태후마마를 뫼시는 것은 자신들이라는 자부심이 강하였다.

그런데 려화는 태황태후마마의 명으로 하늘 복숭아를 관리하기 위해 궁녀가 되었음에도 도무지 기뻐 보이지가 않았단 말이다.

자연히 이것이 여사의 심기를 건드렸다.

"궁내 팔부의 일을 맡은 궁녀가 된 것이 네 마음에 안 차는 것이냐?"

결국, 인사를 마치고 배정받은 방을 살피러 가려 하던 려화의 뒤통수에 대고 여사가 입을 열었다.

려화가 돌아 나가려던 걸음을 돌려 다시 여사를 마주 보았다. 차마 높으신 분에게 눈을 맞출 수는 없으니 자연스레 려화의 고개는 공손하게 바닥을 향했다.

"그런 것이 아니오라, 실감이 나지 않아서 그렇습니다. 이 것이 여사 마마의 심기를 불편케 한 것인지요? 그렇다면 어리고 미욱한 소녀의 죄입니다."

사실 려화의 표정이 무덤덤했던 것은 그녀의 본심이 궁녀가 되는 것을 피했기 때문이었다. 정식 궁녀가 되기 전에 출궁당하기는커녕 누구보다 이르게 궁녀가 되어 버렸다. 쉽게 출궁당할 기회를 그르쳤으니, 표정이 좋을 수가 없었다. 그나마 인상 쓰지 않은 것만 해도 려화에게는 최선이었다.

려화는 지금도, 이제 어떻게 해야 하나 고민하고 있었다. 정식 궁녀가 되면, 절대 자의로 궁을 떠날 순 없었다. 그러니 방법이라곤 잘못을 저질러 출궁당하는 것뿐인데.

그리 출궁당하면 고운 꼴로는 나가기 어려운 것을 수십 번이 넘게 교육받았다. 그럼 어째야 좋은가 말이다.

다행히 여사는 적당히 려화의 말에 마음을 푼 듯 굳혔던 인상을 편히 바꾸었다. 그녀가 려화를 보면서 이제는 아예 피식 웃음을 지었다. 중년이라고 불러도 좋을 나이에도 고운 얼굴을 지닌 여사의 미소는 어쩐지 냉랭한 데가 있었다.

"너 입을 놀리는 재주가 썩 나쁘지 않구나."

"분에 넘치는 칭찬입니다. 그러나 마마께서 해 주시는 칭찬이니 이리 달 수가 없는 것을요."

"허허, 갈수록 더하는군. 트집 잡지 않을 터이니 나가 봐라."

"예에."

려화가 다시 고개를 깊이 숙여 여사에게 예를 갖추었다. 이제는 정말로 돌아 나가도 좋을 것이었다.

"복숭아 관리가 쉽지는 않을 것이니, 한동안은 농원에 매일 들러 관리인 노인과 마음을 맞추는 것이 좋을 것이다."

"조언 받잡겠나이다."

여사는 처음과는 달리, 이제는 반대로 려화를 좋게 본 듯 조언을 던졌다. 지금은 여사의 직위를 달아 감히 태황태후마마의 의견을 따라 내명부를 호령하는 그녀도 과거 소녀 시절에는 변인서 출신이었다.

같은 변인서 출신에, 성격은 덤덤한 듯 맹랑한 구석이 있고 얼굴도 예쁘장한 려화가 마음에 찬 것이다. 여사는 려화가 정식 궁녀들의 숙소인 초화궁으로 가는 것을 보고는 저 또한 몸을 돌렸다. 그녀는 내심 속으로 려화를 아깝게 여겼다.

태황태후의 명을 받았으니 일을 쉽게 처리할 수는 없었다. 그리하여 여사는 직접 나서서 려화가 하늘 복숭아 일을 어찌 처리했는지 확인했다.

급했던 여변의 실수인지 아니면 뒷배 없는 마음에 들지 않는 궁녀를 쫓아내기 위함인지, 아마도 후자였을 이유로 려화는 임시패를 받지 못했다.

그런 것을 기지를 발휘해 뒷배가 있는 예비궁녀의 임시패를 빌려 해결했다. 들은 바로는 농원의 유 노인에게도 공손하게 굴어 시간을 지체하지 않고 복숭아를 받았다지.

거기에 복숭아는 여느 때보다 한 점 상한 곳 없이, 조금 늦긴 하였으나 변인서로 옮겨졌다.

속에 무엇을 품고 있을지 모르나 대단히 맹랑한 계집이었다.

"저 아이의 행보를 보아하니, 그저 궁궐 방 한 칸을 조용히 채우고 있다 나가지는 않겠구나."

여사는 긍정적으로든 부정적으로든 려화가 대단한 사고를 한 번은 칠 것으로 생각했다. 그러고는 괜한 아쉬움에 고개를 절레절레 내저었다.

만일 황제 폐하께서 전쟁만큼이나 여인을 아는 기쁨에 능통하셨더라면, 제 아래에 두고 키워서 후궁으로 만들어 보고 싶을 아이였다. 그러니 여사는 마음에 남는 아쉬움을 지울 길이 없었다.

괜한 생각이었다.

**

하늘 복숭아 농원은 참으로 신기한 곳이다. 황궁 뒤를 감싼 산맥의 가장 높은 뒷산 중턱에 위치했음에도 사시사철 산 아래보다 따뜻했다.

더해서 산을 빙 둘러 자라난 복숭아나무는, 마치 무릉도원의 진짜 천도를 옮겨다 놓은 것처럼 철을 모르고 꽃을 피우고 열매를 맺었다.

그러나 철모르고 꽃 피고 열매 맺는 나무도 잠시 쉬어 갈 때가 필요하니, 그때는 나무가 알아서 꽃과 잎을 떨구고 깊은 잠에 빠진다.

"그래서 저 둘러 뒤쪽의 가지만 뻗은 나무가 휴식수고, 꽃 피고 열매나 계속 맺는 이쪽은 노작수(勞作樹)다."

"무슨 이런 신기한 나무가 다 있답니까?"

"그러니 황제께서 좋아하실 법하지 않겠느냐."

"그도 그러네요. 유 어르신께서는 그럼 어찌 이런 대단한 농원의 관리자가 되셨답니까? 어린 시절부터 나무에는 능통한 분이셨어요?"

려화의 수다에 유 노인이 껄껄 웃었다. 물론 태감직을 지내던 환관 시절부터 풀과 나무를 좋아하기는 했지만, 려화의 순수한 생각이 퍽 깜찍했던 탓이다.

"황궁 돌아가는 일이 그리 만만한 줄 아느냐?"

"만만한 것이 아니라, 그것이 이치에 맞는 것 아닌가요? 어쨌든 여기는 황궁에서 관리하는 곳이고, 황제 폐하께서 잡수시는 과실이 열리는 나무니까요. 나라에서 으뜸가는 초목 관리사를 두어야죠."

"이 나무는 괘씸하게도 적당한 품만 들이면 알아서 잘도 처 자란다. 나는 웃돈을 찔러주고 여기에 들어왔고 말이다. 알겠냐?"

유 노인이 괜히 옆의 복숭아나무를 쓰다듬으며 말했다. 그런 그의 눈에 회한이 어려 있다. 그의 말이 아주 거짓도 아니었다. 태감직에서 물러나며 받아야 할 위로금 전부를 다 물리고 대신 얻은 자리이니 말이다.

그때, 궁내에서 무정한 폭군이라 불리던 휘강의 표정은 아주 볼만했다. 그 무표정한 듯 당혹한 휘강의 표정을 떠올리며 유 노인이 다시금 껄껄 웃었다.

"어르신께서는 농도 참 잘하셔요."

"농이라고? 농이라, 그것은 저기 오시는 저분께서 더 일가견이 있으신데 말이다."

유 노인이 농원의 관리직도 괜히 맡은 것은 아니지만, 그전에 환관을 지내며 태감 자리에도 허투루 오른 것은 아니었다. 그는 조용히 다가오는 휘강의 인기척을 느끼고는, 그쪽으로 잽싸게 깡마르고 검은 손가락을 뻗었다.

가리킨 방향으로 려화의 시선도 향했다. 그러니 익숙한 얼굴이 보였다. 휘강은 오늘도 무복 차림이었으나 이번에는 온통 검은 것이 아니라, 쪽빛과 옥색을 적절히 섞은 비단으로 지은 것이었다.

오늘 그의 모습은 무복 차림임에도 가히 옥류공자라 불림에 어색함이 없을 정도였다. 려화가 유 노인 덕에 휘강을 발견하고는 나뭇등걸에서 벌떡 일어나 치마를 털고 손을 높이 흔들었다.

"어, 귀인님!"

려화가 저를 발견한 것에 휘강이 슬쩍 인상을 찌푸리며 유 노인을 노려보았다. 유 노인은 껄껄 웃으며 아주 자연스럽게 휘강의 시선을 피하는 현묘한 개인기를 선보였다.

"아이고, 젊은것들이 다 늙어빠진 노인의 집 앞에서 또 꽃을 피우려 하니, 이 늙은 놈은 빠져야 합겠지요오."

아주 재밌어 죽겠다는 목소리로 실실 웃으며 유 노인이 홀랑 농원 근처의 제 처소로 몸을 숨겼다. 휘강은 려화에게 다가오는 길목에 유 노인의 처소를 노려보는 것을 잊지 않았다.

"그날 일은 잘 해결된 것 같더니?"

"물론이죠. 귀인님의 도움으로 아주……. 너무 잘 처리되었답니다. 이를 어찌 감사드려야 하죠?"

말투는 공손하고, 내용은 이를 데 없는 감사를 표하고 있었으나. 휘강은 어쩐지 려화가 진심으로 그를 기뻐하지 않는 것처럼 여겨졌다.

"진짜 감사하는 태도는 맞냐, 그게?"

"감사……. 하아, 감사하죠."

"그럼 왜 약조를 지키지 않는 것인데?"

려화가 눈을 동그랗게 뜨고, 한참 껑충한 휘강을 올려다보았다. 그대로 눈을 세 번. 깜박, 깜박했다.

"아."

휘강이 제게 내걸었던 조건이 뒤늦게 기억났다. 그런데 그게 진심이었다니 참으로 이치는 모를 사람이다. 려화는 그리 생각했다.

"어찌 은인께 함부로 반말한답니까?"

"애당초 은인으로 여기긴 하는 태도냐?"

"그럼 뭐 내가 철천지원수로 대하고 있기라도 하나 뭐……."

려화의 눈알이 슬그머니 옆으로 굴렀다. 그녀의 말도 슬그머니, 아주 자연스럽게 짧아졌다.

휘강이 농원 전체의 복숭아나무가 다 울리도록 시원스럽게 껄껄 웃었다. 완전히 골 때리는 계집이 아닐 수 없었다.

려화는 퍽 시원스럽게도 웃어 버리는 휘강을 얄미워 죽겠다는 눈으로 바라보았다. 그러나 휘강은 그런 려화의 시선은 신경조차 쓰지 않고 넉살 좋게 그녀의 옆자리를 차지하고 앉았다.

"계속 그렇게만 편히 대해. 방금이 딱 좋았다."

"좋을 것도 많으셔."

"퉁명스럽게 굴기는. 그런데 정말 기분이 좋아 보이는 사람의 얼굴은 아니구나. 뭔 일이냐?"

그야 되고 싶지 않은 것이 되었으니 려화의 표정이 좋을 리가 없었다. 휘강의 도움으로 난관을 넘긴 것은 좋았으나, 너무 잘 넘겨 버린 것이다. 이리될 줄 알았으면 복숭아 하나쯤엔 흠집을 좀 낼 것을 그랬나.

려화의 속셈을 모르는 휘강의 눈빛은 마냥 투명했다. 짙은 검은색 눈동자가 이리 맑고 투명하게 보일 건 다 뭐란 말인가.

려화는 슬금슬금 휘강의 시선을 피하면서 제 속도 숨길 궁리를 꽁꽁 해 보았다.

"일은 무슨 일. 덕분에 남들은 언감생심 꿈도 못 꿀 파격적인 속도로 궁녀까지 됐는데."

려화가 씨익 웃으며 휘강에게 말했다. 그러나 휘강에게는 어째 그 웃음에 비수가 섞여 있는 것처럼 보였다. 휘강이 미간을 구기고 려화를 마주 보았다.

그가 만인지상의 자리에 앉아 지금이야 누가 어떤 생각을 가지든 신경조차 쓰고 있지 않다고 한다지만, 그렇다고 눈치가 아주 바닥은 아니었다. 려화에게서 느껴지는 감정은 다소 원망과 짜증 같은 부정적인 것들이 섞여 있었다. 전쟁터를 오가며 살기를 감지하는 데는 이골이 난 휘강에게는 려화의 감정이 마치 화려한 색채처럼 눈에 보일 정도였다.

"헛소리하면서 말 돌리지 말고 솔직히 말해. 얼굴에 나 불만 있소, 다 쓰여 있단 말이다."

"칫."

"치잇?"

"그냥이요."

"요는 빼라."

려화가 휘강을 곁눈으로 보았다. 그리 노려보아야 휘강의 눈에는 귀엽기만 하다. 휘강이 손을 들어 려화의 이마에 꿀밤을 먹였다. 아프지도 않고, 그냥 어, 뭐가 지나갔네 하는 수준이지만 그래도 기분은 나쁘다.

려화가 볼을 잔뜩 부풀렸다. 그러다간 한숨을 푹 내쉬었다. 이 믿을 것 하나 없는 존재에게, 가뜩이나 황제를 지척에서 모신다는 휘강에게 제 속을 다 풀어놓을 수도 없고.

그렇다고 또 대강 넘어가자니 어찌 된 인간이 눈치가 백단이고. 보통 남의 눈을 신경 쓰지 않아도 될 정도로 높으신 자리에 있는 분들은 아랫것들 눈치에는 젬병 아니냔 말이다.

"내 꿈이 덕분에 박살 나 그렇지 뭐."

그런데 아무래도 휘강은 눈치도 엄청 좋은 것 같고, 또 첫 만남에서부터 보아 왔던 그의 고집도 대단한지라. 다는 말하지 못해도 약간의 사실은 드러내야 할 것 같았다. 그래서 려화가 조심스레 입을 열었다.

이리 말하다가 슬그머니 끊어도 좋을 즈음에서 입을 꾹 닫고 말을 돌릴 계획이었다.

"꿈이라. 무슨 꿈?"

려화가 아예 휘강 쪽으로 몸을 돌려 앉았다. 그와 이야기를 나누고자 하는데, 옆으로 흘긋거리며 말을 하자니 눈이 아플 지경이었다. 사실, 그를 노려본다고 눈알을 이리저리 굴려 대서 더욱 그런 것이었지만. 뭐.

"내 꿈은 본디 예비궁녀로 적당히 버티다가 탈락하는 것이었거든. 혼자 먹고살 만한 밑천 좀 모아서 나가면 더 좋고."

"뭐라고? 대체가 이해가 안 가는 계집이군. 기껏 궁에 예비궁녀가 되어 들어왔는데 출궁을 바랐다니?"

휘강이 정말로 이해가 안 간다는 눈으로 려화를 바라보았다.

"궁은 자유롭지 않으니까."

"자유가 좋았으면 처음부터 궁녀가 아닌 여궁 같은 것으로 들어오든가. 앞뒤가 맞질 않잖아."

휘강은 려화의 말이 채 이해가 되지 않았다. 아니, 앞뒤가 맞질 않는다고 생각했다. 자유가 좋았더라면 처음부터 여궁으로 궁에 들어왔으면 되었을 일이다. 그편이 훨씬 더 쉽고 말이다.

그리고 기왕에 예비궁녀가 되었으면 아무리 자유가 좋아도 보통은 궁녀가 되고자 한다. 잘 모르는 이들은 궁녀를 황제의 꽃이라 말했다. 물론 평생을 수절하는 여인으로서 가여운 처지라 여기는 이들도 있었지만, 궁녀는 보통의 여인이 오를 수 있는 가장 높은 자리임은 틀림없었다.

황실과 혼인할 수 있을 정도로 가문이 좋지는 못한 여인들이 가장 큰 부와 명예를 거머쥘 방법이 바로 궁녀가 되는 것이었다. 황제의 총애를 받는 황후나 비를 모시는 여어가 되거나, 혹은 궁녀들을 호령하는 여사가 된다면 정말이지 제법 대단한 권력을 쥐었다.

이 모든 것을 떠나서, 궁녀가 되기 위해 예비궁녀로 궁에 입궁하는 것부터가 만만찮은 일이었다. 처녀를 감별받고, 외모와 품성, 몸가짐으로 한 번 걸러 내며. 그것으로도 모자라 궁에서 한 사람 몫의 일을 해낼 수 있는가를 알기 위해 약식화된 간택까지 치러 낸다.

그러니 이런 것을 모두 통과해 예비궁녀가 되고도, 그 예비궁녀 자리에서 쫓겨나 궁을 나가겠다고 하는 려화의 말은 앞뒤가 맞지 않는 것이다.

"사람에게는 다 각자의 사정이라는 게 있게 마련이거든?"

"그러니까 그 사정이 뭔데?"

끈질기기 그지없는 휘강의 물음에 려화가 한숨을 푹 쉬었다. 대체 어디까지 알고 싶은 건지. 려화의 한숨에도 휘강은 물러날 생각을 않았다.

휘강의 끈질김에, 려화는 자신이 이리 궁으로까지 향하게 되었던 과거를 떠올렸다. 피난민들을 따라 걸음을 옮기다, 수도로 향하는 무리를 따라 수도까지 도착했을 때로 말이다.

려화는 지금 열다섯, 전쟁이 막 터졌을 당시만 하더라도 열 살이었다. 도국에는 열 살 생일을 맞이한 아이에게 두 자릿수가 된 나이를 축하하며 평생 무병장수하기를 기원하는 의미로 선물을 하는 풍습이 있었다. 려화에게도 열 살 생일을 축하하는 선물이 준비되어 있었다.

열다섯이 된 지금도 손에 들어오지는 않았지만.

그녀가 피난민 행렬을 따라서 수도까지 온 이유가 여기에 있었다. 죽은 려화의 부모님은 유일한 딸아이인 려화를 몹시 귀애했다. 천방지축으로 자라는 것도 못 말린다며 그저 웃어 넘기곤 할 정도였으니 오죽할까.

그러니 려화의 열 번째 생일을 기념하는 선물 또한 남다르게 준비했다. 다스리는 성 내에서 귀한 것을 구했어도 보통은 족하다 여겼을 것이다. 그러나 가족들은 그것으로는 만족하지 못해 수도의 내로라하는 장인에게 맡겼다.

물론, 려화는 선물의 주인이니 몰랐어야 옳았다. 어미가 죽기 직전 려화를 불타 무너져 가는 집 밖으로 내던지듯 밀어내며 말해 주어, 그제야 알았다.

'네 팔뚝의 꽃점을 본떠 장신구 일체를 만들었다. 백금과 옥, 석류석으로 만든 것이니 값이 제법 나갈 것이다. 수도의 대염장으로 가야 한다. 가서 네 점을 보이고 이것을 함께 건네면 필시 그 장신구 일체를 네게 줄 것이다.'

불이 거대한 기와집의 기둥을 태운다. 려화가 두 팔 벌려 안아도 가까스로 손끝이 닿지 않던 커다란 기둥이 꼬챙이처럼 말랐다. 불꽃이 부스러진다.

이미 집은 무너지고 있었다. 그리고 자신은 어머니의 손에 떠밀려 가까스로 화마를 피했다. 살려거든 같이 살아야 했다. 끝까지 어머니의 손을 놓치지 않을 작정이었다.

그러나 어머니는 모두 살기에는 이미 늦었다고 생각했던 모양이다. 거칠게 뿌리친 손, 떠밀리자마자 무너져 내린 벽.

그 아래에 깔린 어머니와. 어머니의 품에 꼭 안겨 울부짖던 고작 네 살 난 동생.

손을 놓치지 말고, 같이 잡아끌었어야 했다. 상처 하나 없이 혼자 살아남아 무엇 하는가. 부족하고 상처 남은 몸이라 하여도 가족들과 함께 살아남았어야 했다.

그러지 못했다. 열 살의 려화는.

'아, 아아······. 어, 머니······. 준이, 내 동생······!'

창졸간에 벌어진 일에 크게 소리치지조차 못했다. 그대로 주저앉았다. 눈앞에서 어머니와 동생을 잃었다.

그러고는 정신을 잃었다 깨어나니······.

려화는 떠올리고 싶지 않은 사 년을 지나쳤다. 고개를 절레절레 젓고 나니 그녀의 기억은 이제, 피난 행렬에 몸을 숨겼을 때로 건너뛰었다. 이쯤부터는 성주의 딸인 공려화의 모습은 없다시피 했다.

이미 성주의 딸조차 아니니 그러했다. 아주 오랜 후에야 듣게 된 것이지만, 아버지와 오라버니는 이미 그때에 명을 달리한 뒤였다.

려화는 일부러 더 얼굴에 검댕을 묻히고 더럽게 다녔다. 괴로웠으나 사내들의 시선을 받는 것보다는 나았다. 그렇게 수도에까지 도착했다. 어머니의 마지막 유지였다. 그것을 찾아서, 부지한 목숨 오래. 적당히 행복하게 살아 달라.

그것을 어떻게든 지킬 심산이었다. 하여 수도의 성문을 넘지 못한 피난민들 사이에 섞여 도성 밖에 웅크리고 있었다. 어떻게든 저 성문을 넘어야만, 전장을 찾아갈 수 있었다. 어머니가 입안에 넣어 주었던 자수로 된 확인증을 건네고 팔뚝에 꽃 모양으로 핀 점을 보여 줄 수 있었다.

그래야, 어머니의 손을 한 번도 거치지 않은 어머니의 유품이나마. 가족들의 유품이나마 손에 잡아 볼 수 있었다.

그러나 성문 넘을 일이 요원하였다. 그리 며칠이 지났을까?

'피난민 중에 양인 이상의 신분을 가진 계집은 전부 손을 들어라.'

관복을 입은 자와 수염이 없는 중년인이 피난민들이 모인 움막촌 가까이로 다가와 그리 말했다. 수염이 없는 중년인은 인상을 찌푸리고 코를 손으로 쥐었다. 관복을 입은 자는 가까스로 인상을 펴고 있었고, 그들의 뒤로 선 군졸들은 그나마 표정이 나았다.

피난민들 사이에서 어린 계집 몇몇이 손을 들었다. 려화는 이게 무엇을 뜻하는지 알지 못하니 곧바로 손을 들지 않고 기다렸다.

곧 나온 자들이 손을 든 계집들에게 하나하나 다가가 무언가를 물었다. 몇 번의 질답이 오가고 난 뒤, 몇몇은 뛸 듯이 기뻐하며 눈물까지 흘렸고, 또 몇몇은 자리에 주저앉아 펑펑

울었다.

려화는 의아한 낯으로 그것을 조용히 살폈다. 그때 려화의 곁을 지나치려던 중년인이 걸음을 뚝 멈추었다.

'앉은 자세하며 몸의 선이 곱게 자란 여인인 것 같은데, 왜 손을 안 들었지?'

려화는 자신을 향한 물음에 깜짝 놀라 눈을 동그랗게 떴다. 여전히 자신의 얼굴에는 검댕이 묻었고, 몸은 겨울 추위에 겹겹이 껴입은 누빔 옷으로 체격을 알아보기도 힘들 정도였다.

그런데 그걸 모두 꿰뚫고 자신의 진짜 모습을 알아본 사내의 눈썰미가 놀라웠다.

'달리 이유는 없습니다.'

'겁이 많은 건지, 아니면 진중한 것인지…… 흐음.'

'관복을 입은 나리가 함께 계신 걸 보면 바쁘실 텐데, 볼일 없는 제게는 눈길 그만 주시고 가심이 어떠신지요?'

려화의 말에 그가 미간을 찌푸렸다. 가만히 보니 중년인의 수염을 민 자국이 보였다. 려화는 뒤늦게 그가 궁에서 일하는 환관임을 알았다.

궁에서 피난민들에게는 무슨 볼일이 있는지는 모르겠지만. 덕분에 다른 이들의 시선을 받게 되었으니 려화는 짜증이 일었다. 이리되면 조용히 묻혀 있기는 글렀으니, 이 소란을 모르는 다른 행렬에 붙어 안전을 도모해야 했다.

'흐음, 내가 원하는 것은 딱 너 같은 아이들이었는데 말이다…….'

환관은 고민이 가득한 얼굴로 턱을 매만졌다. 수염이 없으니 대신인 듯싶었다. 려화는 볼일 없다는 듯 고개를 돌렸다. 그는 아쉬운 모양인지 려화의 근처를 떠나지 못하고 쩝쩝거리는 소리를 내었다.

'아까 불려 가 이곳을 떠난 아이들은 궁으로 갈 것이다.'

'예.'

'너도 궁에 가 보고 싶지 않으냐? 온통 금과 경옥으로 치장되고 경면으로 칠한 기둥이 몹시 아름답단다.'

'아니요.'

'허어, 가서 궁녀가 되면 녹도 받고 몸도 안전하게 지킬 수 있잖느냐. 너, 딱 봐도 가족이 없어 혼자인데 계집 혼자 몸으로 이 험한 세상에 멀쩡히 살 수 있을 것 같으냐?'

려화의 퉁명스러운 단답에 환관은 조급증이라도 난 듯 재빨리 말을 뱉었다. 덕분에 려화는 불려 간 아이들이 어디로 갔는지는 알 수 있게 되었다.

그네들은 궁녀로 간 것이다.

'저는 가야 할 곳이 있어서요.'

'도국에서 태어난 계집이라면 가장 가고 싶은 곳이 황궁이어야지.'

'꼭 그렇지만은 않아요.'

'꼭 그렇다! 더군다나 너처럼 집도 절도 없어 앞으로의 삶이 험한 계집이라면 더욱 그렇지! 뭐! 물론……. 정식 궁녀가되지 못하고 출궁당한다면 혼삿길은 요원해지겠지만…….'

도성과 먼 곳에서 자란 려화는 처음 듣는 이야기였다. 애당초 려화를 금이야 옥이야 곱게 기른 부모는 그녀를 궁으로 보낼 생각이 없었다. 가까이에 두고 평생 예쁜 것만 알려 주고 살 셈이었으니 말이다.

그러니 려화는 궁의 사정도, 돌아가는 방식도, 궁녀가 무엇인지도 제대로 몰랐다. 아는 것은 그저 궁에서 일하고 간혹 황제의 승은을 입을 수 있는 여인이라는 정도에 불과했다.

그런데 궁녀가 되지 못하고 내쳐져도 혼삿길이 요원해진다니?

'입궁하면 바로 궁녀가 되는 게 아닌가요?'

'어떻게 그러겠느냐? 폐하께서 하해와 같으신 마음으로 피난민들 일부를 구제하고자 궁녀로 삼겠다 하셨지만. 그래도 절차를 무시할 수는 없지.'

환관은 려화가 관심을 보이는 것 같자, 신이 나서 이것저것을 떠들어 댔다. 려화는 그제야 환관의 말을 제대로 듣는 시늉을 하였다. 종종 고개도 끄덕이고 맞장구도 쳐 주었지만 그녀의 속셈은 조금 달랐다.

정식 궁녀가 될 생각은 없었다. 다만, 어떤 흠도 잡히지 않고 당연하게 혼사를 피할 수 있는 자격을 얻는다는 것은 몹시 매력 있었다. 만일, 궁녀였던 여인을 건드리려는 자가 있거든 그자는 태형을 당하고 두 손을 잘리기까지 한다는 말을 환관은 신나게 늘어놓았다.

피난민 중 몇몇 사내들이 괜히 제 손을 옷 속으로 숨겼다. 려화는 고개를 끄덕였다. 설마하니, 아무 계집이나 정식 궁녀로 삼지는 않는 모양인지 환관의 설명은 일견 조심스러운 데가 있었다.

'무엇보다 예비궁녀도 녹이 나온다는 점이 좋네요.'

'아무렴! 너라면 궁녀가 되고도 남을 것 같지만, 아니 궁녀가 되지 못해도 예비궁녀로 이 년만 버티면 그래도 평생 먹고 살 밑천은 만들지.'

환관의 말에 려화는 자리에서 일어났다.

'할래요. 저도.'

환관이 아주 마음에 든다는 듯 고개를 끄덕였다.

'좋아, 다른 아이들을 따라가거라.'

먼저 뽑혀간 아이들을 뒤따라간 려화는 오랜만에 깨끗하게 씻고, 제법 좋은 옷을 입었다. 입궁 전에 몸가짐을 바르게 하고, 입궁 뒤 초례를 치를 준비까지 마치니 겨울은 초봄이 되어 있었다.

그리고 지금.

이제는 휘강을 마주한 지금은 무르익은 봄이었다. 기억을 되짚어 본 려화가 머릿속으로 이것은 말해도 괜찮은 것, 이것은 괜찮지 않은 것. 하고 차곡차곡 정리한 다음에야 입을 열었다.

"여궁은 출궁과 퇴궐을 반복하니까 집이 있어야 하잖아. 나는 집이 없거든."

려화의 말에 휘강의 눈이 커졌다. 휘강은 려화가 당돌하고 맹랑한 구석이 있을지언정 양반가에서 자란 딸이라고 생각했다. 려화에게서 타고난 어떤 당당함과 은은하게 몸에 깃든

기품 같은 것을 느꼈기에 더욱이나.

"집이 없다고?"

"응. 집이 없거든. 어머니도, 아버지도 안 계셔. 천애 고아야. 다행히 황제 폐하의 하해와 같은 어심으로 피난민임을 인정받아서, 쉽게 입궁하기는 했지만 말이야."

괜한 것을 물었다. 휘강은 그런 생각을 했다. 그는 본디 천성이 자신 외의 것에 크게 관심을 두는 성정이 아니었다. 그러니 처음부터 려화에게 이리 끈질기게 사정을 물은 것부터가 그답지 않았다.

한데, 지금 려화에게 느끼는 미안함은 더욱이나 휘강의 본래 성정과는 거리가 멀었다. 그는 웬만해서는 미안함을 몰랐다. 특히나 려화처럼 자신보다 한참 못하다 여기는 사람들에게는 애초에 관심조차 두지 않았다.

그러나 휘강은 자신의 태도가 평소와는 다름을 깨닫지도 못하고, 그저 미안한 마음만을 담아 려화를 바라보았다. 려화는 휘강의 시선에 흐릿한 웃음으로 화답했다. 어찌, 막상 말문을 트니 휘강이 더는 궁금해하지 않겠다는 태도를 보여도 말이 술술 나왔다.

"열다, 아니 열셋의 나이에 어린 계집이 집이 없다는 것이 어떤 것이겠어? 수많은 위험에 노출되어 언제 죽거나 어디 납치되어 팔려 가거나, 혹은 겁간을 당해도 하소연할 곳조차 없다는 뜻이야. 그런데 피난민에 양인 계집이라면 예비궁녀로 입궁할 수 있게 해 준다잖아? 냉큼 기회를 잡았지."

"잘했군."

휘강의 말에 려화가 뿌듯하다는 얼굴로 씩 웃었다. 결국 출궁할 기회는커녕 누구보다 이르게 정식 궁녀가 되어 버렸지만, 어쨌든 정신을 차리고 보면 입궁한 것은 나쁜 선택이 아니었다. 아니, 어쩌면 그 상황에서는 최선이었다.

나중에야 알게 된 것이지만 도성 입성은 려화의 생각만큼 쉽지 않았다.

거짓으로 양인이라 했던 어떤 피난민 계집은, 예비궁녀가 되기는커녕 아예 숨어 있던 가족들과 함께 다시는 도성 안으로 발을 들이지 못하게 되었다.

그밖에도, 알아보니 피난민들 중에 도성 안으로 들어온 자가 일 할도 되지 않았다.

어떻게든, 방법을 찾아 궁녀인 채로도 누군가에게 큰 피해 없이 조용히 출궁할 방법만 찾으면 되는 일이다.

다만 휘강이 '잘했다'고 한 것은 려화가 이해한 것과는 조금 다른 의미였다.

그는, 려화가 예비궁녀가 되었기에 그녀를 만날 수 있었다. 그리해서 이리 무료하여 광증에 휘둘려 전쟁판이나 벌이는 삶에 소소한 흥미가 생겼으니, 그것을 참으로 잘했다고 말한 것이었다.

"한데 부모가 모두 사망한 고아라면 신분을 확인하기가 어려워 궁에 들기가 어려웠을 텐데? 네가 아무리 피난민 신분으로 수월하게 입궁했다고 해도 말이다."

"……막상 또 그렇지도 않거든?"

"그렇지 않다?"

"전쟁으로 부모를 잃는 이가, 가문이 망하는 이가 속출하고 있는데 어찌 그것을 전부 가려서 궁에서 일할 궁녀의 머릿수를 채우겠어? 나 같은 피난민이 궁녀가 되는 것도 가능했다고는 하지만, 그게 아니라도 요즘 궁녀 선발은 전보다는 확실히……."

휘강의 얼굴이 서늘하게 굳었다.

"그럼 궁에 들이는 사람을 함부로 뽑는다는 말인가? 채 확인도 하지 않고?"

려화는 휘강의 싸늘한 목소리에 놀라 몸을 움츠렸다. 그리고 그가 어찌 이리 민감하게 반응하는가, 하고 고민하다간 그가 황제의 호위 무사라는 것을 떠올렸다. 그는 황제를 지키는 자이니, 아무렴 황제를 위험에 빠트릴 수도 있는 자가 궁에 들 수도 있는 이 상황이 달갑지 않을 수밖에.

려화가 급히 손을 내저었다.

"아무 확인도 하지 않는 건 아니야! 나도 출생지인 공진성에서 정말 살다 왔는지, 그곳 출신의 다른 궁녀와 문답을 나누었고. 또, 궁녀 간택도 제대로 치렀어."

려화의 다급한 변명에도 휘강은 여전히 얼굴에서 서늘한 기색을 치우지 않았다. 려화가 휘강의 눈치를 살폈다.

"처녀 확인도 제대로 하고, 독에 중독된 독녀가 아닌지, 황제 폐하께 언감생심 불온한 마음을 품은 자는 아닌지 수많은 시험을 거쳤다니까……."

외간 사내에게 말하기 어려운 처녀 확인에 대해서까지 려화가 입을 열었다. 휘강은 그제야 조금 얼굴을 풀었다. 그의 관심은 이제 새빨갛게 달아오른 려화의 귀로 넘어갔다. 그가 려화의 귓가에 작게 뻗은 잔머리를 손으로 넘겨 주었다. 려화가 화들짝 놀라 뒤로 몸을 물렸다.

"궁녀에게 손을 대다니 제정신이야?"

"제정신이고말고."

"당신이 황제 폐하가 아니고서는 제정신 아닌 행동이거든? 아니면 여인이야?"

휘강이 피식 웃었다.

"내가 여인으로 보이나?"

이리 보고 저리 보아도, 모로 보고 정으로 보아도 휘강은 사내였다. 넓은 어깨, 곧고 높은 콧날과 날렵한 턱선, 유순한 듯 보이지만 짙은 눈매와 단호한 입술. 길고 멋지게 뻗은 목 가운데로 솟은 목젖까지 어느 하나 사내답지 않은 곳이 없었다.

"그 얼굴로 여인이냐 묻다니…⋯. 무사님은 양심이 없는 사람인가?"

"그럼 여인이 아니라는 건 알면서, 왜 여인이냐 물어. 묻긴?"

"왜, 아예 황제 폐하로 보이진 않느냐 묻지 않고?"

"왜겠어? 내가 황제인가 보지."

휘강의 능청스러운 어조에 려화가 흰 눈을 뜨고 그를 노려보았다. 어림도 없다는 눈초리였다.

"만인지상의 황제 폐하께서 픽도, 한낱 궁녀에게 반말을 듣고 싶어 하겠네."

휘강이 려화의 말에 웃음을 참지 못하고 배를 잡고는 고개를 숙였다. 온몸을 다 떨면서 키득거리는 휘강을 보고 려화가 고개를 절레절레 내저었다.

휘강은 과연 려화가 자신이 황제인 것을 알게 되면 어떤 반응을 보일지 궁금해졌다. 하지만 쉽게 밝힐 생각은 없었다. 지금의 답변만 보아도, 려화는 자신이 황제인 것을 알면 절대로 이리 편히 대하지 않고 거리를 둘 것이 자명하게 보였기 때문이었다.

"그러니 황족 모독일랑 그만두시고 먼 길 돌아 제정신 찾으셔요. 귀인 나리."

"참, 나."

이번에는 존대긴 존대이되 놀림이 가득했으므로, 휘강은 려화의 존대를 트집 잡지 않고 넘어갔다. 그저 기가 찬다는 듯 혀를 찼을 따름이다.

분위기가 좀 풀린 것 같으니 려화의 입은 다시 움직였다. 어쩌면 이 농원의 분위기도 그렇고, 지금 휘강의 모습도 그렇고.

속에 담아 두었던 저의 아픔을 조용히 들어 줄 것만 같았다.

"어디, 그래서 네 얘기는 그걸로 끝이냐?"

"끝이겠어? 누가 먼저 시비를 걸었는데, 참."

휘강이 능청스레 웃으며 턱을 치켜들었다.

"어디 그럼, 마저 해 봐라."

한데 막상 판이 깔리니 려화는 저만 종알종알 입을 놀리는 것에 불만이 생기는 것이었다. 그래서 려화가 휘강에게 툭 던졌다.

"내 얘기만 들어? 귀인님 얘기는 한마디도 안 하고?"

"글쎄. 네가 오늘 이야기하는 만큼, 내 다음번엔 내 이야기를 해 주마."

려화가 입술을 삐죽이며 눈을 흘겼다.

"참 비싼 분이셔라."

"그럼 황제의 호위 무사는 아무나 되는 줄 알았느냐?"

"어련하십니까."

투덜거릴 말도 끝이 났으니, 이제는 이야기를 이어 갈 차례였다. 이제 열다섯, 그러나 휘강이 알고 있는 나이로는 열셋. 어린 나이었음에도 려화가 겪은 삶은 나름 우여곡절이 많았다.

"여덟 살 무렵 공진성이 전쟁터가 되었어. 그곳에서 부모님과 가족들을 전부 잃었지. 아버지와 큰 오라버니는 일터에서, 돌아가셨어. 그 이야기를 전해 듣고는 어머니께서 충격에 빠진 그 찰나에, 멀리서 날아온 불화살 때문에 집에 불이 붙었어."

과거를 떠올리는 려화의 얼굴이 괴로움에 휩싸였다. 농원의 도화에 휩싸여 있건만, 그녀는 마치 과거의 그때로 돌아가 그 텁텁하고 뜨거운, 숨이 막히고 코가 따가운 공기를 들이마시고 있는 것처럼 보였다.

"그런데…… 나만 살아 나올 수 있었어. 나보다도 어렸던 남동생과 어머니는 죽었는데. 어머니의 손에 떠밀려 나만 살

았어. 그때 손을⋯⋯. 아니. 이건 아니야. 잠깐, 잠깐만 기다려
줘. 다시 얘기할게."

려화는 잠시 말을 멈추고는 쓸쓸하게 웃었다. 휘강은 그저
조용히 려화의 이야기를 들었다. 채근하지도, 캐묻지도 않았
다.

"그리고, 눈앞에서 어머니와 동생을 잃었으니 혼절하지 않
고는 배길 수가 없었지."

"괴로웠겠군."

"괴로웠어. 그냥 같이 죽었으면 좋았지 않을까, 하고 생각
했어. 다시 눈을 떴을 때, 얼마나 놀랐는지 몰라."

"놀랐다고?"

휘강의 물음에 려화가 휘강을 바라보았다. 서글픈 미소가
그녀의 입가에 감돌았다. 눈가에는 공포가 서려 있었다. 가족
을 모두 집어삼킨 화마에 비견하는 공포였다.

휘강은 과연 어떤 것이 려화를 이리도 두렵게 하는지 의아
해졌다.

곧 그 답이 흘러나왔다.

"모르는 중년 사내의 집이었어. 평민인지, 천민인지조차 몰
라. 마을에서 스치듯 얼굴을 봤겠지만 내가 신경 쓸 이조차
아니었을 테지. 그자가, 가족을 모두 잃은 나를 거두어 주겠
으니 제 색시가 되어 달라 하더라."

휘강은 마치 제 혈육이 겪은 이야기기라도 하는 것처럼 흥
분했다.

"도망쳤어야지!"

"여덟 살 꼬마가 무슨 수로? 그리고 사내의 집에서 도망친들 뾰족하게 살아날 방도가 있었겠어?"

려화의 질문에 휘강의 말문이 막혔다. 려화는 그에게 답을 기다리지 않고 곧장 이야기를 계속했다.

"날 붙들고 아이를 셋은 낳자고 하더라. 그래서 내가 그랬지. 저는 아직 달거리도 시작하지 않았으니, 달거리 하는 날을 혼롓날로 하고 그때까지는 데릴 신부처럼 키워 주세요."

"달거리도 하지 않는 꼬맹이를 부인으로 삼겠다고 데려온 그놈도 참……."

"그거 알아? 그래도 그 아저씨는 착한 편이었어. 내 말을 들어주었거든. 전쟁고아가 된 계집들의 삶이란 이보다도 비참하기 일쑤야. 난 궁녀가 될 수 있도록 몸을 지켰잖아."

"그것을, 그것을 너도 다행이라 여기는가?"

려화가 휘강의 물음에 고개를 끄덕였다.

"다행이고말고."

휘강은 려화의 비참한 이야기를 들으며 도무지 차분하게 제 자신을 다스릴 수가 없었다. 감히 자신의 백성이 그리 후안무치한 자라는 것을, 그런 자가 지금도 살아 있다는 것을 두고 볼 수 없었다. 그가 자리에서 일어나며 말했다.

"내가 그자를 찾아내 죽이겠다."

"귀인님께서 내게 뭐라고?"

"내가 네게 무슨 존재이든 그런 것은 상관없다. 도국에 그런 미친놈이 두 눈 뜨고 돌아다니는 꼴을 두고 볼 수 없어 이러는 것이니."

"도국에 대한 귀인님의 충정심은 잘 보았으니 앉아 주세요. 그리고 그 아저씨는 이미 죽었으니까 귀인님께서 죽일 수도 없어."

휘강이 거짓을 말하는 것은 아니냐는 눈으로 려화를 내려 다보았다. 말간, 빛을 받으면 밝은 갈색으로 투명하게 반짝이는 려화의 눈동자에는 한 점의 거짓도 없었다.

"진실이냐?"

"그렇지 않고서야 내가 어찌 그곳을 탈출해 궁에 왔겠어. 삼 년 뒤에 다시 전쟁이 났잖아. 산골짜기에 있던 사람까지 전부 뒤져 전쟁터로 보내더라고. 그때 그 아저씨도 떠났고, 돌아오지 못했지. 죽었을 거야. 그리고 난 지금 이야기에 하나부터 열까지 거짓말은 하지 않았어."

나이만큼은 두 살 속였으나, 그것은 이미 궁녀가 된 시점에서 속인 것이다. 그것에 맞게 각색했을 뿐 다른 거짓은 없었다.

열세 살까지만 입궁이 가능하니 필요한 일이었고, 또한 려화는 성을 지켜 내지 못한 성주의 딸이었다. 본래의 신분으로 입궁하는 것은 너무 위험했다.

려화의 시선은 담담했다. 맑고 색이 밝은 눈동자 안이 깊이 가라앉았다. 휘강은 차분하게 말을 마친 려화의 시선이 마치 자신을 둔중한 몽둥이로 두드려 패는 것처럼 느꼈다. 이것을 죄책감이라 이름 붙여야 할지 잠시 고민했다.

자신이 황제여서도, 전쟁을 일으켜서도 아니었다. 그는 지금껏 살아오며 자신의 권력이나 황실 혈통의 광증으로 벌어지고 벌인 일에 대해 단 한 번도 죄책감을 가져 본 적이 없었다.

이것은 그저 려화의, 저 어린 계집의 담담한 눈빛에 가라앉은 감당할 수 없는 고통을 보아서였다. 갈리고, 갈리고 또 갈려서 가루로 바스러진 고통과 공포는 물에 갠 앙금처럼 부드럽게 가라앉아 자리를 지키고 있다.

퍽 당차고 밝은 모습으로만 보였던 려화의 모습은 그녀의 일부일 따름이었다. 저 무겁게 가라앉은 앙금까지 알아야만, 그녀를 전부 아는 것이었다.

위로에는 재주가 없는 휘강을 대신하기 위함인지 따뜻한 봄바람이 불어왔다. 여름의 기색을 담아 따뜻하되 습한 바람이다. 물기를 머금은 바람은 꽃잎을 담고 려화를 쓰다듬었다.

그녀의 머리칼에, 입술 위에. 분홍빛이 아련한 도화 꽃잎이 조심히 내려앉았다. 보통 나무보다 한참은 웃자란 하늘 복숭아나무의 꽃잎은 온통 분홍빛 눈처럼 날린다.

휘강이 손을 뻗었다. 려화의 입술에 붙은 꽃 이파리에 휘강의 손끝이 닿았다. 엄지로 조심스레 문질러 꽃잎을 떼어 낸 휘강이 그녀를 보며 부드럽게 웃었다.

"네게 어찌 들릴지 모르겠지만 나 또한 부모가 없으니 너와 비슷한 처지다."

반쯤 거짓말, 나머지는 진심이다. 실로 서로 아끼고 사랑하던 가족을 잃은 고통과, 제 손으로 찢어 죽여도 아쉬움이 남는 가족이 세상에서 사라진 고통이 같으랴.

그러나 사정 모를 려화에게는 제법 큰 위로가 되었다. 이번에도 휘강에게 궁녀를 함부로 만지는 것이냐는 핀잔을 줄 법도 하건만, 그저 배시시 웃어넘기는 것을 보면 말이다.

"다음에는 반드시 귀인님의 이야길 해 줘."

"그래. 약조하지."

천지 사방에 달콤한 풋내가 풍겼다. 그 꽃의 향취를 깊이 파고들면 분명히 씁쓸한 맛을 내고야 말 것이지만, 지금 이 순간만큼은 내도록 달콤하고 향긋하기만 했다.

이파리의 연녹색이 노란색을 벗고 짙은 푸름을 입었다. 하늘에서 쏟아지는 햇살을 노란빛으로 물들여 바닥에 뿌리던 잎들은 이제 무성하게 자라나 쏘는 듯이 날카로운 뙤약볕을 든든하게 가려 주는 그늘이 되었다.

이리, 무릇 여름이 왔다. 이제 낮의 볕은 더웠으며 밤은 한참을 짧아졌고 공기는 근래 무게를 느낄 정도로 습해지기 시작했다.

그러나 이러한 계절에서 조금 빗겨 난 곳이 있으니, 그곳이 바로 하늘 복숭아 농원이었다. 려화는 봄철에 매일 그러했듯 여름의 오늘도 이곳에서 노인과 함께 나무를 돌보고 장부를 들여다보았다.

"제가 늘 느끼는 건데요, 어차피 저랑 어르신만 관리하는 농원에 장부가 필요할까요?"

"예끼!"

"귀찮아서 하는 이야기가 아니라요."

려화가 유 노인을 보며 배시시 웃었다. 두어 달 남짓의 짧은 사이에, 려화는 잘 자란 나무처럼 껑충 성장했다. 아이처럼만 보이던 것이 여인의 태가 조금씩 나기 시작한 것이다.

유 노인이 려화를 밉지 않게 흘겼다. 마치 귀여운 손주의 투정을 받아 주는 노옹의 모습이었다. 려화가 노인의 손때가 묻은 장부에 세필 붓으로 두 번 획을 그었다. 오늘은 농원에서 내려가는 복숭아가 두 개라는 소리다.

"장부 보관함에 잘 넣고 오너라. 나는 한 대 태워야 쓰겠다."

"네에."

려화가 먹이 얼른 마르도록 손 부채질을 하며 유 노인에게 답했다. 유 노인은 곰방대에 채울 마른 도화 잎을 한 줌 쥐어다가 처소 밖으로 나갔다.

곧 장부를 보관하는 함에 넣어 열쇠까지 꼭꼭 채운 뒤에 려화도 노인의 처소 밖으로 나왔다. 항상 같은 자리, 큰 나무를 베고 남은 등걸에 오늘도 유 노인이 자리를 잡고 앉았다.

유 노인의 나뭇등걸이 있는 곳 주변의 복숭아나무는 지금 휴식상태였다. 농원을 둘러싼 나무들은 녹음이 우거지도록 무성한 이파리를 녹빛으로 물들였건만, 노인 주변의 복숭아나무들은 온통 앙상하다.

대신에 그들이 떨어트린 나뭇잎이 바닥에 고루 깔려 바닥은 연둣빛으로 푹신했다.

려화는 곧장 푹신한 바닥에 엉덩이를 깔고 앉았다.

"멀쩡한 자리 놔두고."

"어르신, 그거 아세요? 제가 묵는 궁녀 처소의 침상보다 여기 농원의 바닥이 더 푹신한 거요."

"뭘 당연한 소리를."

유 노인의 심드렁한 대답에 려화가 눈을 동그랗게 뜨고 반문하였다.

"당연해요?"

"암만, 당연하지. 너 사는 곳은 널리고 깔린 궁녀가 자는 곳이고, 이곳은 황제께서 잡수시는 과실이 자라는 곳이니 목이 얼마나 좋겠냐?"

려화가 입술을 불퉁히 내밀었다. 괜히 죄 없는 복숭아나무 이파리를 발끝으로 헤집었다.

"암만 그래도 사람보다 과일이 중해요? 정말이지 황궁이란 이해 안 가는 일투성이라니까."

"껄껄, 궁이란 본디 그런 것이다. 아까 네 말대로 어차피 먹는 사람은 딱 정해져 있고 아는 사람도 몇 없는 이 농원에 장부가 필요한 것도 같은 이치니라."

려화가 고개를 절레절레 저었다.

"도통 무슨 말씀이신지 잘 모르겠네요."

"네 조그만 머리로 그것이 이해가 되겠느냐?"

"어휴, 돈 주고 자리 사셨다는 어르신께서는 이해 잘 되어서 좋으시겠어요!"

유 노인이 괜히 려화에게 입에 머금은 연기를 내뿜으며 큰소리를 냈다.

"버르장머리 없는 것!"

"네에. 죄송하네요."

려화가 심드렁히 답했다. 그러고는 서로 마주 보며, 려화고 노인이고 할 것 없이 웃음을 터뜨렸다. 벌써 려화가 농원을 드나든 것도 석 달이 되었으니, 그간 유 노인과 려화 사이에는 친 조손 사이 같은 정이 들었다.

그러다 보니 려화는 유 노인에게 조금 더 허물없이 말을 뱉었고, 유 노인 또한 그것을 익살스럽게 되받아 주는 것이었다.

이리, 궁 안팎이야 어떻든 하늘 복숭아 농원만큼은 언제고 평화로웠다.

려화는 이 평화에 취한 듯 나뭇잎이 쌓인 위로 아예 드러누웠다. 이리 려화가 편히 구는 것도 제법 되었다. 족히 삼 주는 넘게 같은 모습을 보았으니 유 노인도 한소리를 하고야 만다.

"넌 어찌 일하러 와서 매번 드러눕느라 바쁜 것이냐?"

"어르신, 할 일이……. 할 일이 없어요."

"할 일이 없으면 궁으로나 냉큼 돌아갈 것이지!"

유 노인의 불호령에도 려화는 그저 배시시 웃어넘겼다. 이리 웃으면 유 노인이 손주 보는 눈으로 저를 보며 한숨 한 번 쉬고 넘어갈 것을 알기 때문이었다.

그러나 유 노인의 말은 틀린 데가 없었다. 그의 말대로 일이 없으면 궁으로 돌아가야 옳건만, 궁으로 가도 려화가 할 일이 없기는 마찬가지였다. 변인서에서 맡은 일이야 하늘 복숭아를 관리하는 일일진대 요즘은 황제가 복숭아를 찾지 않고, 그러니 매일 하루 한 번 신선한 복숭아를 따서 내려가는 것 말고는 일이 없었다.

차라리 려화에게 뒷배를 봐주는 윗전이라도 있으면 그의 심부름이라도 하느라 시간을 보내겠지만, 그것도 아니었다. 할 일도 없는데, 궁은 려화에게 마음이 불편한 공간이었다.

"궁에 있으니 이곳에 있는 게 좋은데요. 저 여기서 쉬다 가는 것이 불편하세요?"

"누가 불편하다 하드냐?"

"그런 것 아니면 저 여기서 더 있다 가도 되죠?"

"저, 저……. 나라의 녹을 훔쳐 먹는 것을 보았나!"

"에이, 그건 돈 주고 자리를 산 어르신이나 저나 다를 바 없는데 누굴 욕하신담."

"허어!"

"궁은 계속 눈치 보고 긴장하고 있어야 해서 불편하단 말이에요!"

"너 그거 순전 핑계 아니냐? 기다리는 놈이 안 오는 것은 아니고?"

편히 누워서 손끝으로 말라 가는 이파리나 꼼지락거리고 있던 려화가 고개만 겨우 들어 유 노인을 바라보았다. 그런 려화의 눈동자에 어째 억울한 기색이 한가득하다.

"제가 누굴 기다린다 그러세요?"

"거 왜, 연애 놀음이라도 하는 무사 하나 있잖느냐."

유 노인은 휘강의 정체를 알고 있음에도 천연덕스레 그리 답했다. 려화가 얼굴을 시뻘겋게 붉히며 씨근거렸다. 그러고 는 다시 드러누웠다. 이번에는 아예 대자로 드러누워 이파리 를 휘적거렸다.

나뭇잎이 튀어 유 노인의 발치를 간질였다.

"아, 이것이 미쳤나! 내 듣기로 네가 출궁이 매우 고프다 하더니 미쳐서 출궁하려 그러는 게냐?"

"아닙니다!"

"아님 말지 소리를 지르고 그러느냐!"

"그보다 궁녀에게 연애 놀음이라니 어르신 정말 못 하는 말이 없으신 것 아니신가요?"

유 노인이 얄밉게도 낄낄 웃으며 려화에게 손가락질을 하 였다. 려화는 씩씩대다 말고, 다 늙은 어른에게 드잡이질할 수는 없으니 무시하는 것을 택했다.

한데 유 노인의 손가락이 가리키는 위치가 조금 변했다. 려화가 누운 곳보다는 조금 더 높다. 려화는 신경 쓰지 않으 려 눈을 감아 버렸다.

"저어기, 네가 기다리던 무사님이 오시질 않느냐?"

"예?"

신경 쓰지 않으려고 했는데.

려화가 발딱 일어나 앉았다. 그녀의 등 뒤로 어설프게 매 달려 있던 나뭇잎이 우수수 떨어졌다. 멀리서 그 꼴을 보고 다가오던 휘강의 입가에 웃음이 번져 있다.

유 노인은 자리를 털고 일어났다. 괜히 무릎을 두드리고 곰방대를 잡지 않은 손으로 허리를 짚었다.

"내 어린것들 연애질이나 보려고 돈 싸매 들고 이 자리엘 앉았나. 쯧."

그리 말하고는 유 노인이 저만치 멀리 걸어갔다. 유 노인의 모습이 사라질 즈음 휘강은 려화의 코앞에 섰다. 그의 몸에서는 모래바람 냄새가 났다. 려화는 여전히 멍한 얼굴로 나뭇잎이 쌓인 곳에 앉은 채다.

휘강이 무릎을 굽혀 앉아 려화의 등에 묻은 나뭇잎을 털어 주었다.

"잘 지냈나?"

휘강이 마치 어제 본 사람에게 인사하듯 무덤덤하게 인사를 건넸다. 려화가 눈을 동그랗게 뜨고 휘강을 바라보았다. 그것으로 모자라서 이제는 아예 휘강의 무복 소매까지 만져 보고, 그의 몸을 더듬었다.

"……뭐 하는 거지?"

"진짜인가?"

"무슨 소리야?"

"다음에 만나면 자기 얘기 해 주겠다고 하고 사라졌던 사람이 이제야 나타났는데, 진짠지 가짠지 구분이 가야 말이죠."

려화의 샐쭉한 태도에 휘강이 혀를 찼다. 그러고는 려화의 동그랗고 어여쁜 이마를 검지로 툭 밀었다.

"아!"

"진짜다. 한데 왜 존대냐?"

"오랜만에 뵈었는데 다시 반말을 하려니 도무지 혀가 돌아가지를 않아서요."

하려면 충분히 할 수 있으면서도, 려화는 꿋꿋하게 휘강에게 존대했다. 휘강의 모양 좋은 눈썹이 묘한 각도로 일그러졌다.

"전쟁에서 죽다 살아왔더니 반겨 주는 꼴 하고는."

툴툴거리며 려화의 옆에 휘강이 드러누웠다. 려화가 그런 휘강을 내려다보았다. 그녀의 입은 꼭 다물린 채다. 휘강이 슬쩍 려화를 바라보았다. 려화의 얼굴이 백지장처럼 하얗다.

전쟁이라는 말에 려화가 딱딱하게 굳었다. 마치 석상처럼 단단히 얼어붙은 려화를 의아한 낯으로 보던 휘강이, 전쟁터에 다녀오기 전 려화가 말해 주었던 그녀의 과거를 뒤늦게 떠올렸다.

그가 부드러운 목소리로 말했다.

"나는 멀쩡하다."

"……다친 곳은?"

"없어."

려화가 한숨을 푹 내쉬었다. 그 깊은숨에 따라 그녀의 딱딱하게 굳었던 어깨도 그제야 부드럽게 내려앉았다. 금세 그녀의 눈가가 붉게 얼룩졌다. 눈물이라도 쏟을 태세다.

"내가 황제 폐하의 호위 무사이니 어련히 전쟁에 참여했으리라 생각하고 있을 줄 알았더니."

"전쟁이 난 줄도 몰랐어."

"뭐라고? 궁녀가 되어선 지아비인 황제 폐하가 궁을 비운 일이었는데도 몰라?"

"그야……."

려화는 누구보다 이르게 정식 궁녀가 되어 내명부에 이름을 올렸다. 그녀의 뒤에 커다란 뒷배가 있는 것도 아닌데 말이다. 그러니 윗전들의 시선도 대부분은 곱지 않았고, 동기들이야 말할 것도 없이 시샘의 눈길로 려화를 찔러 댔다.

더군다나 그녀가 맡은 일 또한 본궁과는 거리가 먼 농원에서 하늘 복숭아를 관리하는 일이었다. 궁이 돌아가는 일에서 려화는 조용히 배제당했다.

그러나 이러한 사정을 곧이곧대로 휘강에게 알릴 필요야 없었다.

"이제 막 궁녀가 된 내겐 너무 먼 지아비시니 그렇지 뭐."

"말이 되는 소리를 해라."

휘강이 낮게 으르렁거렸다. 려화는 과장되게 휘강의 목소리에 겁을 집어먹은 것처럼 몸을 움츠렸다.

"아주 궁녀 하나 잡겠어!"

"여차하면 궁을 뒤집을 수도 있지."

"아무리 귀인님이 황제 폐하의 호위 무사라도 궁을 어찌 뒤집는다는 거야?"

"그야……."

이번에는 상황이 반대로 뒤집혔다. 휘강이 멋쩍은 얼굴로 려화를 바라보다가 딴청을 부렸다.

"으응? 어떻게?"

"황제가 날 허물없이 대하니, 내 부탁이라면 뭐라도 들어줄 사람이다. 그러니 내가 뒤집겠다면 뒤집을 수도 있는 거지."

려화가 화급하게 휘강의 손목을 붙잡았다. 닿은 살결이 어린아이의 말캉한 그것이라 휘강은 순간 묘한 기분이 되었다.

"안 돼!"

휘강의 기분이야 어떻든 려화는 진지하게 상황을 걱정하며 고개를 도리도리 저었다. 그것에 휘강이 려화의 머리를 쓰다듬으며 금세 그녀를 달랬다.

"농이다. 네가 하도 이리저리 통통 튕겨 대니 내가 화가 나서 농을 던진 거야. 정말 황제가 일개 호위 무사가 하는 말을 가볍게 듣겠냐?"

"그만 좀 놀려!"

휘강이 일어나 앉으며 려화의 얼굴 가까이에 제 얼굴을 들이밀었다. 그의 얼굴에 장난스러운 미소가 한가득 담겼다. 어쩌면 익살스럽게까지 보였다.

"네 반응이 재밌으니 그러긴 어렵겠다."

"어쩜 사람이 이렇게 짓궂어!"

려화가 얼굴을 새빨갛게 붉히곤 물러났다. 그러다간 중심을 잃고 어어, 하는 사이에 나뭇잎 위에 확 누워 버렸다. 자의는 아니었으나 말이다.

그러니 두 사람의 자세가 조금 야릇하게 되었다. 휘강이 앉은 채로 누운 려화를 두 팔로 가둔 것처럼 되었으니 말이다.

하나 휘강이 보기에, 몇 달 만에 본 려화도 아직 핏덩이처럼 어린 계집인지라. 휘강의 입장에서는 지금이 무엇 하나도 야릇하지 않았다. 그저 상황을 모르고 려화의 심장만이 쿵쾅

쿵쾅 뛰었다.

"비, 비켜 줘."

"물론 그래야지. 설마 내가 네게 뭐라도 할 줄 알았나?"

"그런 것은 아니지만!"

"하하, 꼬마 계집이 저도 여인이라고 별생각을 다 하는군."

"아니라니까!"

휘강이 팔을 비켜 주고, 려화는 다시금 자세를 고쳐 앉았다. 그것으로도 괜히 불안해, 아예 앉은 자리에서 다시 일어나 평소에는 유 노인이 제 자리로 쓰는 나뭇등걸에 등을 기대고 앉았다.

짧은 사이에 휘강과 려화의 거리가 벌어졌다. 휘강이 허, 하고 혀를 차고는 샐쭉한 표정인 려화를 바라보았다.

"뭐 하는 짓이냐?"

"그냥 편히 앉고 싶어서 그런 거거든?"

"아니, 그래. 아. 뭐 그렇다고 하자고."

"진짜거든?"

"그래, 그런 것으로 하자니까."

려화는 어물쩍 넘어가는 휘강의 대답이 몹시 얄미웠다. 그러나 이를 물고 넘어져 봤자 손해를 보는 쪽은 자신일 것이 자명하게 보였다. 한숨을 푹 쉬며 려화가 말을 돌렸다. 어차피 듣고자 하는 이야기가 있었으니, 다음 대화의 화제는 생각할 것도 없었다.

"그보다 이제 다시 얼굴 보았으니 귀인님의 이야기를 해 줄 차례 아니야?"

휘강이 턱을 쓰다듬으며 려화를 바라보았다. 매끈한 턱선이 그의 손에 가려졌다, 나타났다 하는 것을 보며 려화가 눈을 반짝였다.

어린 려화의 생각에 누군가와 살아온 이야기를 나누는 것은 그와 깊은 친구 사이가 되는 일종의 과정으로 여겨졌다. 처음 휘강에게 자신의 과거를 일부나마 털어놓은 것은 려화의 의도가 아니었으나, 어찌 되었든 한 단계는 거쳤으니 이제 휘강의 이야기만 들으면 려화가 생각하기에 그와 저는 절친한 벗이 되는 것이다.

꼭, 그것이 아니라도 저만 이야기를 털어놓은 것이 불만이기도 하고 말이다. 다음번에 만나면 이야기를 해 주마, 해 놓고. 휘강이 대체 얼마 만에 제 앞에 나타난 것인지.

"내 얘기는 별 것 없는데."

한데 휘강의 반응이 려화의 생각과는 영 딴판이다. 그가 미주알고주알 구구절절 제게 이야기를 풀어놓을 성정은 아닌 것으로 보았으나, 이리 심드렁히 답할 줄은 몰랐다.

이리 굴 것이면 처음부터 이야기해 준다 말을 말 것이지. 려화가 입술을 삐죽였다.

"꼭 말하기 싫은 사람처럼."

"말하기 싫은 것은 아니지만, 생각해 보니 들어 재미있을 이야기는 아니라서."

"그것은 내가 판단할 터이니 얘기나 좀 풀어 보시죠, 귀인님."

려화의 볼멘 목소리에 휘강이 낮은 목소리로 웃었다. 그의 목소리가 내리쏟아지는 햇살의 기운을 꺾어 놓는 시원한 바람을 고스란히 닮았다.

휘강의 본모습을 모르는 려화에게는 마치 지금의 그가 한여름의 푸르고 짙은 녹음의 색으로 보였다.

"빨리!"

려화가 채근한다. 아직 풋풋하고 어린 목소리다. 이파리도 나지 않은 민들레가 꽃송이만 웃자라 솜털이 보송보송 난 것처럼 들려왔다. 그러니 휘강은 다시 한번 웃지 않고는 배길 수가 없었다.

본디, 도국의 황제인 휘강은 웃음이 많은 자가 아님에도 말이다.

"나의 이야기는 그리 구구절절하지 않다. 네게 일전에 말했듯이……."

"일전이라 하기엔 또 너무 오래전일 텐데?"

"고작 두어 달 가지고."

"이제 토 달지 않을 테니 계속 말해 보시어요. 귀인님."

"토 다는 것은 뭐라 하지 않을 테니 존대는 그만두고 반말이나 잘 지껄여라. 너는."

오늘의 려화는 내도록 샐쭉하다. 휘강이 오래 자리를 비웠다가 이제야 나타난 것이, 그것도 전쟁터에 다녀온 것이 마음에 들지 않는 탓이다.

하나 이상한 일이다. 본디 려화라면 그가 전쟁터에서 얼마나 많은 사람을 해쳤을지 궁리해야 옳았다. 그런데 그보다 휘강이 오래 보이지 않았던 것이 더욱 섭섭했다.

저도 모르게. 그것이 아주 많이 서운했다.

"알아서 합니다."

"또."

"알아서 한다니까. 얘기 안 해 줄 거야?"

려화의 투덜대는 모습이 꼭 팔자에 없는 귀여운 여동생의 모습인지라, 휘강은 또 웃어넘기고야 만다. 그가 이리 자애로운 사람인 것은 평생 려화만이 알 것이다.

"……일전에 말했듯이 나 또한 부모가 두 분 다 안 계신다."

그의 처지를 제 것에 빗댄 려화가 안타까움이 가득한 눈빛으로 휘강을 바라보았다. 방금까지만 해도 잡아먹을 것처럼 노려보고, 툴툴거리고, 샐쭉댔던 것은 하나도 기억이 안 날 정도로 안타까운 눈빛이었다.

참으로 빠른 태세 전환에 휘강은 내심 려화가 우스우면서도, 그녀의 저 동정 가득한 시선은 나쁘지 않았다.

"어쩌다……."

"아버지는 박애주의자였다. 나와 내 어머니를 제외한 여인에게만 말이다. 아, 제가 다스리는 휘하의 사람들에게도 인심을 많이 썼다."

휘강은 려화에게 자신의 과거를 전하며 괜스레 까슬한 제 입속을 다스리기 위해 침을 삼켰다. 그의 목울대가 크게 울렸다.

려화는 휘강의 진짜 속도 모르고, 그가 가족의 사연을 떠올리는 것만으로도 그리 슬퍼졌나 하고 같이 속상해했다.

"사랑받지 못하는 정실부인이셨다. 그러니 어머니는 정통인 아들인 나를 낳아 놓고도 제대로 된 보호도, 관리도 받지 못하였다. 그래서 일찍 죽었다. 내 어머니는 그랬고, 나는 살 아남았지."

"귀인님……."

휘강은 축 가라앉은 분위기를 돌리기 위해 장난스럽게 웃으며 말했다.

"이럴 때는 귀인님 하는 이상한 호칭 말고 이름을 불러 줘야 하는 것 아니냐?"

"아니, 그게……."

려화는 갑자기 돌변한 휘강의 모습에 눈알만 또르르 굴리며 얼굴을 붉혔다. 려화는 사내의 이름을, 가족도 아닌 자의 것을 함부로 불러 본 경험이 없었다.

"혹시 까먹었느냐?"

"아니거든! 내가 그리 멍청이는 아니야!"

"두 달 전에 들은 것이라 까먹었다 할 줄 알았더니."

"아니라니까."

"그럼 불러 보라."

려화가 휘강에게서 눈을 돌리고 볼을 부풀렸다. 바람을 불지 않아도 젖살이 남아 통통한 볼이 지금은 바람까지 더해 곧 농익어 터질 과실처럼 부풀었다.

뺨이 하필이면 참으로 복숭아처럼 뽀얗게 예쁘기도 하지. 휘강은 려화를 여인으로 여기지 않았으나, 어찌 되었든 이것은 그가 생에 처음으로 여인을 아름답다 여긴 일이었다.

이리 중요한 것도 하나하나 되새기지 않으면 참으로 덧없이 흘러갔다. 그도, 그녀도 모르고 말이다.

"휘……, 휘이……."

"내 이름은 외자가 아닌데?"

"……남자 이름을 함부로 불러 본 적이 없어서! 연습했다가 다음에 보면 불러 줄게!"

"그럼 내일이면 듣겠군."

휘강의 말에 려화가 속으로 너무 빠른 것이 아닌가, 하고 생각하다간 억울해졌다. 제 얘기를 다음으로 미룰 때는 하염없이 먼 기간을 기다리게 하더니. 제 원하는 것은 하루 만에 듣겠다는 휘강의 심보가 얄미웠던 까닭이다.

"순전 제멋대로……."

"그럼 제멋대로인 사내의 이야기는 그만 들을 테냐?"

"누가 그렇대?"

려화의 새된 목소리 뒤로 휘강의 이야기가 이어졌다. 어머니마저 죽자 아버지는 저를 어떻게든 죽이려 들었던 것. 그 전에 후계를 세워야 하니 첩실에게서 아이를 보아야 했지만 다른 아이는 서지가 않더라는 것.

그럼에도 무엇이 그리 싫고 미웠는지 휘강을 전장으로 내버린 것까지.

"……그러나 나는 죽지 않았다. 살아 돌아오니 이제는 내게도 힘이 생겼더군. 검을 쥐는 팔에는 단단한 근육이, 단전에는 공력이, 아래로는 나를 따르는 사람들이 생겼다."

"그, 그래서?"

려화는 안타까움 반, 그래도 제가 조금씩 마음을 열고 있는 사내가 결국 전쟁에서 살아남은 이야기에 느끼는 묘한 감정 반으로 반문했다.

떨리는 려화의 목소리를 들으며 휘강은 느긋하게 뜸을 들였다. 그의 시선이 려화를 똑바로 향하고는 태양 볕처럼 변함없이 그녀를 비추었다.

휘강의 눈은 시리도록 검었다. 하여 눈동자의 주변은 푸른색의 띠를 두른 것처럼도 보였는데, 그 선명한 눈이 저를 향하자 려화는 한동안 그를 마주 보다가도 시선을 피하고야 말았다.

"전쟁터에서, 아군 사이에 암살자를 심어서라도 날 죽이려 했던 아버지다."

과거의 휘강은, 상황이었던 아비를 제 손으로 죽이려 했다. 그러나 그의 손을 거치면 차후 황권이 약화될 것을 우려한 수하가 꾀를 짜냈다. 꾀랄 것도 없었다. 상황은 중독되어 죽었다.

극소량의 독을 사용해 시기를 조절하려 하였으나, 상황은 너무 급작스레 죽었다. 그러니 누구라도 휘강을 의심하였다. 유일한 적통이기에 황제에 오른 휘강에게 상황의 충신들은 무어라도 책임을 물게 하려 애썼다.

그것을 막아 준 것이 태감이었던 유 노인과 태황태후였다. 태감은 나라에 큰일이 생기거든 그것을 파헤치기 위해 독자적으로 움직이는 삼공을 제압했다. 거기서 그치지 않고 중서령을 제 편으로 끌어들여 신료들의 상소가 공론화되는 것 또한 막아냈다. 태황태후는 계속해 하나 남은 황실의 혈통이자 자신의 직계 손주가 고통받는 것을 볼 수 없다는 기색을 내비쳤다.

황실에 남은 가장 큰 어르신과, 황실의 가장 낮은 곳에서 가장 오래 일한 태감의 합작품으로 상황의 독살은 흐지부지 묻혔다.

사실, 휘강은 이리 복잡하게 끝지 않고 모든 것을 전부 피로 덮을 생각이었다. 그리고 그것을 한 번도 부끄럽게 여기거나 죄책감을 가져 본 적이 없었다.

그러나 어쩐 일인지 지금 려화의 앞에서, 제 손으로 아비를 죽였다는 말을 꺼내기가 어려웠다. 다만 제 입에서 자신이 황제인 것을 숨기는 것 외의 거짓말을 뱉고 싶지는 않았다.

그래서 휘강이 선택한 답은 이것이었다.

"나는, 내 수하가 나를 대신해 손을 써 패륜하는 것을 묵인했다. 참으로 재미없는 이야기지 않느냐?"

그리고 휘강은 어디, 려화가 자신을 어떤 눈으로 바라보는지를 확인하기 위해 그녀를 뚫어지게 바라보았다.

휘강은 려화가 자신을 겁내거나, 혐오하거나, 혹은 조금 더 거리를 벌려 멀어져 있을 것으로 생각했다. 타인의 손을 빌렸다 하나 휘강은 패륜을 저지른 것이다. 그러니 신료들은 저를 낳아 준 아비조차 죽일 수 있는 비정한 휘강을 두려워하면서도 혐오했다.

광증이 선물한 천부적 재능, 그리고 전쟁터에서 만든 자신의 수하들이 아니었더라면 그들은 역성혁명이라도 벌였을 것이다.

휘강은 내심 려화 또한 그들과 다르지 않으리라 생각했다. 조금 기특한 면은 있으나 본바탕은 모두 같은 도국의 백성이니 려화 또한 그를 다르게 볼 것이라 여겼다. 그러나 어느 한 면으로는 조금은 기대를 걸고 있었다.

처음부터 저를 겁내지 않고, 그렇다고 무턱대고 조아리지도 않았던 려화다. 유 노인을 대하는 것으로 미루어 보건대 겁이 없어 그러는 것도, 방자한 성격도 아니었다.

그것이 휘강에게 저도 모르는 어떤 기대감을 심었다. 그리고 려화는 휘강의 기대감을 벗어나지 않았다.

"천륜을 저버린 아비를 이야기한 거잖아. 어찌 재미없는 이야기라고 해."

려화가 한 걸음, 한 걸음. 마치 상처 입은 짐승을 놀라지 않게 하려는 것처럼 조심스레 다가왔다. 그러고는 제가 먼저 휘강의 손을 잡았다.

"이건 아주 슬픈 이야기야."

"뭐, 여럿 죽었으니 그렇긴 하지."

"그런 뜻이 아니야!"

"허."

휘강은 진실된 마음으로 다가오는 려화의 시선을 피했다. 그의 속에서 무언가 끓어올랐다. 마치 광증이 돋아나 모든 것을 도륙하고 피를 보아야 할 때와 같은 시작이었다.

한데, 뭔가 달랐다. 그것과는 달랐다. 제어할 수 없이 치밀어 올라 눈앞을 붉게 물들이는 그것과는 달리 지금 제가 느끼는 것은 울컥 솟아 나와 모든 것을 잔잔히 감쌌다.

가장 선명한 감각은 제 손을 붙잡은 려화의 손끝에 담긴 온기다.

이것을 무어라 표해야 하는가.

"이건 또……. 아주 대견한 이야기야."

"대견하다?"

려화가 고개를 끄덕였다. 휘강의 목소리는 몹시 삐딱하였으나, 려화는 그를 신경 쓰지 않는 것처럼 보였다.

"세상의 전부가 되어 아이를 지켜야 할 아버지가 먼저 아이도 아내도 버리는 패륜을 저질렀잖아. 그걸 이겨 내고 살아남은 귀인님이 정말 대단하지 않고."

목소리 이상으로 삐딱했던 휘강의 날카로운 시선이 그들을 스쳐 지나가는 바람처럼 온화해졌다. 부드럽게 풀린 시선만큼이나, 그만큼이나 따뜻한 온기가 담긴 휘강의 손이 려화의 머리를 쓰다듬었다.

"기특한 말을 하는군."

그러나 휘강에게 이런 상황은 몹시 낯간지러운 어떤 것이었다. 그러니 이 따뜻하고 안온한 분위기도 얼마 가지 못했다. 휘강은 려화의 머리를 쓰다듬던 손으로 그녀의 이마를 톡 쳤다.

아프지는 않았지만, 갑작스레 이마를 맞은 이의 기분이 좋을 턱은 없다. 려화가 입술을 비죽이며 휘강을 노려보았다.

휘강은 자못 거만한 표정으로 려화를 내려다보았다.

"그러나 건방지다. 감히 웃어른에게 대견하니 마니 하고 논해?"

"그런 게 아니라!"

"그런 게 아닌 건 나도 안다."

장난스러운 휘강의 얼굴이 려화의 면전에 가까이 다가왔다. 그대로 휘강이 눈을 깜박였다. 그의 깊은 눈매에 드리운 그늘이 부드러웠다. 휘강의 표정은 장난기가 가득했건만, 려화는 이리 가까운 휘강이 또 제 두근대는 소리를 들을까 가슴 졸였다.

아직은 어리다는 말이 더 어울릴 소녀에게 수려한 미공자의 얼굴이 이리 가까이 다가오는 것은 참으로 폐해가 큰 일이었다. 려화는 그리 생각했다.

한데 마냥 휘강에게 화들짝 놀라며 그를 재밌게 할 모습만 보여 주고 싶지는 않았다. 그래서 려화가 이번에는 자리에 버티고 앉아서 휘강을 마주 바라보았다.

생각지 않았던 눈싸움이 시작되었다.

아주 당연하게도, 패자는 려화였다.

"정말, 귀인님은 언제는 평대를 하랬다가, 언제는 건방지다 했다가. 도무지 종잡을 수가 없다니까!"

려화가 먼저 휘강의 시선을 피하면서 그리 말했다. 휘강에게는 어찌 들릴지 몰라도 저 자신에게는 어쭙잖은 변명인 것이 느껴져, 려화의 귓불이 온통 빨갰다.

휘강의 눈에도 려화의 붉은 귓불이 훤히 보였다. 그러나 그는 대수롭지 않게 여겼다. 휘강 정도의 외모라면 꼭 연심이 아니라도 사람을 홀리고 들뜨게 했다. 휘강 자신도 그것을 아주 잘 알았고 말이다.

"원래 조금이라도 아랫것이 알아서 잘 조절을 해야 하는 법이다."

"예에, 어련하시겠어요."

휘강이 보기에 어쩜 려화는 시도 때도 가리지 않고 통통 튀었다가, 혼자 또 축 가라앉기도 하고, 그러다 또 살아나 발발거리는 것이 몹시 재미있었다. 이번에도 그러했다.

혼자 또 서운해져서는 툴툴거리는 모양이 귀여웠다. 본래라면 건방지다 여기며 제 심기가 상했으니 두 번 볼일 없도록 제 앞에서 치워 버렸을 것이면서 말이다.

오히려 려화와 보내는 이 짧은 시간이 즐거운 휴식처럼 여겨졌다. 시간 가는 것이 아쉬울 정도로 달콤한 휴식 말이다.

이 감정을 무엇이라 이름 붙여야 할지, 고민하는 것조차 휘강에게는 아직 먼일이었다.

슬프게도, 그러했다.

*
**

"휘……, 휘이……. 하아."

려화의 입에서 한숨과 닮은 누군가의 이름이 불리다 만다. 그것을 계속하는 것이 꼭 잘 불지 못하는 휘파람을 부는 것처럼도 들렸다.

려화는 꽤 오랜만에 변인서 공통 업무에 차출되었다. 여름이 온 까닭이다. 여름이 영글며 뙤약볕을 받은 과실들은 짙은 단맛을 품고 계절과 함께 농익었다.

이 시기쯤 변인서는 각지에서 올라온 진상품들을 선별해 바쁘게 움직였다. 맛은 일품이지만 모양이 조금 떨어지는 것은 설탕과 꿀에 절였다. 모양이 떨어지는 것이라 해도 황실에 진상되는 물건으로, 보통이라면 그냥 먹기도 아까울 정도로 최고급 과실이었다.

그런 것을 변인서 궁녀들은 아무렇지 않게 껍질을 벗기고 각 쓰임에 맞는 모양으로 잘라 설탕과 꿀에 절였다.

려화가 차출된 일은 바로 잘라 놓은 과실을 작은 단지에 설탕과 번갈아 켜켜이 넣는 것이었다. 간혹 색을 입히기 위해 말린 산사나무 열매를 함께 넣는 단지도 있었다.

려화가 지금 잡고 있는 단지가 그러했다. 잘 익은 배를 얇게 저미며 휘어 꽃 모양으로 곱게 말아 담은 후, 사이사이에 말린 산사나무 열매를 두고 무색으로 투명한 꿀을 부었다.

이리하면 꿀에 산사나무의 색이 녹아들어 예쁜 붉은빛으로 물들고, 그것이 또 꽃 모양의 하얀 배에 물들어 아름다운 붉은 꽃송이 하나를 피워 내는 것이다.

궁중에서 황족에게, 혹은 황족을 알현하는 높은 신분의 손님에게 선보이는 것이니 간단한 절임 하나조차 손이 작게 가는 것이 없었다.

그러나 이것도 사흘을 지나 나흘째에 접어드니 의식하지 않아도 손이 알아서 움직이는 지경에 이르렀다.

"아까부터 왜 그리 안타까운 휘파람만 불고 있니?"

려화의 바로 곁에서 같이 배를 담고 있던 세야가 물었다. 그것에 려화가 눈을 동그랗게 뜨고 세야를 바라보았다.

려화는 사실, 제가 휘강의 이름을 진짜로 소리 내어 부르고 있는 것조차 몰랐다. 속으로만 읊조리며 연습한다는 게, 그리되었다.

"어? 어. 아니 그, 휘파람은 아니고. 풀잎! 풀잎피리를 잘 불고 싶어서!"

"풀잎피리? 그건 갑자기 왜?"

려화의 맞지 않는 변명에도 세야는 잘 홀려 주었다. 해서 려화는 급히 머리를 굴려 가며 제 변명을 완벽하게 만들기 위해 애썼다. 궁녀에게 황제가 아닌 다른 사내를 생각하는 것은 죄이니, 조금 친한 사이인 세야한테라고 해도 휘강의 이야기를 모두 털어놓을 수는 없었다. 아무렴 연심을 품은 것이 아니라고 해도 말이다.

"농원의 어르신과 내기를 했거든!"

"내기?"

"응. 내가 풀잎피리를 못 분다고 하니, 그런 것도 못 하느냐고 그러시면서 내가 부는 것에 성공하면……."

"성공하면?"

"성공하면 내게 하루간 궁녀님, 하고 존대를 하신다셨지."

려화의 말에 세야가 묘한 표정을 지었다. 려화는 조금이나마 안도했다. 세야의 얼굴에 불신이 담기지는 않은 까닭이었다.

제게 모르고 있던 거짓말의 재능이라도 있는 것인지, 다행히 변명은 막힘 없이 나왔고 세야에게도 잘 먹혀들었다.

"그 어르신, 굉장히 괴짜인 것 같아."

"……그렇긴 하시지."

려화는 괜히 끌려 나와 괴짜가 되어 버린 유 노인에게 미안해졌다. 세야와 유 노인이 마주칠 일이야 없으니 다행이지만, 그래도 미안한 것은 미안한 것이다. 그리고 그와 별개로 유 노인이 괴짜라는 말에는 려화도 동감했다. 황실의 것을 관리하는 자리를 돈 주고 샀다고 당당하게도 말하는 노인이 괴짜가 아니고서야.

"그럼 풀잎을 잡고 연습을 해야지, 왜 그냥 하고 있어?"

"지금은 두 손이 열심히 일하고 있으니 입 모양이라도 연습을 하려고……. 세야야?"

창졸간의 일이었다. 자리를 비우고 후다닥 뛰쳐나간 세야가 어디서 뜯어 왔는지 풀 한 줌을 손에 들고 왔다. 모양도 크기도 딱 풀잎피리에 좋은 것이다.

아마도 변인서 주변의 뜰에서 한 움큼 뜯어 온 것일 거다. 이 드넓은 황궁에 여름이 찾아오거든 무성하게 자라는 잡초를 아주 깨끗하게는 정리하기 어려우니 말이다.

그렇다 해도 세야가 참 대단하기는 했다. 쉽게 보이는 곳에는 저런 잡초를 남겨 두지는 않았을 테니 말이다.

"세야야?"

"그러지 말고 입에 이렇게 풀잎을 물고 연습하면 되잖아?"

"그러다 떨어뜨리면 어쩌려고."

"이이, 렇게 한 손으로 잡으면······."

세야는 아주 자신 있다는 듯 우쭐한 얼굴로, 풀을 뜯어 온 손으로 풀잎 하나를 잡고 입술에 붙였다. 풀을 잡은 손에는 급히 한 움큼 풀 잎사귀를 뜯어 오느라 여기저기 작게 흙먼지가 묻었다.

려화가 걱정스러운 낯을 지우지 못하고 세야를 바라보았다. 세야는 아랑곳하지 않고 호, 하고 풀잎을 불었다. 투박하지만 산뜻한 소리가 흘러나왔다.

달리 대단한 곡조를 부른 것도 아니거늘 세야는 아주 우쭐한 얼굴로 려화를 바라보았다. 려화는 기운이 다 빠져 늘어진 얼굴로 세야를 바라보며 웃었다.

처음 보았을 때보다 많이 자랐다고는 하나, 세야와 다른 궁녀들은 이제 고작해야 열셋의 어린 나이였다. 어린 소녀들의 돌출 행동이란 이리도 예고 없이 일어나는 것이다.

"그러게. 너 참 잘한다. 하지만 나중에 가르쳐 줘. 지금은 일에 집중하는 게 낫지 않겠어?"

"한 손으로 천천히 해도 괜찮잖아. 어차피 우리가 두 단지 할 것 한 단지 한다고 큰일 나는 것도 아니고!"

세야의 철없는 목소리가 지저귀는 새처럼 앙증맞았다. 그것이 퍽 귀엽긴 했으나, 려화의 입장에서는 몹시 당황스러웠다.

이러다 실수라도 날까 싶어 조마조마했다. 제가 한 거짓 변명 때문에 말이다.

"네 피리 소리가 듣기 좋기는 한데, 그래도 나중에 가르쳐

줘. 응?"

"알았어! 그럼 마지막으로 한 번만 들어 봐!"

"세야야……!"

세야는 려화가 몇 번이고 말렸음에도 불구하고 결국 다시 입에 풀을 물었다. 휘이, 보다는 피이, 에 가까운 듣기 좋은 소리가 작게 울리나 싶었다.

"어……!"

본래 두 손으로 끝을 잡고 불어야 하는 것을 한 손으로 묘기라도 부리듯 풀잎의 양옆을 짚어 고정하였으니, 소녀의 작은 손에 힘이 풀리는 것도 당연한 일이었다.

세야가 엄지와 중지, 약지로 고정하고 있던 풀잎을 놓쳤다.

그녀의 앞에는 절임 작업 중이던 단지가 있었다. 당연히 풀잎은 그곳으로 떨어졌다. 세야가 하얗게 질린 얼굴로 다급히 단지 안으로 손을 집어넣었다.

"세야, 그 손은 흙이 묻었잖아!"

려화가 급히 세야의 손을 붙잡았지만, 너무 늦었다. 이미 세야의 흙 묻은 손이 단지 안으로 들어갔다. 단지의 절반을 채운 투명한 꿀에는 이미 산사나무의 붉은 빛이 조금 묻어나고 있었다.

거기에 세야의 조막만 한 손이 들어가 탁한 거품을 만들었다. 거품 사이사이에 까만 흙먼지가 조금씩 풀어져 섞였다.

려화는 우선 주변을 둘러보고, 세야의 손부터 단지에서 빼냈다. 그리고 제 치마에 그녀의 손을 대충 닦았다.

"어떡해……."

세야는 려화가 제 손을 가져다 닦아 주는 것도 모르고 하얗게 질린 얼굴 그대로 아연했다. 그녀의 동그란 눈망울에 눈물이 고였다가는 후드득 떨어졌다.

려화의 표정이 심각했다.

저 때문이다. 제가 하필이면 풀잎피리니 어쩌니 하는 변명을 주워섬겼다가, 그것이 어린 세야의 흥미를 끌어 돌발 행동에 불씨를 댕겼으니 말이다.

"궁에서 쫓겨날 거야. 예비궁녀의 자격을 박탈당할 거라고!"

"괜찮아."

세야는 울음을 터뜨리면서도 행여나 당장 누가 보고 경을 칠까 목소리조차 크게 내지 못했다. 그녀는 자신이 저지른 실수를 믿을 수가 없었다. 뭐에 홀린 듯 일이 이렇게 되었다.

내심 같은 처지라 여겼던 려화가 누구보다 빠르게 정식 궁녀가 되어 내명부에 이름 올린 것이 부러웠다. 시샘이었을지도 모르겠다. 그래서 그런 려화가 잘하지 못하는 것이 있다고 하니, 저는 자신이 있다고 우쭐거리고 싶었다.

어린아이의 치기 어린 마음이 돌이킬 수 없는 불상사를 만들었다. 보통 일이 아니었다. 세야는 궁에서 쫓겨나면 안 되었다. 예비궁녀에게 나오는 녹봉조차 여궁의 품삯보다 높았다.

세야의 집안은 전쟁으로 가문이 망해 기적적으로 입궁한 세야의 녹에 기대고 있었다. 어린 나이에 가족의 생계를 책임지고 있으니 세야의 절망은 보통의 것이 아니었다.

사정이 그러해 집안의 가장이 되었어도, 세야는 열셋 어린 소녀의 발랄함을 그대로 가지고 있었다. 그러니 그 수다스러운 입은 종종 자는 것도 잊고 같은 방 동기인 려화에게 이것저것을 늘어놓곤 했었다.

려화도 세야의 사정을 알았다. 그리고 려화는 세야의 실수가 자신으로부터 비롯되었다고 생각했다. 책임을 져 주고 싶었다.

"내가, 내가 다 알아서 할 테니 너는 가만히 있어. 세야야, 다 괜찮을 거야."

"어떻게 그래! 흐윽, 이미 흙이고 잎이고 다 들어갔는데, 어떻게……!"

"우는 건 괜찮지만, 말은 잘 맞춰 줘야 해?"

려화가 세야에게서 시선을 거두고, 변인서의 정식 궁녀인 해와 연차가 낮은 여변들의 일을 멀리서부터 걸어오며 살피고 있는 여변을 바라보았다.

한 걸음, 한 걸음 날카로운 눈매를 가진 중년 여인이 가까워질수록, 려화는 입술을 꽉 물었다. 세야를 구해 주기 위해서 지금 벌일 일에는, 아주 큰 용기가 필요했다.

드디어, 여변이 거의 지척까지 왔다.

려화는 더 기다리지 않고 밑바닥에 세야의 이름이 써진 단지를 바닥으로 밀어 떨어뜨렸다.

쨍그랑, 하고 날카로운 파열음이 울렸다. 단숨에 모두의 시선이 려화에게로 쏠렸다.

"무슨 일이냐!"

여변이 잔뜩 성이 난 얼굴로 려화와 세야가 앉아 작업 중이던 곳으로 다가왔다. 여변의 발치에 깨진 옥빛 단지 조각이 널브러졌다. 꽃 모양으로 말아 두었던 배 저민 것은 이리저리 흩어졌고, 흙이 잔뜩 묻었다. 붉게 물들다 만 투명한 꿀이 깨진 단지를 타고 끈적하게 흘렀다.

현 상황을 단번에 인식하지 못하고, 깨진 단지를 내려다보던 여변의 얼굴이 단숨에 붉으락푸르락해졌다. 려화는 아직 차분한 표정이었다. 하지만 그녀의 안색은 하얗게 질렸다. 단지를 밀어 깨트린 손은 달달 떨리고 있었다.

"어, 어떡해……!"

참으로 절묘한 시점에 세야의 앓는 소리가 터져 나왔다. 주변에서 보기에, 세야는 가련한 피해자가 되었다. 려화의 실수로 제가 맡은 단지가 깨졌으니 말이다.

과일을 절이는 일은 매해 변인서에서 두 번은 꼬박 맡아 하는 일이었다. 매해 이어지는 작업이다 보니 중요한 일로 여기지 않는 이가 많으나, 황실 일가가 매일 드시는 곁요리며 후식에 들어가는 중요한 재료를 다루는 일이었다.

황실 일가와 손님께 올리는 것이며, 입에 들어가는 것이니 응당 그 모양과 색, 맛뿐만 아니라 절임의 관리에 이르기까지 책임이 막중했다. 그래서 처음 절임을 만드는 때부터 단지에 이름을 써 두어 첫 번째로 엄중히 관리했고, 다음으로는 단지를 닦고 절임의 상태를 관리 확인하는 자의 명부까지 꼼꼼히 기록했다.

그런데 세야의 이름이 적힌 단지가 깨져 버렸다. 만일, 여변이 앞을 지날 때가 아니었으면 이 책임을 모두 세야가 졌어야 할 것이었다.

아직 정식 궁녀가 되지도 못한 세야의 책임이 되면, 그녀는 궁녀복을 벗고 궁에서 쫓겨날 것이 자명했다.

만일 단지가 깨지지 않았다면 숙성 과정에서 흙과 풀잎이 들어가 맛과 색이 변한 책임을 세야가 졌을 것이다. 거기에 려화가 책임을 지기 위해 껴들 자리는 없었다.

려화는, 세야를 살리기 위해 강수를 두었다.

"무슨 일이냐 묻지 않았느냐!"

여전히 하얗게 질린 얼굴로, 그러나 차분히 려화가 입을 열었다.

"배 말이 꽃을 말 가지가 적어 세야에게 빌리려다가, 제가 실수로 그만 이 아이의 단지를 깨버렸습니다."

"그걸 지금 말이라고 하는 것이냐!"

"송구합니다. 마마께 거짓을 아뢸 수는 없으니 솔직히 말씀 드렸으나, 이것이 얼마나 큰 죄인지 저도 잘 압니다."

려화는 떨지 않고 말하기 위해 애썼다. 세야는 작금의 상황이 무서워서 다시 눈물을 터뜨렸다. 사방이, 아까의 소란이 무색하게 삽시간에 조용해졌다. 숨소리조차 아끼고 조심하는 가운데에, 세야의 눈물 바람 소리만이 울렸다.

"이번 예비궁녀 중에 가장 먼저 내명부에 정식으로 이름 올린 네가 이런 실수를 해?"

"그것이 윗전의 은혜인 것도 모르고 자만하여, 방만하게 굴었습니다."

려화의 차분하게 이어지는 대답에, 여변은 마치 떠보는 듯한 물음을 던졌다.

"너, 정식 궁녀가 되어도 궁에서 쫓겨날 수 있음을 모르느냐?"

여변의 말은 려화의 방만한 태도를 꾸짖는 것이 아니라, 마치 친한 친구의 잘못을 덮기 위해 일을 벌이고 있는 려화의 속내를 다 아는 것처럼 들렸다.

려화의 둥근 이마를 타고 식은땀이 한 줄기 흘러내렸다. 그녀가 깊이 숙이고 있던 고개를 들어 여변을 똑바로 바라보았다.

만감이 교차했다. 여변의 말은 중의적인 뜻이었는지라. 속으로 품은 뜻이 아닌 겉의 뜻으로 보자면, 이 일로 려화가 내명부에서 이름을 파이고 궁 밖으로 내쫓길 수도 있다는 말이었다.

한데 어찌 이 상황에서 갑자기 그의 얼굴이 떠오르는지.

려화의 얼굴에 슬픈 웃음이 깃들었다. 그녀가 세야를 한 번 바라보고는, 떨리는 손으로 저를 잡는 그녀의 손을 물리고 여변을 바라보며 담담하게 말했다.

"그런다 하여도 제 잘못을 누구에게 뒤집어씌우겠습니까?"

"응당 네가 저지른 일에 책임을 지게 될 것이다."

"그리하겠습니다."

려화가 다시 고개를 숙였다. 치맛단을 붙잡은 려화의 손이 달달 떨렸다. 하얗게 변할 정도로 치마를 힘주어 붙잡은 려화의 손을 바라보며 세야가 입술을 꾹 물고 눈물을 삼켰다.

바닥을 헤집지도 않았는데 꿀과 흙이 붙어 끈적이는 손을, 세야가 조심스레 뒤로 숨겼다.

여변은 려화를 알 수 없는 눈으로 노려보았다. 려화는 여변의 날 선 시선을 느끼면서도 입을 꾹 닫았다.

그래도, 려화가 생각하기에는 이게 옳았다. 어차피 정식 궁녀가 되기 위해서 입궁한 것도 아니었다. 다만 혹여 이번 일로 쫓겨나게 되면, 불미스러운 일로 갑자기 내쫓기는 것이었다. 제 짐보따리를 제대로 챙기지 못하게 되어, 어머니가 준 증표를 챙기지 못할까 걱정되었다.

그것 하나만이 려화의 걱정이어야 하건만, 려화의 머릿속엔 자꾸 다른 생각이 들어찼다.

이렇게 떠나면 이제는 휘강을 보지 못하겠구나. 그의 이름을 불러 줄 일은 다시는 없겠다. 그런 생각이었다.

려화에 대한 처벌이 결정되었다. 황궁의 긴 역사에, 변인서든 다른 곳이든 단지를 깨는 정도의 실수를 벌인 자가 그녀하나겠는가.

다만 궁녀 간택을 통과하고 예비궁녀의 수련 기간을 보낸 정식 궁녀가 이리 일을 벌인 일은 역사에 몇 없었다. 빈 단지라면 모를까, 황가와 황실에 방문하는 귀인들을 위해 맞추어 준비된 음식이 든 단지를 깬 궁녀라면 말이다.

예비궁녀였다면 퇴궁이 명 되었을 것이나, 그녀는 정식 궁녀였기에 퇴궁을 대신하여 오 년 치의 녹봉을 칠할 삭감하고, 이 주 간 구금하는 벌이 내려졌다.

죄인이기에 몸 편히 뉠 수 있는 궁녀의 숙소에 구금할 수는 없었다. 하여 려화는 변인서의 빈 곳간에 갇혔다.

하나 다행한 일이 있다면, 날이 여름이라 밤이라도 그리 춥지 않았다. 곳간 안에는 이불을 대신할 멍석이 두 장 대충 널브러져 있었고, 까치발을 들면 바깥이 보일 정도로 높은 곳에 쪽창이 나 있어 그나마 빛이 들었다.

아주 캄캄하지는 않으니 무섭지는 않았다. 려화는 틀어막힌 공간과 어두침침한 곳을 두려워했다. 과거의 기억에 아직 발목이 잡혀 있는 까닭이다.

려화는 작은 몸집으로 무거운 멍석을 두 장 겹쳐 바닥에 깔았다. 낮이면 쪽창으로 해가 들 법한 자리에 맞추어서 말이다. 그러고는 그 위에 누웠다. 이불은 필요치 않았다. 다만 얇은 무명천이라도 하나 있었으면 좀 나았을 것이란 생각이 들었다.

멍석에 누워 쪽창 바깥을 바라보자, 모로 누운 반달이 딱 좋은 위치에 보였다. 틀을 씌운 그림처럼 자리 잡은 달의 모습에 려화가 슬쩍 미소 지었다.

한데, 쪽창의 달이 금세 가려지고 곳간 안이 완전히 어두워졌다. 무슨 일인가 하여 려화가 멍석에 뉘었던 몸을 일으켰다.

어두워진 쪽창 가까이에 뭐가 풀썩, 떨어진다.

려화가 겁에 질려 몸을 굳혔다.

"멍석에 몸이 쓸리면 살이 아프대……."

곧장 려화의 굳은 몸을 풀어 줄 익숙한 목소리가 들려왔다. 축축하게 눈물로 젖은 목소리의 주인은, 세야였다.

창을 가리던 어둠이 조금 걷히고, 세야의 얼굴 반쪽이 드러났다. 한쪽밖에 보이지 않는 그녀의 눈이 온통 퉁퉁 붓고 붉게 짓물렀다.

"세야?"

"응, 나야."

대답을 하면서도, 세야가 코를 훌쩍인다. 려화가 단숨에 창쪽으로 다가가 달라붙었다. 키가 조금 모자라서 까치발을 들어야 했다. 그래도, 오후 나절부터 혼자 갇혀 있다가 사람 목소리를 들으니 반가워 다리가 아픈 것도 몰랐다.

"어찌 여길 찾아왔어!"

반가운 것은 반가운 것이고, 려화는 세야가 걱정되었다. 자신은 죄를 지어 벌을 받는 몸으로 이곳에 갇힌 것일진대 그런 곳에 예비궁녀가 찾아왔으니 말이다. 걸리면 분명 좋은 일은 생기지 않을 것인데 이리 찾아온 것이 고마운 것에 앞서 걱정된 것이다.

"내가 어떻게 가만히 편한 방에서 자겠어……."

세야가 다시 훌쩍이며 말했다. 려화가 눈을 동그랗게 뜨고, 세야에게 검지를 들어 쉿, 하고 조용히 하라 일렀다. 세야가 딸꾹질을 하면서 울음을 뚝 그쳤다. 고개까지 끄덕거렸다.

그것이 마치 어린 여동생을 보는 것 같아 려화가 참으로 어쩔 수 없다는 듯 미소를 지었다.

"그래도 찾아와 준 건 고마워."

"으응. 많이 불편하지? 무섭지?"

"불편하지 않다면 거짓말이고, 무섭지는 않아. 괜찮아. 바람도 들고 해도 잘 들던걸."

"그래도……. 흑!"

"뚝. 뚝 그쳐. 이만하면 가볍게 끝났잖아."

세야가 또 한 번 고개를 끄덕였다. 려화는 까치발 든 발끝에 걸리는 것에 고개를 숙여 아래를 바라보았다. 곳간 안쪽이 어둡기에 잘 보이지는 않았지만, 그리 두껍지 않은 천 같은 것이 보였다.

"그런데 이건 뭐야?"

"멍석에 살이 쓸리면 아프대서……. 이불에 씌우는 싸개를 가져왔어. 이거라도 깔고 누우라고."

"너, 이거 네가 내게 가져다준 걸 걸리면 어쩌려고."

세야가 고개를 도리도리 저었다.

"이 정도는 괜찮대. 눈감아 주신대."

"누가?"

"그게……. 공영이 모시는 여어 마마께 여쭸대."

"공영이가?"

려화가 조금 놀라 눈을 크게 뜨며 되물었다. 세야가 고개를 끄덕였다.

"다른 아이들도 네 걱정 많이 해."

"다들 날 따돌리기만 하기에 쌤통이라고 여길 줄 알았더니."

려화가 장난스러운 목소리로 속삭였다. 그랬더니 세야가 방금까지 훌쩍이고 있던 것도 잊고는 려화를 보고 배시시 웃었다.

"다들 네가 부러워 시샘하지만, 널 미워하진 않아. 진짜야."

"그 말 믿어야 하니?"

"응. 그러니 이렇게 이불 싸개 가져왔잖아."

"그래. 너한테도 고맙고, 공영이에게도 고맙다고 전해 줄래?"

세야가 입술을 삐죽였다. 무언가 마음에 안 드는 얼굴이다.

"걔가 고맙다는 말을 곱게 받을 아이니."

세야의 말에 려화가 곰곰이 떠올려 보고는 고개를 끄덕였다. 그녀의 얼굴에 익살스러운 웃음도 걸렸다.

"하긴, 걘 그래. 좀 새침하고 재수가 없지?"

"조금 많이……."

려화의 말에 세야가 답하며 저도 배시시 웃었다. 두 소녀가 창 하나를 사이에 두고 웃음꽃이 피었다. 그러곤 짧게, 이것저것 말을 나누었다. 곳간의 적막이 외로웠던 려화에게는 꿀 같은 시간이었다.

그러나 이제는 세야를 돌려보내고, 혼자서 무던히 긴 시간을 견뎌야 할 참이었다.

"이제 돌아가야지. 고마웠어."

"응……. 있지, 려화."

세야가 돌아갈 것을 앞두고, 어서 말을 이어야 하건만 연신 머뭇거렸다. 어두운 와중에도 세야의 눈가가 다시 붉게 달아오르는 것이 보였다. 려화가 쪽창 너머로 손을 뻗어 세야의 눈을 매만졌다.

"미, 미안……. 흐윽, 미안해."

"괜찮아. 뚝, 울지 말고."

"나 때문에 네가……!"

"이제까지 나랑 잘 얘기하고 놀아 놓고 그러면 어째."

"그래도, 흑, 너무, 너무너무 미안해."

"알았어, 네 마음 다 알았으니 이제 정말 울음 그치고. 어서 돌아가 봐."

려화의 채근에 가까스로 세야가 울음을 그쳤다. 아이처럼 고개를 크게 끄덕이고, 그리고 나서도 한참은 있고서야 세야가 무거운 발걸음을 돌렸다.

려화는 다시 혼자가 되었다. 창 바로 아래 떨어진 이불 싸개를 가져다 멍석 위에 깔고 다시 누웠다. 얇은 천이 멍석의 까칠한 지푸라기를 다 막아 주지는 못했지만, 한결 나았다.

아무럼 윗전들이 눈을 감아 주셨다곤 해도 낮에는 거두어 치마폭 안이든 멍석 사이든 숨겨 두어야겠다. 려화는 그리 생각하며, 우선은 조금 나아진 잠자리에 피식 웃었다.

그러곤 쪽창 밖을 바라보았다. 반쪽만으로도 제법 밝은 반달은 어느새 정 중앙에서 틀어져 쪽창 모서리로 붙었다.

모로 누운 반달이 쪽창에 가려진 모양이, 꼭 날이 잘 선 검의 끝을 보는 것처럼 느껴지는지라. 려화는 과거 행복하던 시절 아버지께 오라비와 함께 무예를 배우겠노라 찡얼거리던 제 모습을 떠올렸다.

그때만 해도 아버지의 진검을 무서워도 않고 만지다가 손을 베여서, 아버지께 몇 번이나 혼났는지 모른다.

"오라버니는 나를 말리지 못했다고 같이 혼나서 억울해 죽겠다고 울고불고 말이야……. 참 철이 없기도 했지. 우리 오라버니."

나이 차가 훌쩍 나는데도 꼭 어린 동생들과 같게 굴었던 오라비가 떠올라 려화가 슬프게 웃었다.

그래도 얄밉고 밉기보다는 좋기만 했던 오라비다. 아버지도 그렇고. 그래서 늘 두 사람의 검집에 장식하는 매듭은 고사리손으로 려화가 만들었다.

어머니가 만든, 고운 술까지 달린 어여쁜 매듭에 비교하면, 댈 것도 없는 서툰 솜씨였다. 그럼에도 하나뿐인 딸이 만들어 준 것이라 어찌나 좋아하며 달고 다니셨던지.

전쟁으로 돌아가시기 얼마 전에는 제법 어머니가 만든 것과 비슷한 솜씨로 만들어 드렸다. 매일 하나씩, 색색으로 얇은 끈을 꼬아 만든 매듭을 일을 나가는 아비와 오라비의 검에 손수 바꿔 달기도 했었다.

"어……."

이 기억을 떠올리자니, 갑자기 좀 더 최근의 기억이 훅 치고 들어와 려화의 머릿속을 가득 채운다.

먹빛의 짙고 어둡지만, 광택이 고급스러워 한눈에 보아도 값비싼 검을 담고 있겠다 느껴지던 검집.

휘강의 검은 흔한 장식 하나도 없었으나 그 자태만으로도 대단히 아름다웠다.

승전을 기원하는 매듭도, 안녕을 바라는 매듭도, 화려한 검
놀림에 같이 흔들리며 사람들의 눈을 사로잡을 술조차 없는
검. 홀로도 아름답지만 외롭게 보이던 그 검이, 자꾸만 려화
의 머릿속을 사로잡았다.

"붉은 색실로 매듭이나 술을 달면 예쁠 텐데……."

려화의 손이 무언가 아쉬운 것처럼 까닥거리며 움직였다.
휘강의 검집에 매듭을 장식한다면……

모양은 주인의 안녕을 기원하는 매듭이 좋겠다. 장고매듭
의 아래로 세벌매화매듭을 세 개 둘러 둥글게 만들고, 그 사
이에는 새로 끈을 엮어 저 쪽창 너머 달을 닮은 말간 월장석
을 하나 넣어 주면 참 예쁘겠다.

그런 생각을 했다. 하나 려화에게는 매듭을 묶을 끈이 없
었다. 가운데를 장식할 월장석이야 더욱이.

아쉬운 일이다. 저를 도와주었던 휘강에게 고마워서, 또 황
제를 따라 전쟁터를 돌아야 할 터이니 사선을 몇 번이고 넘
을 휘강이 안녕하기를 기원하고자 하여도 방법이 없으니 말
이다.

한번 떠오르니 려화의 머릿속에서 휘강의 모습이 떠나질
않고 자리했다.

"아……!"

사람이란 이가 없으면 잇몸으로라도 살아 내는 존재라 했
던가. 려화에게 매듭을 묶을 고운 색 끈은 없지만, 매듭 끈을
만들 천 조각이라면 어떻게든 해결할 방법이 있었다.

려화가 반비 아래 가려진 치마의 허리끈을 풀었다. 때마침

려화가 딱 이런 색이었으면 좋겠다, 하고 생각했던 짙은 붉은빛이었다.

*
**

곳간 구금의 마지막 날인 이 주째에, 려화는 몰래 조심히 만들던 매듭을 드디어 완성했다. 끈이 짧아 생각했던 대로 여러 매듭을 섞지는 못했지만, 대신에 세벌매화매듭의 위아래로 장고매듭을 지은 이 간단한 매듭 하나하나에 휘강의 안녕을 기원하는 그녀의 마음이 담겼다.

그것을 치마 속에 숨기고, 풀어 버린 짙은 적색의 치마끈을 대신해 려화는 이불 홑청을 조금 찢어 치마와 반비 안의 저고리를 고정해 묶었다.

얇은 홑청은 마지막으로 지난밤 세야가 다시 와서 가져갔다. 세야는 홑청의 끝이 뜯어진 것에 고개를 갸웃거렸지만, 려화는 그저 배시시 웃어넘기며 세야의 궁금증을 풀어 주지 않았다.

해서, 오랜만의 농원 행이었다. 본래라면 항상 유 노인이 자리를 지키는 나뭇등걸에는 오늘 다른 손님이 찾아들었다. 려화가 매듭 하나마다 한 번씩 이름 불렀던 바로 그 남자다. 그의 위로, 아직 휴식수여야 할 하늘 복숭아나무들이 그새 꽃을 피웠다. 족히 삼 개월은 쉬어야 다시 꽃이 피고 열매를 맺는다던 노인의 설명과는 달리 말이다.

여름 바람이라 믿을 수 없을 정도로 선선한 바람이 불어와 려화의 꺼칠해진 볼을 감싸 돌았다. 바람에 묻은 꽃잎이, 려화의 입술을 훔치고 사라지며 그녀를 간질였다.

려화의 입가에 미소가 만개했다. 다시 볼 일 없을 줄 알았던 휘강의 얼굴이 몹시 반가웠던 터다.

"휘강!"

큰 소리로 그의 이름을 부르고, 려화가 달렸다. 치맛자락을 잡고 열심히 뛰어가 휘강의 앞에 섰다.

숨을 색색거리며 눈을 반짝이는 려화를 보며 휘강은 묘한 표정을 지었다. 웃는 것도 같고, 화가 난 것도 같은.

그러나 이내 려화의 웃음에 감화되어 그의 얼굴에도 웃음이 피었다.

"오랜만이다?"

"그러게. 오랜만이야. 귀인님!"

"아까는 내 이름을 똑바로 부르더니, 이번에는 또 왜 다시 귀인님이냐?"

"앗참, 휘강. 헤헤."

귀인님에서, 다시 이름으로 돌아온 호칭 다음에 려화는 귀엽게도 웃었다. 그러니 려화를 더 타박하기도 어색해진 휘강이 나뭇등걸에서 일어나 려화에게 다가갔다.

"연습해 오겠다고 하더니, 그 연습을 광에 갇혀서 할 건 또 뭐냐."

휘강의 말이 생각지도 못한 내용을 담고 있어 려화가 놀라 눈을 동그랗게 떴다. 어찌 제가 벌을 받느라 곳간에 갇혀 있던 것을 알았을까 싶었다.

"그건 또 어떻게 알았어?"

"이곳을 관리하는 노친네와 내가 친하니, 그에게 들었다."

려화가 휘강의 대답에 그제야 이유를 알았다. 하긴, 유 노인이라면 변인서와 관련이 있으니 제 상황도 알고 있었을 법했다. 아마 제가 찾지 않는 동안 농원을 임시로 관리했을 다른 궁녀에게 묻기라도 했겠지.

"덕분에 휘강의 이름을 부를 연습은 잘했지 뭐. 이것 봐. 나 잘 부르지?"

"참으로 자랑이다."

려화가 배시시 웃었다. 그러고는, 휘강이 더 자신이 받은 벌에 대한 일을 물어보지 못하도록 말을 돌렸다.

"와, 그런데 여기 꽃은 언제부터 다시 피었어? 유 어르신이 분명 서너 달은 더 기다려야 한다고 했는데."

휘강은 려화의 속셈을 알면서도 넘어가 주었다. 그가 려화의 시선에 맞추어 복숭아꽃이 가득 피어난 과실수들을 바라보았다.

"이틀 되었다."

"이틀 만에 이 많은 꽃이 다 피었어? 어쩐 일인지 몰라도 정말 신기하다."

려화가 손을 뻗어 가까운 나무의 꽃잎을 조심스레 쓸었다. 얇고 보송한 꽃잎이 손끝에 닿는 느낌이 몹시 좋았다.

휘강은 조용히 려화를 바라보았다. 한동안 볕을 보지 못한 얼굴은 수척했고, 입가는 부르텄다. 고운 분으로 가리긴 하였으나 평소와 다름을 모르고 지나가기에는, 휘강의 눈썰미가 너무 좋았다.

휘강이 려화의 부르튼 입가를 손끝으로 쓸었다. 그저 꽃을 바라보고 있던 려화의 시선이 휘강에게로 옮겨 갔다.

"입술이 텄군."

"그냥, 피곤해서 그렇지 뭐."

"광에서 편히 쉬었을 터인데 뭐가 그리 피곤해서?"

휘강의 목소리에서 불만이 가득 읽혔다. 정말로 제가 편히 쉬다 왔는데 얼굴이 상해서는 아닐 것이다. 려화는 휘강의 목소리에서 걱정을 읽었다. 그러니 기분이 상하기보다는 그저 웃음이 먼저 얼굴에 떠올랐다.

"그나저나, 휘강의 손은 항상 꽤씀하네."

"뭐라고?"

려화가 휘강의 손을 조심스레 치웠다. 입가에 아직 그의 온기가 남았다. 려화는 제가 치워 놓고도, 그 아쉬움에 괜스레 손을 들어 제 입가를 만지작거렸다.

"궁녀에게 이리 쉽게 손을 대니 꽤씀하지 않고."

"허, 너야말로 건방지기 짝이 없다."

"내가 건방지게 느껴진다면 그건 휘강의 탓이지. 평대도, 편히 이름 부르는 것도 전부 휘강의 부탁이었는데?"

휘강이 려화의 말을 듣고는 그녀의 머리에 힘을 뺀 손으로 꿀밤을 먹였다. 아프지는 않았지만 몸이 조금 뒤로 밀렸다. 려화가 눈에 힘을 주고 휘강을 노려보았다.

"아야!"

괜히 엄살도 부렸다.

"나를 보고 대견하다느니, 어떻다느니. 또 언제는 안쓰러운 눈으로 바라보지를 않나. 쥐콩만 한 계집이 겁도 없고."

"겁 없단 말은 거기서 또 왜 나와?"

"실로 네가 겁이 없으니까."

휘강이 늘 허리에 차고 다니는 검집을 풀어 려화의 눈앞에 들이밀었다.

"넌 검을 차고 있는 무복의 사내에게, 그것도 궁에서 만났으니 어려울 만도 하건만. 처음 마주했을 때부터 아무렇지도 않게 반말을 지껄였잖으냐."

"그야! 휘강이 먼저 멍청한 계집이라고 내게 시비를 걸어 왔잖아!"

이번에도 려화는 눈앞에 검이 디밀어졌건만 겁 하나 내지 않고 휘강에게 곧장 반박했다. 눈을 동그랗게 뜨고 입술을 비죽이는 려화의 모습이 참으로 당차고 어린 동생의 꼴이라. 휘강은 더 말하는 것도 포기할 정도로 허탈해졌다.

아무리 봐도 려화의 정신 줄 굵기란 휘강이 이해 가능한 범위 밖에 있는 모양이다.

"아, 참!"

려화가 반비 아래쪽으로 손을 쑥 넣어 훑었다. 휘강은 려화의 앞으로 내밀어 보여 주던 검을 거두고 인상을 묘하게 일그러뜨렸다. 방금까지 궁녀의 몸에 손을 어떻고 하는 얘기를 하던 계집이 이리 아무렇지 않게 손을 옷 속으로 넣는다. 사내의 앞에서.

휘강은 이런 려화가 퍽 귀엽고 재밌긴 하지만, 도통 정상적인 여인은 아니지 않나. 하는 데까지 생각이 미쳤다.

그때, 려화가 이번에는 휘강의 눈앞으로 손을 내밀었다.

"자."

"……이게 뭐냐?"

"보면 알잖아! 뭐 좀, 초라하긴 한데. 매듭 끈이야. 검집 장식용!"

려화의 말대로 그녀의 손에 들린 건 검집이나 손잡이를 장식할 수 있도록 마감이 된 매듭 끈이었다.

보통 검집에 장식하는 매듭은 단단한 심지를 명주실로 감싼 끈으로 만드는데, 려화가 내민 것은 암만 보아도 그냥 비단 끈을 꼬아서 만든 것이다. 그것도 아주 고급스럽지는 않은 재질이었기에, 그리 태가 나지는 않았다.

반면에 손으로 만든 모양이 몹시 정갈하여 장인의 것에는 못 미치더라도 정성이 가득 들어가 보였다.

휘강은 려화의 손에 들린 매듭 끈을 한참, 그저 말없이 들여다보았다.

"……별로야? 너무 초라한가? 역시 그 고급스러운 검에 달기는 좀……. 그렇지?"

려화가 슬그머니 매듭을 올린 손을 주먹 쥐고 뒤로 물렸다. 한참 매듭을 구경하고 있던 휘강이 다급히 그녀의 손목을 붙잡았다.

"나 주려는 거 아니었나?"

"주려고 했지. 근데 좀 초라해서……."

려화가 부끄러움에 볼을 붉히며 시선을 딴 곳으로 돌렸다.

사방이 꽃이 흩날리는 곳이니 어디라도 눈 둘 곳은 많았다.

휘강은 부끄러움 타는 려화를 처음 보았다. 썩 마음에 차게 귀여운 모습이었다.

"직접 만든 거 아닌가?"

"그렇긴 한데, 어어?"

휘강이 입꼬리를 크게 올려 웃으며, 손을 재게 놀려 려화의 주먹 쥔 손에 숨겨 놓은 매듭을 빼앗았다.

어어, 하는 사이에 억지로 휘강에게 매듭을 건네게 된 려화가 얼빠진 얼굴로 그를 바라보았다.

휘강은 손수 검의 손잡이 끝에, 려화가 만든 매듭을 묶었다. 새카만 검에 짙은 붉은 빛의 매듭이 썩 잘 어울렸다.

"돌려줘! 다음에 녹을 받으면 좋은 끈을 사서 다시, 아니 사다 주든지 할게!"

"주었다 뺏는 게 어딨어? 이미 내 검에 달렸으니. 내 것이다."

"휘강!"

려화가 휘강의 이름을 크게 부르며 눈을 부라렸지만 휘강은 아랑곳하지 않았다. 그는 오히려 려화를 놀리듯이, 제가 손수 검에 단 매듭을 그녀의 얼굴에 가까이 들이대 보여 주기까지 했다.

려화는 매듭을 다시 빼앗아 오려는 시도를 그치고는 자리에 풀썩 주저앉았다. 사실, 휘강이 제 검에 매듭을 직접 달아서 보여 주니 내심 기분이 나쁘지 않기도 했다.

그러나 부끄러웠다. 검에 달린 매듭은 려화가 생각했던 것보다 훨씬 초라하게 보였다. 저것은 저것대로 두고, 다음에 녹을 받으면 정말로 괜찮은 비단 끈을 구해다 제대로 만들어 다시 선물하리라.

려화는 그리 생각하다가, 슬프게도 저의 녹이 칠 할이나 깎인 것을 떠올리고는 한숨을 푹 쉬었다. 오 년이었던가. 참으로 길기도 하다. 분명 일이 벌어졌을 때만 해도, 세야에게까지 불똥이 튀지 않고 마무리된 것이 다행이라 여겼는데 말이다.

오 년이면 녹봉이 다시 제자리를 찾는 것보다 려화가 출궁을 당하는 것이 더 빠르게 생겼다. 그렇다면 휘강에게 매듭을 사 주든 만들어 주든 하는 일은 요원할 것 같았다.

참으로 아쉬웠다.

아쉽다는 생각을 하다 보니, 사람의 마음이 참으로 간사해졌다. 고작 단지 하나 깬 것에 녹봉을 칠 할이나 삭감한 건 너무하지 않느냐 생각까지 하게 되었다.

려화가 그리 생각하며 피식 웃었다. 휘강은 저를 앞에 두고 딴생각이나 한참 하는 려화에게 불만이 가득했다. 그러니 휘강의 표정이 뚱하였다.

하나 그는 려화를 부르거나 건들지 않았다. 어린 나이에 어두운 곳에 갇혀 있다가 나왔으니 별생각을 다 했을 것이다. 그러니 려화에게 이것저것 생각할 것이 많겠지. 하는 것이 첫 번째요.

두 번째로는 시시각각 혼자 변하는 려화의 표정을 마주 보는 것도 꽤 재미있었던 까닭이다.

지금 려화의 머릿속을 채운 생각은 이러했다.

오 년 뒤에도 휘강과 이리 웃으며 마주하고 있을 수 있을까. 그의 검에 직접 매듭을 달아 줄 수 있을 정도로, 지금처럼 친한 벗의 사이를 유지할 수 있을까.

무엇보다, 그때까지 자신은 궁에 남아 있게 되려나. 오 년 뒤면 스물이다. 도국의 성년이 열여덟이니 어른이 되고도 두 해나 더 지나서였다.

동기 궁녀들보다야 두 살 많은 려화라지만 그녀도 아직 한참 어렸다. 그러니, 려화에게 오 년이란 참으로 아득한 시간이었다.

곱게 궁을 떠날 궁리를 하고, 자연스레 출궁까지 이어지기에 부족하지 않게 여겨지는.

려화는 그리 생각하며 자연스레 휘강을 바라보았다.

그리고 이내 려화의 얼굴이 잘 익은 복숭아의 연홍빛으로 물들었다.

휘강과 눈이 마주쳤다. 언제부터인지 모르게, 자신을 한참 바라보고 있었던 그와 말이다.

하여 려화는 생각했다. 휘강과 어쩌면 생각보다 더 오래 지금과 같은 사이를 지속할 수 있지 않을까 하고.

안도감과 지금은 이름을 모를 어떤 묘한 감정이 뒤섞여 려화를 감쌌다. 려화는 그 감정을 표현할 길이 없어 그저 휘강을 보고 웃었다.

그 또한, 려화를 보며 미소 지었다.

아직은 서로가 자신의 감정이 무엇인지, 그것에 붙어야 할 이름을 알지도 못하고 고심할 생각조차 없던 어느 여름이었다.

✱✱✱

어린 소녀의 시간은 거대한 강물의 유속처럼 느린 듯 잽싸게 흘렀다. 그리, 봄에 입궁한 려화에게 첫 겨울이 왔다. 도국의 도성은 본디 겨울에도 그리 춥지 않건만, 이번 겨울은 무던히도 춥고 눈발도 잦았다.

씨알까지 굵은 흰 눈발이 날리는 날, 모로 세워 날리는 눈발은 신기하게도 복숭아 농원에서만큼은 다소 누그러져 내렸다. 려화는 그곳에서, 유 노인의 일을 도와 나무의 잔가지와 이파리를 다듬고 있었다.

처음에는 퍽 어설프기만 했던 것이, 익숙해지니 이제는 제대로 자세가 나왔다. 유 노인은 려화가 일을 손에 익히니 금세 겨울이라며, 자신은 늙어 뼈가 시리다는 이유로 오늘따라 처소 밖으로 나올 생각을 않았다.

려화는 노인의 나이가 제법이니 그럴 만도 하다 싶으면서도, 괜히 기분이 가라앉아 속으로 구시렁거리며 유 노인의 흉을 보았다. 그러고는 복숭아 과실을 어설피 가리는 작은 이파리를 따려는데, 키가 모자랐다.

"어어……."

아무리 손을 뻗어 봐도 키가 작았다. 이번 해에 제법 자랐다고 생각했는데도 말이다. 보통 복숭아나무는 낮게 가지를 펼치며 자라건만 이놈의 하늘 복숭아는 보통 복숭아나무와는 달리 키가 컸다.

려화가 까치발을 하고도 모자라 폴짝폴짝 뛰어 가며 시도했지만 실패했다. 나뭇잎 위로 소복이 쌓였던 눈만 가지가 떨리며 려화의 머리 위로 쏟아졌다.

그때 그녀의 등 뒤에서 손이 뻗어 나왔다. 키가 껑충한 손은 익숙하게 어린 복숭아 과실의 반쯤을 가린 잎을 따 내고, 그로도 모자라 려화의 머리 위에 앉은 눈을 조심스레 털어 주었다.

"어……."

손의 주인은 누구인가. 그 뻔한 것을 확인하기 위해 려화가 몸을 돌렸다. 그렇지 않아도 추위로 상기되어 있던 려화의 뺨이 더욱 붉어졌다.

담갈색 눈은 하늘에서 내리는 흰 눈을 담아 유난히 빛났다. 그 눈이 향하는 것이 오로지 저인지라, 휘강은 그 감정의 이름도 모르면서 가슴이 따뜻하게 차오르는 것을 느꼈다.

"휘강!"

려화가 휘강의 이름을 아주 반갑게 불렀다. 이곳이 궁의 뒷산이 아니고, 그녀가 궁녀가 아니었더라면 여인의 체통을 가리지 않고 휘강에게 뛰어들었을지도 모르겠다.

려화는 아쉬움을 접어 뒤로하고는 해사하게 웃었다. 겨울보다는 봄에, 여름에 어울리는 풋풋한 얼굴이었다. 대신에, 이 겨울에 보기에는 한없이 몸과 마음이 따뜻해지는 표정이기도 하였다.

"잘 지냈냐?"

"궁녀가 궁에서 잘 지내지 않고."

"너는 매번 그렇지가 않으니 묻는 것 아냐."

"전혀 그렇지 않은데?"

려화는 내심 휘강의 말이 옳다고 생각하면서도 그에게 반박해 보았다. 휘강은 려화의 모습이 철없는 아이 같다고 생각하며 웃었다.

려화의 흥분이 가라앉고 나니 두 사람 사이에 눈이 내리는 소리도 들릴 듯한 적막이 끼얹어졌다. 려화의 속눈썹 위로 눈송이 하나가 앉았다. 휘강이 그것을 털어 주려 손을 뻗자, 려화는 그 손을 피해야 하건만 몸이 움직이지 않았다.

하여, 대신에 눈을 감았다. 눈송이의 끝이 차갑게 려화의 눈을 간질였다. 그 위로 휘강의 따뜻한 손이 닿았다.

그리고 다시 눈을 뜨니, 눈앞에 장식은 투박하지만 광택은 예사롭지 않은 은장도가 보였다.

"이게 뭐야?"

"선물이다."

"선물?"

려화가 눈을 동그랗게 뜨고, 휘강과 그의 손에 들린 은장도를 번갈아 보았다. 휘강이 씩 웃으며 려화의 손에 은장도를 들려 주었다. 겨울바람에 차게 식은 은장도의 도집이 마치 얼음을 손에 쥔 것처럼 느끼게 하였다.

려화가 조심스레 은장도를 손에 들고 바라보다가, 도집에서 은장도를 꺼내려 할 참이었다. 휘강이 려화의 손을 붙잡아 막았다.

"다룰 줄 모르는 자가 함부로 뽑았다간 손을 다친다."

휘강의 목소리가 몹시 엄했다. 려화가 입술을 삐죽였다. 그러곤 다시 은장도를 뽑아 보려고 휘강의 손을 치우려 해 보았지만 실패했다. 아무렴 황제의 호위 무사라는 자의 힘을 여인이 쉬이 이길 수 있을 리가 없었다.

그러나 려화는 어쩐지 억울했다. 제가 아무리 어린 여인의 몸이라지만.

"다룰 줄 알아."

휘강의 눈썹이 삐딱하게 섰다.

"안다고?"

"아버지께 검을 배웠으니까."

방심하여 잠시 휘강의 손에서 힘이 빠진 틈을 타, 려화가 휘강의 손을 돌려 피하고 은장도를 뽑았다.

밖으로 나온 칼날에서는 도집의 투박한 장식에서 상상치도 못했을 광택이 흘렀다. 반짝임이 날의 예리함을 알려 주었다. 길이가 고작 성인 남성의 손바닥 정도인데 말이다.

려화는 날을 꺼내 보고서야 휘강이 저에게 엄하게 주의 준 것을 이해했다. 이 정도로 날이 선 것이라면.

려화가 은장도를 들고 휘강에게서 물러나 횡으로, 종으로 휘둘러 보았다. 궁녀복 치마가 려화의 움직임을 따라 나풀나풀 흩날렸다. 소복이 내리는 눈 사이에서 단도를 휘두르는 려화의 움직임은 마치 검무를 추는 것처럼 아름다웠다.

잠시 려화의 춤사위와도 같은 움직임에 홀려 있던 휘강이 뒤늦게 말했다.

"어설프긴 하지만, 제법 휘두를 줄은 아는군."

"사실 졸라서 배운 거라. 아버지께서는 나를 별로 가르치고 싶지 않아 하셨거든."

"그런 주제에 잘도 겁도 없이 진검을 빼 들고 휘둘러?"

려화가 입술을 삐죽였다. 조금 섭섭하다는 얼굴로 휘강을 바라보며 말했다.

"이것보다 훨씬 큰 오라버니 검도 많이 휘둘러 봤…… 휘강!"

휘강은 려화의 말을 끝까지 듣지도 않고, 그녀의 손에 들린 은장도를 다시금 빼앗았다. 도집까지 회수해 닫아걸고 제 품에 집어넣고 나서야 휘강이 려화에게 으름장을 놓듯 말했다.

"제 몸 지키기도 좋고 보기에도 괜찮은 것이라 선물하려 가져왔더니, 망나니에게 고삐를 맡기는 격이 될 뻔했군."

"무슨 말을 그렇게 해!"

"틀린 말은 안 했다. 그러니 이걸 선물하기로 한 건 없던 일로 하자."

"줬다 빼앗는 게 어디 있어!"

려화가 아쉬운 마음에 휘강의 가슴팍을 바라보며 소리를 꽥 질렀다. 저 안에 방금까지 제 손에 쥐었던 어여쁜 은장도가 들었다.

"대체 어딜 보고 얘기하는 거냐? 내 머리통은 여기에 달렸다."

휘강이 려화를 놀리듯 말했다. 아예 려화의 팔을 들어 제 가슴과 머리도 짚어 주었다. 려화가 화들짝 놀라며 손을 빼고 물러섰다. 흘겨보는 눈매가 제법 매서웠다.

휘강이 두 손을 들고 짓궂게 웃으며 려화를 마주 보았다.

"휘강은 궁녀를 너무 쉽게 만져! 그리고, 정말 준댔다가 무를 거야?"

"네 말만 들으면 내가 아주 후안무치에 파렴치한 자로 들린다. 내가 아무 궁녀나 건드리고 다니는 줄 아느냐?"

"그럼 후안무치에, 파렴치지! 나 또한 궁녀인데, 휘강은 아무렇지 않게 만지잖아?"

휘강이 성큼 다가와 려화를 품에 끌어안았다. 려화가 화급히 놀라며 몸을 뒤틀었다. 그녀의 얼굴은 온통 붉게 물들었다. 휘강의 뺨에 닿는 려화의 귓불까지 뜨거웠다.

휘강은 손대지 말라 하였는데도 이리 품에 안아 버린 것에 려화가 놀란 것이라 생각했다. 하여 제 정체를 제가 숨기고 있음에도, 감히 황제가 안아 주거늘 승은을 부끄럽게 여기니 괘씸하다 여겼다.

려화의 속은 달랐다. 계절에 많아야 두, 세 번. 이제 고작 열 손가락에 꼽을 만큼밖에 마주치지 못한 그에게 마음이 생겼다. 원치 않아도 궁녀가 되었으니, 이 작은 마음에 황제 말고는 품지 않아야 함에도 말이다.

그런데 휘강에게 안기니 그저 좋아 가슴이 뛰고 온몸에 열이 올랐다. 불경한 쪽도, 파렴치한 쪽도 자신이었다. 그것이 부끄러워 휘강에게 더욱 소리를 질렀다.

"……놔 줘!"

"누가 너보고 궁녀가 아니라더냐? 너는 아무 궁녀가 아니란 말이다. 맹추야."

제 할 말을 다 하고 나서야 휘강이 려화를 놓아주었다. 려화는 한걸음 물러나는 휘강의 품이 아쉬워, 뻗으려는 손을 꽉 주먹 쥐었다. 그러고는 자꾸만 내리깔리려는 눈에 힘을 잔뜩 주고 휘강을 노려보았다.

"그러니까 아무 궁녀든 그냥 궁녀든 나도 궁녀인데, 쉽게 건들지 말라는 말이야!"

휘강은 여전히 새빨간 얼굴로 제게 쏘아붙이는 려화가 괘씸해야 하거늘 퍽 귀엽게 느껴졌다. 해서 그의 입가에 은은한 미소가 감돌았다.

이상한 일이다. 그의 광증은 제게 반문하고 저를 무시하는 모두의 피에 갈증을 느끼는데 말이다. 그 모든 것들이 이상하게도, 몇 번 보지 않은 려화의 앞에서만큼은 순한 양처럼 잠들었다.

그저, 려화를 지켜보고 있으면 눈앞에서 이리저리 움직이고, 화를 냈다가, 또 가라앉아 시무룩해지는 모든 것들이 다 괜찮게만 보였다. 어쩌면 어여쁘게도 보였다.

그러니 그런 어린 계집이 갑자기 은장도를 빼 들기에, 사람을 죽일 수도 있는 그 날카로운 날에 어린 살갗이 베이고 다칠까 놀랐다.

그저 치마끈에 향낭과 함께 묶을 장식 겸해서, 위급할 때나 제 몸 지킬 한 번은 되라고 주었더니 말이다.

"내게 너는 아무 궁녀도 그냥 궁녀도 아니고, 내 벗이다. 친우에게 다정한 접촉을 하는 것이 그리 파렴치한 일이냐?"

고개를 삐딱하게 기울이고 답하는 휘강의 말이, 려화의 가슴팍에 자잘한 구멍을 뚫었다. 크게 뚫린 구멍은 아닌지라, 찬바람이 혹 지나가지는 않았지만. 그 뚫린 구멍으로 드는 바람이 수천 개의 바늘에 찔린 것처럼 화끈거렸다.

려화는 제 속내가 표정에 드러날까, 고개를 폭 숙이고야 말았다. 그러고는 볼멘 목소리를 가장했다. 그것이 최선이었다.

"남녀칠세부동석이거든? 내가 궁녀가 아니라도, 남녀 사이는 벗이라고 해도 쉬이 접촉하는 거 아니잖아."

려화의 말은 구구절절 옳았다. 그러나 본디 휘강은 만인지상의 황제로, 늘 자신이 생각한 바가 옳은 자였다. 황제가 된 후로 그러지 않은 적이 없었으니 말이다.

"남들이 뭐라고 지껄이든 나와 네가 괜찮으면 되는 것을."

"폐하께서 보시면 내 목이 달아날걸!"

아마 그럴 일은 없겠지만.

"그건 좀 곤란하겠군."

휘강은 아직, 려화에게 저를 밝힐 생각이 없기에 그리 답했다. 퍽 얄밉게도 아무렇지 않게 씩 웃어 버리는 휘강을 보고는 려화도 마주 웃어 버렸다. 푸, 하고 터진 그녀의 웃음이 어쩜 눈을 닮았다.

금세 녹아 없어질 것 같았다. 휘강은 그래서 다시금 려화의 손이라도 붙잡아 보아야 할까 하다가, 이리 감성적인 생각은 제게 어울리지 않는다 여기며 고개를 저었다.

"그보다, 그래서 그럼 내 선물은 없는 거야? 줬다 뺏은 거야? 치사해."

휘강의 벗이라는 말에 느낀 아픔은 뒤로하고, 려화가 다시금 은장도를 도로 빼앗긴 것에 아쉬움을 표했다. 휘강은 려화의 시선을 따라 제 품을 흘깃 쳐다보곤, 한숨을 짧게 내쉬었다.

"그리 아쉬워?"

"아쉽지."

"그렇다면……."

휘강이 은장도를 품에서 꺼내 다시 려화의 손에 쥐여 주었다. 그러나 그대로 물러나지 않고, 려화의 손에 제 손을 다시 감싸 쥐었다.

휘강의 품에 들어가 있던 은장도는 잠깐이지만 아까와 달리 따뜻한 온기를 품고 려화의 손에 잡혔다. 거기에다, 제 손을 감싸 쥔 휘강의 손은 그보다도 더욱 따스했다.

"이리 하자. 다섯 번. 네가 내게 이 단도를 쓰는 법을 배우면, 그때 이 은장도를 정말로 네게 주마."

려화가 눈을 동그랗게 뜨고 휘강을 올려다보았다. 그녀의 얼굴에 웃음이 만개했다.

"번복하는 거 아니지?"

"사내가 한 입으로, 두말하겠냐?"

려화가 배시시 웃으며 고개를 끄덕였다. 이미 휘강이 은장도를 줬다 빼앗으며 말을 바꾼 전적이 있다는 것은 안중에도 없었다. 바로 전이었는데도 말이다.

그저, 휘강이 준 선물을 받을 수 있다는 것.

그와 적어도 다섯 번은 이리 다시 만날 수 있다는 확답을 받았다는 것.

그것이 려화를 기쁘게 하였다. 그런데도 무언가가 불안해, 려화는 휘강의 소매를 조심스레 붙잡고 고개를 들어 바라보며 말했다.

"약속, 꼭 지켜야 해."

휘강은 대답을 대신하여, 려화의 머리칼을 쓸어 넘겨 주었다.

그와 그녀의 머리 위로 조용히, 소담스러운 눈송이가 내려앉았다.

*
**

려화가 휘강과 약조한 배움은 고작 다섯 번이었다. 한데 이 다섯 번을 채우기가 그리도 힘들었다. 이 년이 걸렸다.

휘강에게 다섯 번의 배움을 약조 받았던 그 겨울로부터 이 년이나 걸렸다는 말이다.

휘강은 황제가 출정하거든 어김없이 함께 궁을 비웠다. 황제의 출정 소식이 들리면 그 역시 보이지 않았다. 려화도 슬슬 궁녀 일에 적응하며 조금은 소식에 밝아져 큰 소식은 전해 듣기 시작한 지 오래였다.

네 번째의 만남이 끝나자마자, 황제는 궁이 답답하다는 듯 전쟁터로 뛰쳐나갔다. 그것이 벌써 일 년 전이다. 사이사이에도 휘강은 몇 개월씩 자리를 비우기 일쑤였다.

려화는 약간의 기대를 품고 복숭아 농원으로 올라왔다. 오늘도 유 노인만이 농원을 지키고 있었다. 려화가 한숨을 크게 내쉬었다. 일이 손에 익고 나자 농원에 손을 보태지 않아도 된다는 것을 알았다. 해서 근래는 농원을 잘 찾지 않던 차였다.

"에이, 좀 쓸 만한 줄 알았더니 노인이나 부려먹을 줄 알고 아주 몹쓸 계집 같으니."

"본래 어떤 궁녀도 농원의 일을 직접 돕지는 않았다는데, 저 정도면 아주 쓰임새 상급 아닌가요?"

려화가 금세 아쉬움을 숨기고 활짝 웃으며 노인에게로 달려갔다. 농원을 둘러싼 나무는 온통 예쁜 색을 입었다. 붉고 노란 이파리들 사이에서 혼자 고고하게 연홍빛의 꽃을 품은, 유난히 키가 높은 복숭아나무가 아름다웠다.

려화는 농원의 가을 풍경을 가장 좋아했다. 화사하게 단풍이 든 나무를 한껏 볼 수 있어서였다. 그녀의 고향인 공진성은 기후가 독특하여 사시사철 이리 가을의 풍취를 느끼게 하는 색색의 이파리를 가진 식수들이 많았다.

지금 농원의 풍경이, 꼭 그것을 떠올리게 했다.

"너 몸뚱이에서 지금 쓸 만한 건 주둥아리밖에 없다! 입만 살아 움직이지 말고, 와서 노목의 꽃잎이나 따라!"

려화가 유 노인의 말에 고개를 갸웃거렸다.

"노목의 꽃잎을 따라고요?"

"그리하면 맛이 아주 농축된 물건이 나오거든."

"오, 맛있겠네요."

"오랜만에 전쟁에서 돌아온 폐하께 진상할 정도는 되지."

유 노인이 뿌듯한 얼굴로 웃었다. 려화는 자부심이 담긴 듯도 보이는 그의 얼굴을 보고 저도 따라 웃다가, 곧장 유 노인에게 남길 꽃과 따 버릴 꽃을 구분하는 법을 배웠다.

근래 걸음이 뜸했던지라 유 노인 혼자에게 농원을 맡겨 둔 것이 내심 미안했는지, 려화는 오랜만에 농원의 일에 열심히 손을 보탰다. 본디 이 커다란 농원을 유 노인 혼자 충분히 관리했다는 것도 다 잊은 것처럼 말이다.

필요 없어 쳐낸 꽃송이는 버리기에 아까울 정도로 어여쁘고 싱싱했다. 그래서 어찌할까 하며 손에 모아 두고 있으니, 유 노인이 혀를 쯧 하고 차면서 려화에게 작은 광주리를 하나 내밀었다.

거기엔 이미 유 노인이 따 놓은 꽃들이 반 정도 차 있었다. 려화가 의아한 얼굴로 손에 든 도화를 내려놓았다.

"이걸 얼른 말려야 할 텐데……."

"말린 것도 황궁에서 쓰나요? 한 번도 못 봤는데……."

유 노인이 짓궂게 웃었다. 껄껄 웃으며 려화의 앞에서 곰방대를 입에 물었다. 그리곤 주머니에서 이미 말려 둔 꽃을 조금 꺼냈다. 곰방대에 눌러 넣고는, 곰방대 끝의 쇠심에 부싯돌을 튀겨 불까지 붙였다.

"얼른 말라야 내가 이 재미를 놓치지 않을 것 아니냐. 껄껄."

려화가 놀라 동그랗게 뜨고 있던 눈을 샐쭉하게 접었다. 그러고는 유 노인을 흘겨보았다.

"아이, 어르신!"

"왜, 이런 것을 두고 일거양득이라 하는 것이다."

"에휴, 그래요. 좋은 게 좋은 거라 생각하렵니다."

려화가 유 노인에게서 시선을 거두고 다시 꽃을 따는 것에 집중했다. 가지 하나에 꽃을 가장 크고 탐스러운 것, 암술이 유난히 크고 심지가 짧아서 금세 열매를 영글게 될 것으로 남기는 일에는 고도의 집중력이 필요했다.

"꽃, 잘 따고 있느냐?"

"예에."

려화가 이제 아예 제게 일을 맡겨 두고 늘 앉는 나뭇등걸에 자리를 잡고 앉은 유 노인에게 심드렁히 답했다.

유 노인은 려화가 뒤돌아보지 않고 집중하기에, 평소의 꼬장꼬장하고 익살맞게 가장한 눈빛을 내려놓고 려화를 바라보았다. 마치 손주를, 혹은 손자며느리를 바라보듯 따뜻한 눈빛이었다. 그가 조용히 웃었다.

나이를 먹어도 흐려지지 않은 선명한 눈빛이 곧게 려화를 향하다가, 비스듬히 기울어졌다.

"일거양득이라……."

유 노인이 제가 뱉은 사자성어를 입에서 굴렸다. 이리 치이고 저리 치이는 자리에서 기른 눈치와 직감은 늙어도 쇠하지 않았다.

늙어 주름지고 꺼진 입가에 미소가 어렸다. 진짜로 모신 것은 아주 잠깐이지만, 그의 주인이었던 휘강이 멀리서 농원으로 다가오는 것이 느껴졌다.

려화가 농원에 들르지 않는 동안에 이미 노인이 준비한, 노목의 농축된 복숭아가 처소에 있었다. 예전 같았으면 저를 닦달해 그것부터 찾았을 휘강의 시선은 지금 려화에게 붙박여 있을 것이다.

이럴 때는 늙은이가 눈치껏 자리를 피해 줘야 하는 법이다.

"너, 기다리는 낭군님께 꽃 따는 모습을 보였으니 네게도 일거양득이 아니냐?"

"예?"

려화가 화들짝 놀라며 유 노인을 바라보았다. 유 노인은 나뭇등걸에 앉은 지 얼마 되지도 않아 일어나야 하는 제 처지에 괜히 더 허리를 두들겼다. 사람의 뼈가 지나는 자리건만 어째 명을 다한 놋쇠라도 두드리듯 텁텁한 소리가 났다.

"여기 말고 네 뒤나 봐라. 거, 귀에 꽃도 하나 꺾어 꽂든가. 내 그건 봐주마."

"어르신!"

"어허, 오랜만에 보는 낭군께 그리 성난 모습이나 보일 거냐? 못났다, 못나. 쯧!"

유 노인은 려화의 말을 더 듣지 않고 자리에서 일어났다. 려화의 얼굴이 새빨갛게 달아올랐다. 내심 유 노인의 말대로 꽃을 꺾어 귓가에 매달까 하는 생각이 드는, 정신 빠진 제 속내에 놀라 고개를 도리도리 저었다.

잠시 뒤, 정말로 먼발치에서 휘강의 모습이 보였다. 처음 봤던 때의 그 검은 무복을 걸친 모습이었다. 가을의 화려한 색의 향연 가운데 홀로 무채색이라니.

려화가 저도 모르게 볼우물을 패며 얼굴에 미소를 한가득 띄워 올렸다.

"휘강!"

"오랜만이다. 건강히 잘 지냈나?"

"그거 내가 휘강에게 해야 할 말 아니야?"

려화가 반가움에 그를 끌어안고 싶은 마음을 달래며, 꼼질 거리는 손으로 애꿎은 제 치마폭이나 뜯었다.

"나야 황제의 호위 무사를 할 정도로 대단한 검객이니 그깟 전쟁터에서 목숨을 잃을까."

"잘나셨어요."

툴툴거리는 것은 목소리뿐이었다. 휘강은 려화의 반가움이 눈에 보이고 손에 잡힐 것처럼 선명하게 느껴졌다. 이리 반겨 주는 이가 있으니, 조금 더 일찍 올 것을 그랬나 하는 생각이 들었다.

늘 국경을 침범하고 제 땅을 넓히려 난리를 피워 대는 서방의 것들을 평소보다 빠르게 정리했음에도 그랬다. 기실 휘강은 황궁을 싫어하는 그답지 않게 일찍 왔다. 심지어 선발대와 함께 황궁으로 먼저 달려왔다. 아직 황도로 돌아오지 못하고 낙오된 군사의 수만 족히 오천이었다.

"오히려 황궁이 복마전이지."

그리 말하며 휘강이 손을 뻗어 려화의 목덜미를 조심스레 매만졌다. 도국 여인의 의복이라는 것이 한겨울 저고리인 유(襦)조차 목덜미를 훤히 드러낸 것이었다. 그러니 려화의 맨 살갗에 휘강의 손이 그대로 닿았다.

"목은 멀쩡하게 붙어 있구나."

"안부 한번 참, 살갑게도 묻네."

네 번, 휘강에게 단도를 휘두르는 법을 배우며 려화는 그와의 접촉에 썩 익숙해졌다. 해서 전처럼 화들짝 놀라거나 하지는 않았다. 그러나 휘강과 이리 몸이 닿으면 가슴이 쿵쾅거리는 것만큼은 어찌하지 못했다.

봉긋 솟아오르는 소녀의 가슴을 따라 자라는 연심을 어찌 숨길 수 있으랴. 그나마 휘강이 그런 살가운 감정에는 무감하고 무디기 짝이 없으니 망정이었다.

려화가 고개를 팽하니 돌렸다. 그래 봐야 귓바퀴까지 붉어져 소용없는 것을 려화는 몰랐다.

"그래서 나 없는 동안 복습은 많이 했고?"

"음, 아니."

"퍽 당당도 하다. 잘하다가도 조금만 방심하면 삐끗해 넘어지기 일쑤인 계집이. 무슨 깡으로 날붙이를 다루는데 연습조차 열심히 안 하는 거냐?"

휘강의 핀잔에 려화가 입술을 삐죽 내밀었다. 반갑고, 설레고. 그것이 지나가면 이러했다. 휘강은 저를 긇리고 핀잔주는 것이 인생의 재미인 양 굴었다. 일 년이나 보지 못해 잊고 있었지만 말이다.

"아니. 이제 나도 연차가 쌓여 궁에서 하는 일이 많아져 바빴던 것뿐이거든?"

"그래도 내 선물이 탐났으면 없는 시간이라도 빼서 연습했어야지."

"치, 그러지 못해서 몹시 죄송합니다. 나아리. 됐어?"

휘강이 품에서 꺼낸 은장도를 려화에게 던졌다. 그녀가 본능적으로 제게 던져진 물건을 받아 챘다. 휘강의 온기가 묻은 은장도가 손에 들렸다.

려화의 눈이 기대감으로 반짝거렸다.

"주는 거야?"

"아직 마지막 수련이 남았잖아."

휘강이 고개를 저으며 단호하게 말했다. 그것에 시무룩해진 려화를 보고 휘강이 작게 웃음을 터뜨렸다. 곧, 그가 소매에 덧댄 보호구를 확인하고 은장도와 비슷한 길이의 나뭇가지를 바닥에서 주웠다.

휘강이 허공에 나뭇가지를 휘두르자, 얇아서 곧 부러질 것만 같은 나뭇가지에서 날카롭게 바람을 가르는 소리가 났다.

"수련의 마지막은 역시 대련이지."

려화가 아쉬움 가득한 눈으로 은장도를 쓸며 바라보다가 휘강의 말에 눈을 동그랗게 뜨고 그를 바라보았다.

"내가? 휘강과 대련을 하라고? 황제 폐하의 호위 무사씩이나 되는 무인이랑?"

려화는 도저히 이해할 수 없다는 표정이었다. 지금까지는 단도를 이용해서 찌르거나 긋는 것을 간단히 알려 주고, 자세가 틀리면 고쳐 주는 정도였는데 고작 다섯 번째 만에 대련이라니.

그리고 이게 마지막이라니.

려화의 입이 댓 발 나왔다. 휘강은 려화의 감정 변화를 바라보며 혼자 피식거리다가, 곧 다시 얼굴을 굳혔다.

"대련을 포기하면 선물도 없어."

휘강이 려화의 손에 들린 은장도로 손을 뻗었다. 려화가 단숨에 뒤로 훌쩍 몸을 날려 휘강의 손아귀에서 도망쳤다.

금세 끝날 줄 알았던 다섯 번의 약속이 이 년이나 걸렸다. 눈앞에 있는 선물을 이 년 동안 기다렸는데, 마지막에 와서 놓치는 건 눈물 나게 아까운 일이었다.

더군다나 아무에게도 드러내 놓고 말하지는 못하지만, 마음에 품은 사내가 주는 첫 선물이었다.

려화의 눈이 반짝거리며 휘강을 직시했다.

"그럼, 대련만 하면 무조건 이 은장도는 내 거야?"

"어떻게든 이겨 봐."

려화의 반짝이는 눈동자가 호승심을 땔감으로 삼아 타오르기 시작했다.

그녀가 은장도를 도집에서 꺼내, 휘강의 품으로 뛰어들었다.

**

당연하게도 려화는 휘강을 이기지 못했다. 당연한 일이었지만, 거칠어진 숨을 몰아쉬는 려화의 표정이 아주 볼만했다.

휘강은 려화를 매우 많이 봐주었지만, 그녀에게 져 줄 정도로 봐주지는 않았다. 딱 무승부. 승도 패도 갈리지 않을 선에서 유려하게 그녀의 단도가 내리치는 곳을 얇은 나뭇가지 하나로 막아 냈다.

결국 려화가 복숭아나무 사이로 풀썩 쓰러져 드러누웠다. 그러고는 휘강을 옆으로 노려보며, 그에게 은장도를 집어 던졌다. 이번에도 휘강은 얄밉게도, 은장도를 검지와 중지만으로 잡아 받아 냈다.

휘강이 은장도를 든 채로 려화가 드러누운 옆자리로 다가왔다. 그리곤 그도 려화의 옆에 모로 누웠다. 려화는 휘강의 손에 들린 은장도를 흘끔 바라보다가, 속상해 죽겠다는 낯으로 눈을 감아 버렸다.

"설마 줬다 빼앗겠냐? 받아 둬."

휘강이 려화의 손을 붙잡아, 힘이 다 풀린 그녀의 손에 직접 은장도를 쥐여 주었다. 이런 상황이면 자존심을 세워서라도 거절해야 옳건만, 려화는 차마 그러지 못했다. 그저 휘강에게 고맙다, 얄밉다, 말 한마디 하지 못한 채 은장도의 새김무늬만 열심히 손끝으로 매만졌다.

처음부터 휘강이 제게 주기 위해 마련한 걸 텐데. 부채감이 남았다. 어쩜 이리 사람을 들었다 놓았다 하는지. 려화는 속으로 휘강의 여성 편력을 혼자 상상해 욕을 뱉다간, 결국엔 배시시 혼자 웃었다.

"고마워."

"눈빛에는 얄미워 죽겠다고 쓰여 있는데."

"아무튼 고맙다고! 얄밉기도 해! 어떻게 한 번을 안 놓치고 그렇게 완벽하게 받아치고, 거기서 모자라서 공격까지 해?"

기어이 터져 나온 려화의 구구절절한 투정에 휘강이 키득거렸다.

"너를 상대하는 게 내가 아니라 진짜 적이었다면, 너를 공격하지 않고 네 공격만 받아 줄 리 없으니까."

"뭐라는 거야. 궁에서만 사는 내가 그런 공격을 받을 일이 뭐가 있다고."

휘강이 려화의 볼을 검지로 쿡 찔렀다.

"궁이니까 더욱 걱정이란 말이다. 이 계집아. 내가 여길 복마전이라고 했잖아."

"어딜 찔러!"

"볼 정도면 무난한 위친데. 화풀이할 데가 없으니 별별 트집을 다 잡는 것 아니냐?"

"……그건 맞아."

아무리 봐도 휘강이 보기에 려화는 참 귀엽고 질리지가 않았다. 좀 질릴 만하면 이리 저 혼자 잘 노는 모습을 보여 주는데 질릴 수가 없기는 했다. 그보다 우선해서, 이상하게도.

계집질도 여인도, 인간에게 갖는 호감이나 박애감도 없는 휘강이건만. 그는 이리 려화에게만큼은 무한정 무뎠다. 참으로 신기한 일이었다.

그러나 휘강은 이 모든 것을, 그저 려화가 쓸데없이 재밌고 발랄한 아이라 그렇다고 대수롭지 않게 넘겼다.

"그럼 내가 괜히 미안하니까, 내 비밀 하나 알려 줄까?"

"네 비밀 같은 건 아무짝에도 쓸모가 없다."

"정말? 들으면 놀랄 텐데……."

휘강의 반응이 생각보다 너무 차가워, 려화가 풀이 죽었다. 그러곤 휘강에게서 아예 등을 돌려 누웠다. 휘강이 려화의 등만 바라보고 있다가, 그녀의 드러난 목덜미에 땀으로 젖어 붙은 머리칼을 손끝으로 정리해 주었다.

휘강에게는 보이지 않는 려화의 얼굴이 새빨갛게 달아올랐다. 그만두라고 해야 하는데 입이 떨어지지 않았다. 표정을 숨길 수 있어서일까.

그러나 려화의 등이 뻣뻣하게 굳은 걸, 휘강은 금세 눈치챘다. 려화의 머리를 다 정리한 휘강이 손을 치웠다. 손끝에 남은 짭조름하고 끈적한 냄새가.

휘강에게 묘한 기분을 불러일으켰다.

"그리 놀랄 비밀이라면 들어나 보지. 손해는 아닐 테니까."

휘강의 허락이 떨어졌지만, 려화는 쉽게 몸을 움직이지 못했다. 한참이 걸렸다. 얼굴의 열기가 물러날 때까지.

휘강은 재촉하지 않을 심산으로 눈을 감았다. 때마침 그제야 얼굴이 가라앉은 려화가 고개를 돌려 휘강을 바라보았다. 그의 감긴 눈이, 잠이든 듯 평온한 얼굴이 수려했다.

무슨 바람이었을까. 딱 좋게 볼을 간질이는 가을바람이 려화의 마음에 변덕을 불러일으켰다.

그녀가 휘강의 귓가에 입술을 가까이 대고 속삭였다.

"휘강. 내 나이가 몇 살이게?"

려화의 인기척을 모두 읽었음에도, 휘강은 귓가에서 곧바로 들려오는 속삭이는 목소리에 적잖이 놀랐다. 그가 감고 있던 눈꺼풀을 천천히 들어 올렸다.

땀과 함께 포근한 젖내음이 폴폴 풍겨 왔기에 예상은 했지만, 려화의 이제는 여자가 되었다 여겨도 손색없을 가슴이 바로 눈앞에 있었다.

옷을 입고는 있다지만, 본디 도국의 복식이란 여인의 가슴골이 드러나도록 깊이 파여 있는 것이 보통이었다. 궁녀의 의복도 다르지 않았다.

뽀얀 속살이 드러나 보였다. 휘강은 자못 놀랐다. 제가 이런 것에 동요하는 사내가 아니었거늘.

"……보통 네 동기들의 나이와 같겠지. 열 서넛, 아니면 꽉 채워 열다섯. 넌 이제 여인의 태가 나니 열 서넛은 아니겠고, 열다섯이냐?"

휘강은 아무렇지 않은 체를 하며 답했다. 무덤덤한 목소리는 떨리지 않았다.

"틀렸어. 열일곱이야."

정답을 밝힌 려화가 그제야 휘강의 귓가에서 떨어졌다. 그리곤 조금 발그레해진 얼굴로 저 먼 곳을 바라보며 딴청을 피웠다. 그런데 입가에는 재밌어 죽겠다는 미소가 담겨 있으니 그 모습이 퍽 묘했다.

휘강은 순간 려화의 말을 이해하지 못하다가, 뒤늦게 숨은 뜻을 깨닫곤 얼굴을 굳혔다.

"신분을 속여 들어왔군."

"응. 휘강한테만 알려 주는 거야. 들키면 쫓겨나는 거로 끝나지 않을 테니까."

분명, 처음 려화가 제 나이를 밝혔을 때만 해도 굳어졌던 휘강의 얼굴이 다시금 풀렸다. 입가가 간지러웠다. 어쩐지 려화가, 제게만 알려 주는 거라 말하는 그 순간에 입꼬리가 올라가고야 말았다.

자꾸만 웃음이 삐져나오려는 충동을 자제하며, 휘강은 지금 제 심리를 의아히 여겼다.

감히 도국의 국법도, 황실의 법도도 무시하고 저 살고자 신분을 속인 죄인이 앞에 있는데 말이다. 본래의 휘강이었더라면 절대 가만두지 않고 단죄했을 것이다.

그런데 지금 휘강은, 그렇게라도 려화가 저를 만나게 된 것이 다행이라 여겼다. 이상한 사내에게 처녀를 잃고 부인이 되지도 않았고, 어린 여자아이의 몸으로 홀로 여기까지 도달한 려화가 오히려 기특하게만 여겨졌다.

"……내가 너에게 정이라도 든 모양이다."

휘강은 제 마음이 이상하게 돌아가는 것을 그리 정리했다. 자신이 어리고 상황에 비해 힘도 없었던 저를 도운 유 노인에게 정을 붙인 것처럼, 려화에게도 정을 붙인 것이라고.

한 번 있었던 것을 인정하기는 쉬웠다. 이것이 사내가 여인을 좋아하는 마음이라는 생각은 절대로 하지 않았다.

황실의 피를 타고 내려오는 광증은 결단코 그런 간지러운 감정을 느끼지 못하니까.

차라리 이리 정답을 내리니 려화를 대하는 것도 편해졌다. 그저 계집이기에, 저 어린 것도 계집의 몸뚱이를 가졌으니 가까워지면 몸이 동할 수도 있고.

정이 붙었으니, 제 사람이라 생각하여 마음이 이리 너그러 워지는 것이리라.

"갑자기 그건 또 무슨 소리람?"

"감히 황실의 법도를 어긴 것을 당당히 말하는 너를 이리 가만히 두는 것을 보니 말이야."

려화가 휘강의 눈을 마주하고, 침을 꿀꺽 삼켰다. 그러고는 분위기를 풀기 위해 배시시 웃었다.

"날 벌하고 궁에서 내쫓을 거야?"

"그러지 않을 거라 생각해 내게 말한 것 아니냐?"

려화가 손을 꼼지락거렸다. 두 손을 마주하고 손끝을 비비 며 장난질을 치다가, 사이에 놓은 은장도에 제 체온이 밴 것 을 느끼곤 작게 웃었다.

"난 그냥…… 내가 내년이면 어른이 된다는 것을, 휘강에게 만큼은 알려 주고 싶었어."

려화의 촉촉하게 젖은 눈이 다시금 휘강을 향했다. 젖은 눈이 휘어진 눈꺼풀에 가리며, 내리쬐는 햇살을 받아 반짝였 다.

"그냥 그 생각뿐이었어."

그것이 휘강의 마음을 조금 더 녹였다. 휘강이 손을 뻗어 려화의 두 손을 제 커다란 손으로 덮었다. 사이에서 은장도 가 달그락거리는 소리가 났다.

"네가 괘씸하긴 하지만, 그래도 네가 어른이 될 때의 축하 는 해 주지."

사내와, 소녀인 줄만 알았던 풋풋한 여인이 서로를 마주하고 웃었다.

*
**

려화가 제 비밀을 털어놓은 이유가 귀여웠던 까닭일까, 저를 믿고 털어놓은 려화 그 자체가 마음에 찼던 까닭일까.

몸을 숨겨 궁으로 돌아온 휘강의 입가에 잔잔한 미소가 걸렸다.

항상 휘강을 마주하고 일하는 궁녀들이며 신료들, 황궁을 지키는 군사들이 그의 표정에 짐짓 놀랐다. 그러나 그저 휘강이 이번의 개선을 뿌듯하게 여겨 그런 표정을 짓고 있는 것으로 생각하고 넘겼다.

그러나 그의 밝은 표정에 다른 이유가 있음을 눈치채는 이가 전혀 없지는 않았다.

"황상, 또 복숭아 농원에 다녀온 겁니까?"

곤룡포로 환복을 마친 휘강이 뒤늦게 태황태후전을 찾았다. 휘강을 보며, 태황태후는 이리 인사가 늦은 이유를 곧바로 알아보았다.

"늘 그렇듯이요."

"유 태감을 보러요?"

"이제 그냥 늙은이지요. 관모도 쓰지 않고 의복도 꾀죄죄한 노인입니다."

"그런 노인을 보러, 황상께서 이리 긴 시간을 쓰지는 않았을 겁니다."

태황태후는 마치 휘강이 무엇을 하고 왔는지 알고 있다는 듯이 말했다. 휘강은 저를 떠보려는 듯 구는 태황태후를 바라보며 한숨을 내쉬었다. 같은 피가 흐르는 자들 중, 유일하게 저의 편을 들어 주었던 조모다.

이리 떠보는 것을 좋아하지 않는 휘강이라도, 제 짜증을 그대로 내보일 수는 없었다.

"못 쓸 것도 없지요. 제가 믿을 수 있는 제 편이 아닙니까."

"아니지요. 황상 나이의 청년이라면, 그보다는 거기에 숨겨 둔 다른 꿀단지가 있지 않은가……. 하는 생각이 듭니다. 이 할미가 틀렸습니까?"

태황태후는 이미 확신을 마친 얼굴로 말했다. 휘강이 그곳에서 밀회를 즐기고 있는 것으로 말이다. 어쩌면 태황태후의 표정은 간절하게도 보였다.

태황태후가 밀회라도 하고 있는 것 아니냐 생각한 대상은 뻔했다. 휘강이 연심이든 애욕이든 어느 쪽이라도 품고 있을 여인.

"할마마마."

방금까지만 해도 잔잔하게 즐거움이 퍼져 있던 기분이, 삽시간에 가라앉았다. 휘강은 답답해진 마음을 숨기지 않고 얼굴에 그대로 드러냈다.

늙은 조모의 얼굴엔 인자한 주름이 가득했다. 본디 꼿꼿한 성품에, 미친 자의 피가 흐르는 황실에서 버티기 위해 날을 세우고 있던 여인이었다. 얼굴에 나이가 가져다준 인자함이 새겨졌다 한들 본디 가지고 태어났던 고집이 전부 사라지지는 않았다.

휘강은 조모의 이런 고집과 집요함을 싫어하지 않았다. 자신의 명확한 기준이 있어야만 버틸 수 있는 황실의 분위기를 알았다. 다만 그 고집이 자신을 향하는 것을 좋아하지는 않았다.

당연하게도.

"할마마마의 부족한 손주는, 아직 황후를 맞이할 마음이 없습니다."

휘강의 단호한 말에 태황태후는 심려 가득한 표정이 되었다. 그녀가 끙끙 앓는 얼굴로 잠시 이마를 짚었다가, 아주 조심스레 입을 뗐다.

"아직도, 황상께서는 상황과 어미의 일을 마음에 두고 있는 겁니까?"

"그리 멀리 갈 일이 아닙니다. 그저, 아직 싫을 따름입니다."

휘강은 곧 웃음을 되찾았다. 부드럽게 웃는 얼굴은 가면처럼 딱딱했다. 인생을 제법 살아 본 태황태후는, 그것이 거짓으로 둘러쓴 것임이 한눈에 보였다.

사람들은 제 손주 휘강을 폭군이라 하고, 암암리에는 피에 미친 자, 전쟁광이라고 한다지만 태황태후에게는 그저 가엾고 완벽한 손주였다. 딱 하나, 안타까운 것이 있다면 도국의 황제로서 차기 보위를 이을 황손을 생각지 않는다는 것뿐이었다.

그러니 그것이 다 늙어 죽음을 앞둔 태황태후의 유일한 걱정이었다. 그러나 다른 이들에겐 칼 같은 휘강이 태황태후에게는 전부 한 발씩 물러 주어도, 황후를 맞이하고 후사를 보는 것에서만큼은 절대 물러서지 않았다.

"황후의 자리를 함부로 채우고 싶지 않거든, 지금 만나는 궁녀를 후궁으로라도 삼으세요. 거기서 후사를 보는 것도 나쁘지 않습니다. 일단은요. 이 할미의 말이 틀리지 않을 겁니다."

태황태후가 먼저 물러났다. 시름 깊은 얼굴로, 제 인생의 절반도 살지 않은 어린 손주에게 청했다. 아직 살날이 창창한 휘강이라지만, 그것은 한 사내로서의 그일 따름이다. 일국의 황제이자 백성들의 지아비인 휘강이었다. 본래라면 그의 나이 약관에 이미 두셋의 아이가 있어도 이상할 것이 없었다.

아니, 황후와 황비들을 거느리는 것은 훨씬 더 이르게 끝마쳤어야 할, 휘강의 의무였다. 태황태후가 아는 황실은 그러했다. 한데 제 손자는 강력한 황권을 휘두르며 모든 것을 아우르건만 후사를 보아 황실을 유지할 책임감, 그것만은 부족했다.

인간의 삶이 짧고 긴 것은 오직 하늘께서만 아는 일이니 그 전에 대비를 해 두고 싶은 할미의 마음을 어찌 이리 모를까. 그 원망을 숨기고 조심스러운 얼굴로, 휘강에게 부탁했다.

휘강은 여전히 요지부동이었다. 오히려 태황태후의 말에 더욱 기분이 상한다는 듯, 자못 인상이 굳어지기까지 하였다.

그가 고개를 내저었다.

"소손은 아직 책임질 내자를 얻을 준비가 덜 되었습니다. 거기다, 방년 이십오 세의 나이가 많은 건 아니지 않습니까? 소손은 아직 창창합니다."

논리에 근거해 말하는 것은 휘강에게 먹히지 않을 것을 알았다. 이미 알고 있던 것을, 다시금 확실히 깨달은 태황태후의 얼굴이 삽시간에 몇 년은 더 늙은 듯 그늘졌다.

그녀가 팔걸이에 올린 손으로 이마를 짚었다.

"늙은 할미의 투정입니다. 소원이에요. 죽기 전에 증손주를 보고 싶어요. 황상의 아이를 보고 나면 여한이 없을 것 같단 말입니다."

"소손이 창창한 나이이듯이, 할마마마께서도 천수를 누리실 것입니다. 그 전에 아이 하나 어디서 만들어 오지 못할까요."

"황상은 어찌 이리 할미의 마음을 모를까요……. 황상은 아니라 하지만, 역시 어미인 황태후의 일이 마음에 남은 게지요. 그러니 아이도, 옆에 둘 여인도 싫다 하는 것이지요."

휘강이 인상을 찌푸렸다. 하나 남은 혈육이고 어른인 태황태후의 앞에서는 휘강도 저의 분노를 자제했음에도 말이다.

황후. 후사.

그것들은 전부 휘강의 역린이었다. 그러나 태황태후는 잊을 만하면 휘강의 역린을 건드렸다. 그것이 도국 황실에서 버텨 온 그녀에게는 너무나 당연한 의무였기에. 그 짐을 지는 것을, 또 다른 황태후를 만들고 싶어 하지 않는 휘강을 이

해해 줄 수 없었다.

자신이 버틴 일이다. 또 버티지 못할 여인이 황실에 들어올 리도 없다. 휘강은 뒤틀린 애정이나마 배우지 못했기에 백지와도 같다. 늙은 할미에게는 휘강이 그리 백지처럼 보였다.

하면 고운 여인을 맞이해 애정을 알려 주고, 그것으로 적당히 보기 좋은 황실의 가족을 꾸리면 좋을 것인데. 거기까지 가기가 참으로 고달팠다.

"얼굴도 모르는 어미입니다. 소손은 어마마마를 기억조차 하지 못합니다."

"한데 어찌……. 후사는 그렇다 하고 황후조차 들이지 않으려는 황상의 작금 행동에 그것 말고 다른 연유가 있다고, 아니면 이유조차 없다고 이 할미에게 믿으란 말입니까?"

휘강이 눈을 감고 얼굴을 쓸어내렸다. 어머니, 황태후에 대한 기억이라면 마르고 거친 품에 안겨 여물지도 않은 머리통을 그녀의 눈물로 적셨던 기억밖에는 없다.

죽은 듯이 잠든 줄 알았던 어미의 품에서 잠들었건만, 정말로 죽어 싸늘하게 식어 가던 어미에 대한…….

휘강이 떠오르는 기억들을 지워 내고는 표정을 바로 했다.

"계집질에는 관심이 없습니다. 그뿐입니다."

"이 할미가 말하는 건 황후를 맞이하고 황상께서 제대로 된 의무를 지라는 것입니다."

"글쎄요. 할마마마께서는 어찌 생각하실지 모르겠으나, 소손은 일국의 지어미를 찢어 죽이는 황제가 될지도 모를 미래는 피하고 싶습니다."

휘강의 말에 태황태후가 고개를 절레절레 저었다. 결국 그녀는 피곤하다는 말로 휘강을 물렸다. 휘강은 태황태후를 마주하는 마지막까지 적당히 착한 손자의 얼굴을 유지했다.

"할마마마께선 제 유일한 핏줄이십니다. 부디 오래 강녕하세요."

돌아서는 그 즉시 휘강의 얼굴이 태황태후 이상 가는 피곤함과 짜증이 뒤엉킨, 몹시 싸늘한 표정으로 바뀌었다.

차라리 태황태후의 황후와 황손에 대한 집착은 약과였다. 차마 목이 날아갈까 봐 그에게 대놓고 말하지만 않을 뿐, 조정 신료들의 속을 파 보면 그보다 더할 것이었다.

더군다나 그들의 시커먼 속내를 파 보자면, 그들은 자신이 이 도국의 국구(國舅)가 되고자 했다. 피에 미친 황제인 휘강이라지만 무소불위의 권력을 지녔음은 아무도 의심치 않았다. 그 권력의 조금이라도, 자신의 것으로 삼고 싶은 것이다.

더해 차기 황제를 제 외손주로 두고 외척이 되어 다음 세상을 호령하고자 하는 더러운 마음이 가득했다.

어느 곳에서도 애틋한 사랑이니 진솔한 사이니 하는 것은 찾아볼 수 없었다.

이 틈에서, 황실의 미친 피에 희생된 것은 그의 어미였다. 휘강이 얼굴조차 기억하지 못하도록 이르게 죽은 황태후 말이다.

휘강이 제 어미를 가엾게 여기며 어릴 적의 일에서 아직도 벗어나지 못한 것은 아니다. 그러나, 상황이 만들어 준 어린 시절의 비극적인 기억이 휘강에게 많은 영향을 끼치기는 했다.

해서 휘강은 황가의 핏줄이라면 광증이 나타나지 않더라도 범인과 같은 멀쩡한 정신을 가질 수는 없다고 확신했다. 휘강의 부친인 상황, 또한 그 상황으로부터 이어진 조부에 대한 기억이 휘강의 확신을 굳혔다.

계도제는 태황태후를 사랑하지 않았다. 황가의 저주이자 축복인 광증을 타고 나지 않은 아들 하나만을 낳은, 그 뒤로는 딸만 줄줄이 낳은 태황태후를 뒷전에 버려두었다.

그러나 태황태후를 냉궁까지 보내지는 않았다. 그만큼은 아내를 존중해서가 아니었다. 정치와 사람 놀이에 능했던 그가 태황태후의 가문을 이용하고자 그리 한 것일 뿐이었다.

대신에 상황의 어린 누이들은 모두 친부의 손에 죽었다. 국고를 낭비하는 쓸모없는 것들을 살려 둘 필요가 없다는 이유였다.

그러니, 그 꼴을 보고 자란 상황도 제정신이었을 리는 없다. 해서 상황은 황실의 저주받은 광증을 증오했다. 선황의 인생은 계도제에게서 느낀 두려움으로 뒤덮여 있었다.

그것이, 다시금 광증을 타고난 휘강을 마주하며 또 다른 모습의 비극을 불렀다.

"빌어먹을 아비와 같은 삶을 살고 싶지는 않으니…… 할마마마께서 포기하셔야겠습니다."

휘강은, 또 다른 할머니와 어머니의 삶이 생기는 데는 관심이 없었다. 죄책감 또한 없었다. 적어도 그는 그리 생각했다.

어미의 싸늘하게 식어 가던 마른 몸뚱이에 안겨 광증을 자각했을 때부터 그리 생각했다.

그러나 저와 닮은 삶을 살 또 다른 황실의 핏줄을 만들 생각은, 지금으로선 추호도 없었다. 혹자의 말대로 좀 더 나이가 들면 자신도 혈육을 통해 세상에 저의 흔적을 남기고 싶어질지도 모르겠지만.

지금의 휘강은 아니었다.

3장. 비애(悲愛)

　세월은 속절없이 흘렀다. 열일곱, 제 나이를 고백했던 려화
는 이제 열여덟이 되었다. 도국에서 성년으로 삼는 나이였다.

　두 살 어린 려화의 동기들도 열여섯이니, 다들 이제는 성
숙한 자태가 드러나기 시작했다. 개중 가장 두각을 나타내던
공영이 려화 다음으로 정식 궁녀가 되었다.

　따르던 여어의 추천으로 내명부에 이름을 올린 공영은 봉
인서 소속이 되었다.

　공영의 뒤를 따라 몇몇, 제 끈을 가지고 있던 아이들도 내
명부에 이름을 올렸다. 변인서 소속으로 남은 아이는 없고,
전부 힘 좀 쓴다는 좋은 부서들로 속속 이동했다.

　이제 이름을 올리지 못해, 려화의 동기 중에 아직도 예비
궁녀의 옷을 입고 있는 이는 몇 되지 않았다.

　세야 또한 그중 하나였다. 예비궁녀로 버틴 것도 삼 년인

지라, 각 부서를 돌며 일을 배우는 것도 이미 끝난 지 오래였다. 이제는 변인서에 적을 두다시피 하고, 세야는 보통 려화와 손발을 맞추어 일했다.

"새로이 예비궁녀 아이들도 들어왔는데, 난 언제 내명부에 이름 올리지?"

세야의 투정에 려화가 흐리게 웃었다. 걱정을 한가득 담은 세야의 표정이 썩 귀엽고 안쓰러웠다. 려화는 세야의 앞에 놓인 사과 몇 개를 제 앞으로 옮겼다.

지금 려화와 세야는 금번에 성년이 되는 궁내의 사람들을 축하하는 연회를 준비 중이었다. 그 가운데서도 두 사람이 맡은 것은 정과였다. 둘 다 변인서에서 일하게 된 지 제법 오래되었으니 손이 많이 가는 것을 맡은 것이었다.

"너, 처음 입궐해서 변인서에 배정받았을 때 기억해?"

려화가 사과의 껍질을 벗기고 얇게 저몄다. 손이 비칠 듯이 얇게 썬 것을 옆의 세야에게 건넸다. 얇은 천을 간 도마 위에 려화가 썬 사과를 올린 세야가 그것을 겹쳐 둥글게 켜켜이 쌓기 시작했다.

열두 장이 쌓이자 시작한 곳과 끝이 맞닿아 둥그렇게 꽃 모양을 이루었다.

그 가운데로, 채 썬 대추와 설탕 버무린 것을 올리자 정말로 검붉은 꽃술이 탐스러운 꽃이 되었다. 이것으로는 말리고 나면 단맛과 식감이 모자랐다. 거기에 끓인 설탕물 식힌 것을 발라 반짝이게 한 뒤에야 완성이다.

세야가 완성한 사과꽃을 넓은 소쿠리에 옮겼다. 오전 햇살을 받아 설탕물을 바른 사과꽃이 반짝반짝 빛났다.

"기억은 나지. 하아……. 그런데, 너무 오래되었잖아."

하나를 완성하기 무섭게 다시 쌓인 사과 저민 것을 보고 세야가 대답에 한숨을 섞었다. 세야가 생각하기에 려화는 유난히 칼질하는 솜씨가 뛰어났다. 손도 빠르고…….

그것에 비하자면 자신은 여전히 굼떴다. 항상 같은 처지라고 생각했는데, 려화는 실력도 신분도 저만치 앞섰다.

"그래. 벌써 삼 년이 지났다. 너도, 나도 삼 년을 버틴 거야. 이제 너도 곧 내명부에 이름 올리겠지. 별일 없이 무탈하게 지금까지 왔잖아."

세야가 려화의 위로에 고개를 끄덕였다. 그러나 점점 손의 움직임이 둔해졌다. 생각이 많은 모양이었다.

려화는 그녀를 안쓰럽게 바라보았다. 줄 수만 있다면 자신의 자리를 넘겨주면 좋으련만.

벌써 삼 년. 세월은 쏜살처럼 빠르기도 하다. 어서 궁을 떠나 가족들의 마지막 선물을 찾아야 하는데. 분명 려화는 그 마음을 아직 잊지 않았건만 여전히 궁녀의 신분이었다.

방법을 찾지 못한 것은 아니다. 조용히 출궁당할 방법은 많았다. 려화에게는 아주 쉬운 방법도 하나 있었다.

곧장, 거짓이 아닌 자신의 치부 하나를 밝히면 될 일이었다. 이것을 깨닫고는 왜 이리 일찍 알아채지 못했나 싶어 자신을 힐책한 적도 있는 려화였다.

그러니 이제 떠나면 되건만. 려화의 발자국은 여전히 황궁 안에서만 머물렀다.

"어릴 땐 나도 너도 순진하기만 했는데. 지금은 말이야, 어디서 갑자기 나를 이끌어 줄 끈이라도 짠! 하고 나타나 줬으면 좋겠다니까."

"그래?"

"응. 난 려화 너처럼 뛰어난 기지를 인정받아 궁녀가 되긴 요원해 보이고……. 또 성년까지 버티면 궁녀가 될 수는 있다지만 그때까지 버틸 자신도 없어."

"왜 없어. 여태 잘했잖아."

"네가 도와줘서잖아. 그게 아니라면 내 자잘한 실수부터 그때의 그 일까지……. 난 진즉 출궁 당했을 거라고."

세야의 투정에 려화가 피식 웃었다. 그때의 일을 아직까지 마음에 담아 두고 있나 싶었다. 그것도 삼 년 조금 전의 일이 되었는데.

그래, 세월은 이리 빠르게 흐르는데 말이다.

세야가 신기하다고 여길 정도인 려화의 빠른 칼질이 점점 느려졌다. 그녀의 시선은 어느샌가 황궁 너머로, 푸르게 보이는 산을 향했다. 꼭대기로 갈수록 구름에 가려 흐리게 보이는 그곳을 바라보고 있노라면 떠오르는 얼굴이 있었다.

가슴이 아찔하게 아려 오는 것에 려화가 미간을 찌푸렸다. 이제 마음만 먹으면 떠날 수 있는 궁을 나서지 못하는 이유가 바로 저기에 있었다.

도휘강.

려화가 가족을 모두 잃은 전쟁을 일으킨 황제의 호위 무사. 그 또한 황제에게 이끌려 전쟁터를 누비고 다녔을 터인데, 어찌 그에게는 미움이 아니라 가슴이 뜨거워지는 연정이 생긴 것인지.

그로도 모자라 깊어지는 감정에, 그것을 깨달을 때마다 려화는 이리 불쑥불쑥 놀라곤 했다.

그리 조금만 더. 한 번만 더 휘강을 보고 싶다는 마음이 모여 이리 걸음은 느려졌다. 시간은 쏜살같이 흐르건만 그랬다.

려화는 어느 순간부터 자신에게 변명을 늘어놓고 있음을 깨달았다. 한 살이라도 더 나이를 먹으면 그만큼 어른이 되어, 출궁하고 나서도 세상살이가 더욱 쉬워지지 않겠냐고.

지난해부터는 황제의 전쟁욕도 조금 사그라진 것인지 쉼 없던 전쟁이 그쳤고, 나라가 안정되었다. 려화의 열 살 선물을 가지고 있을 대염 전장 또한 전성기를 맞이했다는 이야기를 들었다.

그러나, 열 살에 받아야 했을 선물을 열여덟이 되도록 찾지 못했다. 어머니에게 마지막으로 받았던 확인증에 자수로 적힌 보관 기한은 오십 년이었지만.

아직 사십 년은 남았다는 것에 안도하면서도, 가문이 망한 것을 아는 전장이 아직도 제 선물을 보관하고 있을까 생각하자면 어서 찾으러 나가야지 싶어 몸이 달았다.

어서 선택해야 했다. 그들이 발뺌하지 못하도록 하려거든 조금이라도 빨리 전장을 찾아 물건을 찾든, 물건이 없다면 확인증을 들이밀고 같은 것으로 만들어서라도 달라고 해야 했다.

그러나 려화는 여전히, 저 성벽 너머 산을 보고 있다. 그곳에 있는 사내를 가슴 속에 품고서.

지금도, 이 칼을 놓고 당장 달려가고 싶은 것을 참으면서.

저의 철없고 속절없는 속내에 놀란 려화가 실소했다.

여전히 산은 푸르렀고, 그곳을 바라보는 려화의 가슴은 콩 닥콩닥 뛰었다.

*
**

지난해부터 더는 전쟁이 일어나지 않았다. 전쟁에 미친 황 제가 드디어 정신을 차린 것인가. 려화는 그것이 좋으면서도 싫었다.

이중적인 마음이었다. 전쟁으로 마음 아플 사람이 생기지 도, 눈먼 목숨이 사라질 일도 없으니 기뻤다. 무엇보다 휘강 이 위험할 일이 없어졌으니 기뻤다.

그러나 그로 인해 매일, 농원을 찾아갈 때마다 두 번에 한 번은 휘강을 보게 되니 싫었다. 그를 보는 것이 싫은 게 아니 라…….

'이리하다간 평생 궁에 머물겠어.'

그를 볼 때마다 자신의 마음이 자꾸만 약해지는 것이 싫었 다. 눈앞에서 죽은 어머니, 동생의 모습이 아직도 선득한데. 큰불을 보면 몸이 굳어 버리는 것도 그대로인데.

그렇다면 모조리 죽어 버린 가족을 아직 잊은 것은 아니건 만, 휘강의 앞에서는 그저 밝고 맑은 모습의 궁녀 공려화만 남아 버린다.

문득 그것을 깨달을 때면 려화는 자신이 싫어졌다.

어떻게 가족의 죽음을 잊고, 이리 편하게 사는지.

그리하여 죄라도 짓는 기분에 려화는 차츰 농원으로 가는 걸음을 줄였다. 이제는 유 노인과 서로 알 만큼 아는 사이이니, 매일 가서 얼굴을 익힐 필요도 없었다.

때마침 세야도 그리 꿈에 그리던 정식 궁녀가 되었다. 일전, 궁녀가 되지 못할까 걱정하던 세야를 위로했던 려화였으나 그녀도 내심 세야가 궁 밖으로 쫓겨나 궁녀가 되지 못할까 여러 번 조바심을 냈었다.

이제는 세야도 궁에 제대로 자리를 잡았다. 정식 궁녀가 되어서도 어쩐지 아슬아슬하게만 보이는 것이 걱정이지만 말이다.

그러니 려화는 그것을 핑계로, 변인서의 정식 궁녀가 된 세야의 곁에 머무르며 함께 일했다. 그러니 려화가 하루가 모자라도록 농원을 들락이던 걸음이 뜸해진 것도, 모두 이유를 의심치 않았다.

그저 친구를 걱정하는 마음에 그러려니, 하고 넘어가는 것이었다.

다만 그 사이에서 유 노인만 고생이었다. 어쨌든, 그는 다 늙어 굽어지지 않은 허리가 신기할 정도인 초로의 노인이니 말이다. 려화가 가서 돕던 만큼, 그녀가 가지 않으면 혼자 해야 할 일이 많을 것이다.

려화는 유 노인에 대한 미안함에 불편하더라도 곧 농원을 들러야겠다고 마음먹었다. 휘강이라고 매일 농원만 찾지는 않을 테니, 황제가 어디 행차하신다더라 하는 소식이 있을 즈음 맞춰서 가면 마주치지 않겠다. 그리 생각했다.

"엄마야, 깜짝이야!"

해서, 도무지 농원이 아니면 만날 일 없을 줄 알았던 휘강을 궁에서 마주친 려화의 반응이 이러했다. 정신이 다 날아갈 정도로 놀랐다.

눈을 동그랗게 뜨고, 아예 엉덩방아까지 찧어 버리는 려화를 보고 휘강이 피식 웃었다. 짙은 적색이 마치 그늘에 핀 붉은 모란과도 같은 색의 무복을 입은 휘강이 려화에게 손을 내밀었다.

려화는 대수롭지 않게 그의 손을 잡고 일어나려다가, 이곳이 궁임을 깨닫고 다시금 화들짝 놀라며 눈을 크게 떴다.

그러고는 휘강에게 소리 없이 입술만으로 다급히 말했다.

"이곳은 궁이야! 큰일 나려고 궁녀에게 손을 내밀어!"

"뭐라는지 하나도 들리질 않는다. 반경 오 리에 돌아다니는 자가 하나도 없으니 걱정하지 말고 손이나 잡아."

"그래도……! 궁에는 폐하를 호위하는 기밀 무사님들도 계신다는데!"

그 기밀 무사라면 그렇지 않아도 지금 주변 곳곳에 숨어 있었다. 그야 휘강이 그 '폐하'이니 말이다. 그러나 휘강의 말대로 반경 오 리 안에는 없었다.

려화에게 거짓을 말하지는 않았다. 그녀와 둘만의 시간을 방해하는 건 유 노인 하나로 족했다. 그야 려화를 만날 계기를 만들어 준 이이니 말이다.

"그 폐하가 지금 저만치 오 리 밖에 있고, 이곳은 내가 오면서 지키던 황군들을 모두 물렸으니 정말 아무도 없다니까."

휘강이 다시금 려화에게 내민 손을 흔들었다. 려화는 휘강이 못 미덥지는 않으나, 여전히 불안한 낯으로 주변을 돌아보았다.

그러나 다름 아닌 제가 연모하는 사내의 손이었다. 내민 손을 기어이 내칠 재간은 려화에게 없었다. 그녀가 떨리는 손으로 휘강의 손을 맞잡았다.

단단하게 힘이 들어간 손이 려화를 끌어당겼다. 단숨에 바닥에서 일어난 려화의 엉덩이가 흙먼지로 엉망이었다.

휘강은 차마 엉덩이까진 털어 주지 못하고 턱을 까닥여 려화에게 어서 몸가짐을 바르게 하라 일렀다. 려화가 얼굴을 새빨갛게 붉히며 치맛자락을 팡팡 쳐서 털었다.

그리하고 나니 영 분위기가 이상한지라, 잠시 서로 말이 없다가는 휘강이 먼저 픽 웃음을 터뜨렸다. 그러자 려화도 긴장이 풀리며 웃음을 터뜨리고야 말았다.

사람이라곤 오직 둘뿐인, 드넓은 황궁의 어느 후원에 낭랑한 웃음과 저음의 듣기 좋은 웃음소리가 화음을 이루며 섞여 퍼졌다.

그것에 화답하듯 새소리마저 짹짹 울리는 것에 그제야 두 사람의 웃음이 그쳤다.

휘강이 먼저, 주인 없는 궁의 쪽마루에 자리를 잡고 앉았다. 얼결에 휘강의 손을 여태 잡고 있던 려화도 그 옆을 차지하고 앉았다.

무르익은 여름이었다. 새가 지저귀는 소리가 선선한 바람을 타고 그와 그녀를 스치고 지났다. 종종 들려오는 잎사귀 부딪히는 소리마저 시원했다. 햇살은 날카로웠으나 궁의 처마가 넓게 그림자를 드리워 그것을 막아 주었다.

"요새 뭐가 그리 바쁘기에 농원 발길이 뜸해? 노친네 혼자 꽃을 따고 과실도 돌보느라 아주 허리가 휜다고 역정이더라."

"원래 나 없을 때는 혼자 하셨으면서⋯⋯. 그렇게 들었는데 뭐."

려화가 괜히 속에 없는 말을 주억거렸다. 그야 몇 안 되게 안면을 튼 동기들과 궁내의 일에 열중한다는 핑계를 대서 그렇지, 실은 휘강을 피하려고 그곳을 찾지 않은 것이니 말이다. 이것을 어찌 휘강에게 그냥 말하겠는가.

그저 입을 꾹 다물 순 없으니, 무어라도 주억거린다는 게 볼멘소리가 나왔다.

휘강은 요 계집이 예의가 바르고 노인 공경할 줄은 아는가 했는데, 속으로는 딴 맘을 품고 있었는가 싶어 괘씸했다. 그러면 당장에 경을 치고 일을 제대로 하지 않는 궁녀는 궁에 필요하지 않다면 내쫓으면 될 일인데. 그렇게까지는 할 마음이 들지 않기에, 요새 유순해진 저의 성품을 떠올리며 픽 웃었다.

대신에 휘강의 손이 올라가 괘씸한 려화의 볼을 꼬집었다.

"아야!"

"그것도 벌써 사 년 전의 일이 아니냐. 이제 그 꼬장꼬장한 늙은이도 일흔이다."

려화가 눈을 동그랗게 뜨고는 딴소리를 했다.

"그것밖에 안 자셨다고?"

휘강이 순간 당혹하여 려화를 빤히 보다가 허탈한 듯 한숨을 푸 터뜨렸다. 그러고는 붉어진 려화의 얼굴을 보곤 또다시 너털웃음을 지었다.

그의 손이 려화의 머리통을 쓰다듬었다. 여름이라 정결하게 보이라 꽉 틀어 매 올린 머리칼이 아쉬웠다. 어쩌면 휘강에 의해 다음날부터는 궁중 여인들의 머리가 한여름에도 풀어내려 폴폴 흩날릴지도 모르겠다.

"그럼 일흔도 넘은 줄 알았던 노친네를 혼자 일하게 했단 말이냐?"

"아니……. 그게 아니고, 궁의 일이 바빴어."

"폐하가 승전해 오랜만에 돌아온 것도 아니고, 그렇다고 황궁 식구가 많은 것도 아닌데. 고작해야 과일에 견과류 좀 다루고 당 절임이나 만드는 변인서 궁녀가 바빴다. 아아, 참으로 바쁠 만하군."

"휘강!"

이번에는 휘강이 눈을 동그랗게 떴다. 그의 진명을 려화가 부르는 것이 듣기에 좋았으나, 궁궐 내에서 그리 불렸다가 누가 듣기라도 하면 이 재미난 놀이도 관계도 끝이니 말이다.

그가 검지를 입술에 대고 쉿, 작게 말했다.

"목소리가 크잖아."

"그리 크지도 않았는……. 아, 하긴. 궁이니까."

궁에서 궁녀가 외간 사내를 이름으로 부른다니 있을 수 없는 일이기는 하였다. 려화가 그만 저를 놀리는 휘강의 말에 발끈하여 생각을 잊은 것이다.

려화가 시무룩한 얼굴로 고개를 끄덕였다. 휘강은 다시금 려화의 머리통을 톡톡 손끝으로 매만졌다. 결이 좋은 머리칼은 꽉 잡아 묶어 만질 것이 없어도, 손끝에 닿는 묶인 머리칼의 질감조차 매끄러웠다.

휘강이 익살맞은 표정으로 입을 열었다.

"궁의 미치광이 황제라도 들으면 어쩌려고 그래."

이번에는 다시금 려화가 놀랐다. 깜짝 놀란 다람쥐처럼 입까지 헤 벌려 그 안으로 탐스러운 대문니가 새하얗게 보였다. 손에 뭘 들고 있었거든, 그것을 대번에 놓쳤을 것이다.

다람쥐가 손에 든 밤톨을 놓치듯 말이다.

"미쳤어, 미쳤어! 어찌 궁에서 폐하를 그리 삿되게 이르는 거야? 휘강이야말로 궁에서 누가 들으려고!"

려화는 반경 오십 리 안에 사람이 없다는 휘강의 말도 잊고 그의 귓가에 속삭이며 말했다. 휘강은 그저 그런 려화가 귀엽고 우스워 키득거렸다.

"폐하께서는……. 도국의 지아비시잖아. 그를 그리 못되게 이르면 안 되지."

수없이 많은 전쟁을 일으켜 자신도, 세야도 힘들게 한 황제이다. 그러니 려화의 뒷말은 본심이 아니었다. 미치광이니, 전쟁광이니 하는 말을 제일 많이 하고 싶은 사람이 있다면 바로 려화일 테니 말이다.

하나 휘강의 입에서 그리 무서운 말이 나오는 것을 두고 볼 수는 없었다. 그것이, 아무렴 황제가 늘 가까이 두는 호위 무사라고 들었어도 휘강에게 화가 될까 두려웠다.

그래서 이제는 궁에서 그를 보지 못하게 될까 두려웠다. 휘강이 다치고, 아프고 괴롭게 될까. 그것이 두려웠다.

"다시 말하지만, 황제는 나를 자신처럼 믿어. 그러니 내가 이리 말투가 건방지다고 했잖나. 황제의 의심을 살 일은 없으니까."

하나 려화의 속을 다 모르는 휘강은, 그저 제 앞에서 얼굴도 모르는 황제의 편을 들어 주는 려화가 몹시 귀엽기만 했다. 마음에 쏙 들었다.

지금에야 광증이 가져다준 저주와도 같은 능력 때문이든, 그가 황제가 되어 무소불위의 권력을 휘두르기 때문이든 그를 따르는 자가 많았다.

과거에는 어떠했는가. 그저 아비인 황제에게 버림받은 유일한 적자이던 시절에는. 사랑받지 못하는 황후의 적자로 태어나 아무 능력도 없이 어미와 함께 버려져 있던 때.

그때 자신의 편을 들어 주던 이라 해 봐야 조모인 현 태황태후와 태감이었던 유 노인이 거의 전부였다. 그나마 피가 섞이지 않았던 유 태감은 제대로 믿지도 못했던 그였다.

"……넌 내가 폐하를 삿되게 말하면 안 된다고 생각해?"

휘강은 려화를 알았다. 몇 번 보지 않았으나, 자신이 마음만 먹으면 손바닥 보듯 살필 수 있는 곳에 사는 중인 그녀였다.

주변을 살피고, 돕고, 예의 바르고, 싹싹하고, 상냥하고.

그녀의 모든 모습을 알았다. 그런 그녀의 따뜻한 마음이 과연 얼굴도 모르는 황제에게까지도 통해 있는지 궁금했다.

그리해, 떠보듯 물었다.

"당연한 것을 물어……."

려화가 시선을 내리깔며 작은 목소리로 말했다.

"왜?"

곧바로 튀어나온 휘강의 반문에 려화는 주저 없이 답했다.

"네가 모시는 분이니까. 내가 모시는 분이고. 만인의 지아비시잖아. 그분께서 휘강의 말에 잠시라도 분노해, 또 폐하께 피를 보는 과오라도 쌓이면 아니 되잖아."

그러나 뜬구름 잡듯 허공만을 허우적거리는 답이었다. 본심이야, 황제를 증오해도 모자라지 않을 려화였으니 말이다. 그러나 그런 황제에게 휘강이 감히 해를 입지 않았으면 하니 말이다.

하지만 휘강에게 제 본심을 들켜서도 안 되거니와, 휘강의 입에서 황제를 욕되게 하는 말이 나와서도 안 되니 쥐어짠 답이 그것일 뿐이었다.

휘강의 마음에 차는 대답이었다. 아니, 딱 이 정도의 답을 바라였으나 오히려 진실로 듣고 나니 마음에 차고도 넘쳤다.

휘강은 장난스레 려화의 볼을 쿡 찌르고, 퉁명스러운 목소리를 냈다.

"넌 내 편을 들어야지. 얼굴도 모르는 미치광이 황제 편을 들면 어쩌냐. 어?"

"아, 정말! 휘……! 아니, 무사님!"

아까 휘강이 궁내에서는 제 이름을 쉬이 불러선 안 된다 주의를 준 것을 떠올리고, 려화가 그의 이름을 부르려던 걸 가까스로 멈추었다.

무사님이라는 호칭에 휘강은 어쩐지 또 금세 서운해졌다. 언제나 이랬다가 저랬다가 변죽이 끓는 마음이니, 그것이 이상한 것은 아니었으나.

려화의 앞에서는 항상 평온하기만 하였던 마음이니 또 이리 따지면 이상한 일이다. 요즘 들어, 려화를 보면 전보다 더욱 놀리고 싶고 찔러 보고 싶었다. 돌아올 반응이 궁금했다. 그녀를 떠올리면 마음이 들끓었다.

휘강은 평생에 이런 감정은 처음 느껴 보았다. 하지만 이것을 하 수상하게 여겨 돌이켜 곱씹어 볼 생각은 하지 않았다.

자신은 광증이 발현한 미친 황제였다. 빌어먹을, 저주받을 황실의 핏줄이었다. 만인지상이거늘 뻗쳐오르는 혈기의 종이었다.

그러니, 이것을 곱씹고 다른 이들의 경험에 빗댄들 어차피 쓸모없는 일이었다. 또, 저의 정신이 미친 짓을 할 준비라 생각하는 것이 옳았다.

하나, 려화를 보고 드는 미친 생각들은…….

"궁에서 삼 년을 보내고도, 아직 황제의 광증을 모르는 너를 어쩌면 좋을까."

어쩌면 이리도 달기만 한 것인지.

휘강의 손이 부드럽게 려화의 손등을 덮었다. 치마 위에 곱게 포개어 올려놓았던 손 위로 닿는 열기에 려화는 입술을 깨물었다. 가슴 밖으로 무언가 뛰어나올 것만 같았다. 어쩌면 뚫린 구멍인 목구멍을 타고 올라올지도 모른다.

터질 것 같았다. 왼쪽 가슴에 뛰는 맥이 모든 맥동의 시작이라 하였다. 그렇다면 온 혈맥이 터져 죽을까. 어찌 이리, 지금의 접촉은 다정하기만 한지.

"휘……, 강?"

휘강의 손이 이제는 려화의 손을 붙잡고 들어 올렸다. 그대로 손가락이 벌어지고, 그 사이로 휘강의 기다란 손가락이 얽혔다.

길고 모양이 좋지만, 분명한 사내의 것이 티가 나 려화의 손가락과는 굵기부터 달랐다.

어찌 이리 달게.

"하면 삼 년의 정을 들어. 나라도 네게 말해 줘야 하겠다."

위험한 이야기를 속삭이면서.

"잘 들어 둬. 황가에는 광증을 지닌 피가 흐른다. 그것은 대를 이어서 전해진다. 그러나 항상 나타나지는 않는다. 어떤 황제는, 어떤 황족은 그저 핏줄을 타고 흐르는 그 광기가 죽을 때까지 잠이 들어 있지만……."

그도 저와 같은 마음일 거라 착각이라도 부르듯, 이리 달콤한 눈빛으로.

"지금의 황제는 광증이 깨어난 지 오래다. 그러니 미치광이 황제라는 말이 틀리지도 않았지."

그 눈빛이 순식간에 무감정하게 바뀌었다. 까만 흑요석처럼 반짝이는 눈동자는, 가까이서 바라보면 가운데 단단하고 검은 심지를 가지고 있다.

그것이, 동공이 좁혀지며 날카로운 분위기를 자아냈다. 순간 휘강이 풍기는 달콤함에 빠져 있던 려화가 단숨에 정신을 차렸다. 그리고 뒤늦게 휘강이 내뱉은 말을 떠올리며 복기했다.

휘강이 모시고 있는 황제가, 미치광이라는 그 이야기를.

"더 들을 거냐?"

려화가 고개를 끄덕였다. 휘강은 곧바로 이야기를 재개하지 않고 볼을 간질이는 바람을 느꼈다. 머릿속을 정리했다. 어디서부터 어디까지 이야기할 것인가.

이제 남은 이야기는 사실, 황실의 광증을 설명하기에 앞서 휘강 자신의 비극을 드러내 보이는 이야기였다. 그러니 어디까지가 좋을지를 고민했다.

그러다 문득 그런 생각이 들었다.

눈앞의 여인, 려화에게라면 뭐 괜찮지 않을까 하는.

"황제의 조부였던 계도제(計道帝) 또한 광증이 발현된 자였다. 정치적인 능력이 비상해 고관대작, 건국을 도운 가문의 사 할은 계도제의 손에 유명을 달리했다."

그것으로 휘강의 과거 이야기는 시작이었다. 계도제의 광증 발현은 그가 태어나고 얼마 지나지 않아서부터였다. 그는 적장자였던 태자를 물리고 황제가 되었다. 황위에 오르자 남은 모든 혈육을 죽여 없앴다.

선대 황제였던 아비에 이르러서는 제 손으로 죽일 수는 없으니, 눈멀고 귀 먼 시체를 만드는 방법을 쓰고 뒷방에 앉혀 놓았다.

그리고 당대 가장 대단했던 가문에서 황후를 들였다. 그것이 지금의 태황태후였다. 그러나 태황태후의 가문은 얼마 지나지 않아 계도제의 술수로 쇠락 일로의 길을 걸었다.

그때만 해도 태황태후는 구중의 꽃에 불과했었다. 그러니 가문을 구해 달란 말조차 제대로 꺼내질 못했다. 여인이 사내의 일에, 그것도 황제가 나라를 통치하는 것에 입을 대어서는 아니 된다 배웠다.

그러니 태황태후는 대신해서 계도제를 매일 밤 자신의 처소로 끌어들였다. 사랑하는 여인의 가문을 계속 이리 괴롭힐까, 순수하게 생각했던 시절이었다.

계도제는 태황태후와의 사이에서 여덟 공주와, 마지막으로 하나의 아들을 보았으니 그가 적장자이자 선황이었다.

계도제는 무슨 생각인지, 황후였던 태황태후는 아끼면서도 비빈들 사이에서 많은 수의 사내아이를 보았다. 그중 고르고 골라 태자로 삼을 것처럼 굴었다.

선황은 그 사이에서 치여 지냈다. 아비의 광증이 일렁이는 눈은 무서웠으며, 그가 황자이던 시절 술수를 부려 모든 동기간 혈육을 죽인 것을 들어 알았다.

자신도 같은 꼴이 될까 두려웠다. 차라리 자신에게서 광증이 발현되면 좋으련만 그러지도 않았다. 그 와중에 어미인 태황태후는 좋은 황제가 되시라며 자신을 다독일 뿐 아무것도 해 주지 못했다.

그러니 직접 나섰다. 광증이 일지 않았다 하여 사람을 죽이지 못하라는 법은 없다. 혈육에 이르러서도 그것은 마찬가지였다.

야심한 밤 선황은 계도제를 찾아갔다. 떨리는 몸을 바로잡고 가까스로 입을 열었다.

'그, 근래 폐하께서 펼치고자 하시는 혜, 혜, 혜민책에 금전의 수급이 원활치 않아 어, 어려움을 겪고 계시는 것으로 알고 있사옵니다.'

'그래서?'

'소자에게 좋은 방법이 이, 이, 있사옵니다.'

'떨지 말고 말하라.'

'……들이는 금전을 줄이기 가장 쉬운 곳이 있지 않습니까.'

'그것이 어디냐?'

'황궁 곳간입니다.'

선황은 계도제에게 적자가 아닌 사내들을 죽이고, 평생 황궁에 남아 금전을 타 쓰는 적손의 황녀들 또한 죽이면 그곳에 들어가는 돈을 줄일 수 있지 않겠느냐 아뢰었다.

그 말을 하며 선황은 눈물을 뚝뚝 흘리며 울었다. 유리알 같은 눈동자를 굴려 저를 내려다보는, 광증의 혈기가 돋아올라 이것저것 계산 중인 계도제의 눈이 무섭도록 두려웠다.

'너는, 절반은 짐을 닮았구나.'

'그, 그것이 무슨 말씀이시옵니까?'

'직접 깨닫지 못하는 자에게 말해 주기 아까우니 혼자 고

민해 봐라.'

'……폐하.'

'아둔한 놈. 제 아비를 아바마마라 부르지도 못하는 너이
니, 황실의 축복은 너를 찾지 못하겠다는 말이다.'

계도제의 말대로 선황은 아무 능력도 갖추지 못한 반쪽이
되었다. 광증이 발현하지 않은 것이다. 선황은 모든 면에서
그저 무난했다. 더한 곳도 덜한 곳도 없이 평균적인 실력이
란 핏줄을 타고 흐르는 광증에게서 버림받았음을 뜻했다.

그러나 그는 태자가 되고, 황제가 되었다.

계도제는 처음부터 선황이 찾아와 그리 아뢰지 않아도 제
가 낳은 자식들을 죽일 생각이었다. 필요 없이 금전만 축내
는 버러지들 중 어떤 것을 차후의 황제로 세울지 고민하고
있었을 따름이었다.

공포 위에서 태자가 되고 황제가 된 선황은 황가의 광증이
발현되지만 않았을 뿐 미치광이였다.

그리고, 반만 미친 미치광이가 완전히 미친놈을 낳았다.

"그것이 당대의 황제다. 목을 베어 넘기고 전쟁터를 누비면
서 속이 시원해짐을 느끼는 미친놈 말이다."

휘강이 무감정한 목소리로 끝을 맺었다. 려화의 눈동자가
사정없이 떨리고 있었다.

기어이 떨리던 눈동자는, 제 눈에 박힌 별을 모두 모아 눈
물을 만들어 떨구었다.

"두려워서 우는 건가? 황궁에 미친놈이 살아서?"

휘강이 피식 웃으며 려화에게 물었다. 그러고는 힘조차 빠져 비틀거리는 그녀를 안에 제 품에 기대도록 하였다. 하필 이때 기밀대에서 전음을 보냈다. 자리를 비운 시간이 길어져서였다. 휘강이 인상을 찌푸렸다. 려화가 지금의 표정을 보지 못해 다행이었다.

"아니, 아니. 맞는데, 그런 이유만은 아니야……."

려화가 훌쩍이며 답했다. 실로 두려워서만은 아니었다.

가여웠다.

무엇이, 누가 가여웠냐고 하면 태황태후가, 황태후가 가여웠다. 그들이 가장 가여웠다. 다음으로는 황실의 핏줄, 그 모두가 가여웠다. 광증에 휘둘리고 서로를 믿지 못하며 저 자신조차 믿지 못하는 그들이 가엾기 짝이 없었다.

그러나 선황과 계도제를 동정하지는 않았다. 그들은 자신의 혈육을, 가족을 죽이고 피를 본 이들이다. 다음으로 당대의 황제는 전혀 가엾지도 불쌍하지도 않았다. 그는 두려웠다. 그의 광증은 자신의 눈앞에서 아른거리고 있으니 말이다.

휘강이 그 얼굴도 이름도 모를 황제의 광증에 휘말릴까 두려웠다. 또한 그가 원망스러웠다.

려화에게 그는 이미 전쟁으로 말미암아 자신의 가족을 앗아 간 이였다. 거기다 이제는 휘강마저 언젠간 그 황제의 광증에 휩쓸릴지도 모르는 일이었다.

"대체 내 이야기의 무엇이 널 울게 했지?"

휘강이 의아한 낯으로 려화에게 물었다. 그의 손길은 자상했으나 어딘가 불안했다. 휘강을 연모해 그의 모든 것을 예민하게 받아들이는 려화이니 평소라면 금시 눈치챘을 것이나, 불행히도 지금은 그러지 못했다.

지금 려화는 자신의 머릿속에 불어닥치는 생각만으로도 복잡했다. 하여 휘강이 평소와 다름을, 그 다정한 손길에 다른 감정이 깃들어 있음을 깨닫지 못했다.

"황가의 모든 사람이 가여워. 대체 광증이 뭐라고 친혈육을 죽이게 하고 자신조차 믿지 못하게 만드는지……."

휘강의 긴장이 풀어졌다. 저조차도 어째서 그리 긴장했는지조차 깨닫지 못했던 것이 말이다.

그의 손이 려화의 눈물을 훔쳤다.

"대신에 제대로 찾아오기만 하면 범인으로서는 상상도 못할 경지의 재능을 주잖아."

휘강은 마치 려화를 달래듯 말했다. 려화는 걱정해 주는 속도 모르고 황제를 두둔하듯 광증의 장점을 말하는 휘강이 야속했다.

그러나 차라리, 황제를 미치광이라 직접 부르던 아까보단 나을지도 모르겠으나.

"폐하께선, 선대의, 그 위의 다른 황제 폐하들께선 또 어찌 생각하셨을지 모르겠지만 난 싫어."

"싫다?"

"재능 없는, 그러니까 광증이 없는 황제께서 도국을 치하하신 일이 없진 않았을 거 아냐."

"당장 선황께서도 광증이 없으셨지. 선황께서 다스리셨을 때도 도국의 상황이 나쁘진 않았다."

려화가 휘강을 똑바로 바라보았다. 젖은 눈이, 말간 담갈색의 눈동자가 수정 구슬처럼 투명했다. 그리 투명하건만 생각이 읽히지 않아, 휘강은 려화가 이다음에 어떠한 말을 내어놓을지 궁금했다.

"그래. 내가 아는 도국은 굳건했어. 한 번도 흔들림이 없었어. 어쩌면 내가 몰라서 그리 느끼는 걸지 몰라도."

"그래서?"

"휘강이라면 불행이 따라올 것을 알면서도 그 재능이 탐나 광증을 바랄 것 같아?"

려화의 눈에서 조용히, 눈물 한줄기가 다시금 흘러내렸다.

휘강은 그것이 날카로운 수정 가시가 되어 제 폐부를 찌르는 것만 같았다. 그만큼이나 날 선 물음이었다. 마치 려화가 다 알고서, 너는 광증을 바랐느냐 묻는 것 같았다.

한 번도. 단 한 번도 바란 적이 없었다.

계도제의 광증이 두려워 그저 황가에 태어난 범인에 불과하면서도 동기간 혈육을 다 죽여 버린 자가 바로 휘강의 아비였다. 그는 황가의 핏줄을 타고 내려오는 광증을 얻지 못했을 뿐, 다른 의미로 미쳐 있었다.

자신을 비껴간 광증이 제 아들에게서 발현될까 두려워했다. 계도제가 자신에게는 조부가 되는 제 친부를 어찌했는지 알았기에, 그런 괴물이 제 아래서 태어나 자신을 잡아먹을까 괴로워했다.

어릴 때부터 저것은 미치광이가 될 것이다. 그러니 사랑을 주지 않으리라. 그리 말하듯 싸늘하기만 했던 눈빛을 휘강은 모두 기억했다.

광증 따위, 그것이 가져오는 미친 듯한 재능 따위 가지고 싶지 않았다.

그저 평범하고 싶었다. 큰 사랑도, 큰 재능도, 어떠한 것도 바라지 않았다. 황실의 혈통인 것을, 하필이면 황제의 적자인 자신의 상황을 저주했다. 차라리 나이가 차도록 광증이 나타나지 않으면, 저 빌어먹을 선황의 겁증도 나아질까 하였다.

그러나 아비는 바뀌지 않았고 자신은 아비의 바람대로, 마치 저주라도 받듯 광증이 일었다. 죽으라 내보낸 전쟁터에서 살아남고 승승장구했다. 사람을 베어 넘기는 매일을 보냈다. 삶이 하루가 연장될수록 감정이 하루씩 죽어 갔다.

"단 한 번도."

그리, 괴물이 되었다.

"바란 적이 없다."

괴물이 되기를, 광증이 발현하기를 바란 적이 없었다. 정말이지 한 번도. 그러나 불가해하게도 그는 광증을 얻어 그 피가 낭자한 전쟁터에서 살아남고, 전쟁에서 사람을 베어 넘겨야만 삶을 느끼는 미치광이가 되었다.

"⋯⋯폐하께서도 그러시겠지."

려화는, 마치 황제의 아픔이 자신의 것인 양 깊이 잠긴 휘강의 눈을 바라보며 그리 말했다. 그래야만 할 것 같았다.

려화의 눈이 곱게 휘어졌다. 상황과 어울리지 않았으나 휘강에게는 충분한 위로가 되었다.

"그러니 휘강은, 황제 폐하를 미치광이라 욕하지 말아."

원치 않은 광증을 얻은 황제라도, 려화에게는 가족을 모두 죽게 만든 전쟁을 일으킨 원수였다. 또한 연심을 품은 사내인 휘강에게 위협이 되는 그러한 자였다.

하나, 황제였다.

휘강이 말하는, 황제의 신임이 얼마나 대단한 것인지는 몰라도 그것에 반대로 휘강이 다치기를 원치 않았다. 굳건한 믿음이 깨진 조각은 무엇보다 날카로우니, 그것이 곧 휘강의 폐부를 찔러 그의 숨을 당장이라도 앗아갈 것만 같았다.

려화는 다시 돌아, 휘강에게 저의 마음을 고백할 수 없었다. 그러니 이리 끝맺을 밖에는 도리가 없었다.

"그럴 순 없다."

하나 려화의 그 깊은 속을 다 모르는 휘강은 비틀린 웃음을 지으며 이리 말했다. 려화가 아연하여 눈을 동그랗게 뜨고 휘강을 바라보았다.

어찌해, 자신이 걱정해 주는 마음을 몰라주고 이리 방자하게 구는 것인지. 려화 또한 휘강이 자신의 원수인 황제임을 모르니 그저 그가 야속할 따름이었다.

"어째서……?"

려화가 돌려 낼 답이란 고작 이것뿐이었다. 휘강의 속을 알 수 없으니 말이다. 어째서 제가 모시는 황제를, 그를 자신과 한 몸인 양 신임한다는 이를 욕하는 것인지.

"내 아비가 나를 전쟁으로 내몰 수 있었던 건, 황가가 전쟁을 만들어 냈기 때문이니까. 나는, 그러니 황가의 그 누구라도 곱게 봐줄 수 없다."

목숨을 잃을 뻔한 사지에 내몰린 것은 선황이 일으킨 전쟁에서였다. 기어이 질긴 목숨 붙여 살아남긴 하였으나, 대신에 원치 않았던 광증을 얻었다.

그나마, 그것을 원치 않았음을 밝힌 것도 려화의 앞에서가 처음이었다. 휘강 그 자신조차 제가 이리 광증을 저주하고 있었음을 새로이 깨달았다.

그는, 자신의 피를 저주했다. 바로 이 황실 모든 것을 말이다. 그러니 황가를 욕했다. 그 욕은 때로는, 자신의 본모습인 황제가 되기도 했다.

자조의 의미였으나 그것을 려화가 알 도리는 없었다.

그러니, 려화는 이리 황제를 욕하는 휘강이 자신과 같은 마음이라 착각할 수밖에 없었다.

이것이 비극의 시작이었다.

*
**

연모하는 이가 미치광이의 곁에서 일하는 것을 알면서도 쉬이 떠날 수 있을까.

려화는 그러지 못했다.

열여덟의 소녀는 열아홉이 되었다. 가족의 마지막 선물을 찾기 위해 출궁하려고, 연모하는 사내를 멀리하고자 농원을 찾지 않겠다 먹었던 마음은 흐려진 지 오래다.

그렇다 하여 가족을 잊은 것은 아니었으나.

황가의 광증을 이야기하며 마치 제 일인 양 씁쓸하고 외로워 보이던 휘강을 그냥 둘 수 없었던 탓이다.

사랑하는 이의 아픔에 어찌 동조하지 않을 수 있으랴. 려화는 그저 휘강이 저를 만나는 시간만큼은, 자신과 같은 마음은 아니라도 즐거울 것이라 믿었다. 그러니 더욱 궁을 떠날 수가 없었다.

궁을 떠나면 다시는 휘강을 마주할 수 없을 것이니 말이다.

"오늘은 정말 할 일이 없네⋯⋯."

"난 이제 이번에 변인서 들어온 아이들 교육하러 가. 려화 너는 주 업무가 농원 일이라 교육에는 빠졌지?"

세야의 말에 려화가 고개를 끄덕였다. 이제 밤이 길어지는 시기인지라 늘 같은 시각에 일어나 마주한 새벽은 아직 어두컴컴했다.

세야는 정식 궁녀가 되어 저도 아래의 예비궁녀가 생긴 것이 퍽 신이 난 모양이었다. 며칠 전부터 설레했으니 두말할 것도 없었다.

려화가 세야에게 설핏 웃어 주고는 초화궁 처소 쪽마루에서 몸을 일으켰다. 아직 검푸름이 남은 하늘로 궁녀들과 같이 이르게 일어난 새가 날아가는 것이 보였다.

이르게 일어난 새는 벌레라도 많이 잡으련만. 이르게 일어나도 달리 할 일이 없는 려화는 잡생각만 많아졌다.

예비궁녀들의 처소로 향하는 세야에게 손을 흔들어 인사를 해 준 려화는 이제 구름만이 남아 조용히 흐르는 하늘을 다시금 올려다보았다. 먼 곳에서부터 붉은 기운이 몰려들고 있었다. 저 붉은 기운을 품은 해가 둥실 떠오르고 나면 하늘은 말간 푸른빛으로 물들 것이다.

할 일이 없다 하여 궁녀가 노닥일까. 매일 해야 하는 일은 정해져 있고, 그것은 이제 일이라 치지도 않으니 하는 소리다. 려화는 근래 병색이 들어 그러잖아도 새까만 얼굴에 안색까지 흙빛이 된 유 노인을 떠올렸다.

"이리된 것 아침이라도 챙겨 드려야지……."

궁녀의 식사는 본래 황제와 황가 식솔들의 찬을 들이고 남은 것으로 한다. 그러나 이르게 참을 챙기고 일해야 하는 경우도 있으니, 이때에는 가볍게 먹을 것을 따로 준비하는 경우도 있었다.

려화의 걸음은 바로 궁녀들의 식사를 따로 준비하는 여궁들의 주방으로 향했다. 여궁이나, 잡일을 맡는 궁노비들이 일하는 장소는 궁의 외진 구석에 있었다.

려화의 걸음이 빨라졌다. 해가 둥실 떠올라 지금 부는 바람이 따듯할 그즈음, 유 노인에게 식사를 가져다주며 저도 같이 먹으면 좋을 것 같아서 말이다.

요즘, 궁은 평화로웠다. 어느 순간부터 황제는 전쟁을 나가지도, 궁내에서 피바람을 불러일으키지도 않았다. 사소한 일만 생겨도 윗전들의 심기를 살피느라 벌벌 떠는 것이 아랫것들의 일상이다.

려화도, 방금 인사를 나눴던 세야도. 바로 위의 여어를 모셔 자주 볼 수는 없어 가끔 마주치는 공영 또한 평화로웠다.

그러니 려화는 최고 윗전일 만인지상의 황제 또한, 근래는 휘강에게 들었던 광증이 도지지 않고 조용한 모양이라고 생각했다.

틀리지 않은 생각이었다. 휘강은 려화를 마주한 뒤로 한 번도 미친 듯 피바람을 일으키거나, 공연한 전쟁을 일으켜 답답한 궁을 떠나지 않았다. 혹은 사냥 대회를 열어 짐승과 사람을 구분하지 않고 쏴 죽이는 일도 없었다.

잔인하고 괴팍한 성정이야 여전하였으나, 불필요한 피는 보지 않았다. 말인즉, 필요한 피는 보았다는 말이다.

바로 오늘. 평화롭다 못해 여유롭기 짝이 없는 지금 또한 그랬다.

향긋하고 씁쓸한 냄새가 풍겼다. 살냄새였다. 어린 치의 달콤하고 풋풋한 느낌은 조금씩 사라지고, 틔워 낼 봉오리를 가진 어린 꽃의 쌉싸름한 냄새와 닮은.

그러나 휘강에게는 그저 이유도 모르게 마음을 평온하게 해 주는 기척이기도 했다.

온통 새카만 야행복으로 몸을 가린 휘강의 걸음이 황궁의 가장 높은 지붕 위에 멈추었다. 어디라도 다 내려다보일 그곳에서 휘강은 려화의 기척을 찾았다.

높이 튀어 올라서 한 걸음, 다시 허공을 한 걸음 딛고 려화의 뒤에 섰다.

바람 소리조차 나지 않았다. 그저 조용히 그리 나타났을 뿐이다. 한데 려화는 알아챈 듯이 걸음을 멈추었다.

조용히, 옷자락 사락거리는 소리만 울렸다. 려화가 몸을 돌렸다. 온통 까만 것으로 둘러싼 저 사내가 누구인 줄, 려화는 금세 깨달았다.

피 냄새가 났다. 진득하고 눅진한, 그 죽음의 냄새가 려화의 평화를 깨트렸다.

"왜……."

"쉿."

휘강은 그저 려화를 잠시 지켜보고 싶었을 따름이었다. 그러나 그것만으로는 아쉬울까 려화의 향을 좀 더 가까이서 맡고 싶었던 마음도 있었다. 그래서 그녀의 가까이에 내려왔지만, 결코 려화에게 지금의 모습을 보이고 싶지는 않았다.

이상한 일이다. 도휘강은 누군가를 신경 쓰는 인생을 살아오지 않았는데. 평생을 뒤집는 자신의 변화를 모르고 그저 휘강은 려화가 저를 눈치챈 것에 놀랐다.

놀랐다가.

다른 이의 눈길을 끌면 안 되기에 우선은 려화를 조용히 시켰다.

자신의 입술에 닿는 휘강의 검지에, 려화는 말없이 고개를 끄덕였다. 그러고는 휘강의 손에 이끌려 궁의 후문을 넘었다. 궐 밖, 그러나 농원에까지는 도착하지 않은 애매한 곳에서 둘은 멈추었다.

"무슨……. 무슨 일이야? 휘강, 이 피는 다, 휘강 거야?"

려화가 담담한 듯, 그러나 떨림을 숨기지 못한 목소리로 물었다. 휘강은 얼굴을 가리고 있던 복면을 벗고 고개를 저었다.

낯빛도 표정도 멀쩡했다. 어딘가 크게 다쳐 아픈 자의 것으로 보이지는 않았다. 려화가 휘강의 얼굴을 손으로 더듬었다. 휘강은 평소라면 궁녀를 함부로 만지느냐며 대거리를 해올 려화가 저를 먼저 만지는 상황이 우스워 피식 웃음을 터뜨렸다.

"지금 이게 웃겨?"

려화가 울컥하여 소리쳤다. 그러나 휘강의 웃음은 그칠 줄을 몰랐다. 방금까지 싸하게 식어 바닥을 치던 기분이 금세 허공으로 두둥실 떠올랐다.

조금만 더, 곤두박질을 쳤다면 오랜만에 그 빌어먹을 광증이 솟았을지도 모른다.

"내 피 아니야. 하나도 안 다쳤어."

"그럼……."

"내가 죽인 자의 피다."

휘강의 얼굴을 붙들고 있던 려화의 손이 툭 떨어졌다. 마치 휘강의 몸에 들러붙은 진득한 피가 전부 려화의 몸에서 흘러나온 것처럼. 려화의 얼굴이 희게 질렸다.

"사람을, 사람을 죽였어?"

"내가 무사인 것을 알고 있었잖아."

"호위 무사잖아. 지키는 자리잖아!"

"그걸 떠나 나는 전쟁에 참여했었다. 사람의 목숨을 거둔 것이 이번이 처음일 것 같아?"

휘강의 말에 려화가 입을 뚝 다물었다. 그의 말에 틀린 것이 없으니, 할 말을 잃은 것이다.

려화는 의복이 더러워지는 것도 모르고 바닥에 주저앉았

다. 아니, 지금 려화에게 다른 것은 안중에 없었다. 그저 휘강의 검은 옷을 물들인, 저 피만이 그녀를 사로잡고 있었다.

휘강은 려화를 내려다보았다. 화가 났다. 그저 위로를 건네 줄 줄 알았던 려화는, 사람을 죽였냐며 자신을 힐책했다.

해서 자신은 이미 사람을 죽여 본 적이 있는 무도한이라며, 전쟁에도 몇 번이나 나갔음을 알고 있지 않으냐고 외쳤다.

그리고 나서 주저앉은 려화를 마주하니.

위로받지 못해 섭섭한 마음보다 슬퍼하는 려화의 모습이 더욱 가슴에 닿았다. 한참이나 어린것에게 떼를 쓰듯 자신을 알아달라 하였으니 한편으로는 부끄럽기도 하였다.

휘강이 려화의 곁에 무릎을 굽혀 앉았다. 그리고 허리를 잔뜩 숙여, 려화의 얼굴을 들여다보았다. 충격이 가시지 않은 하얀 얼굴, 떨리는 입술.

모든 것이 휘강을 사로잡았다.

"나는……. 해야 할 일을 하고 온 것이다."

"그게 무슨 일이든, 사람을 죽이는 일이 왜 휘강의 일이야?"

려화의 물음에 휘강은 쉬이 대답하지 못했다.

이것이 왜 제 일인 것인가.

지금 휘강의 야행복을 적신 피는, 황실 방계 중년인의 것이었다. 이기지 못할 만큼 광기가 치솟아 사람의 형상을 버린 자의 것이었다.

황실의 기밀대는 오직 황제를 위해 움직이나, 때로는 이리 황실의 명예에 타격을 입힐 방계들을 감시하기도 하였다.

그리고 그것을 황제에게 알렸다. 방계라 하나 황실의 피이니 기밀대라도 쉽사리 손대지 못하는 것이 법도였다. 그러니 그들의 처리는 황제가 직접 맡는다.

여태까지, 모든 황제가 해 왔던 일이다.

그러니 지금에서는 휘강의 일이기도 했다. 그러나 이것을 어떻게, 려화에게 설명해야 옳을까. 황가의 기밀인 이 일을.

"휘강."

려화가 휘강을 채근하듯 불렀다. 휘강이 씁쓸하게 웃었다. 이상한 일이나, 려화의 앞에서 얼렁뚱땅 넘어갈 마음은 사라지고야 말았다. 어쩌면 어느 순간부터 공려화라는 궁녀 계집 앞에서는 매번 그랬다.

이리 인식한 것은 처음이지만 말이다.

"빌어먹을 황가의, 이어서는 황제의 업이다."

휘강이 답했다. 짧았지만 많은 의미가 든 이 말을, 려화는 자신이 아는 만큼은 제대로 알아들었다.

어명으로 거부할 수 없었다는 뜻이다. 그러니까, 아마도 휘강이 좋아서 사람을 죽이고 온 것은 아니라는 말일 것이다. 려화가 아는 휘강은 그런 사람이니까.

도국의 황제와 같은 미치광이도 아니고, 그런 황제의 아래에서 일하면서도 그를 가엾게 여기는 말랑한 사람이니까.

휘강이 제 앞에서만 말랑한 모습을 보인다는 것을 모르는 려화는 그리 생각했다.

그러니, 휘강의 답을 들은 려화의 입에서는 사과의 한마디가 튀어나오고야 말았다.

"미안해. 채근해서 미안해. 휘강도 하기 싫은 일을 하고 온 걸 텐데."

떨리는 손이 다시금 사내의, 휘강의 커다란 손을 붙잡았다. 그리곤 핏물이 말라붙어 거친 곳이 있는 손을 조심스럽게 쓰다듬는다.

려화는 휘강의 손을 펴서, 그가 수십 년 검을 잡으며 박인 굳은살을 하나하나 매만졌다. 그리 펴진 휘강의 손바닥 위로 려화의 눈물이 떨어졌다.

가을바람에 식은 눈물은 미지근하련만, 휘강은 려화의 눈물이 닿은 부분이 타는 듯 뜨거웠다.

"……너는 사람을 죽이는 것도, 전쟁을 일으키는 것도 퍽 싫어했지."

휘강이 읊조리듯 말했다. 려화의 눈물 젖은 눈동자가 휘강을 올려다보았다. 이제 완연한 어른이 되었다고 생각했는데, 그래도 여전히 려화는 저보다 여덟 살이나 어린 핏덩이다. 키도 조막만 해서는, 올려다보는 얼굴이 이리 앳되어서는.

그 앳된 얼굴이, 차마 제가 상처받을까 두려워 긍정도 부정도 하지 못하고 굳은 것이 휘강에게는 위로가 되었다. 그리하여 휘강은 웃었다. 말라붙은 핏자국이 버석하게 손에 감긴다.

려화는 휘강의 말이 몹시 슬퍼서 어찌할 도리를 찾지 못했다. 그냥 그러했다. 타고난 운명에 진 자의 슬픔을, 윗사람의 명령을 거절할 수 없어 어쩔 수 없이 실행한 자의 것으로 받아들였다.

똑같이 깊고 깊어 헤아리기 힘든 슬픔이지만.

그 두 가지는 전혀 다름을 알지 못했다.

"휘강의 잘못이 아니야. 아니, 맞다 한들, 내가 같이 짊어질게."

려화는, 그 다른 슬픔을 어떻게든 같이 짊어지고 싶어 애쓰며 말했다. 어둡고 깊은 슬픔을, 연모하는 자의 비통함을 조금이라도 나누고자 했다.

틀렸다. 휘강은 그것을 슬피 여긴 것이 아니었다. 그는 자신의 운명을 저주했다. 사람을 죽이고 왔음에도 슬퍼하지 못하고, 그저 저를 소중한 벗으로 여기는 계집의 슬픔에 동감하지조차 못하는 자신을 저주하는 것에 지나지 않았다.

열 길 물속보다 깊은 한 길, 사람의 마음속에 각자의 슬픔이 담겼다.

비극적인 착각이 자리 잡았다.

**
**

연모하는 이의 깊은 슬픔을 알았으니, 려화는 또 한 번 궁에 주저앉았다. 그리 보낸 일 년이다. 종종 휘강이 황가와 황제의 일에 욕지거리를 뱉거든 그를 말리고, 혹여라도 황제의 광증에 휘말릴까 조마조마하면서.

그리 흐른 시간 동안, 려화는 수없이 생각했다. 그를 구할 방법은 없을까. 휘강이 제 마음을 알아주기를 바라지는 않을 테니, 그를 이 구렁텅이에서 구할 수만 있다면.

그렇다면 저 또한 조금은 가벼운 마음으로 궁을 떠날 터인데.

그리하여 생각은 더욱 깊어지고, 그를 마주하는 시간 또한 길어졌으니. 그를 연모하는 마음 또한 헤아릴 수 없을 만큼 깊어지고야 말았다.

"괜찮을까……."

복숭아 농원에 웅크려 앉은 려화가 핼쑥한 얼굴로 그리 읊조렸다. 그것으로 모자라 작은 얼굴을 두 손으로 감싸 숨기기까지 했다.

수명이 빠져나가는 것 같았다. 매일, 매시간이 그러했고 휘강을 마주하는 때에는 더욱 그러했다.

상황이 어찌 이리되었는가, 휘강과의 첫 만남부터 떠올려 보던 려화가 기어이 한숨을 푹 내쉬었다.

궁에 입궁한 것부터 잘못이었다. 그를 만나, 그의 도움을 받아 정식 궁녀가 되어 버렸으니 쉽게 궁을 떠날 수 없게 된 것 또한 문제였다.

그러나 이제 와 과거로 돌아가, 휘강을 만나지 않을 방법이 있다 한다면.

"난 그리하지 않을 테지……."

분명 그리하지 않을 것이다. 기어이 대단한 결심까지 해내고 말았으니 말이다. 철없던 시절에도 꿈조차 꾸지 않았던 사랑의 도피를, 휘강에게 청해 볼 생각이었다.

제 마음을, 고백할 것이었다.

하여 휘강을 기다리는 이 시간이 몹시 길면서도 짧고, 괴로우면서도 설렜다.

그러나 모든 감정을 뒤로하고 가장 앞선 것은 두려움이었다. 황제와 황가를 미워하고 원망하는 휘강이지만, 려화가 아는 휘강은 그에 앞서 대쪽 같은 무인이었다. 그러니 야반도주라도 하듯 전부 다 내려놓고 궁을 나서자는 말에 거절이 앞설까 두려웠다.

분노에 찬 눈으로 자신을 내려다보고, 감히 궁녀의 몸으로 황제가 아닌 사내에게 연심을 품었느냐 일갈할까 무서웠다.

아니, 그가 자신의 사랑을 알아주지 않음은 차라리 괜찮았다.

결국, 황제의 호위 무사인 도휘강이 황제의 곁을 떠나지 않겠다 말할 것이 가장 두려웠다. 입을 열어 제 속을 털어놓고 나면, 이제는 두 번 다시 휘강과 이전처럼 지낼 수 없을 테니 말이다.

그가 자신의 도주만큼은 묵과하든, 아니면 대로해 법치 아래에 자신을 놓든.

그래도 당장은 어여쁜 얼굴로 연심을 고백해야 함이 우선이다. 어쩌면 생에 처음, 연심을 고백하는 순간이기도 하였다. 그러니 려화는 더욱 어여쁘고, 휘강의 마음이 어떻든 자신의 마지막이거나 처음일 모습만큼은 내내 어여쁘고 싶었다.

한데, 며칠이나 긴 밤을 새우며 고민한 얼굴은 거칠기만 하였다.

"뭘 그리 혼자 중얼거리고 있냐?"

등 뒤에서 인기척도 없이 휘강의 목소리가 들려왔다. 대단한 무공을 지녀 황제의 호위 무사씩이나 하고 있으니, 이리 소리 없이 움직이는 것이겠지만.

"깜짝이야!"

그러잖아도 고민에 결연한 의지까지 다지고 있던 려화는 없는 애가 떨어지는 줄만 알았다. 해서 고백을 앞두고 제가 연모하는 사내에게 이리 소리를 꽥 지르고야 말았다.

그러고는 삽시간에 얼굴을 새빨갛게 붉혔다.

"……놀랐잖아."

"내가 이리 조용히 등장한 게 이번이 처음도 아닌데, 오늘따라 유난하니 좀 수상한데?"

휘강은 참으로 눈치도 빨랐다. 려화는 입술을 지르물고 애꿎은 눈알만 빙글빙글 돌려 휘강의 시선을 피했다.

"수상한 거 없거든."

"없으면 말고."

그러곤 휘강은 려화가 앉은 나뭇등걸 옆에 바로 드러누웠다. 딱 반 뼘 높이의 풀이 자란 봄의 복숭아 농원은 이리 누워 구름이 어여쁜 하늘을 꽃잎 달린 가지 사이사이로 올려다보기가 참으로 좋았다.

두 사람은 한동안 서로 말이 없었다. 각자 고민하는 바가 있기 때문이었다. 려화가 그러하듯, 휘강 또한 려화에게 하고자 하는 말이 있었다.

어쩌면 그와 그녀의 뜻은 같았다.

려화가 휘강에게 사랑의 도피를 말하고자 한다면, 휘강은 려화에게 자신이 황제임을 밝히고 황후가 될 생각은 없냐고 말하고자 했다.

방년 휘강의 나이가 스물여덟이 되어 이제는 억지로나마 이십 대의 중반이라 우기기도 어려워졌다. 그리되니 그 나이를 먹도록 황후도, 후궁도 하나 얻지 않아 육궁을 비워 둔 휘강에게 신료들과 조모의 잔소리가 쏟아졌다.

황제의 막중한 책임 중 하나를 방기하고 있다며 큰소리가 오고 가기 시작한 것에 휘강은 진절머리가 났다. 려화를 만나고부터 조정에서 피를 보는 일이 현저히 줄어 근래에는 없다시피 했고, 몇 년 전부터는 전쟁조차 떠나지 않았다.

그러니 잔소리를 피할 수도 없었거니와, 신료들은 죽을 각오를 불사르지 않아도 되니 점점 언성을 높였다. 어쩌면 자신의 광증이 사그라들다 못해 아예 없어졌다고 여기는 것도 같았다.

'나쁘지 않은 선택이겠지.'

휘강이 려화를 바라보며 그리 생각했다. 우선 려화가 자신의 제안을 받아들일지 아닐지가 먼저였으나 그것은 고려조차 하지 않았다.

당연히, 어느 여인이 감히 만인지상의 반려 자리를 거절하겠는가 하고.

'이 아이, 려화를 황후로 삼는다면……. 적어도 아비와 같은 삶을 살지는 않을 수 있을 것 같다.'

하여 휘강의 걱정이라고는 오직, 려화를 황후로 삼고자 택한 자신의 결정이 옳은 것이냐 아니냐에 방점이 찍혀 있었다.

그는 선황처럼 살고 싶지 않았다. 제 핏줄의 광증을 두려워하며 벌벌 떨고, 사랑하지 않는 여인이라 한들 죄 없는 여인을 가엾게 홀로 두고 싶지는 않았다.

그러나 마음에 차는 여인이 없었다. 언제고 사랑을 만나리란 확신조차 없었다. 그러니 모두가 황후를 맞이하고 후사를 보셔야 한다고 말해도, 그 모든 것들을 힘으로 찍어 누르고 내리 버텼다. 간혹은 전쟁터로 도망을 하기도 하고 말이다.

려화를 지키지 못할 것이 두렵지는 않았다. 그러나 지킬 마음조차 들지 않아 그녀를 방치하게 될까, 언젠가는 제 어미를 대하던 선황처럼 그리 변할까. 그것은 지금조차 두려웠다.

일 년 전, 려화에게 황가의 광증에 대해 말하며 그녀를 떠보았던 휘강이었다. 그때, 려화의 반응을 두 눈으로 확인하고 어떤 생각을 했던가. 이 아이라면 곁에 두고 지킬 마음 정도는 생길 것이라 여기지 않았던가.

그런데도 그 마음이 부정확하게나마 확신이 들어, 려화를 황후로 삼자고 마음먹는 데에 일 년이나 걸렸다.

"공려화."

"휘강!"

각자의 마음을 가지고, 같은 시점에 두 사람이 서로의 이름을 불렀다. 하여 려화는 멋쩍게 웃었고 휘강은 생에 아주 오랜만에 긴장으로 메마른 입술을 혀로 축였다.

서로의 눈치만 보았다. 그것은 같았다.

봄바람이 살랑살랑, 도화의 꽃잎을 품고 그와 그녀를 스쳐 지나갔다. 려화의 눈동자가 휘강을 바라보며 이리저리 굴렀다.

휘강이 먼저 입을 열었다. 거절에 익숙지 않은 그는 마음의 준비가 필요했으므로.

"먼저 말해."

"아냐, 휘강이 먼저……."

"네가 먼저 말해."

휘강의 목소리가 단호했다. 려화는 거절에 익숙지 않은 삶을 살지는 않았으나, 거절당하면 앞으로는 두 번 다시 휘강을 보지 못할지도 모른다는 사실이 두려웠다.

그렇기에 그녀 또한 휘강이 먼저 할 말을 꺼내 주길 바랐다.

그러나 휘강이 이리 단호하게 구니 려화로서는 별수 없는 노릇이었다. 먼저 입을 여는 밖에.

그래, 매도 먼저 맞는 것이 낫다 하였다. 평생 흉터가 지워지지 않을 매라고 하여도 말이다.

이리 휘강을 마주하기까지 수십, 수백 번을 어찌 말할까 고민하고 또 곱씹었었다. 그럼에도 려화는 쉽게 입을 떼지 못했다.

차근차근 정리했던, 그를 설득하기 위해 준비했던 말이 하나도 떠오르지 않았다.

려화가 머뭇대고 있으니 휘강은 차라리 제가 먼저 입을 열어야 하나 싶어졌다. 그러나 제가 먼저 말을 꺼내면, 이상하게도 려화가 입을 꾹 다물 것만 같은 기분을 느꼈다.

이리, 쉬이 입을 열지 못하고 품고 있는 려화의 말이 궁금했다.

"대관절 무슨 말을 하려고 이리 뜸을 들이는 거냐?"

"중요한 말."

길고 긴말을 한마디로 함축하자면 그러했다. 그보다 더 옳게 줄이자면, 고백이라 해야 하겠지만 드러내 놓고 말하기에는 아직.

스물이라는, 어른이 되고도 두 해나 지난 나이로도 려화는 아직 결심한 말을 그대로 뱉기에 소녀처럼 수줍어했다.

휘강은 평소 조금은 왈가닥 같게 느껴질 정도로 당당한 려화가 이리 자신의 애를 태우는 이유가 퍽 궁금해졌다. 제 속에 든 말을 하는 것도 몹시 급급했지만, 그보다 더.

"중요한 말, 그게 뭔데."

그의 손이 려화의 턱을 쥐었다. 부드러운 손짓이었으나 행위 자체가 오만하기 짝이 없었다. 그리 휘강이 려화의 턱을 쥐고, 파르르 떨리는 그녀의 속눈썹을 바라보며 제 얼굴을 가까이 가져다 댔다.

이른 봄의 바람보다 따뜻한 휘강의 숨결이 닿아 오는 것에, 려화의 두 볼이 붉어졌다. 이제 와선 그가 자신을 붙잡고, 만지고, 간혹은 쓰다듬는 모든 것에 익숙해진 그녀다.

그 손을 치워 낼 생각조차 하지 못했다. 연모하는 사내의 손이기에 더욱이.

그저 내리감은 눈은 파르르 떨릴 따름이다. 휘강은 려화의 긴장을 손끝으로 매만졌다. 이 뒤에 나오는 이야기가 시답잖다면. 글쎄.

다른 이라면 쉽게 목이라도 쳤을 텐데. 그저, 그마저 귀여울 것도 같고.

려화의 속을 모르는 휘강은 그저, 그것을 상상하며 피식 웃었다. 려화의 떨리는 눈가를 한 번 지그시 눌러 주고는 물러났다. 그리고 나서야, 려화의 입이 무겁게 열렸다.

"휘강. 나는, 그러니까……. 네게 꼭꼭 숨겨 두었던 내 마지막 속내를 고백할 거야."

횡설수설했다. 휘강이 듣기에는 그저 약간 긴장한 정도였지만, 려화가 속으로 생각했던 말들이 전부 흩어지니. 그녀는 제가 횡설수설하고 있다는 생각밖에 들지 않았다.

연모하는 이의 앞에서. 감히 제 마음을 고백하면서 말이다.

려화의 낯이 이루 말할 수 없이 붉어졌다. 려화의 머릿속은 더욱 백지장처럼 하얗게 비어 버렸다. 말의 순서를 고르고 골라 나열했던 것들이 정말로 순서를 잃고 두서없이 튀어나갔다.

"휘강이 내게 말한 적 있지. 황제 폐하를 싫어한다고. 사실 나 또한, 이 나라의 황제 폐하가 싫어."

휘강의 얼굴이 딱딱하게 굳어졌다. 아니, 그보다는 북풍이 몰아치듯 한기가 넘쳐흘렀다. 그러나 순서를 잃고 흘러넘치려는 말을 제어해야만 하는 려화는 그것을 보지 못했다. 눈을 꼭 감고 제 속내에만 집중했다.

그래선 안 되었다.

"전쟁으로 가족을 모두 잃었어. 그래서, 나는, 그러니까
……."

휘강의 입술이 비릿한 호선을 그리며 올라갔다. 속에서는
열이 들끓었으나 겉으로 보이는 그의 모습은 북풍한설을 맞
고 있는 것처럼 싸늘하였다.

그는, 일 년 전의 려화가 했던 말들을 떠올리고 있었다.

'폐하께서는……. 도국의 지아비시잖아. 그를 그리 못되게
이르면 안 되지.'

지금과 반대로 상반되는 그 거짓들을 떠올렸다.

"황제가 싫고, 두려워. 마주친 적도 없는 그 사람이 인간도
아닌 듯이 느껴졌어, 나는. 항상."

려화의 말이 마치 젖은 창호지를 한 꺼풀 통해 들리는 것
처럼 멀기만 했다. 분노와 배신감은 차곡차곡 쌓이건만 그러
했다.

하여 휘강은 가만히, 려화의 말이 끝나기를 기다렸다.

"그런데 휘강이 그랬지. 황제는 광증을 가졌다고. 미치광이
라고 말이야."

"……그랬었다."

그때만 해도 휘강은, 쉬쉬하면서도 궁의 모든 사람들이 알
고 있는 황가의 광증에 대해 일언반구도 모르는 려화가 아마
도 불쌍했을 것이다. 그래서 말해 주었다.

"인간답지도 않게 제 혈육을 죽이는 이들이 수없이 태어났

221

던 황실이야."

황가의 핏줄에는 광기가 흐른다고.

"그 핏줄의 끝이 지금의 황제 폐하야. 그 미치광이가……. 사람 목숨을 벌레만도 못하게 여기는 그 미치광이의 곁에, 내가 있고 네가 있는 게 싫어."

모든 이야기를 들은 려화는 한줄기 눈물까지 흘려 대며 이리 말했었다.

'황가의 모든 사람이 가여워. 대체 광증이 뭐라고 친혈육을 죽이게 하고 자신조차 믿지 못하게 만드는지…….'

그리고 려화는, 얼굴도 이름도 모르는 황제를 걱정했다. 그 것이 전부 한 톨 거짓 없는 진심인 줄로만 알았다.

그렇기에 휘강은 려화가 황제는 광증을 바란 적이 없을 것이라 말한 것에 위로받았다. 그것을 전부 진심이라 여겼기에.

자신이 그 황제인 것도 모르고, 너라면 광증을 바랐겠느냐는 물음에 그리하여 자신도 진심으로 답했다.

'단 한 번도. 바란 적이 없다.'

그때 려화가 무어라 했느냔 말이다.

"난 싫어. 정말 싫어. 휘강을 전쟁터로 보내 내가 휘강의 생명을 걱정하게 만들고, 누군가는 죽어 나갈 것을 알면서도 전쟁에 미쳐 있는 그 황제가 너무나 두렵고 또 두려워."

어찌 이리 겉과 속이 다를 수가 있는지.

너만은 그러지 않을 것이라 여겼는데 어찌 이리.

그 누구보다도 완벽하게 나를 속인 것인지.

휘강의 분노는 슬픔과 배신감을 함께 담고 있었다. 슬픔은 배신감을 만나 그 모든 감정을 분노로 되돌렸고, 배신감은 슬픔을 만나 배가 되었다.

'그러니 휘강은, 황제 폐하를 미치광이라 욕하지 말아.'

이리 말했던 려화는 인제 와서.

"그러니 휘강, 휘강이 폐하와 막역하다는 것은 많이 들었지만…… 그래도 폐하에게서 멀어지고 벗어날 순 없을까?"

미치광이 황제를 버리라고 한다. 그것이 도휘강 그 자신인 것을 모르고.

"나를 걱정해 하는 소리냐?"

"걱정해. 내 마음이 다 녹을 만큼 걱정해."

"황제가 네가 아는 것과는 다르다 해도?"

"달라 봐야…… 미치광이라는 사실이 변하겠어? 휘강도 폐하를 싫어한다고 했잖아. 그런데도 폐하를 버리지 못하는 거야? 휘강, 그래서 내게 묻는 거야? 당신의 대쪽 같은 무인의 기질이, 그래선 안 된다고 말하는 거지?"

려화가 안타까워 죽겠다는 얼굴로 되묻는다. 머리가 지끈거림에 휘강이 미간을 손으로 짚었다.

어차피 헛된 질문임을 알면서도 입을 놀렸다. 평생 후회하리라. 이리 바보 천치 같은 짓을 한 것에.

"만일, 네 눈앞의 내가 황제라면?"

려화는 무슨 그런 말도 안 되는 소리가 다 있냐는 듯, 당혹한 얼굴로 휘강을 바라보았다.

"언제나 내 앞에서 황제를 욕되게 말했던 건 휘강이잖아. 그런데 그런 나쁜 놈을, 어떻게 만약이라 해도 자신에게 덧씌워?"

"그만!"

휘강이 려화의 말을 잘랐다. 려화는, 이제야 반드시 해야 할 말만을 남겨 두고 있었다.

그러나 앞으로, 휘강에게 들려줄 일은 없게 되었다. 휘강이 려화의 말을 들을 마음이 없었으니 말이다.

려화는 이제야 휘강의 비틀린 얼굴을 보았다. 폭풍처럼 휘몰아치는 그의 분노가 느껴졌다.

려화의 뽀얀 얼굴이 더욱 희게 질렸다. 그러고는 일그러졌다. 두려워서가 아니었다. 휘강의 벗인 황제를 욕보였으니, 그것으로 그가 분노하는 것에 미안함을 느껴서였다.

또한 이리 틀어졌으니, 앞으로는 휘강을 볼 수 없겠구나 하는 마음에.

그 슬픔이 가장 컸다.

"첫 만남부터 멍청한 계집이라 생각했었지만 이렇게나 아둔할 줄이야."

슬픔에 잠긴 려화의 마음은 그래서, 휘강의 말을 곧바로 받아들이지 못했다. 그 뜻을 읽어내지 못했다.

"휘……, 강?"

려화는 정말이지 멍청하게도 그의 이름을 다시 불렀다. 얼이 빠진 얼굴로 그를 바라보았다. 언제인지도 모르게 일어서 저를 내려다보는 그를, 올려다보았다.

위압감이 사뭇 대단했다. 단순히 그가 분노했기에 그리 보이는 것이 아니었다.

설마.

설마 하는 마음이 들었다.

"짐의 이름을 함부로 부르지 말라."

그 설마 하는 마음이 절망과 배신감으로 바뀌는 데에는 찰나의 시간조차 필요치 않았다.

파랗게 질린 려화의 얼굴에 피어난 절망은, 그리하기에 곧장 분노가 되었다.

입술을 악물고 휘강을 노려보는 려화의 흰자위에 핏줄이 섰다.

그의 농간에 놀아나, 원수를 사랑했다.

"그리고 죽음으로도 채 갚을 길 없는 죄를 지은."

연모하는 사내였던 자의 손이 려화의 목을 쥐었다. 그 손끝이 몹시 차갑기 그지없었다.

"네년의 처지를 비관하고, 또 비관하라."

이제는 가족을 모두 앗아 간 전쟁을 일으킨 자. 그러니 려화의 원수인 자가 려화의 목숨마저 빼앗고자 그녀의 숨통을 조였다.

그러고는, 휘강이 아주 아름답게 웃었다.

미치광이의 웃음이었다.

옥좌에 앉은 휘강이 꿇어앉은 려화를 내려다보았다. 그의 좌편으로는 예부상서가, 우편으로는 형부상서가 손을 모아 쥐고 섰다.

휘강은 한동안 말없이 그저 려화를 내려다보기만 하였다. 들끓는 분노를 차갑게 식혀 가슴 안에 내리누른 휘강은 겉으로만 봐서는 참으로 무료한 일을 앞둔 사람처럼 보였다.

곧, 그가 피식 웃음을 터뜨렸다. 훤칠한 사내의, 그것도 곤룡포를 챙겨 입은 데다 위엄이 넘치는 미남의 웃음이란 지극히 아름답기 짝이 없었다.

반 시진 전까지만 해도 눈앞의 죄인을 황후로 삼아 제 옆에 세울 작정이었다. 려화의 겉과 속이 다른 것을 모르고 말이다. 그녀가 내뱉은 황제를 두둔하던 말들을 전부 믿었다.

아둔하기 짝이 없는 것은 눈앞의 계집만이 아니었던가.

"형부상서는 답하라."

"하문하십시오."

"짐과 황실을 모욕하고 능멸한 자는 어찌 벌해야 옳은가?"

휘강의 목소리는 여상하였으나, 려화의 머리채를 잡고 죄인을 치죄하는 이곳 형부에 닿은 휘강의 눈빛은 미친 자의 이채를 띠고 있었다. 형부의 눈에 그 미친 자의 눈빛이 여전히 선하게 떠올랐다.

한동안 조용한가 싶더니, 그런다고 광증이 사그라든 것은 아니었던 모양이다. 오랜만에 일어난 휘강의 광증은 안으로 조용히 피어오르고 있음이니, 이럴 때 잘못 건드렸다간 저 또한 목숨을 잃으리라.

갑자기 어디선가 툭 튀어나온 저 계집이 무엇이기에. 자신을 포함하여 맞은편에 선 예부상서조차 그 정체를 몰랐다.

의아할 따름이다. 그저 단순한 궁의 여인이라면 휘강의 성정에 이리 일을 벌이기보다 즉결처분하고 내명부에 적힌 이름에 빨간 줄을 긋는 것으로 끝냈을 것이다.

그러니 형부상서는 쉬운 답에 어렵게 답을 내놓았다.

"흔히 있는 일은 아닌지라……."

"앞뒤 자르고 본론만 말하라. 짐이 지금 이것저것 굽어살펴 들으며 곱게 참아 줄 마음이 없으니."

"그, 그, 죄인의 신분에 따라 다르나……."

형부상서가 다시금 려화를 흘긋 보았다. 반비를 입은 데다 치마의 색은 옥색이니 틀림없는 궁녀의 복색이었다. 휘강이 궁녀가 아니라, 신분을 속였다 하지는 않았으니 차림대로 확실한 궁녀일 것이다.

얼굴로 가늠되는 나이는 이제 갓 정식으로 내명부에 이름을 올리고 궁녀가 되었을 것으로 짐작되었다.

가엾은 것이 정식 궁녀가 되었다고 날뛰다 벼락을 맞을 말이라도 한 모양이었다. 아무리 그러해도 이리 크게 일을 벌이는 휘강은 납득이 되지 않으나…….

그가 언제부터 항상 타인이 납득할 일만 벌이던가. 휘강은 광증을 지닌 미친 자였다.

차라리 단칼에 죽었으면 고통과 불안이라도 겪지 않았을

것을. 젊디젊은 궁녀에게는 안타까운 일이었으나, 형부상서가 입을 놀리기에는 부담이 적은 상대였다.

"양민, 궁녀의 경우 팽형에 처합니다. 감히 황실과 폐하를 함께 모독하였다 하니, 온도가 높아 일찍 죽는 기름보다는 물을 사용함이 옳을 것으로 보입니다."

답을 마친 형부상서가 한걸음 뒤로 물러났다.

어쩌면 황후가 되었을지도 모르는 려화는 이제 곧 물에 삶겨 죽게 생긴 신세가 되었다. 그러나 이리 잔인한 말을 듣고도 려화는 표정 하나 바뀌지 않았다.

아니, 표정을 바꾸지 못한 것이다. 이미 그녀는 갈대처럼 속이 텅 비어 버렸으니 말이다. 오로지 그녀의 빈 속을 채우는 것은 휘강을 향한 배신감, 그의 속임에 꾀어 넘어간 자신에 대한 분노.

그러한 것들뿐이었다.

원수를 사랑하였다. 눈앞에서 불타 무너지던 집에 어미와 동생이 깔리는 것을 보았다. 엄벙덤벙 정신을 차리지 못하던 자신을 거의 던지듯 하고, 그보다 어린 동생은 품에 꼭 끌어안고 핏발 선 눈으로 울던 어미가 죽는 것을 보았다.

참혹한 전쟁에 휘말린 자들이란 거의 저와 비슷한 사연을 가졌을 것이다. 그러나 그중에 불에 타 죽는 어미의 고통에 찬 비명을 들으며 넋을 놓았던 자가 몇이나 될까.

그런 비극을 일으킨 자다. 그런 전쟁을 일으켜 제 가족을 전부 잡아먹은 자가 바로 황제였다. 고개를 들면 보이는 눈앞의 휘강이었다.

그런데 그가 하는 한마디 말에, 자신은 황제의 호위 무사라는 그 한마디에 껌뻑 속아 넘어갔다.

려화에게 도국의 황제란 전쟁을 일으켜 자신이 어린 나이에 가족을 모두 잃게 하고, 제가 아닌 다른 이들에게도 고통을 준 악귀와도 같은 원수였다.

그러니 황제의 호위 무사라는 휘강을 경계해야 옳았건만, 처음부터 저를 도운 그에게 너무 쉽게 마음을 풀었다. 그러하고 나니 외려, 전쟁광 황제의 곁에 있는 그가 가엾어 마음이 갔고. 그 마음은 외로운 소녀의 첫 연심으로 이어졌다.

황제가 광증까지 있다는 소리에는, 이미 깊어진 마음으로 휘강을 걱정했다. 걱정만 했다.

한 번을, 의심하지 않았다. 그저 단순한 호위 무사라면서 황가의 일을 너무나 잘 알고 있고.

황제가 자신을 막역하게 여긴다며 편히 말하고 황실과 황가를 힐난하던 그를.

자신이 너무나 원망스러웠다. 젊은 나이의 호위 무사치고 황제와 황가에 대해 너무나 잘 아는 휘강을 수상하게 여겼어야지. 최소한, 단 한 번이라도 의심은 해 봤어야지. 한 번이라도.

"예부상서는 들으라."

"하문하십시오, 폐하."

"짐은 여태껏, 나를 모욕하는 신료들을 거열형에 처해야 옳으나 즉결처분하여 목을 쳤다. 짐은 참으로 자비로운 황제가 아닌가?"

형부상서에게는 단순히 죄인에게 내릴 형벌에 대하여 하문하더니. 제게는 이리 어려운 질문을 내리는 것에 예부상서는 당장이라도 혀를 깨물고 죽고 싶은 심정이 되었다.

한동안 광증이 치솟지 않아 과거에 비해 얌전하기만 하던 황제에게 익숙해졌던 모양이다. 이리 나긋하게 묻는 말에도 목이 달아날 것 같으니 말이다.

이 상황을 만들고 휘강의 광기를 다시금 일깨운 려화가 지독히도 미웠다. 대체 무슨 짓을 하였기에 이리도 휘강이 난리를 피우는지. 이제야 좀 살 만해졌나 하였더니만.

"……폐하의 자비로움이 하해와 같으십니다. 이는 조정 대신들이 모두 알고 있는 바입니다."

예부상서의 답을 들은 휘강이 낮게 키득거렸다. 곧 그 키득거림은 크게 변하여 박장대소가 되었다.

오직, 이 자리에 있는 자들 중 휘강만이 웃었다.

웃음이 멈춘 뒤 휘강은 언제 파안대소했냐는 듯 얼굴을 굳혔다.

"지랄하기는."

휘강의 거친 언사에 두 상서가 모두 움찔하였다. 이리 욕지거리를 뱉은 뒤에 항상 휘강은 피를 보았다. 이번의 경우 대상은 눈에 보이는 궁녀이겠으나, 거기서 멈추라는 법이 없다는 것이 문제였다.

두 상서도, 그들의 뒤에 도열한 다른 신료들도 전부 려화를 죽일 듯 노려보았다.

"죄인 계집은 보았느냐? 짐의 앞에서는, 육부의 상서라 하여도 몸을 사린다."

려화는 말없이 꿇어앉은 채 바닥만을 내려다보았다. 그것이 무에 어쨌다는 말인가. 억울했다. 자신이 황제임을 먼저 숨긴 것이 누구이며, 제 앞에서 황제를 먼저 욕되게 말한 것이 누구인데.

서글픔이 분노와 뒤엉켰다. 처음부터 밝혔더라면, 차라리 이리 먼 자리에 있는 원수이니, 아무것도 하지 못하는 자신을 원망했을지언정 원수를 사랑하게는 되지 않았을 것인데 말이다.

그러니 자신을 향하던 원망은 곧 휘강을 향했다. 아니, 그저 원망이 두 배가 되었을 뿐이다. 자신을 향한 원망 또한 변함없이 자리를 지켰다.

"답하라. 짐이 네년을 어찌 단죄해야 옳겠나?"

"죽음으로 갚아야 할 죄라면 죽음으로 갚겠습니다."

려화가 눈에 핏줄을 세우고 휘강을 노려보며 답했다. 그것에 휘강의 미간에 깊은 골이 생겼다. 상황이 이리되었거늘 아직도 제 사정을 모르고 날뛰는 계집이라 생각하였다.

분노가 더해져야 하거늘, 이미 휘강의 분노는 하늘을 뚫을 정도로 높이 솟아 있기에 더 보태고 말고 할 것도 없었다.

어떻게 이런 발칙하고 간악한 모습을 전부 숨기고 있었는가. 그것에 또 속아 넘어간 자신은 어떠한가. 휘강은 분노를 더하는 대신에 피식 웃음을 터뜨렸다.

"죽음이 무엇인지 모르니, 죽음으로 갚겠다는 소리를 쉽게 하는 것이겠지."

"소녀가 죽음이 무엇인지 모른다 하셨습니까?"

"그럼 아느냐? 오, 짐보다 죽음을 더 잘 아는 이라니 참으로 대단하지 않으냐."

휘강이 비꼬듯 말했다. 속이 뒤틀려 있으니 그 입으로 뱉는 말 또한 다르지 않았다. 려화는 여전히 휘강을 죽일 듯 노려보다가, 결국 이게 다 무슨 소용이냐 싶어 시선을 거두었다.

그대로 고개를 숙여 바닥을 바라보았더니, 백색의 경옥을 연마해 채운 바닥에 자신의 얼굴이 비치었다.

곧 바닥에 비친 저의 얼굴은 제가 쏙 빼닮은 어머니의 얼굴이 되었다. 일그러지고 눈물에 젖은 얼굴은 화마에 삼켜지고, 곧 불길이 일렁이는 곳에서는 길게 이어지지도 못한 비명만이 솟구쳤다.

려화가 눈을 감았다. 파르르 떨리는 눈꺼풀이 가엾게 보이기도 하려만, 이곳에서 그녀를 안타까이 여겨 주는 이는 아무도 없었다.

"눈앞에서 부모의 죽음을 보았으니, 전쟁통에 어제 봤던 이를 오늘 보지 못하는 일이 수두룩했으니!"

곧 려화가 다시 고개를 치들고 휘강을 바라보았다.

"이 도국에 폐하만큼 죽음을 잘 아는 이가 어디 저 하나겠습니까?"

려화의 비통한 외침에도 휘강은 요지부동이다. 차라리 분노해 마주 일갈이라도 했더라면 사람처럼 보였을 것이다.

그러나 휘강이 어디 보통 사람이던가.

그는 반려로 맞이하려 마음먹었던 여인에게도 미치광이 소리를 들은 황제였다. 이런 상황에서도 그는 비릿하게 입꼬리를 올려 웃을 수 있는.

옥좌의 팔걸이에 올린 손으로 턱을 괴고 나른하게 비소하는 그의 얼굴은 언제 무슨 일이 있었냐는 듯 평화롭다.

똑같은 얼굴이다. 그저 표정만이 다를 뿐, 제가 귀엽다 여기고 다른 이들과는 달리 마음에 찬다 여겼던 어린 궁녀의 얼굴이 자신의 발아래 그대로 있었다.

눈물에 젖은 얼굴은 같건만, 지금은 진짜이고 과거는 거짓이리라. 황실 모든 이들이 광증에 시달리는 것이 가여워 운다던. 황제들의 불안감이 안타까워 입술을 사리물던.

그러나 어찌 된 연유인가.

죽음으로 제 죄를 갚겠다 하였으니 도국의 법전에 나온 형벌로 치죄해도 될 일이고, 그도 아니면 자신의 허리춤에 찬 검으로 당장에 목을 베어도 될 일이건만.

무엇이 문제이기에 죽음으로 죄를 갚겠다는 려화의 말이 이리도 마음에 차지 않는 것인지.

휘강은 자신의 한 길 속조차 모르게 되었다. 이런 적이 없었다. 모든 시작은 저 가당찮은 계집에서부터다. 한 번도 없었던 사고의 범람에 머리가 지끈거렸다.

기어이 생각의 끝은, 저 계집을 쉬이 죽여 끝내고 싶지는 않다는 것뿐이다.

그것으로는 모자라서?

계집이 농간한 자신의 시간이 족히 오 년은 되기에 그만큼은 저 계집도 살아 괴로워야 한이 풀릴 것 같아서?

이유를 헤집어 보았으나 알 도리가 없다.

당장의 문제가 아니다. 휘강은 자신의 마음이 정녕 무엇을 향하는지 제대로 안 적이 없다. 려화를 만나고 나서는. 그 순간부터.

"네가 짐을 농락한 시간이 족히 오 년이다. 쉽게 죽음으로 끝낼 수 있으리라 보는가?"

"죽음이 가볍지 않으니 죽음으로 죄를 갚겠다 하는 것입니다. 폐하께는 죽음이 가벼우신지요?"

"건방을 떨어 이 자리에 세웠거늘 여전히 건방지기가 하늘 높은 줄을 모르는구나!"

휘강이 일갈했다. 예부상서와 형부상서, 뒤로 도열한 신료들 모두가 어깨를 움츠려 목을 숨겼건만. 정작 이 상황을 만든 려화는 아무렇지도 않았다.

도리어 휘강을 다시 노려보다 못해, 피식 웃음을 흘리기까지 하였다.

"이리 건방진 계집이니 감히 황실을 모독하고 폐하를 미치광이라, 사람 목숨을 벌레만큼도 생각지 않는다 입을 놀릴 수 있었겠지요."

려화의 안에는 독기만이 남았다. 눈물로 전부 쏟아 내고 나니 그러했다. 그 깊은 곳에 앙금처럼 가라앉아 기어이 쏟아 내지 못한 연심을 눈치채지 못하자, 결국 휘강에게 퍼부을 수 있는 것은 독기뿐이었다.

하여 휘강에게 보이는 지금의 려화도, 제게 독기를 쏟아

내는 모습뿐이라.

하나 어찌 된 마음인지, 쉬이 려화에게 죽음을 내릴 수가 없었다. 입이 떨어지지 않았다.

대체 왜.

"폐하께서 직접 죽음을 내리는 것도 아까울 간악무도한 죄인이라 이리 고민하십니까?"

그리하여 악에 받친 려화가 먼저 선수를 쳤다.

려화가 늘 품고 다니던 은장도를 꺼냈다. 휘강에게서 받은 것이다. 그에게서 받은 것으로 목숨을 내려놓으리라.

그리 품었던 마음도 모두 끊고 가족들에게, 전쟁으로 목숨을 잃은 다른 모든 이들에게도 진정 속죄하리라.

려화가 잽싸게 은장도를 도집에서 뽑아 제 목에 날을 들이댔다.

"하면 다시는 윤회를 돌아 태어날 수도 없도록. 이 소녀가 자결하겠습니다. 그리 목숨으로 죄를 갚……!"

그리고 휘강의 동공이 좁혀 들었다. 그가 본능적으로 뛰쳐나갔다. 려화가 만들어 준, 그리고 제 손으로 단 붉은 매듭이 장식된 검집에서 찰나와도 같은 순간에 검이 뽑혔다.

장검이 단도를 쳐 내었다.

"뭐 하는 짓이냐!"

장내의 모두가 놀랐다. 휘강의 검이 쳐 낸 은장도의 칼끝은 려화의 목덜미에 실금을 그어 놓는 것으로 그치고 그녀의 손에서 빠져나갔다.

경옥으로 덮은 바닥 위로 은장도가 튕기는 소리가 날카롭게 들렸다. 좌중이 경악하였으니 아무도 숨소리조차 내지 못했다.

사위의 모든 이들이 머리를 잽싸게 굴렸다. 대체 저들이 어떤 사이였기에.

쉽사리 사람의 목을 치는 휘강이 자결을 막을 정도란 말인가.

일그러진 얼굴로 휘강이 입을 열었다.

"네년의 죽음이 네 모든 죄를 사할 정도로 그리 값지다 생각하나?"

"자결이 아니라면 법전에서 이르는 형벌을 주십시오."

"끝까지 죽음으로 도망할 생각만 하는군."

휘강의 턱이 파르르 떨렸다. 잠시 눈을 감았다 뜬 그의 얼굴에, 상황에 어울리지 않는 매력적인 미소가 깃들었다.

그가, 만인지상의 황제가 죄인의 앞에서 한쪽 무릎을 꿇었다.

죽이지 않고, 계집을 괴로워 울부짖게 할 방법이 떠올랐다. 더하여 제 알 수 없는 마음을 풀어놓고, 혈기를 눌러 주던 이 계집을 제대로 활용할 방법이기도 하였다.

그러니 휘강의 입에 걸린 미소는 만족의 미소였다.

"너, 전쟁이 두렵다 하였지? 그로 죽는 사람들을 가엾게 여기는 것도 같구나."

려화에게는 휘강의 미소가 잔인하게만 보였다. 그가 자신의 속을 모두 아는 것만 같았다. 이 죽음이, 자신에게 사죄하기 위함이 아닌 것을 말이다.

려화는 모진 목숨을 직접 끊어 내며 제가 죄를 지은 많은 것들에 사죄하려 하였다. 다만 그 모든 것들에 휘강만큼은 포함되지 않았다. 그에게 지은 죄는, 진심으로는 죄가 아니라 여겼기에 그러했다.

자신의 목숨을 지켜 낸 가족들, 그밖에 전쟁으로 목숨을 잃은 자들, 희망을 잃고 절망만을 배운 모든 이들.

자신의 속죄는 그들을 위한 것이었기에.

전쟁을 일으킨 전쟁광, 그럼에도 폭군이라는 말은 꺼내지조차 못하도록 포악한 자. 단지 성군의 가면을 뒤집어썼을 뿐이었는데 그것을 알지 못했다. 해서 눈앞의 황제를 사랑하였다.

그가 황제인 것을 알고 연모의 마음을 품은 것은 아니다. 그러나 가족을 모두 죽음으로 몰고 간 전쟁을 일으킨, 자신의 인생조차 수렁으로 내몰 뻔한 전쟁을 이어 간 남자를 한눈에 알아보지 못했으니 그것만으로도 큰 죄다.

더욱이, 그런데도 불구하고. 내심 그를 사랑하는 마음을 사금파리처럼 가라앉힌 그대로 전부 버려 내지 못하는 자신은 누구보다 큰 죄인이었다.

그러니 이 목숨 가벼이 버리고 윤회의 틀에서 벗어나 세상에 존재한 바 없는 자가 되려 하는 것인데.

그것을 막은 휘강의 미소가 이리 진득하니, 려화는 자신의 이 깊은 속이 그에게 전부 읽힌 것만 같았다. 그러지 않고서야 지금의 휘강이 자신을 앞에 두고 이리 웃을 수 있을까. 그제야 려화는 지금의 상황이 두려웠다.

"대답해. 너는 전쟁으로 죽는 이름 모를 사람들조차 가여우냐?"

휘강은 답을 알면서도 재차 물었다. 휘강은, 감히 자신을 속였을지언정 려화가 타인의 아픔이나 고통에 민감하다는 것을 아주 잘 알고 있었다.

"사람이라면 응당 가여움을 느끼겠지요."

려화는 짧게 말했으나, 휘강은 그 뒤에서 당신은 그렇지 않겠지만. 하는 행간을 읽었다. 더 화낼 것도 없었다. 그러니 휘강의 미소는 더욱 짙어졌다.

그의 속은 모르나 여태껏 황제가 미소와 함께 벌인 일들을 다 아는 신료들은 더욱이 눈치를 살피기에 바빴다.

"사람이라면 응당 그럴 것이다? 당장 이곳에 있는 놈들만 해도 제 목숨만 귀한 줄 알고 날뛰는 자들이 천지다. 네년처럼 짐을 제한 모든 이를 박애하는 자들은 흔치 않아."

황궁이 복마전이라 하였으니, 그 말을 한 자가 바로 휘강이니 틀리지 않을 것이다. 세상 사람 모두가 어찌 타인의 아픔까지 전부 제 것인 양 굴겠는가.

모두가 이타적인 이들뿐인 세상이었더라면, 처음부터 려화가 전쟁으로 이리 아픔을 겪지는 않았을 것이다.

려화는 입을 열지 않았다. 그저, 휘강이 대관절 무슨 이야기를 할 것이기에 이리 뜸을 들이나.

그의 입술만을 쳐다보았다.

감히 황제의 용안을 똑바로 보았다.

"네년에게 내릴 아주 재미있는 벌이 생각났다."

휘강이 손을 뻗어 려화의 턱을 거칠게 잡아채었다. 그대로 들어 올려 좌우로 획획 돌려보기까지 했다. 비참함과 수치심이 섞여 려화의 얼굴이 붉어졌다.

"끔찍이도 싫어하는 나를 만족시켜 봐라."

"그것이……. 그것이 어찌 폐하를 능멸한 저의 벌이 됩니까?"

"짐이 만족하지 못하면 전쟁을 일으킬 것이거든. 네 말에 따르면 무고한 자들의 목숨을 앗아갈 것이다."

휘강의 잔인한 말에 려화의 얼굴이 삽시간에 희게 질렸다. 눈이 크게 떠지며 그녀의 담갈색 눈동자가 훤히 드러났다. 말간 눈동자 사이에 자리한 새카만 동공마저 놀라 아주 커졌다.

"어찌……."

어찌 사람을 벌하는 데 있어 전쟁을 이용하겠다는 것인지. 말문이 막혔다.

역시나 휘강은 미치광이였다. 광증이 뇌리를 모두 잡아채 정상적인 인간으로는 살 수 없는 자이리라.

하나의 죄인을 벌하기 위해 수없이 많은 자의 목숨을 저당 잡았다.

이럴 수가 있는가. 나는 이런 자를, 사랑했는가.

"짐을 만족시킬 수만 있으면, 본디 벌이려던 전쟁마저 한번 생각해 보마. 이 정도면 네게도 수지가 맞지 않겠느냐."

지금까지, 려화는 단 한 번도 눈물만큼은 터뜨리지 않았다. 그러했는데 이제 와서는 눈물이 후드득 떨어져 앞이 보이지 않을 정도로 시야가 흐려졌다.

휘강은 만족했다. 이 간악한 계집의 급소를 제대로 찔렀으니 말이다. 지금 몸에 돌고 있는, 사람의 목을 쳐도 풀리지 않던 분이 풀리며 드는 쾌감은 반드시 그 때문일 것이었다.

반드시.

다른 이유가 없이.

"너는 다른 답은 할 수 없다. 그러니 말해라."

그 어떠한 다른 이유도 없어야 하기에. 휘강 자신이 그리 믿기에 더욱이 그의 목소리는 단호했다. 마치 려화가 아니라 자신에게 말하는 듯도 보였다.

"그리하겠다고."

려화가, 더는 흐려진 휘강의 얼굴조차 볼 수가 없어 눈을 감았다. 감은 눈 사이로도 눈물은 봇물이 터진 듯 그치지 않고 흘러내렸다.

"……소녀가 죄를 갚으며 수많은 삶을 구할 수 있다면, 하지 않을 이유가 없지요."

휘강이 려화의 대답을 듣자마자 그녀의 턱을 거칠게 놓았다. 그러고는 곧바로 돌아서 다시 옥좌로 돌아갔다.

두 상서가 휘강이 가까워지자 숨을 크게 들이켜 입을 다물었다. 전에 없이 휘강의 기세가 흉흉했다.

"형부상서와 예부상서는 들으라."

"하명하십시오, 폐하."

"저 궁녀 계집을 유배형에 처한다. 위리안치할 것이며, 죄인의 유배소는 짐의 처소 후원에 두겠다."

앞엣것은 의아하긴 해도 문제 될 것은 없었으나, 뒤는 달랐다.

곧장 예부상서가 먼저, 곧이어 형부상서가 말을 덧붙였다.

"폐하! 이는 아니 될 말이옵니다!"

"어찌 죄인의 유배지를 만인지상의 폐하께서 기거하는 곳 근처에 두시려 하십니까!"

여색을 가까이하지 않는 휘강이기에, 그들은 휘강이 려화에게 하는 말을 듣고도 그것이 려화를 취하기 위함임을 알아채지 못하였다. 설마, 하고 생각한 것이다.

그러나 이제 휘강의 목적이 투명하게 보이니, 말리지 않을 수가 없었다. 황후와 수십 수백의 후궁을 두었어도 말려야 할 일이거늘.

휘강은 정비 하나가 없는 황제다. 그런 그가, 평범한 궁녀도 아닌 죄인 계집을 품겠다니 이는 있어서는 안 될 일이었다.

그러나 휘강은 자신이 정한 뜻을 꺾을 생각이 없었다. 그가 살벌한 눈으로 좌우를 돌아보았다.

검 끝에는 려화의 목에 남긴 실금에서 흐른 핏방울이 미약하지만 남아 말라붙고 있었다.

그가 검을 들어 올렸다.

"반박은 듣지 않는다."

기겁한 와중에도, 예부상서가 기어이 한마디를 보탰다.

"폐하! 그러⋯⋯!"

"짐이 아직 검을 거두지 않았다!"

그러나 예부상서도 차마 말을 다 잇지는 못했다.

"목숨이 귀하지 않다면 계속 떠들라. 다음 어전회의에서도 짐의 생각은 같을 것이니, 두 상서는 속히 다른 대신들에게도 전해."

그제야, 휘강이 검을 검집에 밀어 넣었다. 검집에 걸린 붉은, 초라한, 처량한 공예 매듭이 휘강의 눈에 걸렸다.

만든 주인의 꼴을 고스란히 닮았지 않은가.

기분이 더욱 상했다.

"금번 짐의 처사에 토를 다는 자가 있다면, 그들 전부를 죽음으로 치죄하겠다고. 번복은 없을 것이다."

려화의 첫 정사는 온통 고통과 눈물, 그럼에도 꺾을 수 없는 자존심으로 비명을 참으려 악물던 입술.

그런 것들밖에는 남지 않았다.

혹자는 정사를 정을 통한다 하기도 하거늘.

려화에게는 그 무엇도 통하지 않은 처음이었다.

4장. 황제 곁의 위리안치

시일이 얼마나 흘렀는가. 눈을 감았다가 뜨고, 억지로 목구멍에 무엇이든 흘려 넣어 연명한 숨은 날짜 세는 법을 잊었다.

그저 기억하는 것은 제가 연모했던, 그러나 그 이전에 원수임을 몰랐던. 지금에 와서는 벌을 핑계로 자신의 몸을 희롱하는 자가 거의 매일 밤 자신을 찾는다는 것뿐이다.

려화는 그러했다.

"으······. 흣!"

거친 숨이 뱉어진다. 그 숨결은 몹시 달아 휘강을 다시금 홀렸다. 그는 느긋하게 려화의 밀지를 손으로 헤집었다. 그녀는 검지와 중지를 놀려 구멍 깊은 곳의 단단한 곳을 매만지면 왈칵 물을 쏟았다.

그러면 려화는 다리를 오므리고 몸부림쳤다. 저를 희롱하는 자가 원수인 것도, 황제인 것도 잊고 눈을 꼭 감은 채 마른 두 손으로 밀어내고야 만다.

그 허무한 손놀림은 이윽고 휘강의 손에 붙잡혀 저지되었다. 여전히 려화의 안을 헤집는 손가락이 어느 한 곳을 진득하게 누르자 려화의 몸이 달달 떨린다. 깨문 입술에서 피가 터졌다.

휘강의 입술이 려화의 입술을 덮었다. 려화의 피가 달큼한 맛으로 휘강의 입안을 물들였다. 작디작은 입술을 벌리고 우악스럽게 혀를 집어넣어, 그녀의 속 어디라도 다 삼켜 낼 것처럼.

휘강은 그리 거칠게 려화에게 입을 맞추었다.

숨이 모자라 입을 크게 벌리며 려화는 생각했다. 차라리 이리 거칠게 굴어 주는 것이 훨씬 낫다고. 육신으로 닿는 고통에 눈물이 주르륵 흐를 때면, 잠시 돌아오는 정신으로 드는 생각은 그렇다.

휘강은 간혹 극심한 신경증이 나거든 자신을 부드럽게 안았다. 손끝으로 사랑을 속삭이듯, 구름 위를 걷는 듯 느끼도록 말이다.

그러면 려화는 괴로운 쾌락에서 몸부림쳤다. 과거의 그림자에 사로잡혔다. 종종 정신을 잃은 찰나에는 제가 사실 황제도 무엇도 아닌 휘강과 혼약하여 운우지락을 나누는구나 하고 착각을 하는 것이다.

그리고 너른 침상에 혼자 남아 싸늘한 새벽을 마주할 때면, 가슴이 선득해지는 고통에 토악질을 하다가 정신을 놓고는 했다.

그러니 차라리.

"아윽!"

이리 거친 정사가 훨씬 나았다.

"처음도 아니거늘 이리 순진하게 구는가?"

려화의 안으로 한 번에 거근을 박아 넣은 휘강이 물었다. 비소가 섞인 목소리에 려화는 육신이 꿰뚫리는 것보다 아픈 통증을 가슴으로 겪었다.

일순 숨이 막혔다. 하얗게 질린 려화의 얼굴에 휘강의 손길이 닿았다. 그 손길이 몹시 부드러워 그것이 다시금, 려화는 제 목을 졸라 오는 듯하였다.

부드러운 손길과 달리 휘강의 허리는 거칠게 움직였다. 려화의 어디라도 놓치지 않고 전부 닿아 올 것처럼 말이다.

"아, 흣, 으흑......!"

흘러나오는 신음이 얄궂다. 려화의 귀에는 그랬다. 부러질 듯 마른 몸뚱이, 흰 살결에 소름이 오소소 돋았다. 휘강이 주는, 억겁의 지옥 불 같은 쾌락에 익숙해져 온몸을 휘도는 이 감각이 소름 끼쳤다.

그러나 온몸을 달리는 쾌락에 이윽고 려화의 몸은 함락당한다. 두려움, 괴로움까지 모두 날아가고 남은 것은 순수한 감각뿐이라 려화의 목이 뒤로 꺾인다.

휘강은 드러난 려화의 희고 가는 목을 물었다. 부드럽게 입술로 덮어 희롱하다가 깊이 빨아들이고, 잇새로 거칠게 씹어 내고 나서야 물러났다.

그가 지나간 자리에는 흔적이 남았다. 붉고 검은 흔적들은, 려화의 목뿐이 아니라 온몸에 남았다.

"감히 황제를 모욕하고 살아남은 네게 도망칠 수 없는 흔적을 만드는 시간은."

휘강이 깊이 허리를 굽혔다. 그가 자세를 바꾸니 자연히 제 안에 든 그의 거근도 위치를 바꾸어, 려화는 그 감각에 허리를 뒤틀었다.

휘강은 가벼이 움직이는 려화의 허리를 질책하듯 거칠게 잡아 눌렀다. 다시금 안에서 휘강의 것이 불뚝 어딘가를 헤집는다. 려화가 입을 크게 벌리고 소리 없는 비명을 질렀다.

곧 신음이 섞일 것 같은 기분에 입술을 잇새로 깨물었지만 때가 늦었다. 으흥, 으응 하는 울음소리가 섞인 색스러운 음성이 휘강의 귀에 박혔으니.

그가 려화의 귓바퀴를 혀끝으로 두드리듯 핥았다. 닿는 곳마다 짜르르한 감각이 아프게 솟는다.

"퍽 즐겁구나."

뒷골이 서늘하도록 낮은 목소리가 들렸다. 속삭임, 그 얼음장 같은 속삭임은 어째서 려화의 귓속을 파고들어 퍼지며 용암보다 뜨거운 열기로 바뀌는지 모를 일이다.

어디선가 물이 왈칵 쏟아지는 느낌이 났다. 그 뒤, 확 조여드는 밀지에 려화는 제 안에 든 휘강의 거근을 더욱이나 생생하게 느꼈다.

잠시 멈춰 있던 휘강이 낮게 웃으며 허리를 거칠게 쳐올리기 시작했다. 려화의 마른 몸뚱이가 속절없이 흔들렸다.

"으, 흣, 으응, 아, 흐읏!"

신음이 참아지지 않으니, 비통하게도 연신 제 입을 타고 흘렀다. 그것이 저의 귀에도 생생하게 들려와, 려화는 눈을 꼭 감고 고개를 내리 저었다. 어느 순간부터 고통으로 흘리던 눈물은 쾌락을 이기지 못해 흐르기 시작했다.

뜻이 바뀐 제 눈물이 비참했다. 그러나 휘강이 주는 감각은 정말이지 어찌할 수 없는 쾌락이기에.

그것을 모두 느껴 내는 제 몸뚱이가 무엇보다도 원망스러웠다. 이런 생각을 할 수 있는 여유도 얼마 남지 않았다.

휘강이 보통의 자세로 희롱하던 려화를 아예 품에 들었다. 마른 몸이 무겁지도 않게 들린다. 그대로 려화의 작은 머리통을 제 어깨에 기댄 휘강이, 몸을 조금 뒤로 기대어 팔로 받쳤다.

그러니 반쯤 누운 제 위로 려화가 올라탄 듯 되었다. 이대로 려화가 움직이는 것을 바라지는 않았다. 그게 되는 계집이었으면, 애당초에 이리 색사로 벌을 내리지도 못했으리라.

그리 휘강이, 제 허리를 그 어느 때보다 거칠게 쳐올리기 시작했다.

"앗! 흐응, 읏! 아응!"

서러운 눈물이 휘강의 가슴팍에 똑똑 떨어져 튕긴다. 흔들리는 허리가 짜르르 울려 려화는 저도 모르게 휘강의 목덜미에 손을 두르고야 말았다.

려화의 안이 거칠게 경련했다. 이제 려화는 말도 생각도 잊었다.

그리 휘강의 절정도 머지않았다.

불이라곤 등불뿐인, 달조차 어두운 깊은 밤이건만 려화의 시야가 하얗게 물들었다. 휘강의 허리가 려화의 가장 깊은 곳으로 파고들었다. 그의 손이 려화의 엉덩이를 붙잡고 제게로 꽉 내리눌렀다.

움찔움찔, 전신의 경련과 같은 듯 조금 더 빠른 속도로 려화의 안이 휘강을 쥐어짰다.

육신을 휘감는 만족감에 이어, 이유 모를 허무함이 휘강의 몸을 사로잡았다. 그저 사정한 뒤에 오는 고요 따위는 아니었다.

휘강은 그런 것을 느낀 적이 없으니.

아마도, 이러한 감정을 만드는 자는 다름 아닌 눈앞의 려화일 것이다.

휘강이 무감한 얼굴로 려화를 바라보았다. 그러나 그 무감한 표정 속, 그의 새카만 눈동자는 형형하였다.

속절없이 널브러진 려화의 다리 사이로 흐르는 저의 흔적에 휘강이 실소했다.

얼마의 시간이 흘렀던가.

얼마나 많은 시간을 보냈는데도.

저 계집은 변함없이.

자신을 이리 들끓어 분노케 하는가.

인사도 없이, 의관을 대강 채비하고 돌아서는 휘강의 걸음이 매정했다.

남은 려화의 텅 빈 담갈색 눈동자가 거친 소리를 내며 닫히는 유배지 처소의 문을 닮았다.

미지근하게 식은 눈물이 그녀의 눈을 타고 흘렀다. 려화의
눈은 언제 뜨고 있었냐는 듯 소리 없이 감겼다.

*
**

황궁에 아침이 찾아들었다. 이른 새벽부터 주인 떠난 황제
궁은 허하게 비었다. 그러나 웅장했다. 주인은 없지만, 휘강
을 모시는 많은 이들이 항상 자리를 지키기에 적막하지는 않
았다.

주인이 다시 돌아오기 전에 황제궁을 쓸고 닦는다. 닦아서
먼지를 걷어 내면, 마른 천으로 조금이나마 남은 물기를 훔
쳐 내고 또 한 번 기름을 먹인 천으로 바닥을 닦아 윤을 낸
다.

천의 기름은 너무 적어서도, 많아서도 안 된다. 기름이 너
무 적거든 흑단목으로 만든 섬세한 바닥에 얼룩이 질 것이고,
기름이 너무 많거든 감히 황제께서 다치실 일이 벌어질 우려
가 있는 것이다.

그러니 감히 황제궁의 일은 단순히 바닥을 닦는 것도 어느
것 하나 중하지 않은 것이 없었다. 그리하여 늘 그렇듯, 오늘
도 황제궁의 아침은 조용한 소란이 이어졌다.

그러나 이러한 황제궁의 위용에 어울리지 아니한 어느 한
공간만큼은 소름 끼치리만큼 적막한 침묵이 가득했다. 앞뒤
로 두 평, 급히 지어진 작은 집 하나는 황제궁에 함께 있는

건물이라기에는 몹시 단출했다.

기와를 올렸으나 엉성했다. 주변을 두른 탱자나무는 새 이 파리마저 앙상하게 틔워 흉물스러웠다.

가시가 뾰족뾰족한 나무로 둘러놓은 집에는 그곳의 주인이 랄 수 있는 려화가 죽은 듯이 누워 있었다. 이곳에 유배된 이후로 려화는 편히 밤을 보낸 적이 없었다.

하여 오늘도 같았다. 눈을 뜨고, 그저 살아 숨쉬기에 눈을 깜박이고 있었으나 그녀는 죽은 자보다도 소리를 내지 않았다.

또 깜박, 려화의 눈이 감았다 뜨였다. 단출한 집안에 어울리지 않게 화려하고 편안한 침상 위에서 말이다. 이 침상이 좁은 집의 반을 조금 넘게 차지했다. 나머지는 식사하거나 소일을 할 때 쓸 작은 탁자 하나, 거기에 딸린 의자 하나. 집의 생김보다도 살림이 더 단출했다.

세간이랄 것도 없는 가구, 그러니까 탁자와 의자에 어울리지 않는 침상만이 유일하게 화려하고 커다란 이유는 무엇인가. 그것은 거의 매일 밤 려화를 찾는, 유배지 처소 창문 밖으로 보이는 커다란 궁의 주인 때문이다.

침상이 편안한 것은 종일 침상에 누워 있는 것으로 시간을 죽이는 려화를 위함이 아니었다. 유배소에 들르는 만인지상 께서 유일하게 몸을 뉘는 곳이기에, 그를 배려하기 위함이었다.

"아침이오."

밖에서 크게 려화를 부르는 소리가 났다. 식사를 챙기는 번이 온 것이다. 려화는 침상에서 부스스 몸을 일으켰다.

"흣······!"

어쩔 수 없이 신음이 났다. 허리가 삐거덕거렸다. 간밤에도 려화는 힘들게 휘강의 정염을 받아 냈다. 매일 이어지는 일이건만 매일 적응이 되질 않았다. 하여 매일 아침의 풍경도 이리 같았다.

가까스로 숨만 붙은 것처럼 생겨 먹은 려화에게 식사를 가져오는 번을 맡은 궁녀가 그녀를 가여운 것을 보는 눈으로 바라보았다.

"오늘은 좀 먹어."

오늘의 번은 익숙한 얼굴이었다. 려화가 이곳에 갇히기 전, 같이 궁인이 되는 교육을 받던 동기인 세야였다. 려화의 얼굴에 오랜만에 사람다운 표정이 떠올랐다.

미안한 것도, 혹은 곤란한 것도 같은 표정으로 려화가 웃었다.

"최대한 숟갈을 떠 볼게."

려화는 지키지도 못할 약속을 했다. 세야도 려화가 약속을 지키지 못할 것을 알았다. 알면서도 뭐 어찌할 도리가 없음에 한숨만 푹 내쉬었다.

우습게도 황제궁에 속하였으나 이곳은 탱자나무로 둘러싼 좁은 공간, 황제궁의 뜰에 자리 잡았음에도 죄인의 유배소였다. 세야는 려화에게 아침을 넘겼으니 이제 얼른 이곳을 떠야만 했다. 그녀의 발걸음이 무거웠다.

차마, 세야는 뒤돌아 나가지 못하고 려화를 바라보며 뒷걸음질해 유배소를 빠져나갔다. 동기의 눈빛이 형형하기에 려화는 곧바로 세야가 가져온 아침 죽을 떠먹는 시늉이라도 해 보았다.

또 속에서 받지 않아 첫 숟갈부터 구역질이 났다. 죽이라 하기도 우습고, 희멀건 것이 미음과 숭늉의 중간이나 될 법한 것을 떠 입에 넘기면서도 말이다.

려화는 피식 웃으며 수저를 놓았다. 나무 수저가 둔탁한 소리를 내며 소반 위에 놓인다. 멀건 미음이 소반에 곧장 말라붙었다.

한 줌도 되지 않는 려화의 손목이 달달 떨렸다. 려화의 소매가 가는 손목을 타고 밀려 올라갔다. 드러난 손목에는 휘강이 남긴 잇자국이며 손자국이 빼곡하다.

이리 비참할까.

어쩌다 이리되었는가 생각하며 려화는 다시금 쓴웃음을 지었다. 그나마 쓴웃음조차 그녀의 얼굴을 스쳐 지나감이다. 감히 황제를 모욕하는 죄를 지어 유배 중임에도 고운 비단을 입고 있으니, 어쩌면 모든 것은 배부른 투정일진대.

려화의 마른 손가락 위로 쪽창을 넘어온 아침 햇살이 드리웠다. 마른 손가락 위로 창살을 따라 작게 갈라진 빛이 마치 산산조각이 난 저의 인생처럼 보여서 려화는 다시금 비참함에 잠기고야 만다.

오늘도 아침은 한 숟갈도 제대로 들지 못하고 끝날 판이다. 멀건 미음은 차츰 김 올리던 것도 그치고 표면이 말라 가기 시작했다.

죽지 않고 살아 버티려면 먹어야 했다. 려화가 다시금 떨리는 손을 들어 숟가락을 잡았다.

입안으로 미음을 떠서 밀어 넣자 씁쓸하고 비린 물맛에 나무의 텁텁함이 섞인다.

결국, 몇 번이고 구역질해 가며 겨우 다섯 수저를 더 떠서 넘기는 데에 그쳤다. 수저를 놓은 려화가 탁자 위에 놓인 마른 미음을 보다가, 다시 제 손이며 팔등 위를 쪼개진 빛으로 수놓은 쪽창 바깥을 바라보았다.

홍색과 먹색, 황금색이 찬란하게 어우러진 황제궁의 처마가 보였다. 황제궁과 유배소 사이로는 낮은 나무조차 남기지 않고 모조리 뽑혀 나갔다. 푸른 것이라고는 좁은 틈으로 보이는 하늘뿐이다.

기어이 려화가 자리에서 일어나 다시 침상에 몸을 누였다.

어제와 같은 오늘이 지나갈 것이다. 혹은 달포 전 같은, 언제나와 같은.

일 년 전과 같은 오늘이 지나갈 것이다.

우습게도 려화는 자신이 이곳에 갇힌 것이 지난해 이맘때즈음인 것을 깨달았다. 그러니까, 벌써 일 년이다.

황제궁 뜰에 유배된 지가.

벌써 일 년.

*
**

려화는 제 앞에 놓인 졸인 복숭아를 멍하니 바라보았다.

참으로 유감이 많은 과일이 아닐 수 없었다.

크기며 빛깔, 향기로 보았을 때 이것은 필시 황제 폐하만이 드실 수 있다는 바로 그 하늘 복숭아일 것이었다.

휘강이 직접 들고 온 것이니 더욱이 확실했다. 아련한 향기가 려화에게 과거를 떠올리게 했다는 것부터가 의심할 여지 없이 이것은 하늘 복숭아다.

"또 처먹으라고 나온 식사를 도로 돌려보냈다지."

휘강의 싸늘한 목소리가 려화에게 향했다. 그는 거기에서 그치지 않고 제가 가져온 복숭아 절임을 려화의 가슴 바로 앞까지 쭉 내밀었다.

"황제가 친히 가져온 것까지 처먹지 않고 버틸 것이냐?"

"그럴 뜻은 없습니다. 아침에 나온 식사도, 점심때 나온 식사도 전부 숟갈을 들었고 말입니다."

일 년. 그의 싸늘한 말투가 익숙해지고도 남았을 시간이 흘렀다. 감히 황제께서 유배 중인 죄인을 찾아와 건네는 말이니 오히려 황송하게 여겨야 하려나. 생각이 여기까지 미치자 도리어 웃음이 나려 했다.

그러나 려화는 휘강의 앞에서 웃지 않았다. 휘강의 앞에서뿐 아니라, 표정을 잃은 지가 오래되었다. 언젠가 막 피어나 생생한 도화 같았던 여인은 이제 와 말린 꽃처럼 흩날리는 바람에도 변화 없이 같은 모습을 고수할 따름이다. 다만 바람에, 거친 손길에 조금씩 조금씩 바스러져 제 살을 깎아 가면서.

"고작 한 숟가락 떠서 입술을 축인 것도 식사한 것이라고 친다면."

휘강의 말에 틀림이 없었다. 려화는 입을 닫고 시선을 내리깔았다. 꿀에 절여 반들거리는 복숭아 과육이 참으로 보기에 아름다웠다. 죄인의 입에 들어갈 것이거늘 얇게 썬 과육을 꽃 모양으로 겹쳐 둘러 둔 정성이라니. 거기다 향은 또 어떠한가. 특별한 복숭아의 향이 상하지 않도록 향이 아주 은은하고 맑은 꿀을 썼다.

이리 귀한 음식이라니. 그러나 이러한 귀한 음식도 지금의 려화에게는 개 발에 편자 꼴이다.

"먹거라."

"감히 유배 중인 죄인의 입에 들어가기에 몹시 호화로운 음식입니다."

휘강이 젓가락으로 친히 복숭아 절임을 잡았다. 접시에 곱게 담겼던 꽃은 이파리가 하나하나 부서져 널브러진 꼴이 되었다. 그리되어도 윤기는 여전하고 향은 도리어 더욱 멀리 퍼졌다.

휘강이 려화의 입술에 복숭아를 들이밀었다. 그의 입술이 비뚜름히 사선을 그리며 올라간다. 명백한 비웃음이다.

"너는 이미 제국에서 가장 진귀한 것을 먹고 있지 않느냐?"

휘강의 말에 숨은 뜻을 알아챈 려화의 낯빛이 곧장 붉게 달아올랐다. 그는 언젠가부터 표정도 반응도 잃은 려화에게서 어떠한 반응이라도 끌어내는 것을 퍽 즐기게 되었다.

복숭아는 려화의 입술에 몇 번이고 꾹꾹 눌린 까닭에 반쯤 뭉그러졌다. 려화의 입술이 꿀에 젖어 반질거렸다. 휘강은 서늘한 눈으로 려화를 바라보았다. 분명 분노한 눈이건만 그의 속내는 조금 달랐다.

매일 밤 안아도 질리지를 않는군.

어쩌서 갈급함은 커져만 가는가.

평생, 이리 가지기 어려운 것을 만나 본 적이 없는 것도 아니거늘.

"네가 이리 어명을 쉬이여긴다고, 내게 방법이 없는 것은 아니지."

그리 말한 휘강이 복숭아를 제 입에 물었다. 곧장 자리에서 일어나 성큼성큼 려화에게 다가간 그가, 그녀를 거칠게 끌어안고 입을 맞추었다.

"흡……!"

다른 것을 거절할 수 있을지언정 려화는, 휘강의 접촉을 거절하지는 못한다. 그러니 곧장 려화의 입술이 힘없이 벌어졌다. 그 사이로 휘강의 혀가 복숭아 조각을 물고 넘어 들어왔다.

달콤한 맛에 죽은 듯 멈춰 있던 위장이 요동쳤다. 려화가 헛구역질했다. 휘강은 아랑곳하지 않고 려화의 입술을 더욱 우악스럽게 벌려 가며 그녀에게 입 맞추었다. 벌어진 입술 사이로 몇 번이고 혀가 오갔다. 설왕설래에 휘강의 혀에 감겨 있던 복숭아 조각은 금세 뭉개지고 깨져서 려화의 목구멍을 넘겼다.

늘 이런 식이다. 휘강은 이런 식으로, 곧 죽을 것처럼 식음을 물리는 려화를 살려 놓았다. 려화의 입속으로 들어가는 복숭아 조각의 개수가 하나, 둘 늘어 간다. 둘 사이의 입맞춤도 끝날 생각이 없는 것처럼 길어졌다.

"하으…… 우욱!"

먹은 음식을 소화하는 방법을 잊다시피 한 려화의 위장은 기어이 음식을 거부했다. 그녀가 구역질하면서 숨을 색색거렸다. 흰 피부는 붉어진 눈가를 쉽게도 드러냈다. 휘강은 제 품에서 눈을 붉히고 생리적 눈물을 어쩌지 못하는 려화의 머리칼을, 마치 연인처럼 쓰다듬었다.

황제가 친히 먹여 준 음식을 도로 뱉을 수는 없는 노릇이다. 려화는 희미하지만 휘강이 저를 죽이지 않을 거라는 확신이 있었다. 그러나 휘강의 불같은 성정까지 일지 않으리란 보장은 없었다. 려화는 휘강에게 더는 그 어떤 감정이라도 소모하고 싶지 않았다.

소모할 감정마저 남지 않았으니 더욱이 말이다.

겨우 단맛이 섞인 신물이 올라오는 걸 참아 삼키고 나니, 휘강은 제가 얼마나 대단한 폭도인지도 잊고 려화의 등을 부드럽게 쓸고 있었다. 그가 려화를 유배소 안의 가장 화려한 가구, 어울리지 않는 대단한 침상 위로 데려갔다.

려화가 푹신한 요 위로 올랐다. 목석처럼 똑바로 누워 눈을 감았다. 그 위로 휘강이 올라탔다. 려화는 이 시간을 어떻게든 버티어 낼 거라는 결연한 의지가 담긴 얼굴을 숨기지 않고 드러냈다. 그 꼴을 보고 있자면, 휘강은 속이 뒤틀렸다.

"이제 슬슬 육신으로 전쟁귀를 달래는 네 모습에 넌덜머리라도 나느냐?"

나지막한 목소리에 숨은 비수를 모르는 척할 수가 없었다. 려화가 번쩍 눈을 떴다. 동그랗게 뜬 눈이 하늘 위의 보름달처럼 컸다. 요상하게 맑은 갈색의 눈동자는 빛을 받으면 맑게 우린 찻물 같지만, 이리 어두운 밤에 보면 별을 담은 항아리의 밑바닥처럼 검게 반짝인다.

"피바람이 불어도 괜찮냔 뜻이다. 너, 지금 나를 막을 생각이 하나도 없잖아."

"그렇지 않습니다."

"어제도, 또 그 어제도 같은 말이 오갔지."

려화가 입술을 그러 물었다. 마른 팔이 휘강의 목을 감았다. 그녀의 옷은 얇은 비단 한 겹짜리다. 속옷은 입지 않았다. 유배소에 갇힐 때부터 휘강의 명으로 그리할 수밖에 없었다.

려화의 옷이 밀려 내려가며 그녀의 맨살이 드러났다. 무표정한 얼굴이 모로 기울었다. 려화가 입가에 비틀린 미소를 머금었다.

"폐하께서 죄인의 몸을 안아 혈기를 누르실 수 있다면, 제발 얼마든지 쓰세요."

"목석처럼 구는 계집을 안는 게 내게 얼마나 마음에 차는 일이라고. 너 따위가 아니라도 내게 엉겨 붙으며 안아 달라 몸을 비트는 계집은 많아."

휘강이 려화의 마른 팔을 치워 냈다. 그러고는 그녀의 옆에 몸을 모로 누이고 팔에 얼굴을 괴었다. 뱉은 말과는 달리 눈빛은 기대감에 가득 차 있다.

늦도록 황후의 자리를 비워 둔 만인지상의 황제, 휘강의 옆자리를 노리는 여인은 많았다. 그 수를 세는 것보다, 휘강을 원치 않는 여인을 세는 것이 훨씬 빠를 정도로 많았다. 하나 그는 려화를 취한 뒤로 그 누구에게도 자신의 품을 허락하지 않았다.

좁은 유배소에 갇혀 지내는 려화도 그것을 아예 모르지는 않을 정도로, 휘강이 여인을 대하는 태도는 단단히 쌓은 성벽 그 자체였다.

려화가 비척이며 몸을 일으켰다. 얇은 삼과 치마를 함께 감싸 동여맨 가슴 끈을 풀었다. 그러자 가슴 위를 단단히 누르고 있던 치마가 헐거워지고 그녀의 새하얀 가슴골이 더욱 적나라하게 드러났다.

"그러나 폐하의 가슴 속 불꽃을 누그러뜨릴 수 있는 계집은 저 하나임을 압니다."

다음으로는 치마에 달린 끈의 매듭을 풀었다. 이제 치마는 헐거워지다 못해 스르륵 소리를 내며 살을 미끄러져 내려갔다. 더불어 마른 어깨를 가리고 있던 삼 또한 흘러내렸다. 손목과 무릎에 하늘거리는 비단이 걸렸다.

고치를 벗은 나비가 말리는 중인 날개처럼 흐드러진 옷가지 사이에서 려화의 백자기 빛 피부가 유독 희게 도드라졌다.

"처음, 모두를 놀라게 한 제안을 건네신 건 제게 쓰임이 있어서가 아니셨는지요. 폐하께서, 잠시나마 안정을 찾으시는데 말입니다."

려화는 다시금 휘강에게 확답을 받으려는 것처럼 반복해 물었다. 휘강이 려화의 속셈에 어울려 주기로 마음먹었다.

"네가, 그것을 전부 안다?"

휘강이 피식 웃으며 반문했다. 려화는 씁쓸한 낯을 무표정으로 덮으며 고개를 끄덕였다. 과거 제가 휘강에게 품었던 마음과, 그가 자신에게 품은 마음이 같지는 않을 것이다.

그러나 휘강은 자신을 만나며 더는 전쟁을 일으키지 않았다. 더해 황궁에조차 피바람이 불지 않았으니, 일개 궁녀인 려화에게조차 그 평화가 전해졌다.

려화는 바보도 천치도 아니었다. 휘강은 저를 아둔한 계집이라 하였지만 말이다. 작정하고 저를 속인 휘강을 단 한 번이라도 의심해 보기엔.

그저 그를 너무나 연모했을 뿐이다. 그 사랑을 아둔함이라 한다면 입이 열 개라도 할 말은 없을 테지만.

"아는 만큼은요."

휘강이 서늘한 눈으로 어설프게나마 저를 붙잡으려는 려화를 바라보았다. 그의 머릿속에 여러 가지 생각이 들어찼다.

이리저리 퍼지던 생각은 하나로 귀결되니, 려화의 머릿속에 가득 차 있을 생각을 읽어 내는 것이었다. 별다른 고민은 필요하지 않았다. 어차피 공려화라는, 황제조차 두려워할 줄 모르는 건방진 계집이 무서워하는 것은 하나뿐이었으니 말이다.

전쟁.

려화는 전쟁귀인 자신이 언제고 다시금 죄 없는 사람들을 전쟁터로 내몰아 괴롭힐까 두려워했다. 그러니.

끔찍하게 싫어 죽음으로라도 달아나려 했던 자신을, 이리 먼저 유혹이라도 하듯 구는 것이다. 지난 일 년간. 조금이라도 제가 수틀린 모습을 보이면 이리 굴었던 려화였다.

다를 것도 없는데, 매번. 이럴 때마다 공려화라는 죄인 계집이 조금은 정신을 차렸을까 하는 기대를 하고야 말았다.

그럴 리 없다는 것을 알면서도 말이다.

"어심에 변화라도 있으십니까? 이제, 죄인을 벌주는 것도 귀찮아지신 것인지요."

가녀린 손가락이 이번에는 휘강의 옷깃 위로 날아들었다. 휘강의 금빛 용포를 벗기고 그 안으로 겹겹의 속옷 또한 하나씩 풀어 벗겼다.

이번이 처음이 아니니, 려화의 손길은 방법을 몰라 머뭇거리는 일이 없었다. 금세 사내의 것으로는 훌륭하게 탄탄한 가슴이 드러났다. 밀기울 빛으로 보기 좋게 그을린 살결이 려화의 희고 흰 살갗과 대비되었다.

"아니면, 돌이켜 생각해 보니 폐하를 능멸한 건방진 계집보다 역시 산 사람의 목을 치고 피를 뒤집어쓰는 것이 더 좋으신 건가요?"

휘강이 몸을 틀며 팔이며 다리에 걸친 옷을 완벽히 벗어 침상 위에 널브러뜨렸다. 그리곤 려화의 팔을 잡아당겨 제 품에 안았다.

"여전히 제국의 황제인 짐을 미치광이로만 아는군."

"폐하께서 먼저셨지요. 폐하를 미치광이, 전쟁귀라 칭하신 것은 말입니다."

"건방진."

휘강이 서늘한 눈으로 려화를 꿰뚫을 듯 노려보며 그리 말했다. 만인지상의 황제, 산 것을 죽이는 것에는 으뜸가는 천재성을 가진 자의 시선이니 범을 마주한 것처럼 오금이 저리기도 하련만.

려화는 휘강의 그 얼음장 같은 시선을 아무렇지 않게 마주했다. 다만 려화의 숨소리만은 사그라든 듯 잦아들었다. 지금 상황이 심상치 않다는 것을 그녀 또한 알고 있다. 휘강이 그를 눈치채고는 피식 웃었다.

일순 싸늘한 한파가 닥쳤던 공간의 한기가 누그러들었다.

"꽤씀하게 속바지 하나를 남겼군."

"폐하의 어심이 변하신 게 아니라면, 어차피 이 밤이 지나기 전에 제 안으로 들기 위해 폐하께서 벗으실 테니까요."

"뒤따를 색사를 조금이라도 늦춰 볼 수작이지."

휘강이 이를 악다물고 으르렁거리며 말했다. 아직까지는 거짓된 분노다. 그러나 휘강의 성정이 늘 그래 왔듯이, 언제 그 분노가 진심이 될지 몰랐다.

그러니 려화는 그가 제 표정을 확인하지 못하는 사이 그의 얼굴을 제 가슴골 사이에 묻었다. 그녀의 얼굴에 깊은 고통과 번뇌가 깃들었다.

"흐......, 웃!"

휘강은 려화가 이끈 대로 그녀의 젖무덤에 얼굴을 묻었다. 그대로 가슴의 말캉하며 탄탄한 부분에 이를 박기도 하고 혀로 핥아 올리기도 했다. 려화는 목석이 따로 없는 것처럼 딱딱하게 굴고 표정 하나 없이 무심하거늘, 그녀의 몸은 주인과는 다르게 희롱에 취약하고 몹시도 솔직했다.

금세 려화의 젖꼭지가 꼿꼿하게 솟았다. 작고 앙증맞은 젖꼭지는 생긴 모양 그대로 앵두의 속살 같은 미색이다. 연한 분홍빛이 연지를 물에 푼 것처럼 흐린 색인데 이것이 참으로 희한한 게, 계속 물고 핥으면 점점 더 짙은 홍빛으로 물드는 것이다.

열이 오르는 것처럼 려화의 얼굴에도 홍조가 들었다. 신음을 참기 위해 연신 짓씹는 입술은 진즉부터 붉은빛을 띠었다.

휘강은 려화의 다리 사이로 손을 집어넣었다. 단단한 근육질의 팔뚝이 비집고 들어가 려화의 은밀한 곳을 더듬는다. 일 년, 이미 수백의 밤을 보냈으니 제 위치를 모르지 않건만 이러는 것은 다분히 고의였다.

검을 쥐어 거칠게 옹이진 손이 살짝살짝 닿는 것에 려화의 허리가 튀었다. 려화는 휘강이 끔찍하게 싫건만, 가련한 그녀의 몸뚱이는 그가 주는 쾌감에 너무나도 약했다.

려화의 은밀한 곳에서 샘이 솟아나 찌걱이는 소리가 났다. 휘강은 그녀를 휘저으며 희롱하고 그녀의 가슴을 입에 담았다. 손대는 대로 반응하고 몸을 들썩이는 려화의 모습에 휘강의 얼굴에 만족감이 들어찼다.

"읏……!"

밤은 길었고 휘강의 희롱은 그칠 줄을 몰랐다. 려화의 입술이 몇 번이고 제 주인에게 괴롭힘을 당한 것은 자명한 일이다. 려화가 입술이 부풀어 오를 정도로 짓씹고 나면, 종종 휘강은 마치 달래기라도 하는 양 려화의 입술에 제 입술을 겹치고 혀를 뒤섞었다.

그와 그녀의 몸이 뒤얽힐 일이 입술 안에서 먼저 재현되고 있었다. 한참을 얽혀 있다가 떨어진 입술 사이로 뜨거운 숨이 새어 나왔다.

'참아, 공려화. 이제 시작일 따름이니……'

려화는 제 허벅지를 벌리고 올라탄 휘강의 중심이 단단히 곧추선 것을 느꼈다. 제 몸도 휘강의 손길에 열이 오를 대로 올랐건마는 그의 뜨거움이 똑똑히 느껴졌다. 려화가 목을 틀어 모로 얼굴을 기울이며 눈을 감았다. 휘강은 마치 저를 거부하기라도 하는 것처럼 구는 려화의 모습에 단전 아래로 모이던 열기가 머리끝으로도 치솟음을 느꼈다. 그러나 곧이어 려화의 팔이 그의 목을 감았다. 마른 팔이 목을 둘러 그의 목덜미에서 손을 단단히 깍지 꼈다.

제 처지를 잊지는 않는다. 감히 황제를 모욕하는 죄를 지어 이리 갇히지 않았는가. 만인지상을 모욕하다니 지엄한 국법으로 다스려야 할 일이었다. 본디 죽어야 할 목숨이었다.

그러나 휘강은 자신을 살려 두었다. 자신의 가장 가까운 곳에 가둬 두고 희롱하며, 비참한 처지를 비관하여 속죄하기를 바라는 것이리라.

어쩌면, 그저 받을 길 없었던 모욕을 준 자신에게 수치와 모욕을 돌려주는 것일지도 모른다.

려화는 이리 비참하게 살아 있을 것을 예견이라도 했듯, 그날 그 자리에서 죽음을 택하려 하였다.

어차피 가족들 모두 죽고 혼자 남은 삶이었다. 가족들의 마지막 선물을 보지 못하고 죽는 것은 아쉬울 일이나 저의 죽음을 슬퍼할 이도 없는데 죽는 것이 두렵겠는가. 눈앞에서 죽은 어머니와 동생에게 속죄하듯, 목숨을 내려놓으려 했었 는데.

그런데 휘강은 이리 저를 살려 두었다. 휘강의 분노는 저 를 죽이지 않을 것이다.

다만 공려화의 마음을 죽이고, 그런 다음에도 그 분이 풀 리지 않으면 또다시 전쟁을 일으키리라. 피바람을 불러일으 키리라.

려화는 그것이 가장 두려웠다.

려화의 그 속내가 휘강의 눈에 고스란히 읽혔다. 건방진 계집이다. 제게 화를 일으키는 계집이기도 했다. 하여 휘강은 려화의 깊이 팬 빗장뼈에 잇자국을 남겼다. 려화가 따끔한 통증이 금세 아찔한 감각으로 바뀌어 몸 안을 휘도는 것을 느끼며 진저리쳤다.

그가 싫고 두렵지만, 그가 주는 쾌락은 려화를 열락으로 빠트린다. 그러니 휘강이 변덕을 부려 금방이라도 저를 잊고 어딘가에 전쟁터를 만들 것이 두려우면서도 그가 원하는 대 로 마냥 그를 유혹하지는 못한다.

언제나, 제가 주는 만족감은 반쪽짜리인 것을 려화도 잘 알았다.

전부 채워 주고 싶지 않았다. 그가 미웠다. 그러나 그가 불 러일으킬 전쟁에 휩쓸릴 자들이 가엾고 서글펐다. 그러니 그 의 모든 혈기를 받아 내고 또 말라 죽어 갈 따름이다.

"아……, 웃!"

앞섶이 젖은 속바지를 벗고 휘강이 려화의 안으로 들어섰다. 휘강의 것은 그의 장대하고 수려한 기골을 닮아 려화가 감당하기엔 버거울 정도였다. 벌써 일 년을, 거의 매일 밤을 휘강을 받아 왔는데도 항상 그가 제 안을 파고들 때면 려화는 묵직한 둔통을 느꼈다.

제 안을 꽉 채운 느낌, 입구를 한계까지 벌려둔 아찔한 고통에 려화의 몸에 잔뜩 힘이 들어갔다.

휘강은 려화가 매번 버거워하는 것을 알면서도 용서 없이 그녀를 휘저었다. 어쩔 도리가 없다. 자신의 만족을 위해 려화를 마르고 닳도록 만지고 물고 핥아도, 려화의 샘이 맑은 물을 수없이 흘려 내 적셔도 그녀의 안이 좁은 탓이다.

그나마 피를 보지 않는 것만으로도 다행이 아니겠는가.

려화가 주는 뜨거운 달콤함이 오늘도 휘강의 혈기를 사르르 녹였다. 분명 피를 보고 나서야 겨우 사그라지는 광증이었다. 그런데 지금은 려화가 주는 그 어떤 것이든 휘강을 가라앉혔다.

어쩌면 매일 느끼는 잔잔하고, 혹은 격정적인 분노와 다른 불유쾌한 감정들까지도.

휘강은 그날 밤도 완벽하게 려화에게 젖어 들었다.

*
**

"너는 이리 골방에 갇혀서도 나를 욕되게 할 셈이냐?"

새벽 동이 트며 사위가 조금씩 밝아졌다. 등잔의 도움이 없어도 피아의 식별이 가능할 즈음이었다. 휘강은 의관을 갖추어 입으며 려화에게 말했다.

"⋯⋯죄인이 속죄를 위해 갇힌 곳에서 어찌 폐하를 다시금 능멸하겠습니까?"

"짐이 은혜를 베풀어 살려 둔 목숨을, 아사시켜 죽일 작정이라는 소문이 돌고 있음은 아느냐?"

몇 번이고 계속된 휘강과의 격정적인 정사에 반쯤 정신을 놓고 있던 려화가 힘들게 눈을 뜨고 그를 올려다보았다. 휘강이 떠나가도 침상은 한동안 그의 온기가 남아 있었고, 그녀가 누운 자리는 여전히 폭신했다.

려화는 그저 눈만 껌벅이고 숨만 가까스로 쉬는 채 요 위에 널브러졌다. 그 모양새가 마치 인형 같았다. 일말의 진심 하나 없이 웃는 모양새가 더욱이 그러했다.

"황제의 말을 멋대로 흘려듣는가?"

휘강이 짜증 섞인 목소리로 짓씹듯 내뱉었다. 려화가 물에 젖은 솜처럼 무거운 몸을 일으켰다. 오늘, 밤이 지새도록 몇 번이고 려화를 안아 놓고도 휘강의 기분은 저조해 보였다.

이제 그도 슬슬 제게 질리는 것일까. 죽음보다 더한 공포가 려화를 휘감았다. 그의 아래에서 신음을 참으며 들썩이느라 힘이 풀린 다리로, 려화가 바닥을 디뎠다.

비참하기 짝이 없는 꼴이었다. 가족의 원수이며 연심의 배반자인 휘강의 말 한마디에 휘둘리고 있으니. 비참하다는 말로밖엔 표현할 말이 없었다.

그러나 무엇 하나 남은 것 없는 려화가 어찌 만인지상의
폭군에게 우위를 점하겠는가. 휘강의 빈정거림을 무시하고
한 톨의 반성 없이 지냈다. 그것이 평소의 려화였다. 그런 태
도로 휘강에게 복수한다 여겨 왔다.

그러나 결국, 이리 결정적인 순간에만큼은 휘강의 말과 행
동 하나에 승기를 잡을 일 없는 패자가 되고야 말았다.

비틀거리며 용포를 모두 갖추어 입은 휘강의 옷깃을 잡은
려화가 그에게 매달렸다. 그녀의 팔이 휘강의 팔을 휘감았다.
그의 어깨 아래에 고개를 기댄 려화의 몸은 사시나무 떨듯
떨리고 있었다. 단지 두렵기 때문만이 아니었다. 휘강의 이런
태도에 증오심에 불이 붙었기 때문만도 아니었다.

지난밤의 흔적이었다. 휘강이 저를 헤집고 나간 흔적들이
려화의 수척한 몸을 잘게 떨리게 하고 있었다. 이조차 비참
한 꼴이었다.

려화가 입술을 꽉 깨물고, 모래가 서걱거리듯 잔뜩 쉰 목
소리로 말했다.

"노력, 하겠습니다."

"그래야지."

여전히 화가 풀리지 않은 목소리다. 려화의 마른 팔이 안
간힘을 다해 그의 팔뚝을 붙잡는다. 휘강은 옷이 구겨지는
것에 신경 쓰지 않고 려화를 내려다보았다.

이리저리 흔들리고 휘둘렸을 려화의 머리채는 언제 그런
일이 있기는 했었냐는 듯 차분하다. 사방의 빛을 흡수해 윤
을 내는 것처럼 새카만 머리칼은 이 새벽에도 반짝임을 잃지

않았다. 휘강의 커다란 손이 려화의 머리칼을 쓰다듬었다. 손에서 미끄러져 나가는 것이 죽어도 제게 잡히지 않고 무릎 꿇지 않는 려화를 고스란히 닮았다.

"벌써 일 년이다. 이쯤 되면 네 처지에 적응할 때도 됐잖아?"

"폐하께서 원하시는 대로 움직이는 몸뚱이입니다. 이보다 더한 적응이 필요한 것인지요?"

려화가 휘강의 물음에 물음으로 답했다.

휘강이 려화에게서 팔을 빼내고 구겨진 옷가지를 정돈했다. 짧은 사이 해가 조금 더 떠오른 모양인지 푸른빛을 띠우던 공간에 차츰 오만 가지의 색이 돌아오기 시작했다.

"아직도 목을 뻣뻣하게 들고 세상 모든 것을 다 거부하는 것처럼 굴고 있지 않으냐. 네 태도는 죄를 인정하는 자의 태도가 아니다."

"비굴함을 원하신다면, 그리 굴겠습니다."

아슬아슬한 외줄 타기를 하는 듯했다. 려화는 기어이 꺾이지 않은 증오와 자존심의 줄을 탔다. 방금까지, 휘강이 언제라도 전쟁을 일으킬까 두려워하며 그에게 매달렸다.

그러나 지금은 반대로 그의 말에 반기를 올리며 휘강을 똑바로 바라보았다. 그녀의 눈 속에 들어찬 불길은 꺼지지 않았다. 어미와 동생을 깔아뭉갠 건물이 타오르는 것을 마주한 날부터, 한시도 꺼진 적이 없는 불꽃이다.

휘강이 려화의 턱을 쥐고 들어 올렸다. 어느새 시선을 내리깐 려화의 긴 속눈썹 아래로 짙은 그늘이 졌다. 흰 피부와

대조되는 그늘은 지독하게도 어둡다. 이전의 그녀가 눈앞에서 가족을 잃는 비극을 겪고도 무던하고 밝았던 것을 상상조차 할 수 없을 정도였다.

유배소에도 해는 들었다. 그녀는 그저 갇혀 있을 따름이지, 입고 먹는 모든 것들은 전에 비하면 형편이 훨씬 나아졌다. 황제가 먹는 것을 먹으며, 입는 옷은 모두 최고급 비단으로 지은 것이다. 려화는 모르겠지만 그녀의 옷은 휘강의 어깃장으로 내사복부에서 만든다.

그런데 어째서 려화는 점점 메말라만 가는가.

그녀의 마음도, 그녀의 앙상한 몸도 말이다.

모든 것이 마음에 들지 않았다. 잠시 혈기가 눌렸던 휘강의 눈빛이 다시금 분노로 이글거렸다. 려화를 안으며 다스렸던 불꽃이 휘강의 심장을 태웠음이다.

려화는 여전히 눈을 내리깐 채로 오랜만에 크게 입꼬리를 끌어 올려 웃었다.

"창부처럼 폐하를 유혹하길 원하시면 그리도 할까요?"

휘강은 예상치 못한 려화의 대답에 할 말을 잃었다. 그가 려화의 턱을 잡고 있던 손을 거칠게 놓았다.

"멍청한 계집 같으니."

휘강이 유배소를 떠났다. 눈앞에서 휘강이 사라졌으나, 그의 말 한마디는 여전히 려화를 붙잡고 있었다.

아무렴 멍청한 계집이 따로 없었다.

휘강이 황제인 것도 모르고 속내를 모두 끄집어 밝혔으니 말이다.

신분도 나이도 넘나드는 소중한 친구인 줄 알았다. 모든 것을 잃은 뒤 처음으로 다시 얻은 제 사람인 줄로만 알았다. 그래서 그랬다. 아니, 참을 길 없는 연심이 려화를 그리로 이끌었다. 부정할 수 없었다.

그리고 모든 것이 뒤틀렸으니.

이리 멍청한 계집이 또 있겠는가.

려화가 비틀거리며 주저앉았다. 이른 동이 트는 새벽의 싸늘하고 축축한 바람은 좁은 유배소에도 찾아들었다. 어쩐지 축축한 바닥이 저를 집어삼킬 것만 같아 려화는 마르고 쇠한 몸을 공처럼 둥글게 말았다.

질척하되 아무것도 아닌. 상처만을 남기는. 그러나 공포와 아집으로 그를 거절할 수 없는.

목숨을 끊는 것조차 가능치 않은.

지금의 비참함에 려화가 실소했다. 황궁, 그것도 휘강이 사는 황제궁의 뜰에 지어진 억지 유배소 안에 갇힌 자신의 모습이 참으로 웃기지 않은가. 탱자나무의 가시를 둘러 아무도 들지 못하게 하지 않아도, 이곳은 감히 폭정을 휘두르는 휘강이 아니고서는 들어올 엄두를 내지 못할 텐데. 그런 곳에 저는 갇혀 있는데.

공적으로 려화는 위리안치 중인 중죄인이었다. 차라리 정말로 아무도 닿지 못하는 곳에서 혼자 사는 것으로 족했다면 처지에 만족하고 살았을 것이다. 적응이랄 것이 있겠는가. 잠시 처지를 비관하고, 그러다가 또 모든 것이 눈앞에서 멀어졌으니 혼자 소일거리를 찾으며 과거처럼 이제 다시는 만날 수 없는 가족을 추억하며 살았을 것이다.

일 년이 지나도록 적응하지 못했다? 적응을 원했는가? 진정 속죄를 바랐다고?

아니. 아무도 그것을 기대치 않았을 것이다. 려화도 그것을 알고, 그녀에게 이런 벌을 내린 휘강도 그것을 알았다.

휘강이 그를 모를 리가 없었다. 황제의 폭정은 궐 밖을 넘지 않았다. 황가의 핏줄이 미치광이를 낳는다는 것을 백성들은 몰랐다.

전쟁의 화마가 그치고, 죽은 사람을 살려 낼 수는 없었으나 산 자들의 수복은 빠르게 이루어졌다. 살아남은 자들은 앞으로를 살아 내기 위해, 황제가 입힌 피해를 황제가 보상하는 것을 두고 그를 성군이라 일컫기 시작했다.

휘강은 사람들이 그리 과거를 잊으리란 것을 본능으로 알기라도 하듯 능수능란하게 전쟁의 흉터를 덮어 갔다. 황제 도휘강은 겉으로나마 덕치로 보이는 치세를 펼칠 수 있는 명민한 자였다.

그리 명민한 휘강이 려화가 진심으로 속죄하게 되리라 생각했을 리가 없었다. 그런데 갑작스레 아직도 적응하지 못했느냐 묻는다니 우스운 일이다.

다른 이들이 그래 왔듯이, 려화도 가진 힘이 없기에 휘강의 억지를 수긍했을 뿐이다. 이리 갇혀서 자신의 분노와 혈기를 모두 받아 내면 전쟁만은 하지 않겠다기에, 려화는 또다른 공려화를 만들지 않고 또 다른 공씨 가문을 만들지 않기 위해 버텼다.

한데, 그 모든 것이 휘강의 마음에는 차지 않았던 모양이다. 참으로 욕심이 많은 사내였다. 이 이상으로 얼마나 더 마음을 꺾어 비굴하게 굴라는 말인가.

"미치광이에게는 사람의 마음이 없는 것이지. 그러지 않고서야, 내게 그런 말을 꺼낼 수는 없어……."

잔뜩 쉬어 터져 거친 목소리가 그리 중얼거렸다. 이내 피식, 실소가 터졌다. 무시하면 될 일이다. 그런데, 이제 일 년이 되었다는 휘강의 말을 신경 쓰고 있었다.

무시하지 못한 것이다. 여전히 그의 말 한마디에 귀를 쫑긋대는 어리고 미욱했던 궁녀 아이의 마음이 남은 것이다.

지난 일 년, 휘강에게 처음 안겼던 날이 가장 비참했다 여겼거늘. 가장 비참한 날을 오늘로 바꿔야만 하겠다. 아둔하기 짝이 없다는 휘강의 말이 정말 하나도 틀림없음을 깨달아 버렸으니 말이다.

려화는 제 마음을 인정했다. 미움인지, 아직도 남은 미련인지. 증오인지 연심인지 모를 휘강을 향한 무언가가 분명히 제 안에 남은 것을.

"어머니, 당신이 살려 준 목숨을 내 이리 쓸모없이 낭비하고 있으니, 차라리 하늘에서 원망이라도 실컷 해 주세요. 사람답지 못하게 사는 꼴도, ……멍청하게 마음을 허비하는 것도 전부 꾸짖어 주세요."

모든 것이 괴로워, 려화는 터져 나갈 듯 괴로운 가슴을 부여잡고 긁히듯 아픈 목소리를 내며 읊조렸다.

려화는 이 좁은 곳에 갇혀 분명히 속죄하기 시작했다. 휘강이 원하는 속죄는 아니었으나 분명 그랬다.

　팔을 모으고 그 위로 머리를 괴었다. 려화가 고개를 모로 돌려 흐린 눈을 껌벅였다.

　동이 모두 터 올랐다. 이제 곧 주인이 비운 황제궁을 정리하고 쓸고 닦을 궁녀들이 들이닥칠 것이다.

　매일 같은 하루의 시작이었다. 떠오르는 해는 려화의 팔뚝 안쪽에 흐드러진 꽃처럼 번진 반점을 비추었다.

　문득, 죽지 못해 사는 삶이라 하여도, 배 아파 낳아 주고 살려 주신 어머니를 욕되게 하지는 말자는 생각이 들었다.

　휘강의 한마디를 계기로 깨달았으나, 이는 결코 휘강이 원해서 바뀌는 것은 아닐 것이다. 조금 더, 사람다운 형상이나 하고 있자고. 그리 어머니께 죄스러운 시간을 더하지 말자 여기는 것뿐이라고.

　어머니가 낳아 주신 육신이다. 그것을 이리 빈하게 만들었으니 이는 큰 죄라. 차라리 휘강에게 대거리라도 시원하게 하려거든 정신을 받쳐 줄 육신이 필요할 것이다. 려화는 수십 번의 구역질을 마치고 나서야 죽을 반 그릇 조금 못 되게 비웠다.

　궁녀 세야가 아직 유배소를 나가지 않고 려화를 지켜보고 있었다. 그녀의 표정이 좋지 않았다.

　"그리 힘들면 천천히 먹거나 먹지 않아도 돼."

"어제는 나보고 좀 먹으라 하더니, 오늘은 말이 달라졌구나."

"오늘은 네가 먹을 의지가 있는데 먹지 못하는 것이잖아. 내일부터는 꿀물을 같이 내올 테니, 그걸로 속을 축이고 조금씩 넘겨 봐."

세야의 목소리에 온정이 깃들었다. 과거 비슷한 처지로 서로 친우의 정을 나눴던 사이다. 려화는 그러니 세야가 자신을 걱정하는 마음이 진심인 것을 알았다. 그녀가 흐릿하게 웃으며 과거의 벗을 바라보았다.

과거라 하기도 무색하다. 그래도 일 년여 전까지는 같은 곳에서 일했던 사이였으니 말이다.

"그런데 이틀이나 연달아 네가 와도 괜찮은 거니?"

"다들 너와 엮이기 싫어해. 그러니 내가 계속 온다고 하면 그걸 반기는 아이들이 많겠지?"

"그러니?"

"매일 장부에 적히는 번의 이름은 다르니 문제없어."

궁녀들끼리 일을 덮어 준다면야. 별일 없으면 휘강의 귀에까지 들어가 그가 진노할 일은 없을 것이었다. 본래는 매일 다른 사람이, 오직 식사 때만 두 번. 식사만을 놓고 나가는 것이 휘강이 정한 황궁 속 유배소의 규칙이었다.

그런데 세야는 벌써 이틀, 아침만이라지만 번을 바꾸지 않고 들어와 심지어 이야기를 나누고 있다. 려화는 혹시 세야에게 화가 미칠까 우려했지만, 다행히 그럴 가능성은 적은 모양이었다.

"너 이렇게 말 많이 하는 모습, 오늘 처음 본다."

세야의 말에 려화가 마저 먹으려 시도하던 것을 그치고 미음이 담긴 그릇을 밀어냈다. 그러고는 조금 초췌한 얼굴로 유배소 입구에 서 있는 세야를 바라보았다.

"이제는. ……죽은 듯이 사는 건 그만두기로 했어."

"갑자기? 무슨 심경의 변화야? 혹시……."

려화가 세야를 올려다보았다. 그녀는 무언가 기대하는 듯도, 혹은 불안한 듯도 보였다. 세야가 어째서 기대하고 불안해하는가는 몰라도, 려화는 그녀의 물음에 무슨 의도가 있는지는 알았다.

"네가 생각하는 게 회임이라면, 그런 거 아냐."

"아니라니 다행이라면 다행이지만……. 그래도 혹시 모르는 것 아냐?"

"황실의 손은 귀하디귀하고, 나는 가뜩이나 죽지 못해 겨우 연명한 삶이야. 내 손목 보이니? 이런 상태로 아이를 가져 봐야 아이도 나도 진작 죽었을 거야."

려화가 저의 마른 손목을 세야에게 들어 올려 보였다. 세야는 려화의 손목을 붙잡으려 손을 내밀었다가 화들짝 놀라며 거두었다.

사실, 위리안치 중인 죄인에게 닿는 것도, 말을 건네는 것도 중죄였으니 말이다. 려화는 세야가 무안하지 않도록 아무 일도 없었던 것처럼 다시 자세를 바로잡았다.

"그럼 갑자기 마음을 바꾼 이유가 뭐야?"

"어머니가 낳아 주신 육신을 함부로 대하는 것도 죄라는 것을 깨달았거든."

세야가 고개를 갸웃거렸다. 일 년이 지나서야 갑자기 그런 생각이 들었다는 려화가 이해되지 않았다. 다만 세야의 시선은 죄인이 된 려화에게 여전히 다정했다. 그 시선이 주인인 세야를 닮은 것처럼 여겨져 려화가 흐리게 웃었다.

"그리고 나는, 전쟁통에 어머니께서 자신의 목숨을 버려 지켜 주셔서 살아남았어. 그런데 여태…… 그런 귀한 몸을 이러다 죽겠지, 하는 마음으로 멋대로 굴렸잖아."

세야가 가여운 것을 보는 눈으로 려화를 바라보았다. 듣기에 무거운 려화의 말에 어떠한 답도 보탤 수가 없어, 차마 입은 열지 않았다. 부모의 목숨으로 산 자식이라. 그 고백이 어찌 무겁지 않으랴.

여전히, 세야는 려화가 갑작스레 그것을 깨달은 것이 의아했다. 그러나 자신의 실수를 묻어 주었던 고마운 동기의 아픔을 후벼 팔 수는 없었다.

려화가 밀어낸 미음이 담긴 쟁반을 들고, 세야가 돌아갈 준비를 했다.

"네 덕에 몇 마디라도 말을 나눴더니 기분이 상쾌하다. 고마워."

"네가……. 어쨌든 기운을 차리겠다니 나도 좋네."

려화가 고개를 끄덕였다. 그제야 세야도 조금 입꼬리를 올려 웃었다.

"내일도, 볼 수 있니?"

"아마도."

세야와 려화가 눈을 맞추었다. 서로를 바라보던 눈망울이, 반달처럼 휘어진 눈가에 가려진다. 곧 대화는 더 이어지지 않고 세야는 인사 없이 유배소를 떠났다.

다시 온전히 혼자가 되었다. 어제까지는 아무렇지 않았던, 몸에 엉겨 붙은 휘강의 흔적이 텁텁했다.

저녁 무렵에야 황제를 모셔야 하니 겨우 몸을 씻고 의관을 정제하던 려화였다. 오늘은 그리하고 싶지 않았다. 몸을 씻고, 침상에 누워 있기만 하는 것이 아니라 무엇이라도 하고 싶었다.

사람의 마음이란 참 간사하기 짝이 없어서, 조금만 마음을 바꾸어도 이렇게 모든 것이 다르게 느껴지니 우스운 일이다.

려화가 씻기 위해서 일어났다. 그나마 조금 먹었다고, 평소보다는 몸을 움직이기에 부담이 덜했다. 간밤에 새벽까지 이어졌던 정사로 허리 아래가 불편하기는 했지만 말이다.

려화가 일 년 만에, 유배소에 들고는 처음으로 햇살이 비추는 시간에 그 좁은 공간을 빠져나왔다. 곧 늦은 봄보다도 여름이 가까운 오월이 오는 모양이다. 삭막하게 가시가 가득한 탱자나무에 흰 꽃망울이 마치 눈이 온 것처럼 하얗게 달렸다.

좁은 유배소 안에서 바라보던 것과는 느낌이 달랐다. 탱자나무 꽃의 향기가 좋았다. 좁은 곳 안에서는 느끼지 못했던 은은한 향기가 따사로운 바람을 타고 려화의 코를 간질였다.

유배소 뒤편에 려화가 목욕을 할 수 있는 작은 울타리가 있었다. 그 안으로는 작은 통이 하나 있는데, 통에 받아 둔

물로 목욕을 할 수 있었다.

려화가 울타리 문을 열고 들어갔다. 물통 위로 좁게 햇살이 비추었다. 날이 따사로워 그것만으로도 물은 적당히 기분 좋게 미지근한 온도였다.

"물에 꽃이……."

려화의 입가에 부드러운 미소가 깃들었다. 탱자나무에서 어떻게 흘러들어 온 것인지, 이제 막 봉오리를 맺은 나무가 태반이거늘 언제 피어나 이리 꽃잎을 날린 것인지.

목욕물 위로 흰 꽃잎이 나부껴 있었다. 적지 않은 수의 꽃잎이 물 위에서 저마다 향기를 내뿜고 있기에, 려화의 입가에 미소가 감돌지 않을 수가 없었던 것이다.

천장이 없는 울타리에게 고마워해야 할지, 아니면 유배소의 길게 뻗은 지붕을 피해 이곳까지 꽃잎을 날려 준 바람에게 감사하다 인사해야 할지.

아니다. 이런 것들을 새삼 느낄 수 있게, 이리 이 땅에 태어나게 해 주신 어미와 아비에게 감사히 여겨야 할 것이다.

려화가 손으로 물 위의 꽃잎을 휘저으며 고민했다.

얇은 옷가지를 몇 번의 손놀림으로 벗고, 려화가 물에 몸을 담갔다. 좀 더 따뜻한 물이면 좋았을 테지만, 언감생심 유배 중인 사람이 그런 것을 바라면 안 될 터였다.

물론 이 유배라는 것이, 인적 드문 어느 섬도 아니고, 산골도 아니고, 많은 사람이 오가는 황궁의 안이라니 우스운 일이지만 말이다.

려화의 하얀 피부가 좁은 틈으로 드는 빛을 받아 희게 빛이 났다. 빛과 선명히 대비되는 그늘로는 바람을 타고 노니는 보얀 먼지와 꽃가루 같은 것들이 오묘한 분위기를 만들었다. 려화는 젖은 손을 뻗어 허공을 휘저으며 그것들이 이리저리 휘둘리는 것을 보았다.

하나로 대충 땋아 두었던 머리칼도 끈으로 묶은 것을 풀었다. 손가락으로 쓱 밀어내니 결 좋은 머리칼이 흐트러지며 구불구불 물 위로 퍼진다.

하얀 꽃잎과 검은 머리칼의 대비, 빛과 그림자의 대비가 어우러졌다. 이리, 목욕을 하는 것만으로도 기분이 아주 많이 달라졌다.

그러고 나니 지난 일 년이 정말로 아까워졌다. 이리 마음이 단단해지기까지 필요한 기간이었지만 말이다.

괜한 생각이다. 노년에 들어서 인생을 회고하며 후회해도 늦지 않았다. 죽지 않고 살아남는다면 말이다. 분명, 과거의 자신이라면 그리 생각했을 것이라 여기며 려화가 좁은 통 안의 물속으로 자맥질했다.

물 안은 그리 깊지 않았음에도 바깥과는 유리된 다른 세계를 만들어 주었다. 려화는 물속에서 조심스레 눈을 떴다. 수면을 타고 들어온 좁은 빛이 그녀가 자맥질하며 생긴 출렁임을 따라 산산이 부서져서 어두운 나무통에 밝은 빛으로 그림을 그렸다.

아름다웠다. 종종 꽃잎이 나부끼며 흐르는 작은 그림자마저 어우러지자 그 나름 구경하는 재미가 있었다. 물이 저들끼리 부딪치며 잘게 쪼개지고, 또 하나의 흐름이 되며 만드는 소리도 듣기에 즐거웠다.

과거의 려화는 분명히 이런 사소한 것들에 즐거움을 찾으며 아픔을 이겨 내던 사람이었다. 그런 모습을 되찾기에, 이 목욕재계가 그리 나쁘지 않았다.

려화는 그것으로 그치지 않고 한동안 참았던 숨을 물거품으로 만들어 후, 하고 물속에서 뱉었다. 보글보글 거품이 되어 물 위로 올라가는 거품을 멍하니 보고 있을 때였다.

물속에 그림을 그려 대던 빛이 차단되었다. 무언가 큰 그림자가 빛을 가린 것이다. 어른어른 다시 생겼다가 사라지는 빛을 보며 려화가 의아해할 찰나, 물속으로 커다란 손이 들어와서 그녀를 들어 올렸다.

"정신 차리라고 했더니 이런 방식으로 자결이라도 할 셈이냐?"

몇 년간 애틋하게 들었던 목소리, 그리고 지금은 밤마다 자신을 울리는 휘강의 목소리였다. 하긴, 유배소에 아무 때고 들락일 수 있는 이라곤 그가 유일했다.

려화는 잠시 놀랐던 마음을 추스르고는 멀뚱한 얼굴로 휘강을 마주했다. 진노한 표정으로 려화를 대하던 휘강은, 드디어 려화가 미친 것인지 잠시 고민해야만 했다.

"이 시간에 어쩐 일이신지요?"

"내 말에 대답부터 해. 죽을 셈이었냐고."

휘강이 려화의 팔뚝을 쥔 손에 더욱 힘을 주었다. 고통이 심할 만도 한데 려화의 표정은 변함이 없었다. 그렇지 않아도 흰 얼굴빛이 더욱 하얗게 질리기는 했지만 거의 미미했다.

려화는 휘강에게 놓아 달라는 말도 없이 그저 웃었다. 조용히 웃다가, 휘강이 제풀에 손에 힘을 뺄 때까지 기다렸다가 입을 열었다.

"원래는 폐하가 오실 시각이 다 되어서, 그러니까 해가 져야만 겨우 목욕을 했습니다."

"무슨 뜻이냐?"

"사람답지 않은 삶을 살았다는 소리입니다."

"그래서?"

"한데 폐하의 귀한 말씀을 듣고 있자니 깨달은 것이 있습니다. 하여, 조금 정신 차리고 바뀌어 보려고, 기념 삼아 아침에는 미음을 반 그릇이나 비우고 기운이 나서 목욕을 하는 중이었습니다."

휘강이 피곤한 낯빛으로 제 눈을 문질렀다. 어느덧 려화의 팔은 온전히 자유를 찾았다.

그나마 미지근한 물이라도 수면 밖보다는 좀 더 따뜻하게 느껴졌다. 울타리를 넘어 불어오는 은은한 바람에도 오소소 소름이 돋은 몸을, 려화가 다시금 물 안으로 집어넣었다.

"고작 짐의 말 한마디에 갑자기 마음을 바꿨다?"

"어명이시지 않습니까? 어찌 말 한마디라 하시는지요?"

려화가 고개를 들어 올려 휘강을 바라보며 말하였다. 휘강이 물속에서 흰 나신을 두 팔로 감싼 채 저를 올려다보는 려화를 보고 입술을 축였다. 그저 늘 죽은 듯 늘어져 잠만 자다 저녁께가 되어서야 인기척이 들린다던 보고만 받다가, 오늘은 려화가 유배소 밖으로 나왔다는 이야기를 들어서 들러 본

것이었다.

한데 그녀는 마치 휘강을 유혹이라도 하듯 목욕재계 중이었다. 그는 이것이 려화가 자신을 유혹하기 위해 벌인 일이 아님을 알았다. 거의 매일 밤 려화를 안을 때마다 휘강은 그녀에게서 묘한 혐오의 기색을 읽었다. 괴로움, 그가 주는 쾌감을 모조리 받아 삼키는 자신에 대한 혐오.

그러니, 아무리 바뀌었다고 해도 려화가 자신을 유혹할 리는 없다는 것을 휘강은 알았다. 더군다나 려화는 이런 대낮에 자신이 올 것을 알지도 못하고 있지 않았는가.

그랬는데도.

"……폐하?"

"너는 그 어명을 따를 생각이 쥐뿔도 없는 계집이지 않느냐."

휘강이 려화의 부름에 뒤늦게 답했다. 려화는 그의 답에 그저 웃을 따름이었다. 그의 말대로 자신은 어명이라 하여 따를 사람은 아니었다. 더욱이 어명을 내린 자가 휘강이라면. 그러나 죽은 부모님이 유일하게 세상에 남겨 둔 몸뚱이를 쉬이 쓰지 않겠다는 다짐을 다시 집어치울 생각은 없었다.

슬슬 물속에 있어도 흰 나신에 소름이 돋아 오를 정도가 되었다. 이제 물도 려화의 추위를 막아 주지 못하는 것이었다.

이제 물통에서 나가서, 옆에 놓인 흰 광목으로 몸을 닦고 다시 옷을 입어야겠건만 휘강은 갈 생각을 않는다. 려화는 어찌할까 잠시 고민하다가, 어차피 그에게는 수백 번이고 보

283

였던 몸을 한 번쯤 더 보여 준다 하여 큰일은 아니다 싶어, 웅크려 있던 다리를 펴고 일어났다.

작은 물보라가 일었다. 쏴아, 하고 얕은 파도 소리와 함께 려화의 나신이 다시금 휘강의 눈앞에 드러났다. 보얗게 부서지는 흰빛으로 빛나는 나신이었다.

휘강은 말없이 그녀를 바라보았다. 려화가 통 밖으로 다리를 뻗어 디뎠다. 티끌 하나 없이 뽀얗던 살갗에 흙먼지가 조금 묻었다. 그대로 조금은 비척이며 걸어간 려화가 광목천을 잡아 몸을 닦았다.

휘강이 려화에게 다가갔다. 그리곤 그녀가 몸을 닦고 머리칼을 쥐어 말리고 있던 광목천으로 다시금 려화의 몸을 전부 가린 뒤, 그녀를 번쩍 안아 들었다.

"폐하?"

려화가 놀라 눈을 동그랗게 뜨며 휘강을 불렀다. 그는 려화의 말에 대답할 생각조차 않고 빠른 걸음으로 울타리 밖으로 빠져나왔다.

"폐하!"

려화가 다급히 휘강을 다시금 불렀다. 그제야 휘강이 려화를 보았다.

"어찌 부르느냐."

"어찌 이 시간에……. 아니, 제 옷이 아직 욕탕에 있습니다."

려화의 말에 휘강이 입꼬리를 비틀어 올리며 웃었다.

"저 엉망인 장소를 욕탕이라 부를 수는 있는 것이냐?"

"욕탕이야 어떻든 죄인의 것이니 무엇이 중하겠나이까? 하나 폐하께서 제게 내리신 벌은 전라로 사람들 앞에 서는 것이 아니지 않습니까?"

휘강이 려화를 빤히 바라보더니 곧 다시 걸음을 옮겼다. 결국 그의 걸음이 향한 곳은 다시 나무통을 가린 울타리 안이 아니라, 유배소 안이었다.

낮은 계단을 따라 다섯 걸음, 다음에 여덟 걸음을 옮기면 곧바로 침상이다. 그 위에 려화를 올려놓은 휘강이 그녀의 입술에 달려들었다.

"폐하! ……흡!"

화급히, 다시금 휘강을 부르던 려화는 작은 한숨과 함께 그를 받아들였다. 휘강은 려화의 한숨마저 달게 삼키며 그녀의 입안을 헤집었다.

얇은 광목 하나로 감싸고 있던 려화의 나신이 드러났다. 천은 금세 거친 몸짓에 밀려 침상 아래로 낙하하고, 그녀의 흰 나신은 휘강의 검은 용포 아래 갇혔다.

"짐이 적응하라 한 것에 대한 대답이 이것이냐?"

"제 변화가 기껍지 않으신 모양입니다."

"너라는 계집이 짐의 말을 이리 쉽게 수긍할 리가 없으니까."

려화가 답을 대신하여 웃었다. 그 웃음은 부드러웠으나 속내에 품은 독기가 모두 가려지지는 않았다. 휘강이 제 이마를 짚었다.

려화의 속을 알 수가 없었다. 고작 말 한마디로 이리 변할 계집이 아니었다. 그렇다면 지난 일 년은 무엇이었단 말인가.

한데, 이리 갑자기 바뀐 모습은 또 무엇이란 말인가. 절대로, 자신이 적응하라 일렀기에 변한 것은 아니리라.

그것이 계기가 되었다 해도 려화의 바뀐 행동이 전부 어명 때문은 분명 아니었다. 깊어진 려화의 속이 읽히지 않아 휘강은 신경증이 일었다.

"대체 뭐냐?"

"무엇이요?"

"왜 이러는 것이냐고."

"아셔야 합니까? 폐하께선 그저, 제가 자진하지 않고 목숨을 연명하면 그만이시지요. 폐하께 이리 몸 바쳐 전쟁을 막으면 그만이시고요. 아둔한 계집의 속내가 중요하십니까?"

건방지기 짝이 없는 대답은, 어쩌면 휘강이 알아 왔던 일 년간의 려화 그대로였다. 다만 여태는 넋이 다 빠져나간 태도로 사람을 급급하게 했다면 이제는 말로 풀어내도록 바뀐 것일 따름이었다.

그런데, 그리 바뀐 이유를 알 수 없으니 답답했다.

휘강은 이리 려화의 모든 것을 자신이 알아야 한다고 여겼다. 제가 형벌을 내린 자신의 죄인이었다. 저만의 죄인이었으며, 일 년을 몸을 섞은 계집이었다. 그런 계집의 속을 모른다는 것이 자존심 상했다.

그 속내를 전부 드러내기엔 자존심 상하니, 휘강은 입꼬리를 비틀어 올리며 빈정거리는 것으로 대신하였다.

"사람이 너무 일시에 변하면 죽을 날을 받은 것이라 하더니. 너, 먹지 않고 버티다가 아예 머리가 어떻게 되었느냐?"

려화가 고개를 모로 기울이고 피식 웃었다. 계기야 어쨌든 원하는 대로 기운을 차려 주었는데도 이리 불만을 품는 휘강이 우스웠던 탓이다.

"죽을 때까지 제가 미칠 일은 없을 것입니다."

"모를 일이지. 짐이 너를 미치게 할 수 없어서 이리 곱게 모셔 둔 줄 아느냐?"

"모셔 두었던 것입니까? 죄인을 욕정의 도구로 쓰신 것이 아니고요?"

려화가 손을 뻗어 휘강의 떨리는 눈가를 손끝으로 쓸었다. 휘강의 눈이 파르르 떨리다 감기었다. 마치 분노를 참는 것처럼 보였다.

"또 분수를 잊고 짐을 농락하는가?"

"연고 하나 없는 천애 고아에 불과한 제가 만인지상을 농락한 것입니까? 저는 참으로 대단한 계집이지 않습니까. 하늘에서 제 어미가 대단한 딸을 낳아 살렸다며 손뼉이라도 치고 계실지도 모르겠습니다."

희롱에 재미가 붙었다. 제 한마디에 분노하고, 그러나 저를 죽일 수는 없는 것인지 화를 참고. 일변하는 휘강의 표정이 려화에게 우위를 느끼게 하였다.

나쁘지 않은 기분이었다. 려화는 휘강이, 늘 이런 느낌으로 자신을 안고 희롱하였는가 하였다. 내친김에 려화의 손길이 대담해졌다. 그녀의 손끝이 휘강의 턱선을 부드럽게 쓸었다.

매끈하게 떨어지지만 단단하고 날렵한 것이 손끝으로만 그려도 수려한 미남자의 용모를 느끼게 했다. 볕을 받으며 거친 흙먼지를 뒤집어쓰고 산 날이 그렇지 않은 날보다 더 많을지도 모르는 사내가, 피부는 또 제법 고왔다.

높고 곧은 콧날, 짙은 눈썹과 그 아래로 펼쳐지는 의외로 선이 곱고 선하게 내리깔린 눈매. 짙은 검은빛의 눈동자. 입술은 매끈하고 도톰하지만 누가 보아도 고집스러운 면이 엿보이는 일자로 다물린 입술이다. 빛깔은 맑은 분홍빛이고, 그녀의 것인지 그의 것인지 모를 타액으로 번들거리고 있었다.

눈으로, 손끝으로 그것을 하나하나 다 훑어본 려화의 머릿속이 별별 생각으로 가득 찼다.

개중 가장 선명하게 떠오른 것은, 뜯어보면 이리 싸움이라곤 모를 것처럼 보이는 얼굴로 피를 탐하는 휘강이 참으로 묘한 사람이라는 생각이었다. 이 얼굴에 덧입혀지는 표정은 항상 싸늘하거나 일그러져 있었기에 느끼지 못했다.

이렇게 생긴 사람이었다. 이렇게 생긴 입술로 자신을 게걸스럽게 탐하던 사람이었다. 휘강은.

"이리 굴면 짐을 이길 수 있을 것 같더냐? 오히려 석녀처럼 굴던 과거의 네년보다 짐에게 더욱 큰 기쁨을 주는 것은 모르고."

휘강이 번쩍 눈을 뜨고는 려화의 손목을 잡아챘다. 어느 때보다도 힘이 들어가 있는지라 려화는 곧 부러지기라도 할 듯한 통증을 느끼며 인상을 찌푸렸다.

무언가에 홀린 듯, 잠시 대담하게 굴던 려화가 눈을 크게 떴다. 충격받은 것이 고스란히 드러난 얼굴이 휘강을 웃음 짓게 했다.

그래, 너는 이런 얼굴이 어울리지.

그리 생각하는 휘강의 표정이 려화의 시야에 들어왔다. 려화가 잇새로 입술을 깨물었다. 분한 얼굴이 더욱이 휘강을 즐겁게 함을 알면서도, 참을 수가 없었다.

"생각해 보니 네년 따위가 무슨 이유로 이리 바뀌었는지, 짐이 굳이 이유를 알 필요가 없지. 앞으로도 계속 이만큼만 하라. 짐에게 대드는 것은 찢어 죽여도 모자랄 일이나, 죽은 듯 사는 것보다는 이것이 짐에게도 즐거우니 말이다."

"폐하……!"

휘강은 려화의 부름을 무시하고는 그녀의 어깨를 물었다. 간밤의 흔적이 희미하게 남은 곳이었다. 려화가 목을 뒤로 꺾으며 흐읏, 하는 콧소리를 내었다. 그새 손목을 잡은 휘강의 손에는 힘이 빠졌다. 대신에 어느 때보다도 거칠게 려화의 살갗을 이를 세워 물었다. 그러고는 입으로 깊이 빨아들였다.

짙은 붉은 빛의 멍울이 생겼다.

"재밌군. 아주 재밌어. 너 또한 그러지 않느냐?"

입꼬리를 비틀어 웃으며 휘강이 그리 말했다. 려화는 기도 차지 않는다는 듯 피식 웃었다.

"저는, 하나도."

"네 재미 또한 짐이 알 필요 없는 일이지. 그저 목석을 안는 고난에서 벗어났으니 재밌다. 감히 짐에게 대드는 자가 하나 더 늘어난 것도 재밌어."

독기를 품은 눈이 휘강을 노려보았다. 평생을 가도 저를 이길 수도, 거부할 수도 없는 계집이 제 처지를 잊은 것처럼 구는 것이 우스웠다. 이리 방만한 꼴을 보았으니, 당장에 도국의 어디라도 전쟁터로 만들겠다는 말을 해야 하겠으나.

그럴 마음이 들지 않는 자신의 속내조차 재밌었다. 하 수상한 일이다.

"저는 폐하의 재미를 위해 죄인이 된 것이 아닙니다."

"네가 죄인이 된 것은, 감히 짐의 앞에서 짐을 모욕하고 능력이 된다면 역성이라도 일으킬 것처럼 분노를 표출했기 때문이지. 그것을 누가 모르는가?"

역성이라니. 그보다 더한 대역죄가 있을까. 휘강은 그런 무거운 말을 아무렇지 않게 뱉어 냈다. 려화는 일순 아찔함마저 느꼈다. 아래위로 삼 대를 멸한다는 것이 역성의 죄다. 광증을 지닌 휘강이라면, 어쩌면 이미 죽어 하늘로 간 려화의 가족들이라도 두 번 죽였을 것이다.

그러한 무서운 말로, 려화가 과거에 지녔던 연심을 짓밟았다. 그녀의 눈동자가 잘게 떨리며 휘강을 향했다. 그것이 휘강은 몹시 기꺼웠다.

휘강은 어떻게든 려화의 속을 더 뒤집어 놓겠다는 듯 한마디를 더 붙였다.

"하나 너는 짐이 황제인 것을 모를 때부터 짐의 앞에서 재롱을 떨어 왔지."

우위가 완전히 바뀌었다. 휘강은 이제 더는 자신의 승기를 내려놓지 않을 듯이 보였다. 려화가 눈을 꼭 감았다. 제가 살고자 마음먹으면, 그것을 휘강이 기꺼워할 것이야 알았지만.

이리 눈앞에서 그가 즐거워하는 모습을 보자니 속이 터져 나갈 듯 분노가 일었다. 그러나 휘강이 이리 기꺼워한다 하여 다시 손바닥 뒤집듯 태도를 바꿀 수는 없었다.

그 또한 결국 휘강을 신경 쓰는 태도가 되니, 결국 려화는 어떻게 하든 휘강에게 질 수밖에 없는 노릇이었다.

게다가 휘강은 과거의 제가 보였던 마음을, 연심을 모두 재롱이라 표현했다. 한낱 집 지키는 미물이나 아이를 대하듯 말이다.

비록 지금은 휘강을 다시금 사랑할 마음은 없으나, 분명 과거엔 아릿하고 애틋한 진심이었거늘.

그렇기에 려화는 다시금 상처받았다. 상처를 받고야 마는 자신의 속내에 다시금 상처받았다. 아직도 과거의 자신에게서도, 휘강에게서도 벗어나지를 못했으니.

"제 모든 행동과 말은 폐하께 단지 재롱에 지나지 않음입니까……."

"그보다 더한 무엇이 있으리라 여겼느냐?"

분명 과거에만큼은, 휘강이 자신을 같은 마음으로 보지는 않을지언정 진정한 벗으로는 여겨 준다 생각했다. 어릴 때의 아픔, 황가에 대한 속마음. 그런 것들을 모두 털어 보여 주었다고 생각했으니까.

한데 과거로부터 지금까지 휘강은 자신의 태도를 재롱이나 떤다고 여겼다 말하고 있었다. 그 말인즉슨, 어느 하나 휘강의 진심도 사실도 아니었다는 뜻이리라.

절망의 지옥에는 바닥이 없었다. 려화가 바로 지금 그곳에 있었다. 이 좁은 공간은 단순히 휘강에게 육신을 희롱당하는 유배소가 아니었다.

단번에, 려화를 몇 번이고 지옥으로 빠트리는 곳이었다. 과거 휘강을 사랑했던 만큼 려화의 독기는 더욱이나 강해졌다.

려화가 고개를 모로 기울이며, 더없이 싸늘한 얼굴로 말하였다.

"그럴 리가 있겠습니까. 미친 자에게 진심을 바랄 정도로 멍청하지는 않습니다."

"기어오르는 꼴이 제법이군."

려화의 표정에 맞추어 휘강 또한 그녀를 서늘한 눈으로 노려보았다. 그 기세에 곧 말라 부스러질 듯 가녀린 여인이 질겁할 만도 하건만, 려화는 아무렇지 않게 휘강의 눈빛을 받아쳤다.

그리, 색사를 나누기보다는 곧 서로를 찢어 죽일 것처럼 바라보던 두 인영이 곧 포개어졌다. 휘강이 려화를 끌어안았다. 그러곤 용포 아래로 자신의 허리춤을 고정한 띠를 풀었다. 려화는 무감한 얼굴로 연신 휘강을 노려보았다.

그들이 몸을 섞은 지 일 년, 처음 있는 대낮의 정사였다.

려화를 외로이 가둔 탱자나무 꽃이 만개했다. 지난해에는 마음을 닫고 유배소 안에 처박혀만 지냈던 려화인지라, 그 꽃의 향이 이번에야 그녀의 코끝에 닿았다.

유배소 앞에 작은 나무 의자가 생겼다. 겨우 넓은 널빤지에 다리를 댄 것으로, 궁궐 어딘가에서 급히 만들어 쓰다가 그마저도 오래되어 버리려는 것을 려화의 청에 들여 준 것이었다.

어찌나 괴팍하게 쓴 것인지 다리의 길이도 채 맞지 않는 것에 때마침 알맞은 크기의 돌이 있어 괴어 놓았다.

요즈음 려화의 일상은 이 의자에 앉아 만개한 탱자나무 꽃을 보는 것으로 점철되었다.

하이얀 꽃이 바람이 불 때마다 사방에 은은한 향기를 풀어놓는다. 꽃이 지고 나면 열리는 열매의 향은 코가 어릿할 정도로 짙어 향낭에 들어가는 재료가 되기도 하건만 말이다.

"잡생각만 많아지는구나."

멍하니 나무에 달린 하이얀 꽃잎의 개수를 세고 있던 려화가 자리에서 일어났다. 반질반질하게 때가 묻은 의자에 앉았던 것이니 엉덩이를 대강 털고, 이제 일어나 유배소 안으로 들어갈 참이다.

해가 하늘 가장 높은 곳으로 솟은 것을 보니 정오 무렵이었다. 이제 슬슬 오월도 중순이었다. 한데 이번에는 여름이 빨리 올 참인지 여물지 않은 더위와 습기가 바람을 타고 려화의 볼을 간질였다.

해가 따가우니, 려화가 빠르게 유배소로 들어갔다. 건물 안도 덥기는 매한가지나 살갗이 따가운 해를 가려 주니 그것만큼은 고마웠다.

려화는 들어오자마자 소매에 걸치고 있던 피백부터 벗었

다. 분명 부인의 치장용 천일진대. 려화는 이것을 죄인의 표시라 하며 제게 선물한 휘강의 저의가 다시금 궁금해졌다.

용포가 아니면 절대 쓸 수 없다는 황색 천에 청자색 자수가 들어간 피백을 내려놓으니, 려화의 얇은 삼은 더 이상 그녀의 속살을 가리지 못했다.

웃옷을 입었으되 그녀의 어깨와 가녀린 팔, 백조군 치마의 가슴 끈 위로 드러난 가슴의 보얀 살갗이 전부 보였다.

려화의 피복은 우습게도 전부 궁의 봉인서에서 지어졌다. 이전에는 신경 쓰지 않았으나, 정신을 차리고 보니 제가 걸친 비단은 곱고 매끄럽기 그지없었다. 비록 마감이 미흡한 부분이 여러 군데 보였지만.

분명 봉인서에 려화의 의복을 떠맡긴 것은 휘강이다. 황제가 아니고서야 절차와 법도를 무시하고 마음대로 할 수 있는 자가 어디 있겠는가.

려화는 이리 마감이 엉망이고 터진 자리가 있는 것이 휘강의 짓은 아니라고 확신했다.

그는 사람을 괴롭히는 데 있어 쪼잔하게 구는 자는 아니었다. 차라리 목을 죄면 죄고, 아예 입을 옷을 전부 빼앗아 바깥 걸음을 못 하게 만들 자라면 모를까.

그렇다면 답은 하나다. 이리 옷을 엉망으로 만들거나, 혹은 온전히 만들어 통(通)을 받은 옷에 장난질한 이는 분명히 자존심이 보통을 넘는 궁녀들일 것이다.

려화 또한 궁녀였기에 그네들의 자존심과 자부심을 아주 잘 알았다. 황실을 위해 일하고 오직 황제의 꽃이 되고자 궁에서 살아남은 이들이다. 또는 여인으로 감히 탐할 수 있는 야욕을 채우기 위해서 버티고 있는 이들도 다수였다.

그런 궁녀들에게 죄인의 옷을 짓고, 식사와 옷가지에 이르기까지 간단하게라도 수발하라 명하였으니 배알이 뒤틀리지 않고 버티겠는가.

"……뭐, 어차피 보일 사람이 있는 것도 아니거니와. 그리 불편한 것도 아니니."

궁녀들도 황제가 두려우니 고작해야 잘 보이지 않는 소매 안쪽이나 겨드랑이 쪽의 솔기를 뜯는 수작이나 부렸다. 좀더 짓궂다 해도 긴 치마의 주름져 접히는 부분의 옷감을 해지게 하는 정도였고 말이다.

이쯤이야 려화에게 별것 아닌 일이었다. 궁녀들도 적당히 몸을 사리는 장난에서 그치니 그들이 다칠 일도 없고, 려화도 달리 불편하지 않았다.

그저 눈에 걸리기에 어쩐 일인가 생각해 보았을 뿐 대수롭지 않게 여겼다. 만일 대수롭게 여겼어도 휘강에게 무언가를 부탁할 생각은 없었다.

가족의 원수인 휘강에게 기댈 마음도 없거니와, 괜히 긁어 부스럼을 만들어 궁녀들을 다치게 하고 싶지 않았다.

궁녀들의 태도가 옳다 여기지는 않았지만 그렇다고 그들이 사람을 해하는 몹쓸 짓을 한 것도 아니지 않은가.

죽은 사람처럼 살다가, 요즈음 되살아난 것처럼 구는 려화의 일부분은 과거와 그리 다르지 않았다. 누군가에게 피해를 주는 것을 몹시도 꺼리는 점 같은 것들 말이다.

그러나 변한 것도 많았다. 바로 얼마 전의 죽어 있던 죄인 공려화와도, 과거의 아픔을 가지고도 풋풋했던 궁녀 려화와도 다른 부분들 말이다.

"허튼 생각만 많아졌지. 무어라도 하면 좋을 일을, 그저 좁은 울타리 안에서 구경하는 것 말고는 아무것도 할 수 없으니 말이야."

마땅한 소일거리가 없으니 잡생각만 많아졌다. 혼자가 익숙하니 느는 것은 혼잣말이다. 휘강과 나누는 말들은 대화가 아니라 서로에게 비수를 꽂고 독기를 뿜어 대는 시간이니 별개로 두었다.

그러니, 할 일 없는 려화에게는 그저 눕는 것이 일이다. 려화가 제 머리를 손에 쥐어 뒤로 늘어뜨리며 침상 위에서 베개를 베고 누웠다.

그러기가 무섭게 점심이 들었다. 얼마 전까지 미음이었던 것이 죽이 되었다가, 이제는 무른 밥을 먹는다. 병자를 위한 단출한 식단이었으나 그 실상은 호화로웠다.

식사를 날라 온 궁녀가 세야가 아니고서야 그들은 마치 나병 환자의 곁에 오기라도 한 것처럼 잽싸게 소반만 놓고 물러났다. 그러고는 저녁을 가져올 때에 점심 소반을 다시 들고 나가고 말이다.

이번에도 마찬가지였다. 려화는 식사를 나르는 궁녀의 얼굴도 보지 못하였다. 이러니 매일 대화를 나누는 상대라고 하면 세야, 아니면 휘강 둘뿐이다.

그마저도 세야와는 혹여 말이 길어지거든 휘강의 귀에 들어갈까, 서로 조심하는 처지이다. 휘강과의 대화는 입으로 하는 대화보다도 몸으로 하는 대화가 우선이니.

"이러다 바보 되기 딱이겠네."

려화가 피식 웃으며 그리 중얼거렸다. 숟가락에 떠 올린 무른 밥에는 잘게 자른 전복이 콕콕 박혀 있었다.

꽃향기의 달콤함이야 물론 좋기는 하다만은, 그 달콤함에 질린 입가에 닿는 짭짤함도 나쁘지 않았다.

그러나 오래도록 비워 두는 데에 익숙한 위장은 이번에도 채 한 그릇을 다 담지 못했다.

반 조금 넘게 먹은 그릇을 물리고 려화가 좁은 방안을 둘러 걸으며 소화를 재촉했다. 조금 먹은 것만으로도 속이 불편한 기분이 드는 것이었다.

아무 생각 없이 걷기만 하면 그것도 질리는 일인지라 생각이 여러 갈래로 뻗어 나갔다. 주로 가족이 살아 있을 적, 전쟁이 일어나기 전 화목했던 가족의 모습을 떠올렸다. 그때의 기억은 려화의 짧은 생에 빛나던 유일한 때였다. 그리 시간을 보내다 보니 려화의 입가에 씁쓸하고 흐린 미소가 내려앉았다. 그런 얼굴로, 오수를 빙자해 깊이 잠들었던 것 같다.

려화의 어깨 위로 차가운 밤공기의 이슬을 머금은 서늘한 천이 닿았다. 꼭 감겨 있을 것만 같았던 려화의 눈이 떠졌다.

흐릿한 시야에 잘 보이지 않아도, 이 익숙한 체향과 서늘한 옷가지, 단단한 살갗의 주인이 누구인지는 알았다. 려화가 순간 일그러지려던 얼굴에 가까스로 무표정을 올렸다.

"오래 기다리셨습니까?"

"그러진 않았다."

"기다리시긴 하였단 뜻이군요."

어쨌든 지금 저의 신분은 휘강을 전쟁으로 이끌지 않기 위해 존재하는 부적, 혹은 죄인이건만. 본분도 잊고 기다리게 만든 것이 내심 겸연쩍었던 까닭일까.

폐하께서 기다릴 줄도 아는 사람이십니까? 하고 묻고도 남을 성격의 려화였건만 그저 조금 툴툴대는 것으로 그쳤다.

어쩌면 아직 완전히 몰아내지 못한 수마가 려화의 울분에 찬 시야를 조금 가리고 있기 때문일지도 모르겠다.

그리하면 려화의 마음에 남은 휘강을 향한 감정이야, 과거의 연심을 다 버리지 못한 잔재이니. 그리 부드러운 듯 아닌 듯 맨송맨송한 답이 나오는 것도 이상한 일은 아니었다.

"참으로 대담한 계집이 아니냐. 감히 황제를 기다리게 하다니."

휘강이 피식 웃으며 침상에 널브러진 려화의 머리칼 사이로 손가락을 집어넣어 부드럽게 쓸었다.

"용서라도 구해야 할는지요?"

"네가 그럴 계집이 아닌 것은 안다만, 만일 네가 미쳐 짐에게 용서를 구한다 해도."

휘강의 새카만 눈동자에 일순 샛노란 이채라도 도는 것처럼 보였다. 차츰, 아직 려화에게 남아 있던 수마가 안개처럼 흩어져 사라졌다. 그러고 나니 려화의 눈동자에 고여 있던 독기를 가리던 감정들도 사그라들었다.

그 독한 눈을 휘강은 형형한 짐승의 눈으로 마주했다.

"짐은 용서치 않을 생각인데?"

용서치 않으면?

"벌이라도 내릴 심산이신지요?"

"그러하다면 어쩔 것이냐. 거부라도 하려고?"

"제게 거부권이 있었습니까? 그저……. 이리 제게 벌이라는 이름으로 음욕을 풀기 위해 무엇이든 하는 폐하께 손뼉이라도 쳐 드리고 싶을 따름이지요."

독을 품은 말이 잔잔한 목소리로 조용히 사위를 울렸다. 휘강의 눈썹이 이리저리 휘어졌다.

그가 려화에게 내리는 벌이야 뻔했다. 품에 안아 몇 번이고 울릴 것이다. 도휘강은, 공려화가 제가 주는 쾌락에 느껴 비참하게 흐느끼는 것을 즐겼다. 공려화의 괴로움에 만족했다.

죄인이 되어 한 해간 그리 보냈다. 휘강을 마주하면 괴로움을 숨기기 위해 애써 표정을 지우고, 자신을 써서 쾌락을 느끼는 휘강을 보지 않기 위해 눈을 감았다.

그러다간 그가 일깨우는 감각들에, 색사에 미쳐 어떤 사내든 상관없이 그저 밤을 즐기는 것에 거리낌이 없는 요부가 된 듯해 울었다. 원수의 손짓에도 느끼는 자신을 원망했다.

무엇이 어떻게 바뀌든, 앞으로도 지난 일 년과 그리 다르지는 않을 것이다. 눈앞이 캄캄했다. 그렇다고 휘강이 주는 감각들을 온전히 받아들여 진정 요부가 될 수도 없는 성정의 려화인지라.

려화의 싸늘한 대답에 휘강이 혀를 차며 그녀의 허리를 쓰다듬었다. 얇은 옷감이 휘감긴 채로도 려화의 살갗은 달콤하게 휘강의 손에 달라붙었다.

"어떤 벌이 좋을까. 네가 생각해 보라."

"저는 형벌을 내리는 것에는 무지합니다. 붙잡을 끈조차 없는 일개 계집에 불과한지라. 그저 무엇이 내려지든 휘둘릴 뿐."

"한마디 지려 들지를 않는군."

목석보다 낫다곤 하였지만, 그렇다고 늘 제게 대거리하며 독을 내뿜는 려화라고 마땅히 마음에 차지는 않았다. 그러니 휘강은 마치 려화의 입술을 잡아 뜯을 듯 거칠게 입을 맞추었다.

참으로 불가해한 일이다. 지난 몇 년간 귀엽다 귀엽다 하다가. 생각지도 않았던 위로를 받기도 하여 그런대로 옆에 두기 괜찮은 여인이라 여겼다가.

다음으로는, 그 위로가 전부 배신감으로 변하여 자신을 난도질했던 여인이다. 려화는 휘강에게 그러한 존재였다.

그래서 죄인으로 삼은 이 계집이, 자신의 혈기를 누르고 광기를 잠재웠다. 광기란 것이 단순히 여인의 육신으로 잠재울 수 있는 쉬운 놈이었던가. 그랬더라면, 황실의 여러 비극은 처음부터 생기지도 않았을 것이다.

한데 자신은 려화의 육신으로 광증을 누르고 다스리고 있었다. 그러니 불가해한 일이었다.

"으읍······!"

거친 입맞춤에 려화의 입에서는 끊어질 듯 막힌 숨이 터졌다. 그 신음에 휘강은 더욱 격정적으로 려화의 입안을 헤집었다. 그가 려화의 목을 받쳐 들었다. 그대로 려화가 도망가지 못하도록 그녀를 아예 품 안에 가두어 고쳐 안았다.

려화가 휘강의 품에서 무릎을 세우며 웅크려 앉았다. 본능적으로 휘강이 주는 쾌락을 피하고자 한 행동이건만, 외려 다리를 가리고 있던 려화의 얇은 치마가 올라가며 그녀의 하체가 드러났다. 그녀는 휘강의 명으로 속곳을 입지 못한다. 아예 여인의 속곳을 제 눈으로 보지 못한 것이 일 년이다.

그러니 훤히 드러난 려화의 허벅지 안쪽과 사타구니로 걸리는 것 없이 휘강의 손이 들어왔다. 어느 순간 려화는 휘강의 손길에 자신을 맡기듯, 잔뜩 힘주어 움츠리고 있던 다리에서 힘을 뺐다.

그의 입술이 갈증을 축이고 조금 부드러워진 찰나였다. 일 년간 익숙해진 몸은, 휘강이 주는 부드러움에 반응하여 열렸다.

"으, 흥……!"

휘강의 손은 예고 없이 찾아든 것에 비해선 부드럽게 려화를 쓰다듬었다. 허벅지, 사타구니, 은밀한 둔덕에서부터 엉덩이에 이르기까지 비단을 쓸 듯 부드럽게 말이다.

"요즘은 그래도 꼬박꼬박 먹는 모양이구나. 금세 살이 좀 붙었다."

"그리 만지지 않으셔도, 그건, 충분히 아실 수 있는 것 아닙니까. 웃!"

려화의 가늘어졌다 흩어지는 새침한 목소리가 마치 앙탈이라도 부리는 것처럼 들려 휘강의 입가에는 만족스러운 미소가 걸렸다. 그가 려화를 요 위에 눕혔다. 위로 올라타는 휘강의 그림자가 려화의 작은 몸 전부를 가린다.

이보다 더 작을 때도 있었던 계집이다. 한참 작고 어려, 여인이라기보다는 꼬맹이라는 말이 더 어울릴 때부터 휘강은 려화를 보았다.

얼마 전, 휘강은 려화에게 미친 것은 아니냐 물은 적이 있었다. 그러나 되레 미친 것은 자신일지도 몰랐다.

아니, 그는 광증을 지녔으니 이미 미친 것은 사실이었으나, 휘강이 지금 자신을 미친 것은 아닌가 생각하는 것은 그와는 다른 부분이었다.

추억이라는 말도, 사랑이라는 이름의 낯간지러운 감정조차도 모르는 것이 바로 황가에 흐르는 광증의 특징이다. 혈육의 정조차 채 그저 미지근하게 아는 정도에 그친다. 설령 정을 지닌 혈육이라도 자신의 의지에 반하거나 위해가 된다면 죽이는 것이 바로 황가 핏줄에 흐르는 광증이었다.

한데 휘강은 지금, 우습게도 려화가 이리 독기를 품고 자신을 노려보고 쏘아 대는 모습에서 과거의 려화를 떠올리고 있었다.

그때는 몹시 당돌해 귀엽다고 여겼던 모습들을 말이다. 이것이 추억을 반추하는 것이 아니고 무엇이겠는가.

제게 어울리지 않는, 아니 제가 알 리가 없는 감정과 사고이거늘 어찌해서.

이것을 추억이라 이름 붙이는 것은 차지하고라도, 휘강은 잠시나마 과거의 그때로 돌아간 듯한 착각을 느꼈다. 그때는 분명 려화에게 이리 비틀린 음욕을 풀어내리라곤 상상조차 하지 못했었음에도 말이다.

"추억이라니, 우습지도 않은 생각을……."

"무슨, 말씀이십니까?"

휘강이 자신의 헛된 생각을 비웃듯 꺼낸 혼잣말에 려화가 반문했다. 휘강은 아무것도 아니라는 듯 고개를 저었다.

려화는 휘강의 품에 안긴 채로 입술을 비틀어 올려 웃었다. 올려다보고 있건만 마치 휘강을 내려다보며 비웃어 주는 듯한, 그런 표정이었다.

"폐하께서도 추억이라는 것을 반추할 줄 아십니까?"

휘강이 답을 대신하여 눈썹을 일그러뜨렸다. 그의 손이 려화의 옷을 고정한 끈을 풀었다. 금세 드러난 가슴으로 얼굴을 묻고 숨을 들이켜면 그녀의 살갗이 내는 향긋한 냄새가 코를 적셨다. 젖가슴에서만 나는 특유의 분내와 비슷한 어떤 달콤함까지 섞여서, 휘강은 잠시나마 일었던 짜증을 삭였다.

결국, 어찌 독을 품어 내든 아무것도 할 수 없이 그저 제 품에서 희롱당할 따름인 계집이다. 그리 생각하니 또 한결 기분이 나아졌다.

"못할 것 무에 있느냐. 즐거운 기억이라면 추억이라 부름 직하지. 짐을 죽이려던 자들, 짐에게 반기를 든 자들의 머리통을 깨부수던 때의 기억이라면 추억이라 할 만하지 않으냐."

"누구도, 그런 것을 추억이라 하진 않을 것입니다. 사람을 죽이는 것을 어찌……. 아흣!"

휘강이 려화의 말을 끊어 내며 그녀를 다시 요에 눕히고, 헐겁게 그저 가까스로 걸쳐만 있는 그녀의 치마를 벗겨 냈다.

여인의 흰 살갗이 하나 가리지 않고 휘강의 눈에 가득 찼다. 그가 려화의 목덜미를 손으로 받치고 들어 올렸다. 꺾여 뒤로 넘어가는 고개 덕에 려화의 흰 목이 길게 빠져 오른다. 휘강은 려화의 목을 아프지 않게 물고 핥았다.

으응, 하는 신음이 터지며 려화의 몸이 바르작댄다. 그리하여 의도치 않게 려화의 무릎이 휘강의 중심에 닿았다. 려화가 보는 휘강의 그곳은 어느 때고 뜨겁다. 터질 듯이 단단하다.

려화가 죄인이 되어 유배된 지가 일 년이다. 휘강이 려화를 품에 안아 혈기를 누르고 전쟁터에 나도는 것을 그만둔 지는 그보다도 한참 오래되었다.

려화는 어리고, 휘강은 지금보다 더 젊었던 시절, 그와 그녀가 서로 말을 낮추고 서로를 벗으로 여겼던 시절의 언젠가부터.

그 평화의 시간을 전부 따져 보니 족히 사 년은 되었다. 그래서인지 요즈음 광기에 빠져 황권을 휘두르는 모습을 보여 주지 않았더니, 신료들의 목이 뻣뻣하게 서기 시작했다. 그러니 휘강의 짜증 또한 목구멍까지 차올랐다. 곧 머리끝까지 찰 날도 머지않았으니, 휘강은 그것이 다시 광증을 불러내는 결말로 끝나지 않을까 생각했다.

그리해서 다시금 피를 보러 궁을 비운다면, 그동안에 려화는 어찌하려나. 다시 슬픔과 절망에 잠겨 목석같은 모습으로 돌아갈 것인가.

그리 생각하며 휘강이 려화의 다리를 벌렸다. 려화는 숨을 색색거리며 고개를 모로 돌리고, 두 손으로는 감히 그 얼굴까지 가려 버렸다. 휘강의 미간이 꿈틀 내 천자를 그리다간, 이내 피식했다.

려화에게는 내키지 않는 색사임을 안다. 그러나 바로 얼마 전과 비교하면 지금도 눈에 띄게 좋아진 것이리라. 알면서도 자꾸만 욕심이 커진다.

려화의 몸도 마음도 몰아붙여 그녀의 괴로움을 양식 삼는 것을 좋아하는 휘강이지만.

그는 자신도 모르는 사이에 그 이상을 바라고 있었다.

휘강이 자신의 중심, 제 몸에서 심장 다음으로 뜨거운 것을 려화의 안으로 밀어 넣었다.

"으, 아읏!"

려화가 몹시 버겁게 그를 받아들였다. 전희는 그런대로 충분했다. 려화의 마르고 병약한 몸으로 받아들이기에 휘강도, 그의 양물도 큰 것이 문제였다.

하얀 이가 나와 입술을 악문다. 앞니 두 개가 반질하고 큰 것이 귀엽기도 하고 야살스럽기도 하다. 휘강이 려화의 볼을 살살 쓰다듬었다. 려화가 흰 눈을 뜨고 휘강을 노려보았다.

그것을 시작으로 휘강이 재게 허리를 움직였다. 려화의 몸이 속절없이 흔들렸다.

전신을 달리는 어떠한 감각에 려화의 입에서는 연신 달뜬 숨이 퍼진다. 검은 머리칼이 너울너울 춤을 추며 구불거렸다.

묵직한 것이 아랫배를 짓누르며 파고드는 것에 숨이 자꾸만 짧아졌다. 괴팍할 정도로 과격한 감각의 물결에 려화의 고개가 본능적으로 내저어졌다. 그리해도 휘강은 봐줄 생각 없이 려화의 안을 무지막지하게 파고들었다. 기어이 려화의 눈꼬리에 맺힌 눈물을 보고서야, 휘강의 허리는 조금 잦아들었다.

그녀가 먼저 얹은 다리를 어깨에서 내려놓고는, 려화를 편히 눕힌 채 휘강이 그녀의 눈가로 찾아든다. 매끄럽고 유려한 선을 그리는 입술이 려화의 눈물을 삼켰다.

짭조름한 것을 삼키는 것으로는 모자라 휘강은 려화의 눈가에 연신 입을 맞추었다. 가볍게 내리누르는 입술이 불에 달군 인두처럼 뜨겁게만 느껴져 려화의 눈물은 더욱이 펑펑 흘러내렸다.

"흑……, 아웃! 으응……!"

생리적인 것에서, 감정적으로 변한 눈빛은 려화의 시선을 흐렸다.

그녀는 흐려진 시야 너머로 과거 벗이었던 휘강을 본다. 그때의 분위기를 그린다. 얇은 먹선으로 가장 먼저 그려지는 것은, 사시사철 피어나는 도화가 흩날리는 광경이다. 그곳에 흰색, 붉은색의 말간 수채 빛이 덧입혀진다. 흩날리는 꽃잎 사이로 건강한 빛깔의 피부에 수려한 미남자가 하나.

그의 옆에서 키를 맞춘답시고 나뭇등걸에 올라서 농을 건네는 어린 여인이 하나.

반비를 덧입은 궁녀복 차림의 어린 여인은 려화 자신이다.

감히 수려한 사내가 황실에만 올려지는 하늘 복숭아를 따서 려화에게 건넨다. 그것을 받아 든 려화는 화들짝 놀라 사내를 바라보지만, 사내가 무엇이라 말하자 얼굴을 붉히며 복숭아를 베어 물었다.

달콤한 과즙이 입에 퍼진다. 끝에 남는 아련한 씁쓸함은 옛 추억의 맛이다.

"아읍!"

회상에서 현실로 돌아오자 휘강의 입술이 저를 덮는다. 맞닿은 입술 사이로 들어오는 휘강의 혀에는 추억에 남은 아릿한 쓴맛이 남아 있다. 려화는 그것이 두려워 휘강에게서 자꾸만 도망치기에 바쁘다.

휘강은 도망치는 려화의 혀를 기어이 얽어내고야 만다. 그리 얽혀 노닐던 혀가 머무르고 간 뒤에는, 곧바로 휘강이 려화의 깊이로 치달았다.

깊이, 깊이. 그 끝을 모르고 파고드는 휘강의 몸짓에 려화가 흔들린다. 버들가지인 양 이리저리 휘청이던 려화의 몸을 꽉 붙잡아 안고.

휘강이 려화의 안에 저를 토해 냈다.

"훗……!"

그의 절정은 곧 그녀에게도 전염되어 려화 또한 온몸을 잘게 떨었다. 그녀의 떨림이 이번에는 반대로 고스란히 휘강의 중심을 감싼다.

만족한 황제는 포식한 짐승의 얼굴로 잠시간 려화를 놓아주었다. 그녀가 휘강의 가슴팍 위에서 색색 숨을 몰아쉬었다. 한 번의 정사로도 힘이 다 풀려, 려화의 다리 사이로 울컥 흰 정액이 토해졌다.

"복상사를 원하는 것이 아니라면 더 먹고, 더 애써야 옳겠다."

"……그리, 하겠습니다."

휘강에게, 당신이 나를 찾지 않으면 될 일 아니냐 반박하고 싶은 것을 꾸욱 참으며 려화가 말했다. 한 번의 색사로도 이미 목소리에 힘이 없었다.

관계만큼은 거절할 수가 없었다. 려화에게는 그럴 자격도 능력도 없으니 말이다. 이러다가, 타성에 젖듯 휘강이 주는 쾌락에 먹혀들까 두려웠다.

"그저 울타리를 바라보며 앉아 있거나, 침상에 누워 있기만 하니 식욕이 돌 일도 없겠고 체력이 붙을 일도 없겠지."

지쳐 색색대기 바쁘던 려화도 차츰 숨을 고르며 정신을 차렸다. 그녀가 눈을 뜨고 휘강을 싸늘하게 노려보았다. 휘강은 려화의 분노를 기꺼워하며 널브러진 려화의 옆에 자리를 잡고 몸을 누였다.

그가 팔에 머리를 괴고 옆으로 고쳐 누워, 볼이며 코끝이 붉어진 려화를 바라보았다.

"유배소 주변을 고작 한 아름을 두고 울타리가 둘러 있습니다. 제게 허락된 공간이야 그뿐입니다. 한데 이제는 폐하를 받아 내기 위해 운동까지 하길 바라십니까?"

"멍청히 흐린 눈으로 하염없이 꽃만 보고 있는 것보다야 낫지 않으냐?"

"그런다 하여 무기한의 죗값이 줄어드는 것도 아니지 않습니까? 부지한 목숨, 그저 살아가는 것으로 족합니다. 더해 부덕한 죄인의 얼굴을 소문내고 싶지도 않습니다."

"변명도 가지가지군."

심기 불편한 얼굴로 휘강이 려화의 코끝을 손으로 쥐어 비틀었다. 아프지는 않았으나 썩 유쾌하지도 않았다. 피곤에 사르르 감기는 눈을 가까스로 반이나 떠 낸 려화가 저도 모르게 휘강의 손을 쳐냈다.

"감히 황제의 어수를 쳐내?"

"……실수입니다."

"그렇대도 죄를 빌어야지."

"참으로 송구합니다. 폐하."

려화의 사죄에는 진심이 없었다. 혼이 나간 듯 공허하고 심드렁한 목소리가 휘강의 심기를 건드렸다. 그의 손이 려화의 목을 쥐었다. 이대로 힘을 주면 단번에 부러져 절명하리라.

그러고 싶은가? 그리 묻는다면 대답은 '그렇지 않다.'였다. 한데 왜, 어째서 아직도 자신은 이 멍청하기 짝이 없고 사죄도 모르며 패악스럽기까지 한 계집을 살려 두고 싶은가.

휘강의 고민은 짧았다. 또한 답은 단순했다. 혈기가 뻗치고 화를 내리누를 수 없을 때, 공려화를 희롱하고 나면 심신에 안정이 찾아오니까.

약이 없는 병에 안정제쯤은 되어 주는, 그런 쓸모가 있는 계집이었다. 휘강은 과거의 자신을 칭찬하였다. 그때, 죽이지 않은 것은 참으로 바른 판단이라고 생각하였다.

려화를 살려 둠으로 자신이 짧게나마 번뇌하고 있음은 까맣게 잊은 답이었다. 평소의 휘강은 그런 번뇌를 모르는 사람이었다. 혹여 고민할 기미만 생기더라도 불필요한 것에 심상을 빼앗긴다 여겼다. 그런 이유로 저를 귀찮게 한 자의 목을 베는 것도 심심찮게 해 왔다.

그랬는데 눈앞의 려화를 대할 때에는 모든 것이 달랐다. 휘강 자신조차 눈치채지 못하고 있지만 그러했다.

되레, 휘강은 처음으로 혈연이 아닌 상대에게 안타깝다는 감정까지 느끼고 있었다.

광증을 지닌 황제가 느낄 일이 없는 감정이었다.

본디 도국 황제의 보검은 그 자태가 화려하기 그지없었다. 검집과 검병은 최고급 흑단으로 하여 먹빛으로 마감하고, 그 위에는 칠보공예로 도국의 건국과 관련한 설화를 도식화하여 화려하게 꾸몄다.

검을 검집에 넣거든 검병과 한 몸처럼 딱 맞게 이어지고, 그 사이를 구분해 주는 것은 오직 얇지만 단단한 묵철로 만든 검격뿐이다.

검격은 금강석과 석류석, 청옥으로 장식되어 있다.

휘강은 근래 차고 다니던 이리 화려한 보검을 치우고는 아주 오랜만에, 아무런 장식 없이 그저 먹빛으로만 된 자신의 손때가 묻은 검을 찾아 매었다.

아니다. 이것에도 어느 순간부터는 장식이라 부를 만한 것이 함께였다. 휘강 또한 그 장식을, 진홍빛의 비단 매듭을 보기 위해 먹빛의 검을 꺼낸 것이었다.

분명 려화의 마음이 먼저 동하여 선물 받은 것이건만, 거의 빼앗다시피 려화의 손에서 가져와 제가 직접 달아 놓은 것이다.

오 년의 세월 동안 많은 이의 피를 머금고 휘강의 손때를 탄 매듭은 이곳저곳이 해어져 있었다. 본디 막 받았을 때도 휘강의 검에 대기에는 초라했던 매듭이다.

다만 그 매듭을 묶은 솜씨가 정갈하여 많은 정성을 들였을 것이 자명하게 보였다. 그렇기에 휘강은 검에 매듭을 묶는 것을 저어하지 않았다. 또한 그는 겉치레에 신경을 쓰는 작자가 아니었다.

"안녕을 기원하는 매듭이라……."

과거를 떠올리는 휘강의 입가에는 곧 사그라들 듯 아주 흐릿한 미소가 감돌았다. 곧 흔적도 없이 사라졌지만 말이다.

휘강은 이제 무표정으로 려화가 만들었던 매듭을 손끝으로 조심스럽게 쓸어 보았다. 단단한 매듭은 만들어졌을 때와 하나 다를 바 없이 제 모양을 지키고 있건마는.

"폐하, 죄인에게 어심을 쏟으시는 일은 없으셔야 하옵니다."

잠시 과거에 젖어 그런대로 좋았던 기분이 저 바닥으로 곤두박질쳤다. 휘강은 눈을 감고 피곤한 낯으로 주름진 미간을 손으로 문질렀다.

"······그대들은 국정을 논한다는 핑계로 짐의 마음까지 멋대로 휘두르려 하는가?"

"폐하! 그런 뜻이 아니옵니다!"

신료 일동이 어전에 머리를 조아리며 큰 소리로 휘강을 불렀다. 가까이에서는 흰머리가 지긋한 노인부터, 저 끝으로 가면 가문의 힘을 빌어 쉽게 조정에 오른 어린 신료의 새까만 머리통까지.

모두 하나같이 휘강을 말리고 섰다. 불과 삼, 사 년 전만 해도 이들이 그를 말릴 엄두나 내었겠냔 말이다. 그리 생각하니 휘강의 심기가 몹시 불편해졌다.

그의 광증을 다스릴 수 있도록 돕는 것은 자의든 타의든 려화이건만, 그 수혜를 입는 것은 어찌 된 것이 이 조정의 놈팡이들이었다. 이전 같았으면 목이 날아갈까 이리 강경하게 제게 헛소리를 하는 이가 없었을 것이라 생각하니, 휘강의 표정이 좋을 리가 없었다.

그중에서도 휘강의 가장 가까이에 자리를 잡은 자, 승상 노필상이 최근 휘강을 가장 골치 아프게 만드는 작자였다.

"폐하, 그자는 폐하를 능멸한 죄인이옵니다. 어찌 그에게 잇따라 자비를 베풀고 계십니까? 처음, 폐하께서 죄인을 팽형으로 다스리지 않고 살려 두신 것부터 문제였사오나, 이제는 마치 죄인이 아니라 귀애하는 여인을 대하듯 하고 계시지 않습니까? 그는 국법을 떠나서도 이치에 맞지 않는 일이옵니다."

이번에도 자리에서 일어서 당당하게 휘강에게 핀잔을 놓는 것은 노 승상이었다. 휘강은 당장이라도 승상의 목을 칠 것처럼 핏발이 선 눈으로 그를 노려보았다.

"닥치라. 승상이 뭘 안다고 입을 열어 지껄이는가? 유배형을 받은 모든 죄인이 누리는 정도를 누리게 하겠다는데 그것을 어찌 자비라 하는지 모르겠구나. 여인을 대하듯 하다? 짐이? 하, 다들 제정신인가? 감히."

휘강이 입술을 짓씹었다. 노 승상을 제한 모든 신료는 아까보다 더욱 허리를 깊이 숙여 어깨를 움츠렸다. 그를 이빨 빠진 호랑이처럼 생각하고 있으나, 아직은 휘강의 분노가 무서운 까닭이다.

"감히 짐의 행동에 토를 달아? 반박을 지껄여?"

"폐하. 신료들 모두는 도국의 지엄한 국법과 윤리에 어긋나는 일을 폐하께서 행하고 계시기에 간언하는 것일 따름입니다."

"짐이 싫다는데 계속 꽥꽥거리는 것이, 짐을 생각해 간언하는 것이다? 그쯤 하면 포장도 가지가지구나. 내가 계집에게 금은보화를 안겨 주었는가? 그 죄인 계집에게 첩지라도 내린다 했던가?"

"그리하셨다가는 정말로 큰일이 납니다. 어찌 감히 죄인을 폐하의 옆에 세우겠습니까?"

승상이 길게 자란 희끗한 눈썹을 누그러뜨리며 휘강에게

말했다. 그의 표정만 보아서는 세기에 다시없을 충신이라, 휘강은 그 표정을 보자 더욱이 역겨움만이 올라왔다.

상황을 처리한 뒤에 저놈도 정리했어야 옳았다. 사사로운 명분조차 나오지를 않아 그리하지 못한 것이 지금에 와서 휘강의 한이 되었다. 실로, 늙은 너구리 같은 것이다.

아직도 젊은 황제 축에 속하는 휘강을 어쩌면 승상은 제 아래로 놓고 보고 있을지도 모른다. 휘강이 려화를 만나 전쟁욕도, 광기도 내리누르고 마음을 다스린 후로부터는 확실히 말이다.

휘강은 기도 차지 않아 그저 싸늘한 눈으로 신료들을 돌아보다간, 용상에서 벌떡 일어났다.

"고작 죄인에게 소일거리를 몇 개 가져다주겠단 것뿐이다. 이따위 것을 가지고 어전회의 시간의 절반을 잡아먹는 그대들은 얼마나 대단히 도국을 생각하고 있는 것인가? 그대들이 국법과 인의예지신에 따라 움직이고 있는지나 생각해 보라."

"폐하!"

휘강이 등을 돌려 한 발자국을 떼고는, 그대로 고개를 돌려 신료들을 다시금 노려보았다. 중서령과 문하시중, 좌복야와 우복야, 육부의 상서들.

그들의 우두머리인 승상 노필상과 자신의 자리나 지키다가 천수를 누리고 죽을 자리나 알아보는 태위와 사공까지.

어느 하나 휘강의 눈에 차는 자가 없었다. 설령 그의 능력이 뛰어나다 한들, 그가 믿고 일을 맡길 자가 없었다.

모조리 정리했다고 생각했으나, 상황의 그림자가 아직 조정에 남아 있었다. 그의 억지 태평성대에 젖어 늘어진 자들의 썩은 냄새가 휘강의 비위를 건드려 댔다.

광증이 돋은 게 아니라도 슬슬 전쟁을 일으키고 어느 하나 본보기 삼아 목을 쳐야 이들이 조용해질까 하였다.

"그 답이 그릇될 경우, 짐은 그대들의 목을 그 몸뚱이에 그대로 붙여 둘 자신이 없으니, 잘 생각해야 할 것이다."

하여 휘강은 참지 않고, 신료들에게 일갈한 뒤 조정을 떠났다.

자리에 남은 신료들의 표정이 과히 좋지 않았다. 이빨 빠진 호랑이처럼 한동안 얌전하던 휘강에게 익숙해진 신료들이었으나, 그들 모두가 과거 미쳐 날뛰던 휘강을 아주 잊은 것은 아니었다.

"크흠, 흠! 폐하를 어찌하면 좋겠소……. 한창때의 혈기를 누르신 것은 다행이나, 삿된 여인에게 빠져 공사를 구분치 못하시니. 쯧."

문하시중 육관억이 혀를 차며 말했다. 그것에 휘강이 뛰쳐나간 용상을 흐릿한 눈으로 바라보고 있던 승상 노필상이 육관억을 바라보며 말했다.

"현재 우리의 고민이 바로 그것 아니겠나. 폐하께서 황후와 비빈을 들이시면 나아질 일이고."

노필상의 말이 끝나자, 예부상서가 입술을 이죽이며 말을 더하였다.

"그 전에, 행여 죄인 계집이 폐하의 후사라도 수태하면 큰일이 아닙니까."

그 말에 육관억이 고개를 내저었다. 그의 눈빛이 몹시 싸늘했다.

"하늘에 뜻이 계신다면 우리를 도우시겠지. 천제께서 우리 도국의 명예를 지켜 주시기를 바란다네."

**

휘강이 변하였다. 려화는 이 변화가 제게 긍정적인지 부정적인지 알 수가 없었다. 하여 심경이 복잡했다.

이 좁은 유배지 안에서 제가 무엇을 하든 신경 하나 쓰지 않던 휘강이었다. 그런데 지난번에는 일 년이나 지났는데 아직도 정신을 차리지 못하느냐 저를 다그치더니.

이제는 필부의 아내들도 한다는 소일거리나 해 보라며 자수함을 들여 주고, 그것으로 모자라 아둔한 머리를 채워 보라며 서책까지 들여 주었다.

"변함없는 비참한 삶에 빠진 것을 개탄하는 것으로도 힘들었는데……."

려화는 머리에 들어오지도 않는 서책을 읽다 말고 내려놓았다. 그리고 그녀의 입에서 흘러나온 소리란 작금의 상황을 두려워하는 읊조림이었다.

이것이 친히 황제인 휘강이 내린 것임을 잊고 있으면 썩 좋긴 했다. 서책을 읽는 것은 그 뜻이 눈에 들어오지 않아도 시간을 죽이기에 좋았고, 자수함은 반짇고리를 대신해서 뜯어진 옷을 고치는 데에 활용할 수 있었으니 말이다.

되레 무서울 정도였다. 휘강에게 입을 열어 말할 생각은 죽어도 없었으나, 금번 휘강이 변덕스레 저를 배려해 들여준 이것들은 려화가 원하던 것들이었으니 말이다.

어쩌면 궁녀들이 제게 가벼운 해코지를 하려는 것을 휘강이 눈치채었나 싶기도 했다. 그리 생각하니 등골이 서늘하였다.

하나, 다시 생각해 보면 궁녀들이 저를 대하는 태도가 바뀌지는 않았다. 그렇다면 휘강이 궁녀들에게 대거리한 것 같지는 않았다.

그럼 대체 뭘까.

고민은 길게 이어지지 못했다. 아직 심신이 다 안정되지 못한 려화에게 긴 고민은 사치였던 까닭이다. 려화는 대신하여, 결국 다른 할 일이 없기에 다시금 덮었던 서책을 펼쳤다.

여전히 서책 안의 글자는 려화의 머릿속에서 문장을 이루지 못했지만, 서책의 남은 장수는 점점 줄어 갔다.

그리 시간을 죽이다 보니 곧 책의 마지막 장이 려화의 손에 잡혔다. 그저 관념적으로 글자의 뜻을 하나씩 외며 장을 넘기다 보니 그러하였다.

이리 다 읽은 것은 식사나 새 의복을 가져오는 궁녀 편에 돌려보내었다. 그러면 궁녀는 또 다른 서책을 들고 오고는 했는데, 도통 그 가져다주는 책들이 중구난방이었다.

암만 려화가 내용을 머리에 담지 않고 그저 시간을 죽이는 데에만 치중한다고는 하지만. 어떤 경우에는 여러 권이 한 질인 이야기책이거늘 어제는 삼 편이, 오늘은 일 편이 오기도 했다.

영문이 궁금하니 묻고 싶어도 궁녀들은 려화의 앞에서 입에 꿀이라도 문 것처럼 굳게 다문 입술을 떼지 않았다.

기실 세야를 제하면 려화와 말을 섞으려 드는 궁녀가 없었다. 대부분이 말을 섞기는커녕 려화와 마주치는 것조차 꺼렸다. 혹여 제게 죄인과 통한다는 불똥이 튀는 것을 걱정하는 것이리라, 려화는 그리 생각했다.

"해서, 이다음 책은 또 무엇이려나……."

려화가 턱을 괴고 입술을 뚜하게 내밀었다. 식탁으로 가장 많이 쓰이던 작은 탁자가 요즘은 독서대가 되었다. 려화가 다 읽은 서책 위에 엎드렸다. 창 너머 보이는 밖으로 조금씩 땅거미가 내려앉았다. 어느덧 등잔불 하나에 의지하여 서책을 읽기 어려운 시간대가 되어 있었다.

그래도, 그런대로 해가 제법 길어졌다. 처음 읽을 만한 책을 받았을 때는 몇 줄 읽지 못하고 해가 졌건만, 지금은 그때보다도 반 시진은 더 태양에 의존해 글을 읽을 수 있으니 말이다.

또, 이제 곧 저녁 식사가 올 시간인데도 아직 바깥이 완전히 어둡지 않은 걸 보면 정말로 낮이 꽤 길어진 듯했다.

어둑해진 바깥으로 여름에 피어나는 색색의 꽃잎이 날렸다. 총천연색의 꽃이 피어나는 여름의 풍경도 운치가 있었다. 비록 어두워진 다음에야 좁은 창밖으로 보는 것이었는데도 말이다.

기왕지사 이것도 보고 있자니 꽤 눈길을 끄는 풍경이다.

려화가 자리에서 일어나 좁은 창문 가까이로 다가가 붙었다.

바람을 타고 흩날리는 꽃잎의 시작이 어디인가 하고 고개를 내려 보니, 황제궁으로 드는 길의 꽃을 전부 바꿔 심어 둔 모양이었다. 덩굴을 감아 자라나는 식수야 바꿀 수 없다마는, 길을 따라 조경을 꾸릴 수 있는 낮은 꽃과 나무들은 계절에 따라 바꾸는 엄청난 일을 하는 것이 바로 도국의 황궁이었다.

그것도 이곳이 바로 황제가 기거하는 구역이니, 이곳은 계절마다도 모자라 절기마다 꽃이 바뀌고 관상수가 바뀌었다.

지난해는 몰랐건만 올해는 보는 재미가 쏠쏠했다. 려화는 직접 걸을 수 없는 길을 따라 바뀐 꽃들을 눈으로 훑으며 걸었다.

"······저게 뭐지?"

한데 황제궁으로 드는 길목의 조금 먼 곳에서 이상한 광경이 펼쳐지고 있었다. 그것이 려화의 눈에 잡혔다.

려화의 고운 미간에 주름이 생겼다.

"그래도 황제궁 근처거늘 저리 조심성 없게······."

궁녀 두엇이 쪽가위를 들고 옷의 봉제를 뜯고 있었다. 옆에서는 얇은 여름 비단인 옷을 손으로 잡고 조심스레 늘려 날실과 씨실의 올을 헤쳤고 말이다.

암만 어두워졌대도 이것이 보이지 않겠거니 생각했을까. 아니면 여태 조심히 하던 일을 오늘만 이리 대놓고 하는 것일까.

려화는 기가 차 헛웃음을 흘렸다. 그때 쪽가위를 들고 있던 궁녀가 고개를 들었다. 딱, 려화와 궁녀의 눈이 마주쳤다.

그녀가 유배소 안의 려화의 얼굴을 알아보았는지는 모른다. 하나 그 궁녀는 려화가 있을 유배소 창문 쪽을 몹시 살벌하게 노려보았다.

려화는 그녀의 얼굴이 제 과거에 인연이 있는 자인가 떠올려 보았다. 그러나 짚이는 것이 없었다. 유배 전 궁녀 시절에도 려화는 달리 친하다고 말할 만큼 사이가 좋았던 동기가 없었다.

그나마 요즘도 저의 얼굴을 보러 들러 주는 세야 정도면 모를까.

그런데 저들은 어찌하여 제게 이리 적대감을 불태우는 것일까?

잠시 고민하던 려화가 곧 고개를 내젓고는 생각을 그만두었다. 어차피 저들이 자신을 뭐라 생각하든 상관없기 때문이었다.

려화는 유배형을 받은 죄인으로, 황제 휘강의 특별한 감시를 받으니 저들은 려화에게 직접 해를 입히지도 못한다. 지금도 고작해야 입을 옷의 솔기를 뜯고 멀리서 노려보는 것밖에는 하지 못하지 않는가.

누구도 피해만 입지 않는다면, 굳이 제게 해가 오지 않는 일에 관심을 두고 싶지 않았다.

려화는 쪽창의 문을 닫고 어둑해진 실내를 밝히기 위해 등잔에 불을 붙였다.

곧 처소의 입구에 누군가 다녀가는 인기척이 들렸다. 려화는 인기척이 전부 사라지고 나서야 문을 열었다.

려화가 문 앞에 곱게 개어 놓인, 잠자리 날개 같은 옷을 들었다. 어깨와 소매, 치맛단의 이음새 부분 솔기가 터져 있었다.

치마는 주름으로 가려진 곳이 군데군데 올이 해졌다. 려화가 그것을 보고는 허, 하고 웃음을 터뜨렸다.

"뭐, 내게 소일거리를 만들어 줬으니 고맙다 여겨야 하나."

려화가 탁자 위에 옷을 내려놓고, 자수함을 들고 왔다.

닫힌 쪽창 너머의 어둠은 분명 더욱 짙어졌을 것이다. 별도 달도 밤하늘과의 경계를 선명히 하고 떠오를 시간이면 또늘 그렇듯 그가 찾아오겠지.

그때까지 바느질을 마치려면 재게 움직여야 했다.

"……곧, 불청객이 찾아올 시간이구나."

옷에 쓰인 천과 비슷한 실을 찾은 려화가 등잔에 비추어 바늘귀에 실을 꿰었다.

*
**

휘강이 황제궁에 들러 편한 복장으로 환복하고는 려화의 유배소로 찾아갔다. 어차피 황제궁에서 몇 걸음 걷지 않아도 좋을 위치에 있으니, 가는 발걸음은 가벼웠다.

사람 하나가 딱 지나갈 공간을 남기고 무럭무럭 자라난 탱자나무 울타리를 지나면 곧장 작은 집 하나가 보인다. 그 안에 려화가 있을 것이니 휘강은 걸음을 서둘렀다.

"……어찌 없는 것이지?"

한데 계단을 올라 단칸인 방 안으로 들어가 보았으나 려화는 보이지 않았다. 탁자 하나, 침상 하나인 좁은 방에 숨을 곳이 있지도 않을진대.

그렇다면 답은 하나이니 휘강이 걸음을 돌렸다. 처마로 가린 어설픈 욕탕에 려화가 있을 것이다.

그의 생각대로 려화는 욕탕에 몸을 담그고 있었다. 좁은 나무통에 몸을 웅크리고, 고개를 모로 기울인 채 눈을 감고 말이다.

물에는 일부러 모아다가 풀어 놓은 것처럼 만개한 탱자꽃이 가득이었다. 맡기 좋은 향이 물의 푸른 내음과 함께 코를 적시는 것이 썩 나쁘지 않았다. 풀어 내린 머리를 적시고 모로 기대 눈을 감고 있는 려화의 모습도 적잖이 아름다웠다.

하나 휘강은 꽃잎이 려화의 젖은 몸을 가리고 있는 것이 고까웠다. 그가 다가가 수통에 손을 넣고 휘저었다.

려화가 부스스 감은 눈을 떴다. 밤이어야 겨우 새카만 려화의 눈동자가 휘강을 향했다. 밤 목욕의 운치를 즐기며 촉촉하게 젖었던 눈동자는 언제 그랬냐는 듯 메말랐다.

"폐하의 존안을 뵙습니다."

"딱딱한 인사는 집어치우라."

"어찌 그러십니까? 폐하께 예를 다하지 못해 유배 중인 죄인에게 짐을 얹어 주시려는 것이라면 참으로 성공적인 방법이십니다."

앙칼지게 답하는 려화를 보고 휘강이 피식 웃었다. 그러고는 려화의 콧잔등에 붙은, 피부색과 같은 흰색이라 몰랐던 얇은 탱자 꽃잎을 발견했다. 휘강이 꽃잎을 떼어 주고는 그녀의 입술을 가볍게 훔쳤다.

"으음……."

원치 않아도 절로 달콤한 소리가 흘렀다. 려화는 제 입에서 이리 방정맞은 신음이 올라올 때마다 폐부가 찔린 듯이 괴로웠다.

달콤한 쾌감은 려화에게 그 어떤 것보다 강력한 독이었다. 유배형을 받은 뒤로부터 시작된 휘강의 입맞춤이 언제고 그러했으므로, 사실은 피하고 싶은 마음을 고이 접어 숨기었다. 이제는 아무 감정도 없으면 좋으련마는. 쉬이 그리는 되지 않는 모양이었다.

휘강이 저의 원수인 것을 알고, 자신을 속인 것을 알아 배신감에 사로잡힌 뒤 곧바로 마음을 다시 먹었다 여겼다. 한데 지난 세월 간 고이 다지고 쌓아 둔 그 감정은 몹시 단단하게 여물었던 모양이다. 물에 풀어 전부 흘려보냈다 여겼는데, 이리 유속 느린 강에 남은 사금파리처럼 어떻게든 남아 있는 것을 보니.

"어차피 네 형벌을 결정하는 것은 오로지 짐의 몫이다. 짐이 하지 말라면 하지 말 것이고, 하라면 해. 생각하는 것은 네 몫이 아니다."

부드러운 입맞춤이 남긴 아픔에서, 제 마음에 남은 감정을 깨달은 실의에서 아직 벗어나지 못한 려화가 성의 없이 답했다.

"폐하의 말이 다 옳습니다."

"짐의 말을 따르지 않는 것보다, 바로 이 건방진 태도가 네 죄를 더하는 것이다."

"그런 것으로 알고 있겠습니다."

여전히 진심이라고는 눈곱만치도 보이지 않는 려화의 답에 휘강의 미간에 내 천자가 아로새겨졌다. 휘강이 려화의 젖은 머리칼을 쥐고 그녀의 고개를 뒤로 꺾었다.

신료들을 상대하며 쌓인 불쾌함이 적지 않았다. 그것을 풀고자 려화를 찾았건마는 그녀마저 자신을 불쾌하게 하는 것에 심사가 뒤틀렸다.

하나, 또 이리 잡아먹어 달라는 듯이 밤 목욕을 하는 중인 려화를 보고 있자니 뒤틀린 심사보다도 욕정이 갈급해졌다.

어느 쪽이든 려화에게 기꺼운 일은 아닐 것이다. 휘강의 거친 손길에 조금이나마 정신을 차리고 현실로 돌아온 려화의 눈동자에 긴장과 함께 날이 서렸다.

"불손한 눈매는 치우고 답하라. 이 밤에 웬 목간이냐."

"날이 더워졌지 않습니까. 해가 저물 무렵 이미 한 번 목간하였는데, 그래도 찝찝함이 가시지 않아 다시금 물을 찾았습니다. 그뿐입니다."

휘강이 눈썹을 일그러트렸다.

"그렇다고 이 밤에?"

그가 려화의 손목을 붙잡고 들어 올려 흔들었다. 가냘픈 손목이 이리저리 휘둘렸다. 려화가 아프다는 듯 미간을 찌푸렸다.

"이 허접스러운 몸뚱이로 말이냐? 아예 아파 죽어서 내게 벗어나고 싶으냐?"

"어찌 그리 비약하시는지요? 제게 이제 죽을 뜻이 없음을 폐하께서도 알고 계시잖습니까."

"아직 넌 곧 죽어도 이상치 않을 만큼 안색이 못났으니까. 그런 계집이 비록 여름이 찾아온다 하나 밤에는 서늘한 것도 잊고 이리 찬물에 몸을 담갔다? 고뿔이 폐병이 되어 죽겠다 는 의지로밖에 비치지 않거든."

"오해이십니다."

휘강의 상상력이 생각 이상이라 여기며, 려화가 피식 비소 했다. 그녀가 수통에서 몸을 일으켰다. 희고 마른 몸이 드러 났다. 처마와 울타리 사이로 파고드는 달빛이 희미한데도, 려 화의 몸은 그 빛을 받아 저 혼자 빛났다.

려화가 감히 황제인 휘강에게 명령했다.

"비켜 주십시오. 저쪽에 옷가지가 있습니다."

"겁 없는 계집. 황제에게 명령질이라니."

비아냥거리는 말과는 달리, 휘강은 려화가 손끝으로 가리 킨 울타리 구석의 나무 상자 위에 놓인 려화의 옷을 들고 왔 다.

려화의 얼굴이 일순 굳었다. 역시 근래의 휘강은 이상했다. 색사가 다정한 것이야 자신을 휘두르고 심상을 헤집어 놓기 위해서라지만.

이리 행동을 다정하게 하는 것은 도무지 이유를 알 수 없 어 두려웠다. 려화가 돌아 제게로 다가오는 휘강에게 표정을 들키기 전에 가다듬었다. 곧 휘강을 대하는 두 가지 표정 중

하나인 무표정으로 무장한 려화가 말했다.

"무슨 심경의 변화이신지요?"

"무엇이 말이냐?"

"어찌 이리, 제게, 그러니까 왜⋯⋯."

휘강의 속을 알 수 없으니 려화의 말도 하나 정리되지 않고 흘러나왔다. 결국, 끝맺지 못한 말을 두고 려화는 입을 다물었다.

"무엇이냐 물었다."

답을 얻지 못했다. 그러니 휘강이 채근하듯 려화에게 다시 물었다. 려화가 휘강의 손에 들린 제 옷가지를 바라보며 입술을 물었다.

아무리 생각하여도 휘강에게 직설적으로 행동의 변화를 묻는 것은 위험한 짓이었다. 그러니 려화는 에둘러 지금의 대화를 수습할 길을 찾았다.

이와 비슷한 일이 지난번에도 있었다. 급히 찾은 것치고는 퍽 쓸 만한 변명이었다.

"지난번에는 제가 그리 애원하듯 말하여도 알몸인 저를 처소로 곧장 데려가지 않으셨습니까? 그것도 대낮에 말입니다. 그런데 지금은 만인지상의 폐하께서 친히 제 의복을 챙겨 주고 계시지 않습니까?"

휘강이 려화의 말에 그것이 언제인가를 떠올렸다. 그리 머지않은 과거, 막 정신을 차렸던 려화를 한낮에 안았을 때의 일이었다.

"그땐 낮이라 색달랐기에 그랬던가. 한데 짐이 이리 변명이라도 하듯 네게 미주알고주알 속을 털어놓아야 하느냐?"

휘강이 대뜸 표정을 구기며 말했다. 그러나 미간에 새겨진 주름과는 달리 그의 입가에는 미소가 고였다. 불안함을 전부 숨기지 못한 려화의 속내가 보여 기꺼웠던 까닭이다.

휘강은 려화의 눈동자가 맹수를 앞에 둔 미물의 것처럼 잘게 떨리는 것을 바라보았다. 머리 굴리는 소리가 귓전을 타고 들리는 것처럼 여겨졌다.

려화가 자신의 변화를 두려워하고 있었다. 그것이 기꺼웠다. 저를 모욕하던 계집을 온전히 손안에 쥐고 흔드는 기분이 그의 가슴에 얹힌 듯 들어앉았던 혈기를 일부나마 사르르 녹였다.

"……그런 뜻은 아니었습니다."

옷가지 사이에 물기를 닦을 천도 있었던 모양이다. 려화가 수통 밖으로 나와 몸을 닦았다. 물기 어려 있던 몸은 천으로 닦아 내어도 여전히 촉촉해 만지면 손에 묻어 나올 것처럼 보였다.

휘강은 려화가 몸을 가다듬는 것을 지켜보며 나른하게 웃었다.

"짐이 하문하고자 한다."

"그리하십시오."

"짐을 기다렸느냐?"

려화는 순간 제가 잘못 들었는가 하였다. 아니면, 휘강이 본디 광증과는 상관없이 다른 쪽의 미치광이가 되었는가 하였다.

327

그는 자신의 원수이다. 전쟁을 일으켜 휘말린 일가가 모두 죽었으며, 공진성에 모여 살던 친지들의 소식조차 불명했다.

그는 어떻게 보아도 려화의 원수였다. 더해 그것을 모르고 려화가 연심을 품도록, 자신의 신분을 숨겨 농락하고 뒤이어 그녀를 유배형을 받는 죄인으로까지 만들지 않았는가.

려화는 휘강이 제 속을 뒤집어 놓을 새로운 방법을 찾았다 여겼다. 휘둘려 줄 수밖에 없는 처지를 비관하면서도, 차마 고운 답은 나오지 않아 비틀린 입술을 타고 담담한 목소리가 흘렀다.

"감읍하게도 소일거리까지 챙겨 주셨는데, 달리 외로움을 느끼는 것도 아니거늘 폐하만을 바라보고 있었겠습니까?"

"한 번을 곱게 답하는 꼴을 못 보는군."

려화는 휘강의 빈정거림을 무시하며 그의 손에 들린 옷가지를 가져왔다. 방자하기 짝이 없는 태도였다. 그런 다음 려화가 백조군 치마를 가슴 위로 둘렀다.

려화의 하얀 살갗만큼이나 옷자락 또한 하얗기 그지없었다. 울타리와 지붕 사이의 틈을 타고 들어오는 흐린 달빛에 비치는 윤곽이 선녀처럼 고왔다.

그러나 휘강의 눈에는 차지 않았다. 아리따운 곡선을 그리는 나신을 가리는 것이 마뜩잖아, 휘강이 거칠게 려화의 손목을 붙잡고 제 품에 안았다.

"폐하……!"

휘강의 손길 하나에, 려화의 치마는 기어이 그녀를 가려 주지 못하고 흙바닥 위로 떨어졌다. 하얀 치마에 젖은 흙이 묻으며 얼룩을 만들었다.

어찌 이리 곱게 구나 하였지. 려화가 바닥에 떨어져 더러워진 제 치마를 내려다보며 입술을 깨물었다.

휘강 또한, 려화의 치마를 내려 보았다. 흰 치마를 더럽힌 흔적처럼 자신 또한 려화의 흰 살갖에 수치를 느낄 정도로 야살스러운 흔적을 잔뜩 새겨 놓고 싶었다.

단전으로 열기가 모여든다. 휘강이 깊이 숨을 들이켜 이르게 날뛰는 음심을 가다듬었다. 그의 입술이 려화의 귓전을 찾아들었다. 자연히 굽혀진 휘강의 허리에 그의 옷자락이 려화의 맨살을 간질였다.

"폐하, 처소에서 멀지 않은 곳입니다. 조금만 참아 주세요."

휘강은 이곳에서 저를 희롱하려 하고 있었다. 그것을 깨달은 려화가 다급히 휘강을 말렸다. 그의 팔뚝을 손으로 붙잡았다. 그가 이것을 쓸데없는 앙탈로 여길 것을 알지만, 그렇게라도 해야 했다.

단단하게 사방이 벽으로 막힌 곳이 아니었다. 혹여나 휘강과 제가 색사를 나누는 야릇한 소리가 황제궁 주변을 드나드는 환관이나 궁녀에게 들릴까 두려웠다.

려화의 흰 살갖에 소름이 돋아났다.

"왜. 누군가에게 들킬까 두려우냐?"

휘강이 려화의 몸에 돋아난 소름의 감촉을 즐기기라도 하듯 쓰다듬었다. 그것으로는 모자라 려화의 귓불을 입술로 물고 혀끝으로 핥았다.

"폐하, 제발······!"

려화가 눈을 질끈 감으며 애원했다. 휘강은 역시나 아랑곳하지 않았다. 연신하여 려화의 귓가에 뜨거운 숨을 불어넣고, 그녀의 탐스러운 가슴을 매만졌다.

말캉하게 손에 붙는 느낌을 즐기던 휘강이 입술을 꽉 깨물고 신음을 참는 려화를 보고는 키득거렸다. 려화는 기어이 제 생각을 관철해 낼 휘강을 깨닫고는 체념한 것이었다.

휘강이 방금까지 려화가 들어가 있던 수통에 손을 넣었다. 손으로 휘저으니 물은 아직 온기를 품고 있었다. 하지만 그가 원하는 만큼의 그림이 나올 것 같지는 않았다.

휘강이 미간을 찌푸렸다.

"안 되겠군."

티끌 하나 없는 새하얀 흰자가 흐린 빛에도 검은 눈동자와 선명하게 대비된다. 휘강이 려화를 품에 들어 안았다. 그러고는 추울까 하여, 어느새 미리 벗어 손에 들고 있던 제 외투로 려화의 몸을 감쌌다. 려화의 옷가지는 진즉 물기 어린 흙바닥에 떨어져 엉망이 된 후였다.

려화는 자신을 감싼 휘강의 온기와는 반대로 서늘하게 식어 가는 심장 박동에 휘강의 품 안에서 실소했다. 심장은 죽지 않으면 멈추지는 않기에, 결국에는 온기라 부르기는 어려울 어떤 미미한 불씨는 남아 있는 것이 느껴져 반면 비참하기도 하였다.

"밤바람은 아직 차갑지. 물론, 지금부터 짐이 너를 달구어 줄 것이지만 말이다."

휘강이 려화를 침상에 올려놓으며 말했다. 그리곤 려화를 요 위로 눕혔다. 휘강이 그녀의 가슴과 목덜미 주변을 입술로 지분거렸다. 그의 손도 바삐 그녀의 몸을 타고 내려가더니 이윽고 허벅지를 훑어 올리기 시작했다.

"금세 열을 타는군. 네 몸에 짐의 손길이 각인된 탓이겠지?"

얄미운 말이었으나 부정할 수 없었다. 제 몸을 가르고 들어온 것도 아니건만 려화는 휘강의 가벼운 손길에도 열이 오르기 시작했다.

이런 순간들이 쌓여 언젠가는 지치기 시작하리라. 열락에 빠져 고개를 도리도리 저으며 오직 휘강이 주는 감각만을 느낄 때마다 그녀의 안에는 새털 같은 괴로움이 쌓였으니.

그것이 차곡차곡 쌓여서 거대한 산을 이루면, 그때는 어찌 될 것인가. 어쩌면 그 전에 휘강이 자신에게 더는 필요를 느끼지 못하고 버려두게 되진 않을까.

아니, 그럴 날이 오지는 않을 것 같았다. 려화의 눈꼬리가 붉게 젖었다.

"아웃……!"

휘강이 려화의 은밀한 곳에 손을 대기 시작했다. 물기가 어린 찌걱거리는 소리가 들렸다. 사이사이로 려화의 신음이 섞인다. 달뜬 콧소리에 휘강은 귀가 즐겁다고 느꼈다.

려화의 다리가 한 번은 휘강의 팔을 휘감고 꽉 조였다가, 다음으로는 힘이 풀려 바들바들 떨리며 좌우로 벌어졌다. 그러자 휘강은 여지없이 그녀의 안으로 제 중지를 밀어 넣었다.

좁은 밀문이다. 하나 지난 일 년 새 낯이 익은 휘강의 것이 라면, 려화는 어떻게든 받아들였다. 이번에도 다르지 않았다. 입구를 찌르는 느낌에 잠시 움찔하며 힘이 들어갔다간 사르 르 풀리며 휘강의 손가락을 받아들였다.

그러고는 곧 휘강의 손가락이 내벽을 헤집는 느낌에 려화 의 허리가 들썩였다. 휘강은 손가락을 휘어 려화의 안쪽을 살살 긁으며, 더해서 엄지로 그녀의 붉은 음핵을 살짝 문질 렀다.

"아, 응!"

단숨에 휘강의 손바닥이 축축해졌다. 려화가 고개를 꺾으 며 파르르 떨었다. 찌걱거리는 소리가 더욱 커졌으며, 침상 위 요에 젖은 흔적이 생겼다.

휘강이 만들어 낸 쾌감이 려화의 몸을 휘돌았다. 강한 해 일처럼 몰아닥쳐 부서지는 파도처럼 잘게 쪼개어져 려화의 전신을 흘렀다. 이윽고 잔잔한 바다의 물결처럼 아스라이 몸 을 감싸는 그 감각.

려화는 그것에 몸을 맡기며 숨을 크게 들이켰다. 목이 꺾 이고 가슴이 들썩 올라왔다. 휘강이 려화의 삼과 치마가 맞 닿은 틈으로 손을 집어넣어 그녀의 가슴을 쥐었다. 부드럽게 쥐고 문지르다가, 두꺼운 비단을 대어 놓았음에도 바짝 선 그녀의 유두를 손끝으로 둥글렸다.

"홋, 폐……, 폐하!"

"어찌 그리 짐을 애타게 부르는가?"

휘강이 장난기가 가득한 목소리로 물었다. 려화는 눈을 채

뜨지도 못한 채 색색거렸다. 휘강이 려화의 치마 아래에서 손을 물렸다. 젖은 손을 들어 올린 휘강과 려화의 눈이 그제 야 맞았다.

휘강은 귀한 것을 만지듯 려화의 가슴을 아주 부드럽게 주물렀다. 몸에 남은 자극이 휘강의 손길에 따라 연주되며 가슴으로 몰려드는 듯한 기분에 려화가 들이켰던 숨을 후 뱉었다.

"폐하!"

휘강은 려화의 물기로 젖은 제 손을 혀로 핥기 시작했다. 그것에 려화가 대경하며 제 가슴을 주무르던 휘강의 손을 치우고 다급히 일어나 그의 손을 붙잡았다.

"이 무슨 불경한······!"

"처음 보는 것도 아니면서 그리 놀라는가?"

"제게 기운이 났으니 이제야 놀람을 표하는 것일 따름입니다. 그것이 사람 먹으라 나오는 것인지요? 어찌 이리 불경한······."

"먹으면 어때서? 네가 짐의 손길에 따라서 흘려 낸 단물이다."

려화가 다시 한번 두 손으로 휘강의 젖은 손을 단단히 붙잡았다.

"다 떠나서, 만인지상의 폐하께서 죄인의 몸에서 나온 것을 취하는 것이 어찌 정상적인 일이랍니까?"

휘강에게 다른 이유를 들어 이길 방도가 없으니, 려화는 자신이 죄인이라는 것을 들어 휘강을 힐난했다. 그러나 휘강은 이런 것에 있어 대단히 강적이었다.

그는 아랑곳하지 않고, 힘을 주어 려화의 손을 물려 낸 뒤 다시금 제 중지를 입에 넣고 핥았다. 려화의 얼굴이 어둠 속에서도 새빨갛게 익어 있음이 보였다.

"그저 네가 수치감을 이기지 못해 그러는 것일 테지."

휘강이 려화의 귓가로 얼굴을 가져다 댔다. 그러고는 그녀의 귓불을 입술로 지분거리다가 혀를 내밀어 핥았다. 려화의 귀를 중심으로 목덜미에 잘게 소름이 돋으며 솜털이 전부 일어섰다.

이윽고 휘강이 려화의 귓가에 뜨끈한 숨을 후 불고는 말하였다.

"일 년이나 사내를 받은 계집이 아직도 소녀처럼 구느냐."

"폐하께서 매번 경악하리만치 놀라운 모습을 보이시지 않습니까?"

려화가 지지 않고 반문했다. 붉은 얼굴은 여전히 가라앉을 줄을 모르는 채였다.

"나야말로 너를 모르겠다. 일 년이 흐른 이후의 너는 매일 매일이 다르니."

"저는 하나도 달라지지 않았습니다."

려화의 단호한 한마디, 그리고 그녀의 싸늘한 눈동자에 휘강이 피식 웃음을 터뜨렸다.

"그래, 네 그 방자한 속이야 언제나 같겠지."

휘강이 다시금 려화를 아래에 두었다. 흐트러진 이불 위에, 흐트러진 옷차림의 려화가 아주 색스러웠다.

"짐 또한, 달라질 일은 없을 것이다."

휘강의 말이, 마치 절대로 네게 질릴 일은 없으리라 선언하는 것만 같았다. 려화가 눈을 꼭 감았다. 그녀의 속눈썹이 파르르 떨렸다.

휘강의 입술이 그 위로 덮였다.

*
**

용틀임하는 그의 중심에서부터 뜨거운 것이 퍼졌다. 려화는 제 안에서 쏟아지는 휘강의 정액을 느끼며 숨을 합, 하고 들이켰다.

"아으응!"

려화가 비명처럼 마지막 신음을 내질렀다. 그러고는 휘강의 가슴에 기대 그의 어깨를 짚던 려화의 다리가 슬그머니 흘러내렸다. 하여 휘강은 려화의 다리 사이에 자리 잡은 것처럼 되었다.

그가 려화의 마른 몸 위로 제 몸을 겹쳤다. 마른 사이로도 둥글게 영근 흰 가슴만큼은 말캉하다. 그것이 너무 눌려 아프지 않도록 조심하며 휘강은 려화의 목덜미며 턱 선에 입을 맞추었다.

그러고는, 그녀의 옆으로 훌러덩 드러누웠다. 휘강의 거근이 빠져나가며 려화의 잔뜩 충혈된 아래에서 색사를 나눈 흔적이 쏟아졌다.

휘강은 어느새 모로 누워 팔로 머리를 괴고 그런 려화를 바라보고 있었다.

"짐이 보낸 서책을 잘 읽고 있다지."

"⋯⋯그렇습니다. 소일이 되고 있으니, 감읍하다 해야 할까요?"

답하는 려화의 목소리가 지나치게 담담했다. 그러나 방금까지 서로 엉겨 붙었던 색사 때문인지 거칠게 갈라지는 부분이 있었다. 그 거친 부분이, 휘강의 마음에 찼다. 제가 이리 려화를 헤집어 놓은 흔적이라 여기니 기분이 좋아졌다.

"금일 네가 읽은 것은 삼강과 오륜을 빗댄 소설이었다. 알고 있느냐?"

문자 하나하나를 문장으로 만들어 머리에 박아 넣지 못하고 있을진대, 그 내용을 어찌 다 기억하겠는가. 려화는 휘강의 말에 곧바로 답하지 않고 침묵했다.

"제대로 읽지 않은 것이냐?"

"⋯⋯읽었습니다."

휘강이 내용을 물을 것 같지는 않았다. 오륜이야 그렇다 하고, 삼강에 관한 책이었다면 그가 직접 내용을 정해 서책을 보낸 연유가 파악이 되고도 남았다.

"반성을 원하십니까?"

"가만두어서는 평생 짐을 희롱한 죄를, 네가 깨닫지 못할 것으로 보여서."

"희롱⋯⋯. 희롱이라 하시면 폐하께서 지금 제게 하고 계신 이것이 아닙니까."

"짐이 네게 내리는 것은 전부 단죄일 뿐, 어찌 그것을 희롱이라 부르는가? 역시 반성이라곤 없는 태도다."

휘강의 말에 기가 찼다. 하여 무어라도 대거리를 해야 하지 싶어, 려화가 몸을 일으켰다. 허리에서부터 전해지는 짜르르한 고통에 입술을 깨물었다. 다시 드러눕고 싶었으나 참았다.

대거리는 뒤로하고라도, 색사를 나눈 후의 휘강은 다소 풀어지는 데가 있으니 이때 떠보아야 했다. 대관절 어째서 갑자기 이리, 밤을 나누는 것 말고도 제게 관심을 두기 시작하는지.

"폐하."

려화가 휘강을 불렀다. 한참을 괴롭혀졌던 입술은 붉고 통통하게 부어올랐다. 거기에 다시 이를 대었으니 눌린 자국이 야살스러웠다. 휘강은 한 번 더 제 중심이 탱천해지는 것을 느꼈으나, 려화의 몸을 다시금 탐하기에는 죄인의 몸이 곧 깨어질 얇은 도자기처럼 위태해 보여 참았다.

"말하라."

"폐하께 그저 저는, 일개 죄인이 아닙니까? 평생을 바쳐도 그 죄를 씻을 길 없는."

"그렇다."

"더해서 저는 폐하께서 심중을 다스릴 수 있도록, 그저 제 몸을 빌려드릴 뿐인 존재입니다. 이 또한 맞는 말이지요?"

"……그렇지."

려화의 두 번째 물음에는 휘강의 답이 조금의 시간을 두고 흘러나왔다. 곱씹으면 맞는 말이기에 답은 하였지만, 어쩐지 무언가가 걸린 것이다.

려화는 휘강의 침묵에 고인 행간을 읽지 못했다. 휘강에게는 마음이 없다는 것을 전제로 하였기 때문이었다.

"폐하께서 친히, 제게 내려 주시는 모든 것이 은혜임을 압니다. 하나……."

려화가 휘강을 똑바로 바라보았다. 당신의 심중을 모르겠다는, 불안함으로 요동치는 눈동자가 휘강의 시선과 닿았다.

휘강의 목울대가 울렸다. 그의 목을 통해 흘러들어 간 그 물이, 아까까지는 제 몸을 적셨다. 갑작스레 그런 생각을 떠올린 려화가 화급히 시선을 내리깔았다.

시간은 절대로 아물지 못하리라 여긴 상처조차도 덮어 버리는가. 그리고 아물어 흉하게 덧난 자리에도, 베어 낸 줄만 알았던 감정은 이리 머무르는가.

아니면, 아무것도 모르던 과거처럼 지금의 그가 자신에게 무심하게 내보이는 상냥함에 무언가를 착각하고 있는가.

모든 것이, 너무나 어려웠다.

"……원치 않습니다."

"어째서? 육신의 편함이 괴로운가?"

휘강의 목소리가 낮게 깔렸다. 분명 려화의 몸을 안아 광증을, 혈기를 눌러 다스렸으니 적당한 기분으로 처소를 나가면 되거늘.

그의 기분은 침중하게 가라앉았다.

"그렇다면 더욱이 짐은 지금처럼 행동할 것이다."

"폐하!"

"네가 이곳에 계속 있는 한, 짐이 내리는 모든 것이 벌이다."

휘강의 목소리는 단호했다. 그가 거친 손길로 려화를 끌어와 품에 안았다.

"알잖느냐. 짐이 네년의 괴로움을 즐기는 것을."

려화의 가슴을 헤집어 놓는 말을 던지며, 휘강이 몹시 아름답게 웃었다. 그것으로 모자라 그의 손이 려화의 음부로 파고들었다. 아까까지 휘강의 양물을 품고 있던 려화의 음부는 살짝 부어올라 뜨거웠다.

그 안으로 손가락을 쑤셔 넣고는 음탕한 소리가 나는 것을 즐겼다. 한데 이리해도, 휘강의 마음은 자꾸만 가라앉았다. 불가해한 일이었다. 휘강은, 여태껏 려화의 괴로움을 즐겼거늘.

"훗……."

"너는 이런 상황에서도 느끼는가?"

거칠게 파고든 것과는 달리, 휘강의 손길은 조심스럽게 려화의 밀지를 달구었다. 열감은 점점 고조되어 려화의 전신으로 퍼졌다. 해소할 수 없는 간지러움이 전신으로 퍼져나가 자잘한 따끔함으로 변했다.

그리하여 려화가 휘강의 이죽거림에 대답조차 잊고 몸을 뒤틀었다. 려화의 손이 답을 대신하여 휘강의 손목을 붙들었다. 그러나 이길 수 없는 힘이다.

휘강은 려화에게 그 무엇으로도 이길 수 없는 태산과도 같은 자였으니, 기어이 그에게 굴복하고야 말았다.

멍청한 마음이 처음이었다. 다음으로, 그의 정체를 알고 나서 그 마음을 거두었다 여겼으나 육신이 그가 주는 쾌락에 무너졌다. 이윽고, 체념한 다음에는 다시금 마음에 피어오르는 미련이 려화를 난도질했다.

이다음이, 또 있을까 두려웠다. 전신을 휘도는 음란한 쾌감을 따라 괴롭고 불안한 마음, 상심이 려화의 몸을 적셨다.

"흐, 읏……. 으흡……!"

진즉부터 조금씩 붉어져 있던 려화의 눈가에서 기어이 눈물이 흘렀다. 휘강은 결국 려화의 절정을 보고 나서야 제 손을 거둬들였다.

여전히 휘강의 입가에는 비틀린 미소가 고여 있었다.

신료들이 틀렸다.

려화는 그를 원망하고 미워하기만 할 따름이며, 황실의 광기를 물려받은 그는 낯간지러운 감정을 몰랐다.

관계는 여전하고 바뀌는 것은 없을 것이다.

신료들이 틀렸다.

휘강은 그리 생각하였다.

하얗고 마른 손이 뜯어진 옷 솔기를 다 꿰매고, 남은 실을 가위로 잘랐다. 려화는 문득 지난 시절의 휘강이 제게 처음 선물했던 은장도를 떠올렸다. 괜한 떠올림은 아니었다.

그녀의 손에 쥔 작은 가위의 손잡이는 그때와 같은 투박한

은색이었으므로. 거기에 달린 날은 아무럼 그때의 은장도처럼 첨예한 광을 자랑하지는 않았으나, 문득 그것이 떠올랐다.

그때는 휘강을 다섯 번 만나는 것이 몹시 행복해 직전의 서운함도 금세 씻겨 사라졌는데.

그때의 순진하고 풋풋했던 자신과, 그와 저의 관계란 지금 와서 떠올리면 모두가 거짓 위에 쌓인 허망한 모래성이었다.

"바깥바람을 쐬지 않아 그렇지. 이리 잡생각이 많아지는 것은……."

실로 그러했다. 려화는 요즈음, 훤한 낮에는 바깥을 돌아다니지 못하였다.

려화의 유배소, 황제궁 뜰의 탱자나무 울타리 안에 변화가 찾아왔기 때문이었다.

이제 여름이 완연해 신록은 자취를 감추고 녹음이 우거졌다. 계절이 바뀌었으니 새로이 찾아온 여름의 풍취를 즐기면 좋으련만.

휘강의 명에 따라 유배소 내의 욕탕이 공사에 들어갔다. 신료들의 엄청난 반대가 있었으나, 휘강은 그를 전부 깡그리 무시했다.

유배소의 욕탕이란 나무통 하나뿐이라 기실 욕탕이라 부르기엔 낯부끄러운 공간이었다.

해서 나무통을 치운 자리에 바닥을 파고, 그곳에 나무를 짜 넣어 말 그대로 작은 탕을 만들기로 하였다. 려화가 듣기로 욕탕 곁에는 작은 아궁이까지 만든다 했다. 그곳에 불을 지펴 데운 물을 곧바로 욕탕에 채울 수 있도록 말이다.

죄인의 처소에 두기는 과분한 곳이었다. 그러나 황제가 친히 명하셨다. 덧붙인 이유까지 자신의 불편함을 들었으니 말릴 수 있는 이가 없었다.

공사는 며칠이나 걸린다고 했다. 그동안 려화는 처소 밖으로 함부로 나오지 못하게 되었다. 감히 유배형을 받은 죄인이 황제의 명 없이 누군가를 마주쳐서는 안 되기 때문이었다. 더군다나 인부들은 사내였으니, 죄인이기에 앞서 폐하를 상대하는 여인이 함부로 얼굴을 내놓아서는 안 된다는 이유 또한 있었다.

황제궁 옆 유배소의 작은 소란이 황궁의 기류를 바꿔 놓았다.

핑계야 어찌 되었든, 작금의 상황은 누가 보아도 황제가 죄인인 려화를 아껴 그녀의 편의를 보아주는 것으로 보였다. 려화에게는 지난하게 갇혀 있어야 하는 시간일 따름이었는데 말이다.

"이마저 이제 다 했으니, 이제 또 무엇으로 시간을 보내야 하려나."

려화는 바느질을 마무리하고, 자수 통에 실과 바늘, 가위를 정리해 넣었다. 통의 가장 아래에는 주인이 제게 예쁜 그림을 수 놓아 줄까 기약 없이 기다리는 흰 광목이 깔렸다.

려화는 없는 솜씨라도 부려 이곳을 채워야 하는지 잠시 고민했다. 어차피 서책은 재미없고, 소일거리라고 있는 상한 옷을 고치는 것에도 한계가 있었다. 죄인에게 보내지는 옷이란 게 철마다 세 벌을 넘지 않았다.

하나 아무리 생각해도 자수를 두어 내다 팔 수 있는 것도 아닌 제 처지에, 쓸데없는 짐이나 늘리는 것만 같았다. 솜씨가 좋지도 않고 그렇다고 취미로 둔 것도 아니니 말이다.

하여, 려화는 도통 재미가 없어 미뤄 두었던 책이나 다시 잡았다. 곧 점심이 들어올 시간이었다.

"저기……, 잡서를 보관하는 서고에 볼만한 것이 제법 있어."

점심을 가져온 궁녀가, 처소 안으로까지 걸음을 옮겨 직접 탁자 위에 소반을 올리며 말했다. 제 나름대로는 고민을 하다가 말을 건 것인지 동글동글한 눈동자에 걱정과 우려가 한가득하다.

려화의 시선이 책에서 떨어져, 소반을 따라 올라간 다음 궁녀에게 고정됐다.

유배소에 있었던 작은 소란이 불러온 변화는 제법 많았다. 그중 하나가, 궁녀들이 려화를 대함에 있어서 질겁한 듯 굴던 행동이 조금 나아진 것이었다.

본디 유배소에 갇힌 려화를 대하는 궁녀들은 그녀와 엮이는 것을 저어했다. 아니, 그것도 넘어서 아예 얼굴조차 마주치지 않으려 했다. 그런 와중에 유배소 안으로 걸음 해 려화의 탁자에 직접 음식이든 서책이든 놓아 주는 궁녀들은 극소수였다.

그중 한 아이가 려화에게 말을 걸어 온 것이다. 그녀는 전부터 려화의 처지를 가엾게 여겨 왔다. 그러나 다른 궁녀들의 험담이며, 감히 황제의 명으로 유배된 죄인에게 말을 건

다는 것이 겁이 나 차마 려화에게 말을 붙이지는 못하였던 이였다.

려화의 눈에 이제 막 정식 궁녀가 되었을까 싶은 앳된 얼굴이 보였다. 볼에 남은 젖살이 통통하고, 분을 바른 얼굴에는 주근깨가 옅게 보였다.

귀엽고 선한 인상이 마주하는 이를 편안하게 해 주는 아이였다.

"조언은 고맙지만, 내게 말을 걸어도 괜찮니?"

궁녀가 이리저리 눈알을 굴리다가, 려화를 똑바로 바라보았다. 얼굴에는 여전히 긴장한 기색이 역력했다.

"내가 말을 걸었다고 이를 거야?"

려화가 느리게 고개를 가로저었다. 그럴 리가 없었다. 그저 들려오는 목소리에 조금 놀라 반사적으로 물은 것일 따름이었다.

그러나 려화의 대답에 궁녀는 적잖이 긴장이 풀린 모양이었다. 한숨을 후 내쉬며 그녀가 어깨를 늘어뜨렸다.

"그럼 여기엔 둘뿐이니까 상관없지 않을까……?"

"그래. 그러네."

려화가 살포시 웃었다. 얼마 만에 진심으로 웃는 것인지 모르겠다. 그것도 휘강이 아닌 다른 이를 앞에 두고 말이다. 그저 어린 궁녀가 귀엽고, 제게 말을 걸어 준 것이 고마웠다.

"매번 재미없어 죽겠는데 억지로 읽는다는 표정을 하고 있길래……."

"그래도 할 게 아무것도 없던 때보다는 분명 나았을 텐데.

그렇게 티가 났나?"

궁녀가 크게 고개를 끄덕였다.

"엄청."

"엄청?"

"응. 정말로."

이번에는 두 여인이 서로를 마주 보며 웃음을 터뜨렸다. 려화가 조금 이르게 웃음을 그치고 물었다.

"내 이름은 알 것 같지만, 나는 려화라고 해. 공려화."

궁녀의 이름을 돌려서 물은 것이다. 만일 궁녀가 제 이름을 말해 주지 않아도, 그저 려화가 제 이름을 소개한 것으로 끝나도록 배려한 것이었다. 어쨌든 저는 죄인이니, 궁녀가 그 이상 려화와 말을 섞고 싶지 않아 할 수도 있으니 말이다.

그러나 궁녀는 곧장 답했다.

"나는 소산여. 소씨 가의 산여이지만, 다들 여여라고 불러."

"그럼 나도 널 여여라고 부를까?"

산여가 어깨를 으쓱였다. 그러고는 싱긋 웃으며 말했다.

"그게 편하면."

궁녀와, 궁녀였던 죄인이 나눌 수 있는 대화는 짧았다. 허락된 시간도 길지 않았으니 말이다.

열여덟의 산여는 어려운 집안 살림에도 서책 읽는 것을 참 좋아했다. 읽는 것처럼 저의 이야기를 쓰는 것도 퍽 좋아했다고 하였다. 그래서 궁에라도 들어오거든 서책을 그나마 자주 접할 수 있지 않을까 하여 입궁했다고 말하는 산여의 볼 우물 팬 볼이, 려화는 퍽 귀엽다고 생각했다.

문득 려화는 어린 제 동생이 떠올라 마음이 아려왔다. 만약 동생이 살아 있었다면 산여보다 세 살이 어렸을 것이다.

하나 사내는 여인보다 웃자라 이르게 어른 된 얼굴을 하지 않던가. 만일 준이가 살아 있다면 지금의 산여와 비슷한 만큼 자라지 않았을까.

유난히 앳된 산여의 얼굴에 동생의 방싯방싯 웃던 얼굴이 덧그려졌다. 더욱이 글도 모르던 때부터 서책을 붙잡고 놀던 동생이 아니던가. 서책을 좋아한다는 산여처럼.

려화의 입가에 흐릿한 미소가 맺혔다.

"그래서, 사실 진짜 우리가 읽어 재밌을 이야기책들은 지금 전부 보류각에 다 들어가 있어. 난 그게 너무 읽고 싶은데……."

슬슬 려화가 식사를 마쳐 가니, 곧 소반을 들고 나가야 하기에 산여는 아쉬움에 발을 동동 구르면서 말을 빨리했다.

그느라 려화의 표정을 살피지 못했을 것이다.

말을 전부 마치고 개운한 표정이 된 산여의 앞으로 려화가 식사를 마친 소반을 밀었다.

산여는 아직 젖살이 남은 볼을 우물거리며 아쉬움 가득한 눈으로 빈 소반을 바라보았다.

"또 볼 수 있을까?"

아쉬운 건 려화도 마찬가지였다. 하여 그녀가 먼저 물었다. 산여가 소반을 챙겨 들며 고개를 크게 끄덕였다.

죄인이 되고 나서 생긴 첫 인연이었다.

　말을 나눌 수 있는 대상이 늘었다는 것이, 유배 중인 려화에게는 엄청나게 큰 활력을 주었다. 하여 매일 밤 려화를 찾는 휘강이 려화의 변화를 느낀 것도 당연한 일이었다.

　"욕탕의 공사로 낮에 바깥바람도 쐬지 못하면서, 요새 활력이 아주 넘치는구나."

　려화는 휘강의 말에 가슴이 뜨끔해졌다. 그야, 이야기 상대가 늘었으니 활력이 생긴 것은 당연했다. 한데 휘강까지 눈치챌 정도일 줄은 몰랐다.

　"폐하께서 저를 어찌 보시는지는 몰라도, 한때는 저 또한 귀히 자랐습니다. 다른 여인들처럼 방안에서 조용히요."

　려화가 별다른 변명이 떠오르지 않아, 과거를 핑계 삼아 답했다. 그것이 휘강의 관심을 끌 줄은 몰랐다. 휘강이 려화의 변명을 듣고는 무언가 꿍꿍이속이 있는 눈치로 려화를 빤히 바라보았다.

　"……어찌 그리 보십니까?"

　"갑자기 옛일이 생각나서 말이다."

　"옛일이라니요."

　"너는 나이를 속여 궁에 들어왔다고 내게 말했었지. 그때야, 그것을 밝혀 널 치죄할 생각이 없었으니 넘어갔다지만."

　려화의 어깨가 딱딱하게 굳어졌다. 휘강이 려화의 나신 위로 얇은 이불을 덮어 주었다. 체력이 떨어지면 쉽게 한기를 느끼는 려화의 몸은 지금이 아니라도, 여름밤의 선선함에조차 쉬이 소름을 돋아 냈으니 말이다.

물론 지금 려화의 어깨가 굳어진 것이 단순히 추위 때문은 아님을 알았다. 그러나 그러고 싶었으니 그런 것에, 휘강은 깊이 생각하지 않았다.

"지금에 와서 문득 궁금해 말이다. 네 진짜 신분. 네 진짜 이름. 네가 살았던 진짜의 삶."

무어라 답해야 할까. 지금의 답이, 자신에게 수습할 수 없는 화를 불러올 수도 있었다. 더해, 죽은 가족들이 다시 끌려 나와 치도곤을 당할 수도 있었다. 이러한 생각에 려화는 가슴이 답답해졌다. 긴장으로 굳어진 려화의 몸 위로 휘강의 손이 다가왔다.

온몸을 식히는 서늘한 질문을 던져 놓은 주제에 그의 크고 굳은살이 박인 손은 따뜻하기만 했다.

그 온기가, 불가해하게도 저에게 용기를 준 것인가.

아니다. 그저 휘강의 지위와 성정이라면 어떻게든 제 거짓을 꿰뚫을 수 있으리란 걸 아는 탓이다. 해서 려화는 솔직한 답을 내놓았다.

"이름도 나이도, 제가 폐하께 말씀드린 적 있던 저의 과거 또한 모두 진실입니다. 거짓은 없었지요."

"너의 신분은?"

그러나 이번의 물음에는 사실을 털어놓을 수는 없었다. 거짓을 말할 수도 없으니 려화는 말을 흐렸다.

"과거의 신분……. 그것이 무엇이었든 지금은 그저 전쟁으로 가문의 식솔을 모두 잃은 잔챙이입니다. 거기다 이제 죄인이기까지 하니 과거가 소용이 있겠습니까?"

"소용없다 하여도 숨길 이유가 없으면, 내게 말하지 못할 이유도 없지 않은가?"

려화가 지그시 입술을 깨물었다. 아버지와 오라버니는 공진성을 지키기 위해, 전쟁의 물결이 성에 닿기도 전부터 그곳을 떠나지 않았다. 철야로 성 바깥을 살피고 봉화를 올려 침입을 알렸을 것이다.

그러나 살아남지도, 지키지도 못했다. 뒤늦게 황자의 군사가 와서 공진성을 수복했다는 소식은 들었으나, 그 소식에는 부친과 오라비의 사망 소식이 함께였다.

그러니까, 려화에게는 비극일 일이나 휘강에게는 성을 지켜 내지 못해 군벌을 받아야 하는 죄를 뜻하기도 했다.

알리고 싶지 않았다. 과거에는 자신이나마 홀로 살리려던 어머니의 유지를 이어 나가려, 자신을 지켜야 했기에.

지금에 와서는, 그의 입으로 아비와 오라비의 죄를 묻는 말을 듣고 싶지 않아서.

"중앙에는 올 일이 없는, 한미한 귀족가였습니다. 폐하께서 신경 쓰실 일도 없는. 지금은 사라진."

휘강이 려화의 말을 듣고는 조용히 무언가를 궁리했다.

"이름에 거짓이 없다면 공진성 출신이겠군. 공진 공씨라……. 그렇다면 성주의 방계 식솔이었나?"

휘강의 입에서 흘러나온 말은 사실에 근접해 있었다. 그러니 려화는 떨리는 턱을 자제하면서 의연함을 가장했다.

"어찌, 그런 것을 다 기억하고 계십니까?"

"네 나이를 가늠하니, 대충 답이 보이더군. 황제는 공으로 된 줄 아느냐?"

휘강이 비소하며 려화를 내려다보았다. 려화는 그런 휘강을 어떠한 표정으로 마주 보아야 할지 몰라 그를 바라보던 시선을 물렸다. 어서 이 화제에서 벗어나고 싶었다. 금방이라도, 휘강의 입에서 너희의 가문은 처음부터 죄인의 가문이구나 하는 불호령이 떨어지고.

또 마음에 씻을 수 없는 상처가 생겨 가까스로 정신 차리자 먹은 마음조차 전부 빠져나가 버릴 것 같았다.

"해서 폐하께선 제가 활력이 넘치는 이유에 대해서 수긍하셨습니까?"

"그런대로."

휘강이 심드렁하게 답했다. 려화는 그제야 안도했다. 휘강은 생각이 아예 다른 곳으로 옮겨갔는지 허공 어딘가를 바라보고 있었다. 시선의 방향은 려화를 향했으나 말이다.

그는 과거, 잠깐이나마 려화를 황후로 세울 결심을 하며 내명부를 찾아본 적이 있었다. 거기에 적힌 려화의 출신 성 또한 공진성이었다. 그렇다면 려화는 가까운 자의 신분을, 어쩌면 친척의 것을 빌린 것이겠구나 하는 생각이 들었다.

한편으로는 하필 공진성 출신이라 전쟁의 고통을 더욱이나 직격으로 맞았겠거니 싶기도 했다. 휘강의 전쟁은 잔혹했으나, 그 잔혹함은 도국 백성의 몫이 아니었다. 피해가 아예 없을 수는 없더라도 적국의 장수와 병졸들, 백성들이 겪는 잔혹함과 두려움에는 비할 바가 되지 않았을 것이다.

그러니, 휘강은 려화가 전쟁을 끔찍하게 여기는 것을 조금 유난하다 받아들였다. 그렇지만 려화가 나고 자라, 전쟁터를 겪은 것이 공진성이라면 이야기가 조금 다르다.

전쟁에 휘말려 잃었다는 핏줄은 단순히 직계 가족만이 아닐 터다. 공진성이라면 능히 직계와 방계 친척에 이르기까지 몰살을 당했을지도 모른다. 그렇다면 끔찍하게 여기고도 남을 법했다.

휘강에게도 공진성에서의 전투는 기억에 선명히 남을 만큼 치열했던 싸움이었으니까.

휘강의 사색이 길어진다. 려화는 이럴 바에는 휘강이 그냥 돌아가 주었으면 했다. 휘강을 앞에 두면 자신 또한 생각이 많아지니 말이다.

그러나 언감생심 황제에게 축객을 내릴 수는 없으니, 그가 얼른 떠나도록 유도하는 것이 가장 상책이었다.

"무슨 생각에 잠겨 계신지 여쭤도 되겠습니까?"

"별 것 아니다. 네가 거짓을 말하는 건 아닌지 생각을 꿰어 맞춰 보았다."

휘강의 말에, 려화가 최대한 자신의 속내를 들키지 않기 위해 애썼다.

"근래, 폐하께서는 저 따위의 계집에게 너무 관심이 거하십니다."

려화의 입에서 크게 하품이 나왔다. 정말로 피곤했지만 그 이상으로 과장한 것이었다. 그녀가 덮인 이불 안에서 몸을 돌려 엎드렸다. 일 년이면 적응하고도 남겠건만, 아직도 휘강과 밤을 보내면 허리 아래가 뻐근하고 힘이 풀렸다. 묵직한 느낌을 지울 수 없는 허리는, 차라리 엎드려 있는 것이 나았다.

"제가 기운을 차린 이후부터였지요. 폐하의 관심은……. 그것에 다른 이유는 없다고 몇 번이나 말씀드렸습니다. 그러니 이제 관심을 거두어 주십시오."

"그럴 순 없지. 짐이 너를 잘 아는 만큼, 너를 더 괴롭게 할 수 있을 터이니."

"……예. 그러시겠지요."

달리 다른 이유를 떠올리고 있지는 않았다. 그런데도 려화는 휘강의 말에 다시금 실망하는 자신을 느꼈다.

이런 하루가 자꾸만 쌓여 가고 있었다. 지난했다. 지난했으나 연이은 하루하루는 점점 려화의 속을 더욱이나 피폐하게 만들고 있었다.

어째서 아직까지도 휘강의 한 마디에 휘둘리는가. 왜 빌어먹을 몸뚱이는 계속하여 휘강이 주는 쾌락에 익숙해지는가.

"하여, 금일 폐하께서 제게 주시는 벌은 끝난 것입니까?"

려화는 마치 빈정거리듯 말했다. 휘강이 그를 듣고 가만히 있을 인사가 아니다. 그가 엎드린 려화의 턱을 붙잡고 들어올렸다. 원치 않게 휘강의 눈빛을 마주하게 된 려화의 눈에 반발심이 가득했다.

"그럴 리가."

"······오늘 폐하께 더 안기면, 저는 죽음을 면치 못할지도 모릅니다. 힘에 부칩니다."

"네 입에서 아쉬운 소리를 들으니 기껍구나."

"그렇다면 이제 그만 돌아가 보셔도······."

휘강이 말을 다 마치지 못한 려화의 입안으로 손가락을 들이밀었다. 황제의 육신을 상하게 할 순 없으니, 려화는 입을 헤벌린 채로 굳었다.

"벌은 아직 끝나지 않았다 하였다."

입안에 담긴, 휘강의 엄지가 려화의 혀를 희롱했다. 거칠게 눌렀다가 부드럽게 휘젓고, 치열을 쓰다듬고 볼 안쪽 살을 살살 긁어낸 다음에야 물러갔다.

"욕탕의 공사가 시작되고부터 네가 기운을 얻은 듯하더군."

"······그리 보이셨습니까?"

"그리 보인 게 아니라, 확실히 그렇지. 그리고, 네가 기운을 차린 데는 이유가 있겠고. 그 이유가 짐은 아닐 것이다."

이번에는 휘강의 손이 려화의 얼굴을 덧그렸다. 동그란 이마에서 단정한 눈썹으로 이어지고, 그 아래의 눈두덩이와 긴 속눈썹을 훑었다. 이윽고 매끈한 콧대를 따라 내려와 인중을 매만지다가, 산이 어여쁜 입술을 따라 그렸다.

온유한 손길이었다. 그러나, 항상 뜨겁게 느낄 정도로 유난한 휘강의 체온이 오늘따라 느껴지지 않았다. 려화는 어쩐지 등골이 서늘했다.

그는, 아직 자신이 내리는 벌. 그러니까 괴롭힘은 끝나지 않았다 하였다.

"말해 봐. 이 반반한 얼굴로 혹여, 짐이 가르친 쾌락을 탐하기 위해 공사하는 인부라도 꾀어냈느냐?"

려화가 얼굴을 딱딱하게 굳혔다. 아무렴 그래도, 휘강이 이러한 말로 자신을 모욕할 줄은 몰랐던 탓이다. 당장이라도 그가 입은 용포의 멱살을 쥐고 아니라고, 귓가에 고래고래 소리라도 지르고 싶었다.

그러나 무너진 모습을 보이는 것이 바로 휘강이 원하는 것이리라.

려화가 낮게 가라앉은 목소리로 최대한 담담하게 답했다.

"제가 그리했다고 믿으십니까?"

"네가 기운을 차린 이유를 모르니 물은 것뿐이다."

"아니요, 말씀은 바로 하셔야 합니다. 제게 상처를 주고자 물으신 것이지요."

"그래서, 네게 상처를 입힌 짐의 질문에 대한 답은 뭐냐?"

려화가 입꼬리를 비틀어 올렸다. 명백한 비웃음이기에 휘강의 표정에는 찬바람이 일었다.

"그 어떤 사내에게라도. 몸이든 마음이든 바쳐야 할 상황이라면, 차라리 저는 자진하고 말았을 것입니다."

"하나 너는 짐과 몸을 섞고 있지."

"그전에도 자진하려 하였지요."

하나하나 지지 않고 대꾸해 오는 려화의 모습에 휘강은 기가 질린 표정으로 고개를 내저었다. 다만 그러고 나서 려화를 바라보는 휘강의 표정은 살벌하기 그지없었다.

아는 것을 다시 짚어 주니 새삼 짜증이 일었다. 단순한 짜증만은 아니었으나 불행히도 휘강은 그것을 몰랐다. 제 안에 자리 잡은 려화를 향한 마음을 그는 몰랐다.

"방자한 계집."

휘강의 목소리에 담긴 진노는 의심할 것 없는 진짜였다. 폭풍이 일기 전의 고요와 닮아 있었다. 려화는 저도 모르게 몸을 웅크리고 떨었다.

휘강은 폭군이었다.

폭군이란 제멋대로 폭정을 휘두르는 군주를 이르는 말이었다. 자신의 의지가 관철되지 아니하면 피를 보아서라도 제멋대로 나라를 휘두르는 자를 이름이었다.

려화가 뒤늦게 알게 된 휘강은 사람의 목을 치는 데에 있어 어떠한 죄책감도 지니지 않은 사람이었다.

"……모르지 않으셨잖습니까. 제가 방자한 계집인 것을요."

"그렇지. 하나 아직 짐은 네가 어찌 활력을 얻었는지는 알지 못한다."

려화가 활력을 얻은 이유야 단연 산여 때문이었다. 그러나 어쩐지 그의 앞에서 산여의 존재를 언급하고 싶지 않았다. 미련한 고집일 수도 있었으나, 만에 하나라도 산여가 저 때문에 다칠까 두려웠다.

궁에 사는 모두는 궐 밖의 백성들과 달리 휘강이 폭군인 것을 아주 잘 안다. 려화 또한 휘강이 황제인 것을 모르던 시절에도, 그 황제가 미치광이인 것은 알지 않았는가.

비록 휘강이 자신인 것을 숨기고 직접 알려 준 것이었다지만, 그 모든 말에 틀림은 없었다.

"욕탕이⋯⋯. 욕탕의 공사를 하고 있지 않습니까. 이곳에 갇힌 제가 즐길 거리라곤 고작해야 조용히 목욕하는 시간 정도이지요. 그곳이 좋아진다니, 그저 그것이 기꺼웠습니다."

가까스로 짜낸 변명을 주억거리는 이 상황이 괜히 비참했다. 하여 려화가 휘강을 외면하듯 엎드려 누웠다. 피곤해 더는 말을 하고 싶지 않다는 표현이기도 하였다.

휘강이 누운 려화의 등을 매만졌다. 날개뼈에 남은 잇자국과 순흔이 어지러웠다.

"네 말이 모두 사실이라면, 적어도 정을 통해 흘레붙은 놈팡이는 없단 뜻이로군."

"⋯⋯전부 사실입니다."

흘레붙었다는 말을 무시하고, 정을 통했다는 말을 그대로 '서로의 정을 주고받아 친해진 사이'로 간주한다면 있었다. 산여였다.

흘레붙은 사내라면 없었다. 본디 려화는 사내라면 지긋지긋했다. 그런데 어찌 그런 자를 곁에 두겠는가.

다 차치하고, 만일 려화가 먼저 손을 뻗어 꾀인 사내가 있다 하더라도 그에 호응하는 자가 감히 있었을까. 쉬이 목을 날려 버릴 흉흉한 황제를 두고 감히.

"저는 그들의 머리털 끝 하나 보지 못하였습니다."

"해서 없었다?"

"없고말고요."

려화가 휘강의 눈치를 살피며 어색한 얼굴로 웃었다. 그 웃음 너머에는 무언가가 있었다. 제 앞에서 비소가 아니라면 쉬이 웃지 않는 려화였다. 타인의 감정에 무딘 휘강의 눈에도 그것이 보였다. 신경 쓰지 않아도 좋겠건만, 이상하게도 휘강은 려화의 모든 것이 눈에 밟혔다.

자신의 광기를 잠재우는 여인, 하나 저의 속을 휘저어 놓는 계집.

이리 억지를 부려 제 뜰에 붙잡아 놓은 것부터. 하나부터 열까지 려화를 앞에 두고 있는 휘강은, 그 자신의 평소 모습에 비추어 모순이었다.

휘강은 얼마 전, 오랜만에 유 노인을 찾아 그 연유를 물었다. 태황태후는 휘강이 려화를 뜰에 들였을 때부터 노골적으로 불쾌히 여기며 저를 피하는 데다, 찾을 때마다 황후를 세우는 것이 우선이라 말하니 마주하기가 영 불편했다.

세상에 마음 편히 믿을 사람이라곤 유 노인과 태황태후뿐인데, 그중 조모는 불편하기 짝이 없어졌다. 휘강이 이런 것을 물을 수 있는 자는 유 노인 하나였다.

'유 할아범. 오랜만이네.'

'폐하, 전쟁에 나선 것도 아니시거늘 이리 궁을 비우시면 아니 되옵니다.'

'변명도 가지가지군. 내가 그 계집을 유배한 뒤로부터 자넨 날 탐탁지 않게 여겼지. 날 보기 싫어서 하는 소리 아닌가.'

그사이 유 노인도 많이 늙어 있었다. 휘강은 그의 불쾌하기 짝이 없다는 얼굴을 무시하고 처소로 밀고 들어가 자리를 잡고 앉았다. 퀴퀴한 냄새가 날 것처럼 낡은 처소에서도 복숭아향이 났다.

꼬장꼬장한 얼굴에 뒤 구린 짓을 하기 딱 좋은 태감이라는 직함. 그럼에도 불구 항상 꼿꼿한 본성을 가졌던 유 노인을 그대로 보여 주는 것처럼.

'허어…… 퇴직한 늙은이를 다시 찾을 이유가 뭐랍니까.'

'짐이 그대가 퇴직하고도 족히 칠, 팔 년은 농원에 들렀음을 잊었나? 이제 와 할아범이 이러는 이유가 있잖은가.'

'……궁녀 려화와 관련한 이야기를 물으러 오셨습니까?'

유 노인의 얼굴에서 찌푸림이 조금 사라졌다. 그가 휘강의 말에 집중할 것처럼 허리를 펴고 똑바로 앉았다. 평생을 황제의 곁에서, 혹은 황실의 웃어른들 곁을 오가며 예의를 지켰던 태감이었다. 그가 허리를 구부정히 구부리고 꾀죄죄한 늙은이처럼 구는 것은 전부 꾸며 낸 것이었다.

휘강만이 그걸 알았다. 더는 궁의 일과 엮이고 싶지 않아 차라리 유일하게 저와 마주치는 궁녀들에게 무시당하는 것을 편히 여기던 유 노인의 속내를 말이다.

그가 허리를 똑바로 펴고, 태감 때의 얼굴을 찾았다는 것은 휘강의 이야기를 바로 들을 준비가 되었다는 말이었다.

'이제 죄인 계집이지.'

'뭐가 중요합니까? 본질은 같은 것을요.'

'그래, 그렇다 치고.'

'그래서 무엇이 궁금해 이 다 죽어 가는 노인을 찾아오셨습니까?'

그때 휘강은 턱을 괴고, 잠시 침묵하였다. 그러고는 정리되지 않는 머릿속을 헤집는 것을 그치고 단도직입적으로 물었다.

'짐이 어째서 죄인 계집의 목을 치지 않았을까.'

'정확히는 죄를 지었으니 사죄로 자결하겠다던 궁녀를 막아 살리셨지요.'

유 노인은 우선 휘강의 질문을 바로잡는 것부터 시작했다. 그것에 휘강이 불편한 심기를 드러내며 유 노인에게 살벌한 시선을 쏘았다.

하나 젖살도 빠지지 않았던 때부터 환관 일을 하며 이 대의 황제를 모시고, 삼 대째의 황제인 휘강을 황위에 세운 자가 바로 유 노인이었다. 그러니 그는 휘강의 눈빛에도 쉽게 기가 죽지 않았다.

나이도 꽤 들었겠다, 오늘 죽으나 내일 죽으나 그는 여한이 없었다.

아니, 없지는 않았지만. 나이가 있으니 죽으면 그만이었다. 제가 없는 미래까지 걱정하기엔 그의 나이가 제법 많았으니 말이다.

'소인은 폐하께, 이미 벌어진 일은 어쩔 수 없으나 실망했다 말씀 올렸고요.'

'할아범은 사람 목을 무순처럼 자르는 짐이 두렵지도 않은가?'

'껄껄, 이 노인은 살 만큼 살았습니다. 거기다, 할 말 하고 죽는 것이 두려우면 사내임을 포기하고 환관이 될 용기나 냈겠습니까?'

휘강이 유 노인의 말에 혀를 찼다. 죽음을 두려워하지 않는 자를 앞에 두고, 두렵지 않으면 죽어라 하고 목을 칠 정도로 아둔하지는 않았다. 더군다나 그에게 실낱같은 답의 실마리나마 찾고자 온 상황이었다.

그러니 지금만큼은 황제와 전 태감의 관계를 떠나서, 휘강이 한 수 접어주고 들어가야 하는 상황이었다. 휘강은 이런 상황을 몹시 불쾌히 여겼다.

'할아범, 말 빙빙 돌리며 황제의 어심에 불붙게 하지 말고 묻는 말에나 답하게.'

유 노인의 웃음이 잦아들었다. 세월을 먹어 탁해진 그의 눈동자에 서슬 퍼런 예기가 깃들었다. 이제 휘강의 앞에 꼿꼿하게 앉은 유 노인은, 누가 보아도 평범하다 못해 어디 하나 부족하게 보이는 꾀죄죄한 노인의 모습이 아니었다.

그는, 여전히 선명한 정신으로 마치 제 손주의 어리석음을 개탄하는 어른처럼 보였다.

'폐하께서 궁녀를 살려 둔 이유가 뭐겠습니까. 그리 어줍잖은 방법으로 곁에 둔 이유는요? 그리하여 마음이 다스려진 것은 또 왜겠습니까?'

'그걸 모르니 묻지 않는가?'

'정녕 모르십니까? 필요해서 아니겠습니까.'

휘강이 피식 웃었다.

'필요해서?'

'예. 바로 그것이옵니다. 필요해서요. 실지로 광증이 다스려지셨다, 누그러지셨다, 뭐 그런 말이 이 늙은이에게까지 들

립니다. 마음이 평안해진 이유가 무엇입니까?'

휘강은 유 노인이 늙디늙어 선문답을 늘어놓는 도사라도 되었는가 생각했다. 본디의 휘강이라면 유 노인이 쉬운 말을 빙빙 돌려 한다, 그의 속내를 쉽게 파악했을 것이면서도 말이다.

"……겠습니까."

유 노인의 선문답에 빠져 있던 휘강의 귓가로 려화의 목소리가 들려왔다. 졸음이 몰려온 목소리였다. 휘강이 그제야 축축하게 젖었던 상념에서 빠져나왔다.

하나 려화의 말은 제대로 듣지를 못했다. 멍하니 저를 바라보는 휘강을 보고, 려화가 포갠 팔 위에 고개를 엎드리며 그를 불렀다.

"폐하?"

"뭐라 말했느냐?"

"감히 만인지상의 폐하께서 엄히 없는 사람처럼 취급하라 한 저를 건드릴 간 큰 사내가 있겠습니까, 하고 말하였습니다."

려화의 말이 휘강의 귀에는 뜻밖에 퍽 유순하게 들렸다. 마치 저의 눈치라도 보듯 말이다.

려화는 차마 당신의 개차반 같은 광증에 휘말려 목이 달아나고 싶지 않고서야 그랬겠느냐, 하는 말을 직언할 수 없어 돌려 한 말이었지만.

이러나저러나, 려화가 어떤 쪽으로 말했든 휘강이 내놓을 답은 하나였다.

"탐하고 싶은 여인 앞에서 사내들이란 종종 머리가 아니라 하초로, 음탕한 생각밖에 하지 않는다."

려화의 안색이 하얗게 질렸다.

"⋯⋯어찌 귀한 구중으로 그리 상스러운 말을 담으십니까?"

려화의 본 신분은 변방 지역을 다스리는 고위 호족의 딸이었다. 그녀가 본디 왈가닥이었다지만, 아까 휘강에게 말한 대로 곱게 자라긴 했다. 그래도 가문에 하나뿐인 딸이었으니 말이다.

전쟁에 휘말려 일가를 잃은 직후 잠시 납치되어 험한 경험을 할 뻔한 적도 있었다. 그러나 려화를 납치했던 사내조차 본디 귀족이 여식인 려화를 귀하게 여겨 상스러운 말을 쉬이 입에 담지 않았다.

그다음으로는 바로 입궁해 궁녀가 되었으니 또한 상스러운 말을 쓰는 자를 마주할 일이 없었다.

허니 려화는 매우 놀랐다. 휘강이 더러 음탕한 말을 하여 려화를 희롱한들 이리 상스러운 단어를 뱉은 적은 없었기 때문이다.

"내 말이 어때서? 너 또한 계집이라고, 짐은 충분히 돌려 말했다."

"폐하⋯⋯."

려화가 차마 휘강과 더 눈을 마주치지 못하고 고개를 돌려 버렸다. 휘강은 그리 수치심에 얼굴을 붉히는 려화를 보며 또, 과거의 그녀를 떠올렸다.

"됐다. 아무튼 널 건드린 간 큰 놈은 없었단 말이지."

"앞으로도 없을 것입니다."

"내일이면 공사도 끝나니 피를 볼 걱정은 없겠군."

려화는 휘강이 더는 상스러운 단어를 뱉지 않을 것이라는 생각이 들고 나서야 다시 휘강을 바라볼 수 있었다. 휘강이 려화를 마주 보았다. 그는 늘 그리 려화를 마주 보다간, 그녀의 결 좋은 머리칼을 한 줌 쥐어 제 손으로 매만지곤 했다. 이번에도 그러했다.

려화는 휘강의 손길에 간질간질 잠이 쏟아지는 자신에게 실소했다. 그러다간 문득 떠오른 말을, 휘강에게 던졌다. 잠결이기에, 마치 과거의 언제처럼 그를 편하게 느낀 것일지도 모르겠다.

"폐하, 만약에 말입니다."

"계속 말해도 좋다."

"만약에, 혹여라도 폐하의 생각대로 통정한 사내가 있었다면 말입니다."

휘강의 눈빛에 날이 섰다. 려화는 그러나 질문을 그만둘 생각이 없었다.

"그렇다면, 제게는 어떤 벌을 내리셨을지 궁금합니다. 제 목도 치셨을까요?"

휘강은 려화가 제게 이런 물음을 던지는 저의가 궁금했다. 감히 겁도 없이 까불듯 구는 이유 또한 궁금했다.

그의 목소리가 몹시 짜증스러웠다. 생각만으로, 기분이 불쾌해진 까닭이다.

"새삼스레 짐의 손에 다시금 죽임당하고 싶어 묻는 것인가?"

려화가 고개 저었다. 이미 죽을 마음은 버렸다. 그의 옆에 남아 버티기만 해도 타인의 고통을 덜 수 있었다. 그것도 손으로 꼽아 세는 것이 불가한 수많은 이의 고통과 죽음을 말이다.

더해 어머니가 낳아 주신 몸이며, 어머니가 살려 주신 목숨이다. 다시, 쉽게 그를 버릴 마음은 없었다.

"이미 말씀드린 적 있습니다. 저는 이제, 더는 죽음을 바라지 않습니다. 살아야 할 이유 또한 찾아 나갈 것입니다."

"그렇다면 물을 이유도 없었을 질문을 던진 거로군."

려화의 답이 거짓은 아닌 듯 보였으나, 휘강은 이미 기분이 상했다. 아까까지 려화를 품에 안고 그녀의 안을 헤집으며 좋아졌던 기분이 용암이 들끓듯 타올랐다.

끓는 용암의 겉껍질이 살가운 바람을 만나 까맣고 단단하게 굳었다고 한들 그 아래의 열기가 사그라지는 것은 아니었다. 휘강은 언제고 폭발하는 화산이었다.

그의 광기는 화산을 닮았다.

"그리 궁금하다면 대답해 주마."

휘강이 무감각한 목소리로, 그러나 어딘가에 잔잔한 분노가 일렁이는 목소리로 말했다.

"그런 짓을 저지른 너는 미욱하기 짝이 없으니, 더는 날 만족시키지 못할 것이다. 그러면 내가 무얼 할 것 같으냐?"

려화는 휘강의 대답에 피곤이 몰려오는 것을 느꼈다. 그녀의 눈이 감겼다. 더는, 휘강의 분노를 받아 낼 마음의 여유가 없었다.

정말로 그의 말대로 괜한 것을 물은 모양이었다.

"네게 약조했으니 내리누르고 있던 광기가 터져 나오겠지. 내 광증은 전쟁을 부르고 나의 분노는 또 황궁을 피바다로 만들지도 모른다."

역시나 예상하던 답이 튀어나옴에 려화는 실소조차 내비치지 못하고, 그저 아무것도 느끼지 못하는 인형처럼 의미 없이 웃었다.

"폐하께서는 정말로, 하나도 변하지 않으셨습니다."

황가의 혈통이 긴 세월 이어지면서도 광증을 불식시키지 못했듯, 휘강 역시 하나도 변하지 않았다. 나이를 먹으며, 혹은 차라리 저와의 색사에 빠져서라도 조금은 느긋해졌을까 기대라도 했던 모양이다.

려화는 온몸에서 힘이 다 빠져나간 것처럼 지쳤다.

피곤해졌다.

저도 모르는 사이 헛된 기대를 했던 정신조차, 몹시 곤했다.

**

이튿날 유배소의 공사가 끝났다. 려화는 오랜만에 처소 밖으로 나와 낮의 볕을 쬐고 바람을 맞았다.

피부에 감기는 바람이 완연하게 습했다. 습한 바람은 살랑

살랑 불어오건만 무거워, 마치 바람보다는 눈에 보이지 않는 실로 지은 옷감처럼 몸에 감겼다.

려화는 일전에 만들어 두었던 삐거덕거리는 의자를 찾았다. 녹음이라는 말이 어울리도록 짙어진 나뭇잎의 색을, 그 반짝이는 잎이 반사해 내는 빛을 오랜만에 앉아 즐기고 싶었다.

"의자가 사라졌……. 고쳐 주셨구나. 아니, 이걸 고쳤다고 해야 하나?"

려화는 아주 단단하게 새로 만들어진 의자를 내려다보았다. 삐걱거리는 앉은뱅이 의자는 두엇이 앉아도 좋을 정도로 가로가 길고, 높이도 치마가 끌리지 않을 정도로 딱 좋게 높아져 있었다.

"새로 만들어 주었다고 해야겠네."

앉아 보니 정말로 튼튼하게 안정감이 있었다. 감사하기도 하고, 좋기도 하면서, 반면 조금 아쉽기는 하였다.

려화는 자리에 앉아, 반짝이는 진녹색 잎사귀의 모서리에서 반사되고 번져 찬란하게 부서지는 햇살을 구경했다. 탱자 꽃은 시들해 바닥으로 꽃잎을 모두 떨구었지만, 그 자리를 다른 꽃들이 채웠다.

여름의 꽃들은 이 묵직한 바람을 뚫고 제 향기를 날려야 함인지 향이 짙고 단단했다.

그것이 려화에게 과거를 떠올리게 했다. 매일같이 농원을 드나들며 유 노인과 시답잖은 이야기를 하고, 그때는 호위무사인 줄로만 알았던 휘강과도 벗으로서의 정을 키워 가던 때 말이다.

여름이면 같은 나무에서 난 복숭아라도 유난히 향과 맛이 짙고 과실의 알이 컸다. 꽃의 향기도 유난했다. 지금처럼 여러 꽃의 향이 섞여 풍성하게 나지는 않았지만, 오직 깨끗한 도화의 향만이 려화의 코끝을 간질였었다.

그런 시절이 있었다.

이 향기를 닮은 지금처럼 복잡한 마음이 아닌, 진심을 숨기더라도 곧게 그를 향해 뻗어 나가던 마음을 지닌 때가.

코끝으로만 느끼던 향기의 총천연색을 눈으로도 확인하고 싶었다. 산여의 도움으로 이제 서책 읽는 것에 확실히 취미가 붙었으니 자수를 둘 일은 요원하겠지만, 혹 휘강에게 자수를 보여야 한다면 구상을 할 때 도움이 될 것도 같았다.

려화가 금시 자리를 털고 일어났다. 느리게 걸어 탱자나무에 가까이 붙으니, 나무 울타리의 틈바구니로 황제궁 주변의 광경이 눈에 들어왔다.

붉은 꽃, 노란 꽃과 이색적인 청자색의 굵은 꽃잎들이 어우러져 아름다웠다. 자못 과할 수 있으련만 귀신처럼 그리 느껴질 부분에는 잘고 흰 꽃을 심어 두었다.

외려 꽃의 향은 저 잘고 하얀 꽃이 가장 짙을 것이다. 눈으로만은 벌도 나비도 사로잡기 어려우니 그들의 후각을 자극해 제게로 이끌리게 하도록 말이다.

려화는 코끝으로 하얀 꽃의 향을 확신할 수는 없었지만, 그저 그 꽃의 소담함에 눈을 빼앗겼다. 처음 화려한 꽃의 향연을 보고자 나무 울타리에 가까이 붙었건만 말이다.

저 꽃의 이름이 궁금하면 누구에게 물어야 옳을까?

누가 제게 답을 줄 수 있을까?

"······폐하?"

려화가 혼자 중얼거려 보곤 피식 웃었다. 그가 과연 산천 초목의 이름을 알고 있을까? 그보다, 이런 것을 묻는 저를 어떻게 바라볼 것인가?

려화가 고개를 저었다.

"그럼 산여가······."

그 아이는 서책을 좋아하고, 궁녀의 일이란 조경을 도맡아 관리하는 것과는 거리가 멀었다. 그러니 산여도 저 꽃의 이름은 모를 것이다. 심지어 그녀는 황제궁에 속한 궁녀도 아니니 말이다.

결국에 려화가 꽃의 이름을 알 길은 요원하였다. 려화는 속으로 참으로 할 짓 없는 이의 잡생각이나 따라 하는 저를 깨닫고는 웃었다.

그래도 잠시 산여를 떠올리니, 곧 어렸던 동생의 성장한 모습을 상상하게 되어 아련한 웃음이 피어올랐다. 젖살이 아직 통통하게 남은 산여의 얼굴이 귀엽지만, 중성적인 면이 있어 그런가. 려화는 산여의 얼굴에 덮어 제 동생의 얼굴을 떠올리게 되었다.

그리고 거짓말처럼 려화가 떠올린 산여의 얼굴이 려화의 시야에 잡혔다.

키가 높고 빽빽한 탱자나무로 만든 자연적인 울타리의 좁은 틈으로 진짜 산여의 얼굴이 보였다. 곧 점심을 먹을 시간이라 소반을 들고 있는 산여의 표정이 좋지 않았다.

더욱 안력을 돋우어 보니, 산여의 뒤로 따라붙어 그녀를 포위하듯 빙 둘러 무어라 말하는 다른 궁녀들이 보였다. 려화가 보기에 상황이 여간 심각한 게 아니었다.

궁녀 중 하나가 키가 작은 산여의 어깨에 제 팔을 감는다. 점점, 무리는 려화의 유배소로 가까이 다가왔다. 이제 려화의 눈에 산여의 이목구비가 확실히 보였고 궁녀들의 표정도 선명히 들어왔다.

겉으로는 상냥하게 웃고 있지만, 잔뜩 이죽거리는 눈빛. 주변의 다른 궁녀들이 까르르 웃으며 화기애애한 분위기를 만들고 있으나, 산여는 그저 이 분위기를 감내할 뿐이다.

곧 탱자나무 울타리 안으로 드는 입구가 가까워지니, 산여의 목에 팔을 두르고 있던 궁녀가 산여의 귓가에 속삭였다. 그리곤 두르고 있던 팔을 들어 올리고 산여의 등을 퍽 밀었다. 소반에 담긴 식사가 흐트러지지 않도록 산여가 가까스로 중심을 잡아 버렸다.

그것을 보고 주변의 궁녀들이 까르르 웃었다. 날 선 눈빛들이 산여의 등으로 쏟아졌다. 궁녀들은 곧 사방으로 찢어져 흩어졌다.

그리고 산여가 탱자나무 울타리의 좁게 트인 틈을 넘어 들어왔다. 인기척이 느껴져, 산여는 저도 모르는 새에 고개를 옆으로 돌렸다.

서늘한 눈빛의 려화와 산여가 눈이 마주쳤다.

"화야 언니, 욕탕 다 고쳐서 나와 있었던 거야?"

산여는 진심으로 반가운 감정 반, 그리고 절반은 방금까지의 일을 훌훌 털어 내기 위해 부러 과장되게 려화에게 반가움을 표했다.

그러나 려화는 아까의 일을 전부 다 지켜보았다. 려화의 분노가 가득한 담갈색 눈동자가 저를 향하는 것에, 산여는 괜히 죄지은 사람이 된 것처럼 어깨를 움츠렸다.

"어떻게 된 일이야?"

려화가 딱딱한 목소리로 물었다. 여태 왜 몰랐는가 싶었다. 산여의 짙게 바른 분 너머로 흐릿하게, 맞은 흔적까지 보였다.

산여와 말을 섞고 친해진 지 고작 두 주 되었을까 싶다. 그것만으로 어째서 궁녀들이 산여를 괴롭히는지 알아야 했다.

**
*

며칠을, 려화는 가능하다면 번을 바꿔서라도 산여에게 유배소를 찾지 말라 부탁해 두었다. 산여가 조금이라도 덜 괴롭힘 당하기를 바라서였다.

다른 이유도 하나 있었다. 산여가 번에서 빠져 버리면 그만큼 다른 궁녀들이 자리를 채워야 하니, 언젠가는 다른 이에게 미루고 미루던 그네들도 제 처소를 찾을 것이라 생각했다.

그래, 지금 이렇게.

"저녁이오."

궁녀는 요즘 려화가 식사나 물품을 가져다주는 궁녀의 목소리가 들리면 처소의 문을 열어 본다는 것을 아는 모양인지, 아예 제가 먼저 문을 열고 들어와 말했다.

문 앞에 서 있던 려화가 궁녀와 시선을 마주쳤다. 산여의 어깨에 팔을 감고 등을 세게 내리쳤던 그 궁녀의 얼굴이었다. 그녀는 려화를 똑바로 바라보고 소반을 려화의 배에 받쳐 꾹꾹 밀었다.

"저녁이라고."

려화는 이제 입꼬리를 비틀어 올려 저를 비웃는 궁녀를 빤히 바라보다가, 그녀가 들이미는 소반을 손으로 쳤다.

날카롭게 사기그릇이 깨지는 소리가 들리고, 자개가 들어간 나무 소반이 바닥을 구르며 요란한 소리를 마저 냈다. 궁녀는 화들짝 놀라며 개판이 된 나무 바닥을 바라보았다가, 곧 고개를 들어 려화를 노려보았다.

궁녀의 눈에 새겨진 감정이란 아무리 좋게 보아줘도 건방진 계집을 향하는 것이었다. 려화가 똑바로 본 것인지, 궁녀가 입을 열어 이죽거리기 시작했다.

"너, 죄인 주제에 건방지다?"

"그래서?"

려화는 어디 한 번 더 해 보라는 듯, 턱을 치켜들며 반문했다. 궁녀는 정말로 기가 찬다는 듯 허, 하고 헛숨을 뱉었다.

"출신도 좋지 않은 천한 계집에, 이제는 궁녀도 아니고 죄인의 몸이면서도 정말로 폐하께서 너를 총애라도 하는 것 같아?"

려화는 궁녀의 말이 우스웠다. 한 번도, 휘강이 저를 총애한다고 여기지 않았다. 총애받고자 생각한 적도 없다. 그런데 이 궁녀는, 자신이 산여를 괴롭힌 것도 지금 려화를 고깝게 대하는 것도 모두 려화가 휘강의 총애를 업고 나댄다고 생각하는 것처럼 보였다.

결단코 려화는 그런 적이 없었다. 나대기는커녕 아무와도 엮이지 않았다. 자신을 무시하는 궁녀들의 행태를 휘강에게 고자질한 적조차 없었다.

대체 이들이 이리 생각하는 이유가 무엇이란 말인가.

휘강이 밤마다 유배소를 찾아 자신을 품에 안아서?

그저 해소되지 않는 욕망을 풀어낼 따름인 자신의 몸뚱이가 폐하에게 총애라도 받는 것처럼 여겨졌다니 웃기지도 않았다.

그리고 그 총애를 질투하는 것인지, 아니면 다른 이유인지. 그것으로 유치하게 자신에게 사소한 해를 끼치는 것까지는 이해할 수 있었다.

궁녀의 마음에 품을 수 있는 사내란 황제인 휘강뿐이니, 또한 휘강의 겉모습만이라면 뭇 여인의 마음을 모두 사로잡아도 모자람이 없을 정도로 수려하니 말이다.

하지만 그것으로 자신을 넘어서, 제게 다가오는 산여까지 괴롭힐 이유는 무어란 말인가. 정작 총애받는다고 여기는 당사자인 자신에게는, 휘강의 분노가 끼칠까 두려워 직접 손을 대지도 못했으면서 말이다.

"그게 네가 산여를 괴롭힌 이유야?"

"괴롭힌 게 아니라, 감히 죄인에게 호의를 보이는 멍청한 계집을 훈계하고 바른길로 인도한 거란다. 알겠니?"

"그 우습지도 않은 말투는 네가 나를 시기하기 때문이고?"

려화의 말에 궁녀가 파르르 떨면서 쏘아붙였다.

"폐하께서 진짜로 널 총애하는 것도 아닌데 내가 왜 널 시기하니?"

려화는 궁녀와 말을 섞을수록 더욱이나 기가 찼다. 궁녀는 려화와 또래였다. 한두 해 먼저 들어왔으니, 그녀가 알고 있는 려화의 나이야 저보다 어리겠지만. 려화의 진짜 나이와 맞대자면 궁녀는 려화와 동년배였다.

그런데 이리 어리석고 철이 없게 굴 수 있는 이유가 참으로 궁금했다. 고작 그런 이유로 저보다 한참 어린 산여를 괴롭혔다.

려화가 동생을 떠올리게 한 아이를. 풋풋하고 깨끗하기만 해서, 그저 황궁의 분위기가 그리 흐르기에 거기에 맞추어 저를 무시하던 기간까지 미안하게 여기던 그 아이를.

정말로 한심한 이유가 아닐 수 없다. 려화는 분노가 치밀었다. 그녀의 성정은 여전했다.

려화는 자신의 괴로움에는 무뎠지만, 자신을 이유로 타인이 고통받는 것은 여전히 끔찍하게 여겼다. 결국 세야의 실수였던 것을 덮어 주었던 것도 이런 이유였었다.

그나마 산여는, 사소한 잘못조차 저지르지 않았다. 오직 려화 때문에 말려들어 괴롭힘당했을 뿐이다. 려화의 진짜 친동생이 그렇게 죽은 것처럼. 그저 말려들어서.

만감이 교차하며 려화의 속에 독기가 담겼다. 그녀의 눈빛이 표독스러워졌다.

"폐하의 총애가 진짜라면?"

독기를 품은 려화는 무엇이든 이용하기로 마음먹었다. 그것이 자신을 이 좁은 유배소에 가둔 황제라도.

그것이 자신을 오 년이나 속여 배신감에 치를 떨게 한 휘강이라도.

"착각이라니까!"

"어떻게 착각이라고 단언할 수가 있을까."

려화가 화사하게 웃으며 반문했다. 그 미소가 독을 숨긴 화사하고 송이가 큰 꽃 같았다. 상황에는 절대 어울리지 않는 표정이었다.

"어떻게 착각이라고 단언할 수 있는 거짓 총애에, 너는 어린 궁녀를 구타하면서까지 나를 고립되게 했을까."

이번에는 정말로 가련한 것을 바라보는 것처럼 눈썹을 누그러뜨리고 물었다. 그것은 물음의 형식을 띠고 있었으나, 려화는 궁녀의 답을 기다리지 않았다.

려화가 궁녀의 발치까지 다가갔다. 실내에서 신는 얇은 신 아래로 잘그락거리며 깨진 그릇 조각이 밟혔다. 려화는 아랑곳하지 않았다.

그리 궁녀에게 다가서, 궁녀복의 옷자락에 튄 음식의 흔적을 털어 주었다. 그리 가슴께에서부터 튄 음식을 털어 주며 허리를 숙였다.

그릇이 깨진 커다란 조각들이 궁녀의 주변에 많았다. 려화는 그중 하나를 주웠다.

날카로운 부분이 려화의 손을 파고들었다. 처음 려화를 미친 계집처럼 쳐다보던 궁녀가 놀라 걸음을 물렸다.

그보다 려화가 궁녀의 뒤로 돌아가 목을 감고 그릇 조각을 들이대는 것이 빨랐다.

"네가 궁녀의 소임에 맞게 폐하의 어명을 잘 따르기 위해서?"

"너, 너 미쳤니? 감히 죄인 계집이 궁녀의 몸에 위해를 가해?"

궁녀가 다급히 소리쳤다. 하지만 그릇 조각의 날카롭게 깨진 부위가 제 목을 짓누르고 있기에 두려움에 몸을 쉬이 움직이지 못했다.

완전히 려화에게 제압되었다. 이대로 목을 찔리면 죽는다. 궁녀가 눈을 내리깔아 제 가슴팍을 축축이 적시는 려화의 피를 내려다보았다. 려화가 힘을 조금만 더 줘서 목을 찌르면, 이제 제 옷을 적시는 것은 자신의 피가 될 것이었다.

려화는 엄청난 짓을 저질러 놓고도 평온한 표정이었다. 속으로는, 이리 대범한 짓을 저지르며 취한 행동이 아비와 오라비에게 배운 검술로부터 온 것이 아닌 것에 실소했다.

휘강에게 배운 은장도를 휘두르는 법. 정확히는 휘강이 먼저 제 목을 감아 이리 검을 휘두르고 려화는 이를 쳐 내는 방법을 배운 것이었지만, 려화의 몸은 휘강의 검류를 고스란히 기억하고 있었다.

이제 와 상관없다. 누가 가르쳐 준 것인들.

이미 려화는 휘강의 감투라도 뒤집어쓸 각오를 마쳤으니.

"웃기지도 않는구나. 그럴 거라면 폐하께 직접 고해바쳤어야지. 넌 그저 나를 고립시킬 작정이었다. 혹여 나와 친해진 궁녀에게 콩고물이라도 떨어질까, 해서 내가 죄인임에도 대단한 무리를 이룰까! 그것을 저어해 모든 것을 차단한 거겠지. 내 말이 틀리니?"

궁녀는 아까처럼 려화를 업신여기는 투로 말하지 못했다. 마르고 힘없는 몸에 어찌 이런 힘이 있는지, 목덜미와 상관없는 팔이라도 움직여 보려 했건만 실패했다. 려화의 손이 단단히 붙잡고 있어 불가했다.

"너, 너 이대로 나를 죽이면 무슨 일이 벌어질 줄 몰라 설치는 거지? 머, 머, 멍청한 것!"

려화가 고개를 갸웃거렸다. 그러고는 궁녀의 귓가에 입술을 대고 속삭였다.

"폐하께서 나를 총애하시니 궁녀 하나 죽인들 어때서? 죄인이 죄를 하나 더 짓는다고 이제 와 죽이기야 하시려고."

"너, 너, 너, 이 미친!"

"죽일 마음이셨다면, 폐하께선 나를 일 년이나 여기 살려두지 않고 그날 목을 치셨겠지."

려화가 손에 쥔 사기 조각을 좀 더 궁녀의 목덜미에 짓눌렀다. 그러자 궁녀의 목덜미에 붉은 점 같은 상흔이 생기며 실낱같이 핏물이 흘렀다.

기어이 제 목에서 피를 보자 궁녀는 더욱 겁에 질렸다. 감히 황제를 능멸해 죄인이 될 정도로 려화는 미친 계집이었다.

목덜미로 흐르는 핏줄기의 감각이 몹시 선득했다. 두려웠다. 하나 두려움이 커지니 악에 받쳤다.

"내 뒤에 오직 궁녀의 힘만이 있으리라 보니? 네가 날 죽이면 조정 신료들이 가만히 있을 것 같아?"

궁녀의 발악이었다. 하나 려화는 간지럽지도 않았다. 우스울 따름이었다. 어찌 이리 상황을 모를꼬. 궁녀야말로 어리석다 여겨지며 웃음이 나왔다.

"널 죽이든, 아니든. 신료들은 내게 해를 입히지 못한단다. 설령 그러려고 하거든, 폐하께서 가만히 계실까."

이제 충분히 겁을 주었다. 그러니 려화는 괜한 피를 더 묻히고 싶지 않아, 궁녀를 품에서 놓아주었다.

궁녀는 려화에게 벗어나며 사기 조각 위를 밟았다. 날카로운 조각을 잘못 밟았는지, 그것이 신의 바닥을 뚫고 올라와 발바닥을 찔렀다.

고통스러웠지만 미친 계집에게서 빠져나왔다는 안도감이 더욱 컸다. 궁녀가 겁에 질린 얼굴로 려화를 노려보았다.

"폐하께서 왜 폭군이라 불리시는지 다들 잊었나 봐. 그분께서는 건방진 자들의 목을 내리치는 것에 주저함이 없으신데 말이야."

려화가 뒷걸음질 치는 궁녀에게 다가가 이번에는 피가 낭자한 맨손으로 궁녀의 목을 가로로 그었다.

"그게 너, 혹은 다른 궁녀들의 운명은 아닐 것 같아?"

"네 맘대로는 아, 안, 될걸!"

궁녀가 떨면서 외쳤다. 그러나, 려화의 박력에 압도되었다.

처음부터 궁녀는 정말로 황제가 려화를 총애하는 것이 사실이라 여기고 있었다. 려화마저 이리 당당하게 그것을 옳다고 이야기하니, 이제는 쉬이 말을 질러 내기가 어려웠다.

두려웠다. 려화 그 자체가 두려웠으며, 그녀가 등에 업은 황제가 정말로 자신의 목을 칠까 두려웠다.

휘강의 위세를 등에 업을 준비를 마친 려화는 태산 같았다. 독화를 가득 품어, 가는 길 작은 가시에 스치기만 해도 큰일이 날 독산(毒山) 같았다.

"글쎄. 궁금하면, 어디 지금처럼 계속해 보렴."

려화의 미소가 만개했다. 그녀가 손을 들어 제 손에서 여전히 흐르는 핏물을 바라보았다. 그 모습은 지나치게 요사스러워, 역사에 숱하게 나왔던 황제의 혜안을 흐리는 요녀의 모습을 떠올리게 했다.

"나는 이제 참지 않을 생각이니 말이야."

5장. 독기를 품은 꽃은
화려하게 피어나

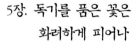

엉망으로 베인 손을 천으로 곱게 쌌다. 그 천이야 어디서 났느냐면, 침광에서 꺼냈다. 자수를 두라 받은 천을 찢고 이어 상처를 싸맨 것이다.

천에 밴 핏자국이 흐린 홍색이다. 려화는 분노에 젖어 제가 해낸 일을 떠올리고는 피식 웃었다. 어디서 그런 호기가 피어올랐는지.

어쩌면 휘강의 광증이 옳은 것일지도 모르겠다. 그리 생각하며 려화는 물에 몸을 좀 더 깊이 담갔다.

휘강이 무소불위의 어명을 휘둘러 만든 욕조는 참으로 좋았다. 물론 황가의 핏줄이 쓰는 욕탕만 하겠느냐마는, 려화가 전쟁으로 가족을 잃기 전에 누리던 것과는 견줄 만했다.

아주 오랜만의 호사였다. 데운 물은 직접 퍼다 옮겨야 했고, 물에는 그 흔한 싸구려 향유조차 풀지 못했지만 말이다.

따뜻한 물에서는 물안개처럼 수증기가 피어올랐고, 그 덕에 얼굴까지 촉촉하게 젖었다. 다리를 죽 펴고 난간에 등을 기대고 앉아 틈바구니로 보이는 좁은 하늘에 뜬 별을 바라보는 것도 좋았다.

려화는 이곳을 편히 찾을 유일한 이를 기다리고 있었다. 무엇을, 어떻게, 무슨 목적으로 변해야 할지 갈피를 잡지 못하고 있던 때에는 그가 오든 오지 않든 그리 신경 쓰이지 않았는데.

정작 그를 이용하겠다, 그것으로 자신과 주변을 지키겠단 목표를 세우니 휘강을 기다리는 시간이 지루하기만 하였다.

조금은 뜨거웠던 물이 적당한 온도로 내려갔을 때가 되어서야 인기척이 들려왔다. 욕탕을 새로 짓는 김에 울타리의 삐걱거리던 문도 고친 모양이다.

문은 소리 없이 조용히 열렸다. 려화가 들어오는 휘강을 보며 화사하게 웃었다.

"기다리고 있었답니다."

휘강의 얼굴은 몹시 사나웠다. 그런데도 려화는 아랑곳하지 않고 웃으며 그를 맞았다. 두 손을 뻗어 올려, 마치 휘강에게 어서 저를 안으라 유혹하기까지 했다.

평소라면 제법 놀랐을 휘강이다. 어쩐 일로 기특한 짓을 하냐며, 어쩌면 미쳤냐고 물었을지도 모른다.

"미쳤느냐?"

미쳤냔 소리가 튀어나오긴 했다. 다만 려화가 상상하던 말투는 이런 게 아니었다. 좀 더 당혹스러운 감정이 담긴 무언가여야 했다.

휘강의 시선이 려화의 손에 붙박였다. 천으로 꽁꽁 싸매어 놓은 곳 말이다. 그가 거칠게 다가왔다. 욕조 난간을 둘러 돌아온 휘강이 려화의 손을 붙잡았다.

"아웃! 아픕니다!"

날카로운 통증이 욱신대며 찾아들었다. 려화가 미간을 찌푸리고 눈을 꼭 감았다. 그러나 휘강의 목소리가 하나 들리지도 않기에 의아하며 슬그머니 감은 눈을 떴다. 휘강은 려화를 노려보고 있었다.

"미쳤냐 말이다."

"폐하. 제가 설마 좁은 골방에 갇혀 있느라 정신이 조각나 버렸을까, 그것을 걱정해 주시는 겁니까?"

려화는 모르는 체를 하면서 휘강에게 물었다. 휘강이 입술을 꽉 깨물고 려화를 노려보았다. 그것으로 그치지 않고, 려화가 손에 감아 둔 천을 풀었다. 려화는 미약한 반항이나마 휘강의 손에서 제 손목을 빼 보려 했지만, 불통이었다.

"요령도 없이 깨진 그릇을 꽉도 쥐었구나. 그래. 네가 미치긴 미친 모양이다."

이를 악물고 으르렁거리듯 말하는 휘강의 목소리가 몹시 거칠었다. 려화는 그제야 제 손을 놓아주는 휘강을 눈썹을 누그러뜨려 곤란한 얼굴로 바라보고는, 멀쩡한 손으로 그의 목을 감고 볼에 입을 맞추었다.

"혼날까 봐 아양이라도 떠는 것이냐?"

"폐하를 능멸하고 죽음으로 갚으려 하였던 제가, 이제 와 폐하의 벌이 두렵겠습니까?"

"넌 죽음은 두렵지 않아도, 내가 벌로써 내릴 전쟁은 두렵
겠지."

려화가 고개를 저었다.

"폐하께서는 전쟁도, 피도 보지 않으셨습니다. 일 년이나
요. 이제야 제게 질리셨다면 제 상처를 보고 이리 분노하실
이유도 없으시잖습니까?"

려화는, 그러니까 아주 요염하게 웃었다. 그것 말고는 표현
할 단어가 없을 만치 화사하고 요염하게 말이다. 그러곤, 휘
강의 목을 감은 팔에 힘을 주어 몸을 들어 올렸다. 그리곤 욕
조의 난간에 엉덩이를 걸치고 앉았다.

물에 젖은 나신이 희게 빛났다. 물방울이 아궁이가 있는
단상 위의 커다란 등잔의 빛을 받아 반짝였다. 주홍빛으로
반짝이는 물방울이 휘강을 유혹했다.

휘강이 침을 꿀꺽 삼켰다. 인정하고 싶지 않지만, 화가 누
그러들었다. 정확히 말하자면, 이 분노를 려화에게 돌리고 싶
지 않아졌다.

려화는 방금 휘강의 태도로 그가 자신을 제대로 감시하고
있음을 깨달았다. 제게 위협당한 궁녀가 윗전에게 보고해 그
것이 휘강에게 들어간 것은 아니라 확신할 수 있었다.

그랬더라면 휘강이 저를 찾아오기 전에, 감히 죄인의 몸으
로 궁녀를 위협하고 겁박했다며 형부가 뒤집어졌을 것이다.
그렇다면 휘강만이 이 늦은 밤에 홀로 왔을 리가 없었다.

더해서, 어쩌면 휘강은 여태까지 려화의 일거수일투족을

감시해 보고받고 있었을지도 모르겠다. 이리 이르게 휘강이 알게 된 것을 따져 보면 말이다.

이전에도 휘강에게서 그러한 낌새를 느끼긴 하였으나, 이번 휘강의 말로 심증은 확신이 되었다. 앞으로는 말과 행동을 조금 더 조심해야겠다 여겼다. 산여와, 혹은 세야와 말을 섞는 것도 빈도를 줄여야 할지도 모르겠다.

그런 것은 나중 문제다.

려화는 오늘, 이 시각에 자신이 해야 할 일을 하기로 했다.

"이 꼴을 해서, 이 시간에 욕조에 이러고 있는 저의는 또 뭐냐."

휘강의 목소리가 누그러졌다. 낮게 깔리는 목소리에는 여전히 분노가 일렁였지만, 아까처럼 당장 려화를 잡아먹을 듯하지는 않았다.

더군다나 친히 주제까지 바꾸어 주었으니 말이다. 려화는 지금에 집중해 주는 휘강을 기특하다는 눈으로 바라보았다. 오늘따라 유난히 붉고 탐스러운 려화의 입술이 열리고 휘강이 원하는 답이 흘러나왔다.

"폐하께 베갯머리송사를 해 볼 생각이랍니다."

"뭐라?"

"이곳은 침상이 아니니, 베갯머리송사가 아니라 해야 할까요?"

"하."

휘강이 기가 찬다는 듯 혀를 찼다. 그러나 려화의 유혹이 싫지는 않았다. 늘 목석같은 려화를 일 년을 안았고, 최근의 그녀는 조금 사람다웠다곤 하나 여전히 저를 완벽하게 받아들이지는 않았었다. 휘강이 느끼기에 그러했다.

그러나 지금은 려화가 먼저 휘강을 유혹해 오고 있었다. 더군다나 저 요망한 입술을 벌리며 베갯머리송사까지 논하고 있었다.

휘강이 입꼬리를 비스듬히 들어 올려 웃었다.

"어디 들어나 보자. 네 베갯머린지 욕조인지 하는 송사 말이다."

휘강의 탄탄한 가슴을 손으로 짚고, 려화의 허리가 물결처럼 너울졌다. 이윽고 휘강이 려화의 허리를 손으로 잡고 아래로 퍽퍽 내려쳤다. 그러자 려화가 자지러지며 휘강의 가슴에 얼굴을 기대었다.

늘 휘강에게 받기만 하던 려화가 제 딴에는 휘강을 유혹해 보고자 그의 위로 올라탔건만, 이것도 아무나 하는 것이 아니었다.

휘강은 색색거리며 제 위에 올라탄 려화를 보고 피식 웃었다. 그녀의 안이 움찔거리며 연신 자신의 거근을 오물거렸다. 그것으로도 자극은 사실, 충분했다.

거기에 하나를 더하자면, 생각처럼 되지 않는지 곤란함을 숨긴 려화의 굳은 표정 또한 휘강에게는 퍽 재미있는 구경거리였다. 려화가 휘강의 속내를 알았다간, 아마도 뒤도 돌아보지 않고 얼굴을 두 손으로 감싼 채 웅크리고 쥐구멍을 찾았을지도 모르겠다.

"지쳤느냐?"

여전히 제 품 위에서 웅크리고 숨을 고르는 려화를 보고 휘강이 물었다. 물음으로 끝난 것은 아니고, 나무 욕조의 난간에 기대어 허리에 힘을 불끈 주었다. 그러자 그의 중심이 힘을 받아 순간 단단해지며 려화의 내벽을 치댔다.

"으읏······!"

려화가 신음을 흘리며 몸을 웅크렸다. 그러면서 베인 상처가 난자한 손이 스르륵 흘러 물가로 떨어졌다. 물에 닿아 핏물이 퍼지기 전에 휘강의 손이 려화의 손목을 붙잡았다.

"똑바로 잡아야지."

"······그것이 쉽지 않습니다."

려화가 앙탈이라도 부리듯 말했다. 휘강은 오늘따라 이리 녹을 듯 눅진하게 구는 려화가 썩 마음에 찼다. 한데 이리 살갑게 구는 이유는 도무지 알 수가 없었다. 그저 혼나기 싫어서? 죽기 싫어서?

그런 이유로 이리 살갑게 굴 쉬운 계집이었으면 휘강이 일 년이나 목석을 안을 일부터가 없었을 것이다.

"어찌 이리 달게 구느냐?"

"드디어 제가 반성이라는 걸 배운 모양이지요······. 홋! 폐하, 이리 갑자기 허리를 움직이, 시면······, 아웅!"

달뜬 숨, 비음 섞인 목소리와 함께 려화의 고개가 뒤로 꺾였다. 물기에 젖은 머리칼이 무겁게 려화의 어깨를 흘러내려

간다. 물에 잠긴 머리칼은 물감을 푼 것처럼 얇고 곱게 퍼지고, 려화의 새하얀 어깨는 휘강을 유혹했다.

그는 그 유혹을 견디지 못하고 려화의 어깨를 물었다. 도저히 참을 수가 없는 음심이 들끓어, 려화가 아프지 않게 힘을 조절해야 한다는 생각조차 할 수 없었다.

어깨에 화끈한 통증이 이는 것에 려화가 고개를 도리도리 저었다. 잇새로 입술도 깨물었다. 하얗게 질린 입술이 곧 제 주인의 치열에서 벗어나며 붉게 부풀어 올랐다.

휘강은 제가 새긴 잇자국 위를 입술로 덮어 물고 핥으며, 연신 허리를 치댔다. 제 거근 위로 타고 앉은 려화의 몸이 그 박자에 맞추어 들썩였다.

려화는 이래서야 누운 채 휘강을 받는 것과 무엇이 다른가 싶어졌다. 해서 뭐라도 해야 하지 않을까, 하고 생각하기 무섭게 휘강이 더욱 강하게 제 안을 짓쳐들어왔다.

단숨에 생각이 날아갔다. 려화가 휘강의 목덜미를 꽉 끌어안았다. 앙증맞고 어여쁜 려화의 가슴이 휘강의 단단한 가슴에 눌려 일그러졌다. 휘강은 그 말캉한 감촉이 마음에 들어 더욱 힘이 돌았다. 려화는 휘강의 가슴에서 느껴지는 박동이 점점 빨라지는 것 같다고 생각했다.

그리고, 그 박동에 맞추어 휘강이 저를 들어 올리고 허리를 짓치는 것 또한 빨라졌다.

"앗, 흐읏, 으응, 아응, 아앗……!"

려화의 신음이 짧게 끊어졌다. 허리가 자꾸 들썩였다. 어느 순간 려화의 엉덩이가 아주 미세하게 앞뒤로 움직이기 시작했다. 정말로, 눈으로 보아서는 알 수 없을 정도였지만 려화의 안에 저를 밀어 넣고 있는 휘강에게는 확연히 느껴졌다.

휘강이 미간을 찌푸렸다. 그러나 반대로 그의 입가는 비스듬히 올라갔다.

"요물 같은 계집……."

그러곤 휘강이 잠시 멈추나 싶더니 려화의 엉덩이 아래를 손으로 받쳤다. 그대로 그가 자리에서 일어났다. 엄청난 쾌락으로 정신을 차리지 못하고 반쯤 감겨 있던 려화의 눈이 일순 동그랗게 떠졌다.

"폐하……?"

"이리 들어도 무게조차 제대로 안 느껴지는군."

"이게 지금 무슨……."

"이리도 운우지락을 즐길 수 있거든."

그리 말하곤, 휘강이 곧바로 다시 려화를 치대기 시작했다. 허공에 들려 다리를 휘적이며 려화가 휘강을 받아 냈다. 금방이라도 떨어질까 두려워 그의 목을 바짝 휘감게 되었다.

두려움과 아찔한 감각이 혼재된 폭풍 속에 내던져진 느낌이었다. 허공에서 내리 찍히거든 휘강의 것이 유난히 깊이 들어와 안을 헤집는 느낌에 진저리가 났다. 려화가 기어이 우는 소리를 뽑아내었다.

"으흑, 아응, 앙, 앗! 흐으윽!"

온몸으로 짜르르, 마치 천둥 벼락을 맞은 것처럼 열기가 오르고 저렸다. 절로 발가락이 오므라들고 펴지면서, 자꾸만 팔에는 힘이 들어갔다.

분명 휘강의 단단한 팔이 저를 받치고 있건만, 그의 힘을 믿지 못하는 것도 아니건만 두려웠다. 본능적인 두려움이었다.

휘강은 마치 새끼 짐승처럼 제게 매달려 오는 려화가 퍽 귀여워, 그녀의 입술을 찾아 거칠게 입을 맞추었다. 려화가 달달 떨면서 입술을 벌리고 먼저 휘강에게 혀를 내밀었다.

려화의 작은 혀가 휘강의 입안으로 딸려와 그의 입속에서 뒤엉켰다. 그러고는 이윽고 또 반대로, 휘강이 려화의 입안으로 쳐들어가 그녀의 안을 온통 헤집었다.

이제는 물보다는 침으로 더욱 젖어 번들거리는 려화의 입술이 제 주인의 잇새에 물려 다시금 하얗게 색을 잃었다.

신음을 지르는 것도 잊을 정도로 엄청난 자극이 몸을 꿰뚫었다. 휘강의 거근이 그대로 죽 늘어나 머리통 끝까지를 관통하는 것처럼 느껴졌다.

려화의 얇은 뱃가죽이 빠르게 들썩였다. 숨을 들이켜고 내쉬는 것이 짧아졌으니 당연했다.

"하읍!"

일순 려화의 숨이 그대로 멈추었다. 휘강 또한 어느 때보다 더욱 깊이 려화의 안으로 파고들었다. 그와 그녀의 몸뚱이 중에 가장 뜨거운 곳들이 맞닿았다.

휘강의 거근에서 거세게 물길이 터졌다. 그것이 려화의 내벽을 때리고 그녀의 안을 가득 채웠다.

휘강은 사정을 하고 나서도 한참 려화를 그대로 들어 품에 안은 채, 그녀의 마른 등을 부드럽게 쓰다듬었다.

그 솜털 같은 맞닿음조차 려화에게는 짜르르한 자극이 되었다. 하여 려화가 몸을 잘게 떨었다. 그녀가 휘강에게 몸을 꼭 붙였다. 평소라면 요 위에 누워 몸을 굴렸을 텐데 그리하기도 어려웠다. 사실, 이제 려화는 관계를 마친 후 휘강에게 등을 돌릴 생각이 없었다.

가까스로 정신을 추스른 려화가 고개를 들고, 달달 떨리는 다리까지 휘강의 허리에 감아 가며 어여삐 웃었다. 울음인지 신음인지를 한참 내질러 댄 목은 따가웠고, 눈물을 뽑아낸 눈은 통통 부어 똑바로 뜨기가 버거웠다.

인간이란 것이 은근히 단순한 동물인지라, 보이는 것에 많이 휘둘리는 존재였다. 하여 려화는 휘강이 보기에 지금 저의 모습이 어여쁘지 않을까 걱정되었다. 그리해 더욱 활짝 웃었다.

막 사정을 마친 사내의 품에서 속살거리는 것을 보고 베갯머리송사라 하지 않던가.

려화는 역사 속 요녀들처럼 굴어 볼 생각이었다. 제 사람으로 여기는 이들이 자신으로 인해 상처받지 않을 방법을 강구하려니, 이것이 최선이었다.

그러니 그리할 참이었다. 저의 사람이 아닌 이들이 자신을 어떻게 보든, 그것은 이제 려화가 알 바가 아니었다.

"폐하의 것이 아직도 큽니다."

"그걸 지금 유혹이라고 하는 거냐?"

"한참 울고 난 얼굴이 못나, 유혹으로 보이지 않으시는 겁니까?"

려화가 입술을 비죽이며 말하는 것에 휘강이 피식 웃음을 터뜨렸다. 그러고는 이제 려화를 편히 해 줄 참인지, 그가 식은 물속으로 조심스레 려화를 내려놓았다.

"감당하지도 못할 유혹은 하지 말라는 거다."

휘강이 그리 말하며 아궁이로 다가가 아궁이 안에 있는 물을 데웠다. 무공이 고강한 휘강의 재주로 물은 아궁이 안의 물은 삽시간에 뜨겁게 달아올랐다.

휘강이 아궁이를 들고 려화가 앉은 욕탕에 물을 덧부었다. 미지근했던 물이 금세 딱 좋은 온도로 따뜻해졌다.

려화가 아궁이를 도로 가져다 놓고 난간에 앉아 발만 대충 담근 휘강의 손목을 붙잡아 제 옆에 앉혔다. 휘강은 아직 몸에 열기가 남아 따뜻한 물이 조금이지만 불쾌했음에도, 못 이기는 척 려화의 옆을 차지하고 앉았다.

제가 어째서 이리 려화에게 약하게 구는지는, 아직도 휘강에게 풀리지 않는 의문이었다.

려화가 휘강의 가슴팍에 고개를 기댔다.

"폐하께서는 말씀과 달리 제 사정을 봐주시는 다정함을 갖추셨잖습니까."

"다정함이라. 짐에게 가장 어울리지 않는 단어를 말하는군. 대체 이리 사탕발림을 하는 연유가 뭐냐?"

려화가 휘강의 품에 더욱 바싹 안기며 고개를 들었다. 물기 젖어 촉촉한 흰 얼굴, 그 안에 들어찬 오밀조밀한 이목구비. 그중에서도 젖은 듯 물기를 머금은 눈동자가 가장 촉촉하였다.

무언가를 갈구하는 눈동자가 저를 향하는 것에 휘강은 저도 모르게 려화의 눈가를 매만졌다. 그랬더니 그 물기 어린 눈동자가 곱게 휘어진 눈꺼풀 뒤로 쏙 숨었다.

볼우물 팰 정도로 고운 웃음은 언제 그랬냐는 듯 다시금 사라졌다. 그리고 나서야 려화가, 험하게 상한 제 손을 들어 휘강에게 다시금 보이며 입을 열었다.

"폐하께 자비를 청하고 싶습니다."

"또 내게 없는 것을 말하는군."

"그렇지가 않습니다. 폐하께선 저와의 첫 만남을 기억하십니까? 폐하인 것을 몰랐던 때의 폐하께 제가 느낀 처음은 자비로움이었습니다."

려화의 한마디에 곧바로 그녀를 마주했던 처음을 떠올린 휘강이 피식 웃었다. 고작 한마디 말로 과거가 그린 듯이 떠오르는 게 우스웠다.

자신은 그리 감상적인 사람이 못 되었다. 황실 핏줄을 타고 내려오는 광증이란 인간이 인간답지 못하도록, 가장 인간다운 감정을 거세하는 지독한 것이었다.

그러니 사람을 죽여도 죄책감을 느끼지 못하고, 애정이란 소유욕이 뒤집어쓴 얄팍한 껍데기에 불과했을 뿐이다. 제게는 그러했다.

한데 어찌하여 려화의 앞에서는 이리 감상적으로 변하는지, 말 한마디에 그녀와의 첫 만남부터 지금까지가 주마등처럼 떠올랐다.

"자비는 태감, 아니 노인의 것이었다."

"그것을 들어 저를 도와준 것은 폐하십니다. 그렇다면 제가 받은 것은 폐하의 자비가 아닙니까. 제 말이 틀린 것인지요?"

"틀렸지."

려화의 말캉한 가슴이 느껴졌다. 휘강은 려화의 등 뒤로 팔을 둘러, 그녀의 가슴을 보드랍게 쥐었다.

손으로 주무르니 여과 없이 려화의 신음이 그녀의 목을 타고 흘렀다. 듣기 좋은 목소리였다. 마음을 가라앉히고 생각에 빠지기에 딱 좋았다.

하여 휘강은 내친김에 려화와 관련한 제 감정을 정리하고자 했다. 그래, 려화의 말에 떠오른 첫 만남부터.

다른 이들과는 달랐던 려화의 싹싹하고 예의 바른 태도가 그저 흥미를 끌었다. 그러니 려화에게 가진 감정의 시작은 흥밋거리. 그리고 금세 사그라들 줄 알았던 흥미가 오래 간 것은…….

쉽사리 답이 나오지 않았다. 그러니 휘강의 입도 굳게 일자로 다물렸다. 려화는 긴 밤 다 지새고 여명이 밝아오기 시작하는 처마 틈의 하늘을 보고도, 휘강을 재촉하지 않았다.

하여 휘강은 곰곰이 떠올려 답을 찾았다. 그것이 정답이든 아니든 상관없었다. 그저 답을 찾은 것으로 하였다. 이리 정리하지 않으면 머릿속이 복잡하게 뒤엉켜 버릴 것만 같았기에.

"변덕. 처음 노인의 말을 들어준 것은 다른 궁녀들과는 달랐던 네게 느낀 흥미 때문이었지만, 널 도운 것도 죽 너를 만난 것도 내겐 변덕이었다."

"그러셨나요."

"그랬지. 그리고 가끔 보는 네가 종알거리는 것이 슬슬 질렀지만, 그것을 무시했다. 광증과 상관없이 사람을 오래 사귈 수 있음을 증명하고자 내 마음에 또한 변덕을 부렸다."

무심하게 말하는 휘강의 말이 아팠다. 그의 그 말이, 지금 심정에 대한 변명임을 모르니 그랬다. 려화는 가슴이 욱신거리는 것을 느끼며 일그러지려는 표정을 웃음으로 숨겼다. 온 얼굴에 경련이 이는 듯했다.

지금의 거짓 웃음은 휘강을 속이기에는 한참 모자랐다. 휘강이 눈썹을 추켜들고 저를 바라보는 것에, 려화가 그제야 표정을 되찾았다.

"……방금 폐하의 손길이 조금 아팠답니다."

"넌 참, 이리도 나약하고 엄살이 심하니. 어디 쓸 데도 없다."

"그런 제가 질리셨어요?"

휘강이 피식 웃으며 려화의 이마를 검지로 톡 밀었다. 려화가 입술을 비죽이며 휘강을 흘겨보았다.

"말했잖느냐. 질린 건 오래전이고. 지금 짐이 널 대하는 태도는 모두 변덕이라고."

휘강의 말은 여전히 려화의 가슴을 찔렀다. 이제는 두 번째다. 그러니 똑같이 가슴이 아파도, 려화는 아까보다 좀 더 자연스레 그것을 넘길 수 있었다.

그녀의 손이 휘강의 허벅지를 매만졌다. 희고 가는 손가락이 자신의 다리를 쓸어내리는 것에 휘강이 그녀의 손을 쥐었다. 그러고는 려화의 중지 끝에 입을 맞추고, 진득하게 웃으며 그녀를 내려다보았다.

아픈 가슴을 애써 가라앉히며 려화가 입을 열었다.

"그럼, 폐하의 그 변덕에 기대어 보겠어요."

"말이나 해 봐. 대체 뭐기에 이리 귀여운 짓을 계속하는 것인지."

때마침 휘강이 든 손이 사기 조각에 베여 여기저기 엉망이 된 쪽이었다. 려화가 그 손을 파르르 떨며 휘강의 뺨을 쓸었다.

"이제 아픈 건 싫습니다."

휘강이 려화의 손에 난 상처를 찬찬히 살폈다. 손바닥에 길고 깊이, 다음으로 손가락의 관절 사이사이에 짧고 깊게 베인 상처들. 그것이 전장에서 베어 내는 적진의 수급에 미소 짓는 휘강조차 눈살을 찌푸리게 했다.

"더 정확히, 말해 보라."

"혹여 폐하께서 절 건방지다 꾸짖으실까, 쉽사리 입이 열리지 않습니다."

일부러 더욱 앙탈을 떠는 려화를 보고 있자니, 휘강은 코웃음이 나왔다. 여기까지 들으니 려화의 속이 다 읽히건대, 그것이 기분 나쁘지 않았다. 자신을 등에 업고자 하는 속셈인데도 말이다.

다른 이였더라면 진즉 진노하며 머리통을 깨 죽였을지도 모른다. 아니, 휘강이라면 분명 그리하였다.

한데 려화의 송사는 어찌 이리도 하찮고 귀여운 것으로만 보이는지.

"네가 내 꾸짖음을 걱정하는 계집이냐? 더 확실히 말해."

"저를 지키고 싶습니다. 폐하께서 지켜 주세요. 폐하께서 쓰고 벌주시는 계집이 아닙니까."

"그래서?"

"우선, 보이는 곳에 저를 감시할 호위 무사를 두어 주세요."

휘강이 려화의 손을 내쳤다. 그러나 이것이 완벽한 거절은 아님을 려화는 알았다. 그랬더라면 이리 가볍게 손만을 내치고 여전히 웃고 있을 휘강이 아니었다.

"도국의 군력을 네 사소한 요구에 낭비하란 말이냐?"

"하나 폐하께선 이미, 보이지 않는 곳에서 이 유배소를 지켜보고 계시지 않습니까?"

휘강의 미간에 주름이 아로새겨졌다. 곧 그것이 다시 판판하게 펴지며, 대신에 그의 눈썹이 너울거렸다.

"알고 있었단 말이지."

"폐하께서 아까, 제게 성을 내시는 것을 보고 알았답니다."

"기특하게도 머리는 좀 쓸 줄 아는구나."

려화가 휘강을 흘겼다. 그러나 여전히 그녀의 입술은 고운 호선을 그리며 미소를 머금고 있었다. 려화가 휘강의 품으로 파고들어 그에게 안겼다.

배꼽 근처에서 여전히 기세등등한 휘강의 양물이 느껴졌다. 그 끝이 단단하게 서서, 다시금 더욱 큰 힘을 받아 꺼덕거렸다.

려화는 침을 꿀꺽 삼키고 제 입술을 조금 괴롭히며 마음을 다잡은 뒤, 휘강의 것을 손으로 부드럽게 쥐었다. 손 하나가 다 차도록 거대한 것이 제 안을 오고 갔다는 것이 믿기 어려워 몸이 오싹해졌다.

"그중 한 이를 그저 유배소 문 앞에 세워 두는 것이 어려운 일일까요?"

해 보지 않은 일이니 서툰 것은 당연한 이치다. 휘강은 려화의 어설픈 자극에도 힘을 받은 제 거근을 려화의 작은 손과 함께 감싸 한 번에 쥐었다.

수음 정도는 괜찮겠거니, 휘강이 려화의 손을 인도해 방법을 알려 주며 나른한 목소리로 말했다.

"제 처지를 알고 제법 기특하게 굴었으니, 못 들어줄 것도 없지."

그리 말하곤, 휘강이 려화의 입술을 삼켰다. 느리게 감기는 려화의 눈가가 곱게 붉어지기 시작했다.

여명이 밝아 오거늘, 그들의 밤은 끝날 줄을 몰랐다.

황제궁에 유배된 죄인에게 새로운 감시가 붙었다.

어명으로는 죄인의 감시를 목적으로 한 일개 무사가 붙은 것이었으나, 모두가 이는 감시만을 목적으로 한 것이 아님을 알았다.

무사의 성별은 여자로, 황군 별동대 소속으로 되어 있었으나 정작 별동대에 그녀를 아는 자가 없었다. 고위 신료들은 곧바로 유배소에 배치된 무사의 정체가 황제의 기밀부대원임을 파악했다.

이건 거의, '건들지 마라'하고 못 박은 것과 다름없었다. 죄인을 죄인이 아니라, 첩지를 내리지 않은 황제의 여인으로 은연중에 선포한 것이었다.

그러니 황궁의 기류는 또다시 급박하게 흘렀다.

"죄인이 이리 밖을 싸돌아다닐 이유가 다 뭐요? 가만히 처소에나 처박혀 있으시오."

기밀 무사 감은호는 여인이기에 앞서 무사인 까닭인지, 입이 거칠었다. 더군다나 그는 겉으로 받은 임무인 죄인을 감시하는 것에 더욱 치중해 임했다.

"이쪽 틈으로 보면 폐하의 궁을 장식한 꽃들이 아름답게 피어 있는 것이 잘 보인답니다."

려화는 은호의 거친 말투에 아랑곳하지 않았다. 오히려 소녀처럼 웃으며 은호에게도 아름다운 것을 같이 보자, 손짓하기까지 했다.

은호는 흘긋 려화를 노려보았다가, 아무것도 듣지 못했다는 듯 고개를 돌렸다. 려화는 잠시 날 선 표정인 무사의 옆얼굴을 바라보다가, 살포시 웃으며 비치된 의자에 앉아 꽃구경에나 집중했다.

손에는 두지도 않을 자수틀에, 바늘까지 갖추어 들었다. 색실의 가짓수는 늘어났고, 틀에 고정한 천은 광목에서 비단이 되었다.

그래 보아야 려화가 자수를 둘 일은 요원했는데도 말이다.

려화는 수틀에 꽂아 놓고 있던 바늘을 뽑고, 대신에 세필과 물감을 들었다. 기어이 자수에는 취미가 없어 보이는 려화를 보고 휘강이 한숨을 쉬며 던져 준 것이다.

그것이 어찌 아귀가 맞아 들었다. 려화는 어릴 적에, 장식 매듭을 만들고 검을 배우는 것 말고도 못난 솜씨나마 색을 입히는 것을 퍽 좋아했다. 여느 귀족 여인이 배우는 소양 중 려화가 유일하게 좋아하는 것이기도 했다.

흐린 흑색을 물 머금은 붓으로 녹여 비단에 화려하게 피어난 꽃의 밑그림을 그렸다.

다음으로는, 이것을 어느 색으로 칠하면 좋을지 고민하며 형형색색의 물감이나 살폈다.

은호는 이것이 어찌 죄인의 일상이겠냐 여기며, 참으로 속 편하게 구는 려화를 경멸 어린 눈으로 바라보았다. 황제 폐하를 끔찍이 존경하고 모시는 그녀의 눈에는 려화가 곱게 보이지 않을 밖에 없었다.

감히 황제 폐하를 능멸하여 죄인이 되었음에도, 폐하의 자비에 기대 이리 호의호식하는 계집이라니.

"백성의 혈세로 죄인이 이리 호사를 누리는 꼴을 누구 보기 좋으라고 보여 주는 것이오?"

결국, 은호가 또 려화에게 참지 못하고 시비를 걸었다. 려화는 홍색과 청색, 자색의 물감 중에서 고민하다가 말고 은호를 올려다보았다.

"나 좋으라고요."

"뭐요?"

려화의 뻔뻔한 대답에 은호는 일순 넋이 날아가는 줄 알았다. 뻔뻔한 대답 후, 려화는 눈까지 동그랗게 뜨고 깜박거리며 은호를 올려다보았다.

같은 여인인 제게는 먹히지 않을 것인데, 화사하게 눈꼬리를 접어 웃기까지 한다. 저런 방약무인한 계집을 어째서 폐하는 곁에 두시는지, 은호는 도무지 이해할 수가 없었다.

"나 좋으라고요. 밤마다 폐하께 안기는 것 말고는 아무것도 못 하는 내가, 좋은 풍경 좀 보고 마음을 다스려 폐하를 더 기쁘게 하겠다는데 뭐 어때요."

"……말을 말아야지."

마음을 다잡아 다시금 과거의 모습을 일부 찾은 려화를, 은호는 말로서 쉬이 이길 수 없었다. 우여곡절에 생사의 기로 또한 여럿 겪었던 려화이다.

반면에 은호는 여인의 몸으로도 출중한 무예를 갖추어 날 때부터 당대 황제의 기밀무사로 키워지며 평탄한 길을 걸었다. 그러니, 딱딱한 말이나 조금 할 줄 아는 은호가 려화를 말로 이길 수는 없었다.

죄인을 손끝 하나 다치지 않게 하라는 휘강의 명만 아니었더라도, 은호는 려화를 어떻게든 한 대 쥐어박고 싶었다.

혹 저를 같은 여인이라 쉽게 보고 저리 방만하게 구는 것인가 하는 생각이 들어, 그녀에게 제 무위를 펼쳐 보이고 입을 다물게 하고 싶다는 생각도 들었다.

전부 생각뿐이었다.

기밀부대 무사, 상명하복만이 새겨진 무인으로 자란 은호는 어명이 가리키는 그 어떠한 것에도 반할 수 없었다.

"……좋아, 다 되었다."

한참 고개를 푹 숙이고 비단 위에 꽃을 아로새기던 려화가 드디어 고개를 들었다. 그녀의 손에 들린 수틀에 금낭화 한 줄기가 고아하게 피어 있었다.

결국, 색들을 적절히 섞어 아름답게 새로이 색을 빚었다. 려화는 제가 그려 낸 것을 보며 뿌듯한 얼굴을 했다.

그러고는, 그것이 마르기를 기다렸다가, 수틀에서 빼내곤 바늘과 실로 마무리를 지었다.

려화의 손에서 금세 작은 비단 향낭이 만들어졌다. 이곳에 직접 말린 꽃잎을 담아도 좋으련만, 려화는 탱자나무를 넘을 수 없는 데다 탱자꽃은 전부 져 버렸으니 요원한 소원일 따름이다.

그리해도 그림은 썩 아름다웠다. 제 솜씨를 좋지 못하다 여기는 려화였으나, 그럼에도 이 향낭에 그린 금낭화는 제 마음에도 쏙 들었다. 과장을 조금 보태 그림만으로 향기가 피어날 것처럼 느껴졌다.

려화가 자리에서 일어나, 은호에게 다가갔다. 그녀의 허리는 사내의 옷을 고쳐 입은지라 끈이 한참 길게 늘어져 있었다.

"잠깐, 실례 좀 할게요."

"뭐, 뭐, 뭐 하는 것이오?"

"이리 보기 싫게 늘어져서야, 검을 휘두르는 데도 방해가 되겠다고요."

려화가 너무 갑작스레 다가왔다. 은호는 본능적으로 발검하려다가 가까스로 그 손을 멈춰 냈다. 감히 황제께서 털끝하나 다치지 않게 하라 한 죄인의 목을 칠 뻔했다.

은호는 등골이 서늘해지는 것을 느끼며 려화를 노려보았다. 여인 치고 한참 키가 큰 그녀에게는 고개를 숙인 려화의 정수리를 노려보는 것은 일도 아니었다.

려화는 은호의 허리끈을 가벼운 장식 매듭으로 묶고, 그 사이에 제가 만든 향낭 주머니를 끼워 넣었다.

남자색의 허리끈에 엮은, 향낭에 그려 넣은 금낭화가 퍽 잘 어울러졌다.

"이게 뭐요? 다시 풀어내시오. 꺅꺅대는 어린 계집도 아니고 내가 이런 거로 헤벌레할 줄 알았소?"

"사람이 이렇게 꼬여서야."

"이리 낯간지러운 물건 달고 다니는 취미 없소."

"날 지켜 주시는 분이니 작은 선물이나마 한다는데 그걸 이렇게까지 싫어할 일이에요?"

려화가 새침하게 입술을 삐죽였다. 그러고는, 결국 은호의 말은 깡그리 무시하고 향낭을 그대로 둔 채 몸을 돌려 멀어졌다.

"정 뭐하면 직접 버리시든가요. 그럼 폐하께 다 이르지 뭐."

은호가 금방이라도 려화를 죽일 것처럼 노려보았다. 이런 일이 벌써 몇 번이나 있었다. 려화는 은호의 시선이 아무것도 아닌 것처럼 배시시 웃어넘겼다. 휘강에게 충성하는 그녀가, 결국 제게 손 하나 대지 못할 것을 알고 있었다.

"향낭이 아니라, 암기 주머니로 쓰셔도 괜찮을 크기니 그냥 두시든가요."

"저……!"

목 끝까지 차오른 욕설을 가까스로 내리누른 은호가, 결국 포기하고 제 허리에 매달린 향낭을 제대로 보았다. 사실은 조금 놀란 참이다. 감히 무사에게 암기를 담고 다니라고 이르다니.

여인이라 몰라서 그런 것이라 하기에는, 려화의 눈빛이 어떤 확신에 차 있었다. 자신이 암기를 다룰 줄 아는 자라고 확신하듯이 말이다.

실제로 은호는 검술도 수준급이었으나, 암기를 더 잘 다루었다. 여인의 몸으로 힘이 실린 검을 다루는 것에는 아무래도 한계가 있었다.

그러나 은호는 어떻게든 황실의, 황제 폐하의 힘이 되고자 하였으니, 타고난 유연성과 날랜 몸놀림을 살려 암기술과 암살 또한 수련한 성과였다.

곰곰이 생각해 보면, 여인이 쉽게 검이니 암기니 하는 것에 대해 떠올리는 것 자체가 이상한 일이었다. 은호는 려화가 휘강에게 단도 수련을 받은 것도, 원래 검을 배운 것도 모르니 그리 느낄 법했다.

"그거 아세요?"

려화가 달아 준 향낭, 아니 암기 주머니를 살피던 은호가 퉁명스레 답했다.

"뭘 말이오?"

"꽃에는 전부 꽃말이 있답니다."

"……그런 간지러운 건 다 모른다 하지 않았소?"

자세히 살피니 려화의 선물이 제법 마음에 들었는지, 은호의 목소리가 조금 누그러들었다. 향낭이 달린 허리끈의 매듭에서 려화가 제법 신경을 썼다는 것이 느껴졌다.

여성스럽지도, 과하지도 않은. 그리고 간단하여 금세 끝낼 수 있는 생쪽매듭과 안경매듭으로 엮은 끈에 주머니를 달았다.

주머니에 그려 넣은 꽃도 다붓이 여성스럽기보다는, 꽃이 가진 아름다움을 유지하면서도 힘이 있게 그려졌다.

은호의 마음이 조금씩이지만 풀어지는 것도 이상한 일은 아니었다.

"주머니에 그린 금낭화의 꽃말을 아세요?"

"모른다 하지 않았소. 자꾸 같은 말을 반복하게……."

려화가 처음으로 은호의 말을 끊고 얘기했다.

"당신을 따르겠습니다."

려화의 목소리는 옥구슬에 비견할 정도로 독특하고 아름답진 않았으나, 차분하고 고아한 느낌이 있었다. 본디 톡톡 쏘아 대거나 축 늘어질 때는 느낄 수 없던 단정한 느낌이.

그것이 은호에게, 그대로 그 뜻을 전하며 닿았다. 은호가 손등으로 입을 가리며 려화에게서 물러났다. 채 가려지지 않은 얼굴이 붉었다.

"폐하께 충심을 바치는 무사님께 어울리는 꽃이지요?"

려화의 눈이 곱게 휘어져 초승달을 그렸다.

고운 미소였으나 힘이 느껴지도록 단단했다. 쉬이 꺾이지 않고, 그 자리에서. 제 사람들을 지키고 또 저의 편을 만들어 내리라는 의지가 심지 굳게 느껴지는 얼굴이었다.

려화는 이리 차근차근, 자신의 것을 쌓아 나갔다.

어떤 곳에서든, 어느 방식으로든.

*
**

하늘하늘한 백조군 치맛자락이 펄럭였다. 팔에 걸친 피백 또한 너울지듯 여인의 팔놀림에 따라 움직였다. 그 모습이 무릇 꽃밭을 노니는 나비의 날갯짓 같기도 하고, 바람에 흩날리는 꽃잎 같기도 하였다.

이리 아름다운 예인들의 춤사위를 앞에 두고도, 아무도 그쪽으로는 눈길 하나 주지 않았다.

대궐 같은 가옥의 커다란 정자는 승상 노필상의 자랑이었다. 매주 조정 회의를 마치고 나면 측근인 신료들과 모여 의견을 나누는 자리로 쓰이는 곳이기도 했다.

지나간 회의의 분위기에 따라 이곳의 분위기 또한 결정되었다. 요즈음은 매번 침중한 분위기였다. 오늘은 침중함을 넘어서 몇몇은 분노하고 있었다.

"대체 폐하를 어찌하면 좋단 말입니까?"

예부에서 주부직을 맡은 독호량이 분개하며 말했다. 다들

골이 난 표정으로 옆에 낀 예인의 술 시중이나 받으며 입을 다물고 있다가, 처음으로 대화의 물꼬가 트인 것이다.

"당최 그 죄인 계집이 무엇이건대 호위를 붙이고, 죄인이 사는 곳을 호화롭게 채우시질 않나…… 거기에 이제는 시중할 궁녀까지 들이시겠다고? 허, 참!"

"간악한 계집이 대체 폐하를 어떻게 구워삶은 것인지! 아니 폐하께서는 또 그것에 홀딱 넘어가시다니 이거 큰일 아닙니까!"

"정작 내명부를 다스리고 폐하를 보필할 황후를 맞는 일은 안중에도 없으시고, 그러니 이제껏 후사조차 없고 말입니다!"

한번 말의 물꼬가 트이니, 제각기 성토하기가 바빴다. 그를 가만히 듣고 있던 노 승상이 조용히 입을 열었다.

"폐하께서 후년 이립이 되시던가?"

그러자 곧바로 그의 옆에 앉아 얼굴을 시뻘겋게 붉히고 있던 문하시중 육관억이 대답했다.

"벌써 그렇지요! 이미 황손을 보시고 그분께서 자라 차기 황위를 이을 교육을 받고 계셔도 모자람이 없을 시기이지 않습니까!"

"그렇습니다. 이 중에 그것을 모르는 이가 어디 있겠습니까?"

"그뿐입니까? 날로 그 죄인 계집에게 너그러워지시니 만일……."

다들 참고 있던 입을 트이고 저마다의 말을 쏟아 냈다. 예인들이 눈치를 보며 그를 살피다가, 노 승상이 손을 들어 올리자 그것을 신호로 정자에서 물러갔다.

"폐하께서 황후를 맞이할 시기를 한참 지나시긴 하였지. 이제 좀 더 강하게 간언 드릴 필요가 있겠소."

"하나, 폐하께서는……. 오늘만 해도, 적어도 죄인 계집을 조금 물리고 황후를 들일 준비를 하심이 어떠냐는 한마디에도 분노하지 않으셨습니까?"

모두가 나서 말해 휘강의 분노를 사는 것을 두려워했다. 높은 관직에 있다고, 도국의 건국부터 중앙을 지키고 있던 유서 깊은 가문의 사람이라 하여 다르지 않았다.

광증이 발현한 황제는 사람 목숨을 벌레보다 하찮게 여겼다. 현 황제인 휘강의 경우는 그것이 더하여, 광증과 함께 발현되는 천재성이 무예와 전술에 특화되었으니 더하였다.

그는 전쟁터에서 적군을 베어 내면서도 웃는 사내다. 그가 황위에 오르며 이미 멸문시킨 가문의 개수만 헤아려도 열 손가락으로 전부 꼽을 수 없었다.

당장에 입을 잘못 놀렸다가 휘강에게 목이 달아날지도 모른다. 그러니 그 누구도 강하게 휘강을 밀어붙일 용기가 없었다.

승상 노필상이 인자한 얼굴로 정자에 둘러앉은 신료들을 돌아보았다. 그러나 그의 속마음은 지금의 인자한 표정과는 다소 달랐다. 그 속내를 알아보는 자는 없었다. 신료들은 모두 노필상이 그저 넓은 아량과 어진 마음을 가진, 귀족들을 아우르는 승상이라는 자리에 어울리는 자로만 알고 있으니.

"근래에는 폐하께서 피를 부른 일은 없지 않으신가. 어쩌면 이립이 다가오는 나이에 그 혈기가 누그러지셨을지도 모르네."

"하나 역사를 보아도, 황가를 타고 내려오는 광기라는 것이 나이를 먹었다고 누그러지는 것은 본 적이……."

근래 변방에서 중앙으로 올라온 자가 입을 열어 노 승상의 말에 반기를 들었다. 그는 대대로 화광성의 자사를 지내 오던 가문의 아들이었다.

머리는 영민하나, 지방에서 제 세상인 듯 살다 올라와서인지 눈치가 조금 모자랐다.

노 승상은 여전히 인자하게 웃는 낯이었다. 그대로 제게 반기를 든 젊은 신료를 바라보았다. 난처한 얼굴로 그리 말했다가, 일순 모두의 시선이 쏠린 것에 당황하며 그가 고개를 이리저리 돌렸다.

시선이 전부 아팠다.

노 승상은 여전히 가만히 있는 채로, 문하시중 육관억이 대로하며 일갈했다.

"감히 어느 안전이라고 어린놈이 평생 황제를 지근에서 모셨던 승상께 토를 다느냐? 아무렴 승상께서 그것을 몰라 그리 말씀하셨겠느냐!"

"그, 그것이……. 송구합니다. 제가 아직 잘 몰라서……."

황망한 얼굴로 젊은 신료가 머리를 정자의 나무 바닥에 쿵쿵 박았다. 그의 목소리가 달달 떨렸다. 대체 제가 무엇을 그리 크게 잘못했는가는 모르겠지만, 지금은 이리해야 할 것만 같았다. 화광성의 자사인 제 아비가 중앙으로 진출한 저를 불러 놓고 너는 눈치가 없으니 조심하라 이른 적이 있다. 그때는 그 말을 대수롭지 않게 넘겼으나, 아비의 말이 모두 옳은 것 같다는 생각을 하였다.

"그만하게. 젊은 신료의 생각에도 일리가 있네. 내가 말을 잘못하였어."

육관억이 사위를 살벌하게 만들고 나서야, 노 승상이 나서 손을 저으며 분위기를 다시금 정리했다. 그제야 고개를 든 젊은 사내의 이마는 이미 붉게 부어올라 있었다.

노 승상이 인자하게 웃으며 그를 보고 고개를 끄덕였다. 괜찮다는 듯이 말이다. 사내가 울 듯이 웃으며 원래 앉았던 자리보다 조금 더 구석진 자리로 물러났다.

"그래⋯⋯. 인정하기 싫지만, 폐하께서는 그 죄인 계집을 품에 들이신 뒤부터 나름대로 온후해지셨지."

확실히 휘강은 려화를 황제궁 뜰에 들인 후로, 정말 그녀와의 약조를 지키기 위함인지 피를 본 적도 전쟁을 일으킨 적도 없었다.

정자에 모인 신료들 모두가, 시기를 가늠해 보며 고개를 끄덕였다. 정작 전쟁을 일으키지 않게 된 것은 사 년이 넘었지만, 조정에서도 신료들의 목을 치지 않게 된 데는 일 년가량이 되었다.

"한번 계집을 품어 보셨으니, 방만한 죄인 계집보다 나은 여인을 알게 한다면 폐하께서 마음을 돌리시는 것도 어렵지 않을 걸세. 적어도 나는 그리 생각해."

육관억이 재빨리 노 승상의 말을 받았다.

"승상 어르신의 말씀이 옳습니다. 아무렴요! 폐하께서야 그리 생각지 않으시는 듯하나, 무릇 그때의 철없는 사내들이란 다 비슷하지 않겠습니까."

예부상서도 끼어들었다.

"가벼이 즐기는 계집에게는 순간 빠져들지만, 반려로 욕심 날 만큼 귀한 여인을 앞에 두고는 철없는 때의 욕정이야 다 잊게 되기 마련이지요! 암요!"

노 승상 또한 그들의 말이 옳다는 듯, 혹은 마음에 든다는 듯 고개를 끄덕였다. 아무렴 일국의 황제라 하여도 휘강은 이립을 넘지 않은 젊은 사내였다.

철이 들고 일가를 꾸리는 것의 중요성을 배워야 할 때에 전쟁터를 떠돌았으니, 오히려 배움이 얕아도 혼인해 처자식이 딸린 평민 백성보다도 더 어리지 않겠는가.

"하나, 폐하께선 아직 반발심이 강하시지. 더군다나 아직 계집의 손아귀에 놀아나고 계시니…… 사실 폐하께 작금 가장 큰 문제는 우리 신료들의 간언을 들을 준비가 되지 않으셨다는 것이 아니겠나."

노 승상이 진지하게 고민하는 표정으로 말하곤 제 바로 옆에 앉은 육관억을 바라보았다.

"어찌 하는 게 좋겠는가?"

물음의 형태를 띠었으나, 단순한 물음이 아니었다. 아주 젊어 아직 승상의 진가를 티끌만큼도 모르는 신료들을 제하고, 중역들은 침통한 얼굴로 턱수염만 쓰다듬었다.

승상의 인자한 미소가 짙어졌다. 이들 중 가장 노 승상을 잘 알고 있을 문하시중 육관억의 얼굴빛이 노랗게 바랬다.

육관억은 이쯤 되면 입을 아예 다물었다. 노 승상의 수족이 되어 그를 대신해 화를 내고, 의견을 내고, 분위기를 주도하기도 하던 모습을 전부 내버리고 말이다.

차라리 입을 열지 않으면 모를까, 그릇되고 멍청한 답을 늘어놓아 노 승상의 웃음이 그친다면. 그 답을 뱉은 자는 언젠가 이 정자에 다시는 발을 들이지 못하게 될 것이었다.

"아무도, 쉽게 답을 말할 수가 없는가? 혹시 내가 분위기를 과히 무겁게 하였소?"

문하시중의 침묵은 유효했다. 노 승상이 결국은, 자신이 생각한 답을 알려 주기 위해 입을 열었으니 말이다. 다른 신료들은 이 상황을 해결하고, 어쩌면 저의 여식들이 황후가 될 길을 열 수 있을 거란 생각에 눈을 반짝이며 노 승상을 바라보았다.

문하시중은 홀로, 등을 타고 흐르는 식은땀을 느끼며 마른 입술을 축였다.

"승상 어르신의 고견 앞에 다른 이들의 아둔함이야 빛이 바랠 뿐이니 모두 입을 다문 것뿐입니다. 그러니, 어서 알려 주십시오."

딱 맞게 내도록 조용히 있던 우복야가 추임새를 넣었다.

노 승상은 그의 말이 참으로 마음에 찬다는 듯, 온화한 표정을 지었다.

"그리들 원하니, 내 입을 열리다."

"고견을 듣겠습니다!"

자리에 모인 신료들은, 마치 황제의 명을 듣듯 고개를 조아리고 노 승상의 의견을 기다렸다. 그것을 노 승상이 몹시 흡족한 눈으로 둘러보았다.

　"우리 이상으로, 폐하의 후사를 걱정하고 계시는 황실의 어르신이 계시오. 다들 알고 있소?"

　황실의 어르신이라고 하면, 지금 남아 있는 사람이라곤 휘강의 조모인 태황태후가 유일했다. 본디 도국의 황실은 광증으로 인함인지 그 명맥이 가늘게 이어졌다. 황실의 핏줄에 한해서는 적통이니 방계니 따지는 것이 무의미할 정도로.

　선황 시절에도 황궁은 그 크기에 비해 품고 있는 황가 식솔들의 수가 몹시 적었다. 그나마도 적던 머릿수는 휘강이 황위를 이으며 더욱 줄었다. 대다수는 처결당했다. 충격으로 시름시름 앓다 명을 달리한 이도 많았다. 충격으로 앓은 것인지, 다른 이유가 있는 것인지는 오직 당사자와 휘강만이 제대로 알 테지만.

　해서, 살아남은 것은 오직 태황태후뿐이었다. 그리고 노 승상의 말대로 태황태후는 신료들 이상으로 휘강의 후사를 걱정했다. 그녀는 신료들과는 달리 휘강에게 목이 날아갈 일은 없었다. 그러니 시도 때도 없이 휘강에게 후사를 낳으라, 황후를 들이라 청했다.

　한데 어찌 신료들이 태황태후를 바로 떠올리지 못했는고 하니…….

　"태황태후마마 말씀입니까? 하지만 그분께선 저희는커녕, 당신의 가문이 건재할 때도 아비의 말조차 듣지 않으시지 않습니까?"

"더해서, 두어 해 전부터는 몹시 쇠하셔서 침소 밖으로 나오신 적조차 없으시다 들었습니다."

몇몇이 의아한 낯으로 우려를 표했다. 그것에 문하시중 육관억이 또 얼굴을 붉히며 그들을 노려보았다.

"승상 어르신께서 다 뜻이 있으시겠지."

육관억이 낮은 목소리로 으르렁거리듯 말하였다. 그것에 노 승상이 웃으며 고개를 부드럽게 내저었다.

"허허, 육 시중이 이리 나를 좋게 봐주니 참으로 고맙네. 나도 별다른 방법이 있는 것은 아니오."

"고견이 있으심을 이 자리의 모두가 압니다."

"별다른 게 있겠소. 내가 태황태후마마와 연배가 비슷하다 보니, 그 속이 읽히는 것이지."

노 승상이 그리 말하며 정자에 앉은 뒤의 첫 술잔을 들었다. 그것이 희게 바랜 그의 수염을 적셨다. 뜨겁게 목을 타고 내려가는 술을 느끼며 노 승상이 눈을 감았다.

"철없는 손주의 반항을 잠재우는 일에 도움을 주겠다는데, 그를 싫어하시겠소?"

너무나 당연한 이치에, 신료들이 서로를 바라보며 고개를 끄덕였다. 젊은 자들은 간혹 동석한 아비의 눈을 피하거나 혹은 멀뚱한 낯으로 술잔이며 정자 주변의 풍경을 바라보았다. 그저 대단한 노 승상의 말이니 틀리지 않겠거니, 하고 생각하는 속내가 보였다.

"그렇습니다. 자식이며 손주의 철없는 행동에 앓는 마음이야 황실의 어르신이든 평민 백성이든 모두 같지요."

"옳습니다. 그분을 그저 태황태후마마로만 보아 왔으니, 황실의 후사 문제를 손주의 속 썩임으로 보지는 못했습니다."

"그리 당연한 이치를……. 승상 어르신께서 잊고 있던 기본적인 것을 짚어 주셨습니다."

모두가 자신을 우러르며 말하는 것을 듣고 노 승상이 부드럽게 입가를 휘어 웃었다. 그러나 사실 노 승상은 저 아둔한 것들을 같은 조정의 신료라고 두고 있는 것에 혼자 속이 답답하게 끓어올랐다.

철없이 날뛰는 미치광이 폭군 황제에, 아둔하기 짝이 없는 조정의 신료들이라니. 노씨 가문, 앞서서 자신이 없었더라면 이 도국의 미래가 어찌 굴러갔겠는가.

노 승상이 한숨을 속으로 삼키며 말했다.

"그러면, 태황태후마마의 자매 되는 이를 모친으로 둔 어사대부가 날 도와야겠소. 슬하에 딸이 하나 있다지?"

"예? 아, 아아. 예."

"그 아이를 좀 쓸까 하오. 괜찮겠소?"

이름이 불린 어사대부가, 친히 노 승상이 저의 식솔을 쓰겠다는 말에 혹여 딸에게 피해가 끼칠까 잠시 저어하다가, 고개를 끄덕였다. 노 승상은 태황태후의 조카손녀이기에 제 딸을 쓰겠다는 뜻을 밝혔다. 그렇다면, 기껏해야 태황태후의 마음을 돌릴 계기를 만들 정도에나 쓰일 것이다.

이를 거절할 이유가 없었다.

"물론입니다!"

승상이 조용히, 자신의 계획을 풀어놓기 시작하였다.

*
**

태황태후가 기거하는 궁은 두어 해 사이 을씨년스러움이 감돌았다. 물론, 황실 최고 어르신의 궁이니 기와의 빛깔은 고아하고 주변을 두른 화단의 꽃들은 색색으로 화사했다. 그러나 정작 공간의 주인이 쇠하였으니 그 모든 것들이 힘을 쓰지 못했다.

쇠한 주인을 따라 조용하기만 한 궁궐에 아주 오랜만에 손님이 들었다.

어사대부 곽태구의 딸 곽인령이었다.

그녀는 어사대부의 딸이기에 앞서 태황태후의 조카손녀가 되었다. 곽인령의 조모가 바로 태황태후의 언니였다. 태황태후의 가문은 그녀가 황후이던 당시 쇠락하기 시작하여 결국은 대가 끊겼고, 남은 혈육이라곤 가문이 쇠하기 전 곽가와 혼례를 치렀던 언니가 전부였다.

그러나 어쩌면 애틋하고, 어쩌면 서로 힘을 실어 줄 수 있었을 어사대부의 가문과 태황태후는 여태까지 단 한 번의 왕래도 없었다.

그랬는데 이리, 이제는 정말로 뒷방 늙은이가 되어 죽을 날이나 받아 놓은 태황태후에게 곽인령이 찾아온 것이었다.

"태황태후마마님을 뵙니다. 어사대부 곽태구의 딸 곽인령이라 합니다. 이리 방문을 허해 주셔서 감사드립니다."

"네가 내 언니의 손녀로구나. 그래…… 이름이 인령이라고?"

"예, 마마. 황송하게도 마마님의 언니 되시는 조모님의 끝자를 물려받았습니다."

태황태후가 이제는 나이를 먹어 흐릿해진 눈의 안력을 돋우어 어린 여인을 자세히 살폈다.

"네게서 언니의 얼굴이 보이는구나."

태황태후가 추억에 젖어 들었다. 아련해진 그녀의 얼굴에서 과거를 회상하고 있음이 읽혔다. 곽인령이 수줍게 볼을 붉혔다.

"조모께서 마마님과 많이 닮으셨지요. 마마님께서는 세월을 맞으시고도 이리 미인이신데, 마마님과 닮은 조모님과 닮았단 이야길 들으니 이 소녀 철없이 기쁩니다."

"네가 나를 띄워 주는구나. 고맙다. 하나, 이 노인은 이미 뒷방에서 죽을 날을 기다리는 늙은이이니 네게 줄 것이 없다."

곽인령이 눈을 동그랗게 뜨고 고개를 저었다.

"아니, 아닙니다. 그런 뜻으로 드린 말씀이 아니에요. 그저 제 진심을 말했을 따름입니다, 마마님."

곽인령의 말투가 다급했다. 그리곤 눈을 내리깔며 몸을 떨었다. 그녀는 진실로 다른 뜻을 가지고 이곳을 찾은 게 아니었다. 그저 아비의 심부름으로, 어려운 자리임을 알면서도 겨우 몸을 움직였을 따름이다.

"그래? 그렇다면 다행이야. 이 늙은이가 조카손녀를 편한 마음으로 마주할 수 있으니 말이다."

태황태후가 인자한 목소리로 그리 말하고 나서야, 곽인령은 가까스로 긴장을 누그러뜨릴 수 있었다. 아비와 어미의 울타리 안에서 그저 예쁨만 받고 자란 그녀에게, 이리 큰 윗전을 대하는 자리는 고역이었다. 어서 집으로 돌아가고만 싶었다.

하여 그녀는 이르게 제가 이곳을 찾은 본 목적을 꺼냈다.

"소녀는……. 그저 조모님의 자매이시자 도국 내명부의 어르신인 마마님께서 근래 바깥출입이 힘들 정도로 기력이 쇠하셨다 하시어……."

곽인령이 아비가 준비해 준 약재 꾸러미를 공손히 두 손으로 들어 태황태후에게 건넸다.

"이것이 무엇이냐?"

"감히 황실에서 일하는 황의의 실력에 비할 바는 아니겠지만, 소녀의 정성입니다. 집안을 보아주는 의원이 기를 보하는 데는 최고로 친다는 약재를 조합하여 지은 것입니다."

"네 말대로 내 건강이야 황의가 잘 돌봐 주고 있느니라."

아비의 말대로, 태황태후는 곽인령이 내민 약첩을 쉽게 받으려 하지 않았다. 곽인령이 난처한 얼굴로 다시 제게 밀어진 약첩을 보며 입술을 물었다.

어사대부는 제 딸에게, 이런 상황에는 어찌 말해야 한다는 것까지도 미리 알려 주었다. 그것을 떠올린 곽인령이, 다시금 곱게 웃으며 그저 약첩 위에 제 손만 하나 올렸다.

"소녀는 아는 것이 일천하나, 마마님께서 이리 기가 쇠한 것에는 심력이 소모되는 일이 있어 그렇다고 알고 있습니다."

태황태후가 느리게 고개를 끄덕였다. 그녀가 기운이 약해지고 급격히 세월이 가져온 무게를 이기지 못하게 된 데에는 확실한 이유가 있었다. 질긴 목숨을 이어가는 것조차 같은 이유에서였다.

세상 사람 모두가 다 아는 것이니, 곽인령이 다시 짚는다 하여 이상할 것도 없는 일이었다. 그러니 부정할 필요도 없었다.

"그렇지."

"마마님께서 걱정하시는 것을 해소하는 데 필요한 것이 들었습니다. 꼭, 평생 뵙지 못하던 마마님을 찾아온 조카손녀의 성의를 보아 주세요."

긴장으로 손바닥이 축축했다. 곽인령이 약첩에서 손을 떼고, 축축한 두 손을 모아 잡은 뒤 치마폭에 숨겼다. 그러고는 태황태후의 눈치를 살폈다.

태황태후는 무언가를 깨달은 듯, 처음엔 잠시 기분이 상한 표정을 지었다가 이내 마음을 굳힌 듯 입술을 굳게 다물었다.

"어렵게 입궁한 조카손녀의 성의를 무시하진 않으마. 그러니 이만 물러가거라."

"그리하겠습니다. 부디 강녕하시옵소서, 태황태후마마."

태황태후의 축객령에 곽인령이 반가운 듯 화색이 도는 얼굴을 숨기며 자리에서 일어났다. 종종거리는 뒷걸음으로 곽인령이 물러난 뒤, 태황태후가 약첩을 가까이 당겼다.

본디 약첩의 가장 위에는 복용을 지시하기 위한 작은 쪽지가 달려 있게 마련이었다. 곽인령이 태황태후에게 가져온 것도 다르지 않았다. 다만, 흔치 않게도 쪽지는 두 개가 달려 있었다.

태황태후가 심기 불편한 얼굴로 약첩에 달린 쪽지 두 개를 전부 새끼줄에서 뽑아 펼쳐 보았다.

"이런 속셈으로……."

허. 하고 태황태후의 주름진 입가에서 헛웃음이 터졌다.

쪽지 하나는 곽인령이 가져온 약재의 복용을 위해 약을 달이는 방법과 음용하는 방법이 적힌 것이었다.

그러나 나머지 하나는 달랐다. 깨알 같은 글씨로 적힌 그 것은 어사대부의 이름을 빌린 조정 신료들의 서찰이었다.

그것을 읽고 고심하던 태황태후는, 곧 이른 시각에 탁자 위에 놓인 등잔의 심지를 밝혔다.

본디 손이 작은 태황태후의 손바닥만 한 서찰이었다. 그녀가 그것을 등불에 가져다 대 태웠다. 등잔불에 작은 서찰이 흔적도 없이 타들어 갔다.

곧, 서찰은 세상에 존재한 적도 없었던 것처럼 사라졌다.

근래 조정이 시끄러우니, 려화를 찾은 휘강의 표정은 좋지 않았다. 심력을 소모할 일이 많으니 그의 혈기도 올가미를 풀어 달라 꿈틀거리는지라, 려화는 휘강을 대하는 데에 조심하지 않을 수 없었다.

전만 같았으면 휘강의 심기야 어떠하였든 려화는 신경 쓰지 않았을 것이나, 이제는 사정이 다르니 말이다.

"요즈음, 제가 폐하의 심기를 어지럽게 만든 것이지요?"

려화가 나붓한 목소리로 물었다. 휘강이 려화를 바라보며 단호히 고개를 저었다. 그러나 밤이슬을 막기 위해 입은 외투를 벗어 내는 휘강의 손길은 거칠기 그지없었다.

려화가 침상에서 일어나 휘강의 앞에 서서, 그의 손을 감싸 쥐고는 휘강을 올려다보았다.

동그란 눈이 등잔의 붉은 빛을 받아 적갈색으로 일렁였다. 늘 촉촉한 눈동자는 금방이라도 눈물을 터뜨릴 것처럼 생겼다.

참으로 이상하지 않을 수 없었다. 고작 이것만으로도 휘강의 혈기가 한풀 꺾였다. 누그러들었다. 휘강은 저 자신이 웃겨 피식 웃음을 터뜨렸다.

"조정의 식충이들이 짐의 심기를 건드는 것이 어찌 네 탓이냐."

"제가 폐하께 무리한 부탁을 올려 생긴 일이 아닙니까?"

"애초에 짐이 싫었으면 무시하면 되었을 청이다."

"들어주셨잖아요."

휘강의 손을 감싼 려화의 흰 손은, 마른 데다 작디작았다. 하여 말이 감싼 것이지, 실은 대충 얹은 것과 꼴이 흡사하였다.

그래도 려화는 제법 힘을 주어 휘강의 손을 제 마음대로 움직였다. 그의 외투를 부드럽게 벗겨 내고, 이윽고 편한 속

419

옷 차림이 된 휘강의 허리끈의 매듭을 풀었다.

비단이 스치는 소리와 함께 휘강의 허리끈이 흘러내려 바닥으로 떨어졌다. 이번에는 려화가 휘강의 목을 감싼 깃을 손으로 쥐었다. 옷이 구겨지건만 휘강은 그런 려화를 기특한 것을 보는 눈으로 내려다보았다.

"그래서, 네가 짐의 기분이라도 풀어 주겠다 이 말이냐?"

려화가 곧바로 야릇하게 웃었다. 휘어진 눈매는 천진난만하건만, 촉촉하게 물을 머금은 입술은 색정적이기 짝이 없게 보였다.

"그것이 저의 역할 아니었습니까?"

휘강이 곧장, 려화를 끌어안아 침상 위에 거칠게 눕혔다. 이제 완연한 여름이니 두꺼운 비단 금침은 물러가고 침상 위에 깔린 요와 이불은 까슬하고 얇은 것으로 바뀌었다. 요 아래에 두툼하게 솜을 넣은 덧요를 깔기는 했으나, 그 푹신함이 예전만 못했다.

려화가 살짝 인상을 찌푸렸다.

휘강은 아랑곳하지 않고 려화의 위로 올라타, 제 옷을 마저 벗어 버리곤 려화의 귓가에 속삭였다.

"죄인에게 역할이랄 게 있느냐?"

"그럼, 없습니까?"

"넌 그저 내게 휘둘리면 그만이다. 거기다, 감히 죄인 주제에 조정을 뒤흔들어 짐의 심기를 상하게 했다는 네 생각은 오만하기 짝이 없다."

날카롭게 귀를 후비는 휘강의 낮은 목소리에, 려화는 나른하게 눈을 내리감았다. 이윽고 려화의 손이 휘강의 목을 감았다. 뽀얀 살갗에는 이제야 가까스로 혈색이 돌기 시작했다. 그것이 눈에 들어와 휘강이 피식 웃었다.

"그렇다면 응당, 건방진 것에게 벌을 주시면 그만이십니다."

살 만해진 것인지 려화의 행동이 참으로 앙큼하기 짝이 없었다. 휘강은 그리 생각했다. 감히 저를 먼저 도발하고 유혹하고, 요즘은 려화가 정말로 분수에 맞지 않게 일국의 황제를 휘두르려 하는 것은 아닌가 하는 생각이 들 정도였다.

그러나 휘둘려 줄 생각은 없었다. 그저 자신이, 필요로 려화를 취하는 것이다. 쓸데없는 피를 보며 일을 키우느니, 계집을 품에 안아 화를 누를 수 있다면 남는 장사다.

그것을 모르고 날뛰는 계집에게는 언젠가 정말로 큰 벌을 내리면 그뿐이다.

휘강의 자기합리화는 극에 달해 있었다.

"네게 이제 와 짐과의 정사가 벌이 되기는 하는 것이냐?"

휘강의 손이 거칠게 려화의 치맛자락을 파고들었다. 려화는 휘강의 명으로 치마 아래로는 속옷을 챙겨 입지 않은 지가 오래였다. 그러니 그의 손이 곧바로 려화의 은밀한 곳에 닿았다.

"아, 으음……!"

려화의 목이 뒤로 확 꺾였다. 겉의 도톰한 부분은 메마른 듯 보이나, 휘강의 손가락이 둔덕을 헤집고 안쪽으로 단번에 들어서 마주한 것은 축축하기 짝이 없는 속살이었다.

사람의 몸이란 참으로 간사했다. 려화는 이제 휘강을 마주하는 것만으로도 제 몸에 열기가 뻗어 나는 것을 느꼈다. 그것에 려화가 묘한 얼굴로 웃었다. 이윽고 치달아오는 휘강의 손가락이 주는 감각에, 그마저도 곧 잊고 열기에 몸을 맡겼다.

"아읏, 폐……, 폐하!"

그의 손가락은 오늘따라 자비가 없었다. 쉴 틈도 없이 려화의 안을 헤집고 두드리며 열기를 불러일으켰다. 그것으로도 모자라 깊이 파고들어 려화가 가장 달뜬 신음을 뱉고야 마는 곳을 연신 찔러 댔다.

길고 모양 좋은 손은 려화의 속 어디라도 닿았다. 짧게 다듬은 손톱을 세워 안쪽을 긁자 려화가 이제는 허리까지 뒤틀면서 물을 쏟아 냈다. 기어이 바깥의 도톰한 둔덕도, 치마도 젖고야 말았다.

"이것 봐라, 이것이 벌이라고?"

려화는 휘강의 말에 답하지 못하였다. 입이 열 개라도 답하지 못했을 것이다. 그럴 겨를이 없었다. 단숨에 치마가 뒤집어지고, 그녀가 몸에 걸친 옷은 순서를 지키지 못한 채 주인의 몸을 벗어났다.

금세 전라가 된 려화의 몸을 휘강이 획 뒤집었다. 누운 채 휘강의 손가락을 받아 내던 려화가 금세 엎드린 자세가 되었다.

오늘은 필시 전희가 짧을 것이라, 려화는 몸에 힘을 빼고 전신을 이완하기 위해 애썼다.

"거칠게 해도 네겐 벌이 아닐 것 같으나, 짐은 어쨌든 오늘 너를 곱게 대할 생각이 없다."

가까스로 정신을 가다듬은 려화가 작은 목소리로 답했다.

"……폐하께서 원하시는 대로 하세요. 그것이 제가 이곳에 존재하는 이유 아니옵니까."

곧 몹시 단단한 휘강의 중심이, 그의 날 선 목소리와 함께 려화를 꿰뚫었다.

"바른말이나 하려는 입 다물라."

"아, 훗……!"

"오늘, 내가 듣고자 함은 그런 것이 아니니 신음이나 신나게 질러 보라 이 말이다."

휘강은 봐주는 것 없이 한 번에 려화의 깊이까지 들어갔다. 해 보아야 휘강의 양물은 거대한데, 려화의 안은 비좁기 짝이 없어서 처음 삽입하거든 손가락 두 마디는 모자랐다.

이것은 적응으로 어찌할 수 없는 부분이라, 이만큼은 려화를 안을 때에 모자람을 느껴야 옳건마는.

휘강은 이 모자람 이상으로 려화의 몸에서 미친 듯한 열락을 느꼈다. 그러니 이 앙큼한 계집이 제 혈기를 누르고도 남는 것이려니. 휘강은 그리 생각했다.

그가 려화의 마른 한 줌 허리를 두 손으로 꽉 쥐었다. 차근차근 구멍을 넓히고 깊이 파고들면 신기하리만치 제게 딱 맞도록 가까스로 저를 늘리는 속살이지만 오늘은 거기까지 도달하기에 갈 길이 멀어 보였다. 전희가 모자란 만큼 어쩔 도리 없는 일이었다.

휘강이 허리를 움직이며 려화의 안으로 깊이 파고들었다가, 또 끝까지 빠져나와 끝을 걸치기를 반복했다.

려화는 오늘만큼은 쾌감에 앞서 화끈한 통증을 먼저 만났다. 제 안에서 물이 이만큼이나 흘러 질척한 소리를 내거늘, 그것을 넘어서 휘강의 거근이 가져다주는 고통이 더 컸다.

찌걱이는 소리에 작은 흐느낌이 섞였다. 려화가 입술을 깨물며 그것을 참아 보려 했으나 역부족이었다. 휘강은 오늘따라 짐승처럼 굴었다.

그가 려화의 마른 등을 따라 깊이 팬 골을 손으로 지그시 눌렀다. 높이 세웠던 허리가 눌리며, 안에 가득 찬 휘강의 양물이 다른 곳을 찔러 오는 것에 려화가 숨을 다급히 들이쉬었다.

"아……, 흐윽!"

애타는 려화의 신음에 휘강이 그제야, 려화에게 조금 숨 돌릴 틈을 주었다.

"아픈가?"

"아, 프지 않으면요."

"이것도 짐이 많이 참는 것이다."

"대관절, 무슨 큰일이라도, 있으셨던, 것입니까?"

려화가 물어 오는 것에, 어쩐지 휘강은 다시금 짜증이 일었다. 하여 쉬어 주던 것을 멈추고 다시 허리를 거칠게 놀리기 시작했다. 그것으로도 모자라 몸을 숙여 려화의 마른 어깨를 이로 거칠게 물었다.

몸에 퍼지던 고통이 차츰 열기로 변해 가던 려화가 눈앞을 하얗게 물들일 정도로 아찔한 고통에 숨을 멈추었다. 그녀의 어깨에 누가 보아도 멍이 들겠다 싶을 정도로 깊은 잇자국이 남았다.

허어어, 하고 설운 목소리가 터졌다. 그나마도 길게 이어지지 못하고 려화의 목소리는 짧게 끊겼다. 휘강의 샅이 기어이 려화의 살집이 조금 붙은 엉덩이에 부딪히기 시작했다.

려화의 우는 소리가 외려 휘강을 더욱 동하게 했다. 이럴 때의 휘강은 진실로 황가의 광증을 물려받은 미치광이가 확실해 보였다.

려화는 붉게 달아오른 눈가를 쉴 새도 없이 눈물을 짜냈다. 아래도 위도 홧홧하기 그지없었다. 곧 휘강의 거근이 려화의 안에서 제 몸집을 더욱 부풀렸다.

빠듯한 압박감에 려화는 아예 숨을 멈추었다.

휘강의 것이 사정했다. 그러고도 한참을 몸집을 줄일 생각을 않다가, 뒤늦게야 빠져나왔다.

려화가 요 위에 풀썩 쓰러졌다.

그녀의 허리며 두 팔에는 휘강의 손자국이 남았고, 어깨에는 깊이 깨물린 잇자국이 남았다.

이렇게까지 거친 정사는 첫날밤 이후 처음이었다.

울분을 려화의 몸에 풀어낸 휘강은 개운하면서도 어딘가 모르게 입이 쓴 기분이 되었다. 그대로 요 위에 풀썩 눕고, 그대로 엎드려 뻗은 려화를 조심스레 데려와 제 팔에 머리를 대고 눕혔다.

"반성은 좀 되었나?"

"……그런 것으로 치겠습니다."

"하면 하는 것이고, 아니면 마는 것이지. 그런 것으로 치는 것은 뭐냐."

려화는 지끈하게 아려오는 음부를 감싸듯 다리를 오므리며, 휘강의 품으로 파고들었다. 잔뜩 휘몰아친 다음이라 그런지 몸이 아팠다. 열기가 올라오는 눈가를 휘강의 팔뚝에 지긋하게 눌렀다.

"벌이 너무 과해 반발심이 든단 말입니다!"

금세 쉬어 버린 목소리가 새되게 나왔다. 려화의 그 거칠어진 목소리를 들으며 휘강이 눈썹을 누그러뜨리며 웃었다. 잔뜩 흐트러진 려화의 새카만 머리칼을 손가락을 빗 삼아 쓸어 주고, 그녀의 붉어진 눈가를 손으로 조심스레 눌러 주었다.

그러자 아직 통증이 일면서도 잠이 몰려오는지, 려화가 입술을 꾹 물고 하품을 참았다. 볼의 근육이 동그랗고 볼록하게 올라왔다 사라지는 것이, 휘강의 눈에 퍽 귀여웠다.

"그렇다면 네게 이번에는 벌이 제대로 먹힌 모양이다."

"어찌 이리 강퍅하게 구십니까?"

"이것이 짐의 천성인데?"

"……근래에 한 학자가 기술한 서적을 읽었는데, 거기에 성악설이라는 말이 나옵니다. 알고 계시겠지요?"

휘강이 잠시 떠올려 보고는 고개를 끄덕였다. 제왕학과는 관련이 없는 서책이었으나, 어릴 적 책상물림이었던 시절에 읽어 본 바가 있었다.

"그것이 왜?"

휘강이 가볍게 고개를 끄덕이곤 려화를 내려다보았다. 려화는 누운 채로 고개를 들어 휘강을 바라보다가, 눈가가 발간 눈을 깜빡이며 괜히 그의 눈치를 살폈다.

"화내지 않는다 하시면 말하겠어요."

그러곤 이리 새침을 떨었다.

한층 기분이 풀려서일까, 휘강은 이리 구는 려화가 퍽 귀엽게 보였다. 거기다 제가 그리 만들어 놓고, 잔뜩 지친 모습이 안쓰럽기까지 하였다.

해서 휘강은 또 변덕스레 너그러운 마음으로 고개를 끄덕였다.

"그리하마."

려화는 휘강의 말을 쉬이 믿지 않고 미심쩍은 눈초리로 그를 바라보았다.

"정말이시죠?"

"감히 황제를 의심하느냐?"

"꼭 그런 것은 아니고……. 그래요. 그냥 말씀드리지요, 뭐."

려화가 말하겠다 하고 나서도 조금 더 우물쭈물하고 나서야 휘강에게 입을 열었다.

"폐하를 뵈면 그 성악설이 진짜라고 철썩 믿게 된다는 말을 하고 싶었답니다."

"허."

휘강은 결국 눈알까지 저만치 옆으로 굴리고 말하는 려화를 보고 피식 웃음을 터뜨리고야 말았다. 실소였다. 귀엽기도

427

하고, 앙큼하기도 하거니와.

결국엔 눈치를 보면서도 제 할 말은 다 하는 계집이 퍽 잔 망스러워서였다. 그리고 아무것도 아닌 것으로 제 눈치를 보는 것까지.

"뭐 그런 걸 그리 뜸을 들여 말하느냐."

"······감히 폐하께 드릴 좋은 말은 아니지 않습니까."

"짐은 그런 것에 연연치 않는다. 사실을 말하는 것에 분노할 정도로 속이 비좁지 않아."

휘강은 저를 잘 모르면서 잘도 그리 말했다. 비단 려화의 앞에서만 이리, 특별한 일이 없거든 풀어지고 마는 자신을, 본인은 아직도 잘 모르는 듯하였다.

그는 결국 귀여워 죽겠는 려화를 더 쉽게 해 줄 마음이 들지 않는지, 다시금 려화의 위로 올라탔다.

"······폐하?"

"과거의 기억을 떠올려 보라. ······짐은 황가의 모든 자가 추악함을 타고났으나, 그중 몇몇만이 그것을 겉으로 드러낼 뿐 다 똑같다고 한 적이 있느니."

"아, 으음······!"

아까는 려화의 치마폭만 겨우 헤집어 그녀를 거칠게 안았던 휘강이, 이번에는 려화를 부드럽게 달구어 한입에 삼킬 요량으로 그녀의 옷을 벗겼다.

얇아 살이 전부 비치는 투명한 저고리를 젖히고, 가슴 위를 동여맨 끈을 풀었다. 폭이 넓은 치마도 금세 훌렁 벗겨 저만치 던져 버렸다. 그러고 나니 남은 것은 휘강이 새긴 잇자국이 진하게 남은 려화의 흰 나신뿐이라.

휘강의 입술이 려화의 가슴을 머금었다. 살과 살이 물기를 가지고 부딪치고 물고 빨리는 소리가 적나라하게 났다.

"폐, 으읏……. 폐하아, 말과 행동이, 아응! 다르, 다르시지 않습니까."

"무엇이 다른데?"

"화내지, 아양! 않으신다고……!"

휘강의 긴 손가락이 려화의 흰 몸을 거슬러 올라간다. 그 것이 그녀의 딱 맞도록 예쁘게 달린 귓바퀴를 매만지고 머리 칼 속으로 사라졌다. 두피를 간질이는 부드러운 손길이 이토 록 야할 수 있다니 참으로 놀랄 일이었다.

려화는 머리칼 안쪽에서 느껴지는, 휘강의 검을 쥐고 붓대 를 쥐어 생긴 단단한 굳은살이 주는 야릇한 간지러움에 도리 질 쳤다.

그러나 그뿐이라, 휘강의 남은 한 손이 허리를 단단하게 고정하고 있는지라 려화는 어디로도 도망치지 못하였다.

그대로 휘강이 입술을 미끄러트렸다. 한창 휘강의 침으로 질척해졌던 려화의 가슴이, 한밤의 공기를 만나 싸하게 식는 다. 그 느낌조차 이질적이어서 려화의 유두가 꼿꼿하게 섰다.

"으, 흐응……!"

미끄러진 휘강의 입술은 려화의 배꼽에서 잠시 머물렀다. 깊이 파인 우물에 혀를 밀어 넣어 헤집는데, 그것조차 이리 야했다.

귓가를 조물거리는 손길이 만드는 바스락거리는 소리가 자

429

꾸 려화의 몸을 움찔거리게 하였다. 쓰디쓴 색사 뒤에 이어지는 것으로는, 이 모든 감각들이 너무나 달았다.

달다 못해 쓰게 느껴질 정도였다. 부드럽지만 과한 자극이 차곡차곡 쌓였다. 려화의 음부에서 말간 물이 왈칵 터져 흘러내렸다.

휘강은 그것을 기대했다는 듯, 말없이 키득거리며 다시금 려화의 배꼽을 희롱한 다음 그대로 입술을 미끄러트려 그녀의 음부에 닿았다.

"아훗, 으응······!"

려화가 부끄러움을 이기지 못하고 두 손을 들어 얼굴을 가렸다. 무언가를 들이마시는 소리가 야심하고 조용한 밤을 채웠다. 조용한 처소 안에 오직 휘강이 려화의 밀지를 탐하는 소리만이 가득했다.

두툼한 둔덕을 혀로 넓게 쓸다가, 려화의 붉고 뾰족하게 솟은 음핵이 닿을 참이면 휘강 또한 혀를 뾰족하게 만들어 그곳을 공략했다.

"폐, 흐웃, 폐하······! 아응!"

이미 쉬어 버린 목소리, 그래서 더욱 달콤한 목소리가 연신 휘강을 불렀다. 그것이 그의 음심을 더욱 달아오르게 하는 것을 모르는 것처럼 말이다. 휘강은 두 손을 뻗어 더듬었다. 려화의 가슴이 손에 걸렸다. 여전히 바짝 서 있는 유두를 검지와 중지 사이에 끼워 둥글리고 그대로 가슴을 크게 쥐어 주물렀다.

손끝에, 그의 민감한 감각에 려화의 박동이 닿았다. 지금도 빠르건만 끝을 모르고 점점 속도를 더해 가는 박동이 말이다.

휘강의 두툼한 혀가 다시금 왈칵 흐른 려화의 물을 전부 핥아 삼켰다. 다음으로는, 혀가 제 갈 곳을 찾아 려화의 밀지를 파고들었다.

깊이 들어간다 해 보아야 뿌리가 목구멍에 붙은 혀에게는 한계가 있겠지만, 그래도 휘강의 혀는 길고 유연하기 짝이 없었다.

그것이 안쪽을 파고들어 휘젓는 느낌에 연신 려화의 허리가 들썩였다. 휘강이 려화의 가슴을 애태우던 손을 내려 그녀의 허리를 붙잡았다.

그러자 이번에는 려화의 다리가 동동거리다가, 발가락을 연신 오므렸다 폈다 하면서 경련했다. 울음이 터졌다. 고통에 찬 습한 울음이 아니라, 어찌할 바를 몰라서 쩔쩔매다가는 와앙 하고 터지는 아이의 것과 닮은.

그 소리가 귀가 아플 만도 하건만. 휘강의 귓가에는 어쩐지 달콤하게 감겨들었다. 제가 이리 울렸다는 성취감과 지배욕이 그의 전신을 채웠다. 성취감이 전신을 채우자 밀려나는 것은 포악하고 잔악한 성정이다.

광기, 혈기라 부르며 휘강을 광증으로 몰고 가는 핏줄을 타고 흐르는 저주였다.

휘강이 만족스러운 얼굴로 려화에게서 물러났다. 그의 입술이 번들거렸다. 고개를 들어 올린 휘강의 눈과 려화의 눈이 딱 마주쳤다.

려화가, 지금도 한껏 붉은 얼굴을 더욱 새빨갛게 붉히며 휘강의 눈을 피했다.

"부끄러우냐?"

"폐하……. 제발……!"

"이번엔 처음도 아니질 않아. 그런데 어째 갈수록 더욱 얼굴을 더 붉게 붉히는 것이냐."

휘강이 입술을 손등으로 닦아 내고는, 려화의 몸 위로 올라탔다. 그대로 그녀의 볼이며 귓전, 턱선을 따라 입을 맞추고 이마를 찾아들었다. 가볍게 이마에 닿았다 떨어진 입술이 남은 자리가, 려화는 어째선지 가장 화끈거렸다.

"제 몸은, 폐하의 만족을 위해서만 써 주세요. 그것 이상은 부끄럽습니다."

차마, 휘강에게 하지 말아 달라 할 수는 없으니 려화가 곱게 돌려 말했다. 그 속내를 뻔히 아는 휘강이다. 무려 려화가 열다섯 젖살이 포동하게 남아 있던 시절부터 지금까지 여섯 해를 보았다.

"여인의 몸이 내 손에 열이 올라 어여쁜 곡조를 뽑는 것 또한 사내의 만족이다."

"폐하……."

"게다가, 아까처럼 급하게 너를 찾으면 네가 아프지 않으냐."

휘강이 허리를 잔뜩 굽혀 려화의 귓가에 속삭였다.

"내 것이 좀 커야지."

이미 아는 것이라도 다시금 확인받아 들으면 그 느낌이 다르게 마련이다. 려화가 반사적으로 무언가 종알거리려던 입술을 두 손으로 꽉 막고, 저도 모르게 휘강의 거근을 흘깃 내려다보았다.

등불 두엇뿐인 흐릿한 불빛에 그림자 진 그것의 두께는 다시 보아도 심상치 않았다. 려화는 휘강을 못 말리겠다는 듯, 체념하며 눈을 감았다.

휘강은 다시금 탱천하게 일어선 자신의 거근을 손으로 한번 문질렀다. 려화의 손에 붙들게 하면 한 손으로 다 감는 것이 불가한 버거운 크기였다. 그것이 휘강의 손에서는 제 몸에 붙은 것이라고 가까스로 한 손으로 감긴다.

몇 번 문지르자 휘강의 것이 더욱 고개를 높이 쳐들었다. 휘강이 허리를 숙여 려화의 축축한 밀지 입구에, 마치 들어가마 인기척을 내듯 자신의 선단을 툭툭 문질렀다.

잔뜩 열이 올라 곤추선 음핵에 그의 것이 문질러지며 안타까이 닿는 것에 려화가 드문드문 숨을 멈추며 가슴을 부풀렸다.

휘강이 어쩌면 애틋한 감정이 섞인 눈으로 려화를 내려다보았다. 경대로 저의 얼굴을 보았더라면, 제가 이런 표정을 지을 수도 있나 하고 대경하였을 것이다.

"밤은 길고 짐은 아직 만족지 못했으니, 이제부터는 부드럽게 네 몸을 연주해 주마."

처음과는 달리 아주 부드럽고, 려화의 좁은 입구로도 아프기보다는 기이할 정도로 달콤하게 느껴질 정도로. 휘강이 그녀의 안으로 몰려들었다.

아무리 부드러웠던들 휘강과의 색사는 려화에게 버거웠다. 그것을 증명하듯, 새벽 여명을 목전에 둔 려화는 거의 기절에 가까울 정도로 까무룩 해졌다.

반쯤, 감은 건지 뜬 건지 모호한 눈으로 려화가 몸을 뉘었다. 그 옆으로 누운 휘강은 여느 때처럼 려화의 머리칼로 장난질이다.

손에 감기는 느낌이 부드럽고 매끄러운 려화의 새카만 머리칼은 자꾸만 만지고 싶은 충동을 불러일으켰다. 휘강이 려화의 머리칼을 정리해 주기도 했다가, 다시금 손에 감아 휘휘 장난질도 쳤다가 혼자 바삐 손을 놀렸다.

"사내를 조심하라 일렀더니 계집을 꾀었더구나?"

"……그게, 콜록! 그게 또 무슨 말씀입니까?"

려화가 잔뜩 쉬어 나오는 둥 마는 둥 하는 목소리로 물었다. 휘강은 그 목소리가 제 가슴을 따끔따끔 찌르는 듯이 느껴졌다. 이 감정의 이름을 찾으려면 죄책감이었으나, 휘강은 평생 그러한 감정을 느껴 본 바가 없으므로 맹탕 헛발만 짚었다.

그저 저 가냘프고 곧 죽을 듯한 계집을, 손에서 놓치면 아쉬울까 그런가 보다, 하였다.

휘강이 려화의 머리칼로 장난하던 것을 놓고, 그녀의 콧잔등을 살짝 손끝으로 툭 건드렸다.

"아야!"

"웬 엄살이냐? 내 너의 청으로 붙여 준 감시인 말이다. 그 아이가 어느 순간 네게 유해졌더군."

휘강이 이마를 찌푸리며 말하는 것에, 려화는 아프고 피곤해 끙끙거리던 것도 잊고 픽 웃음을 터뜨렸다. 그러자 그 울림으로 허리가 지끈하게 아리는 것에 이내 다시금 인상을 찌푸렸다.

휘강의 손이 려화의 등으로 닿아 허리와 등을 부드럽게 매만졌다.

"으음……, 거기보다 조금 아래요. 폐하."

"감히 황제를 부려먹느냐?"

"먼저 보이신 호의에, 콜록! 그것이 헛되지 말라 알려 드리는 것일 따름인데요."

"건방지기는."

휘강은 툴툴대는 말과는 달리 려화의 말대로 손을 옮겨 그녀의 허리를 주물렀다. 부드러운 손길에 몸이 이완되며 축 늘어졌다.

휘강이 먼저 은호의 이름을 꺼내니, 려화도 문득 잊고 있다가 떠오르는 것이 생겼다.

"폐하, 기왕 호의에 기대는 김에 하나만 더 부탁드립니다."

이번에는 휘강의 날 선 목소리에도 진심이 조금 섞였다.

"뭐냐?"

그럼에도 려화의 말에 집중하는 것은, 분명 보통의 호감으로 될 일이 아니다. 거기다 지금 이리 몸을 일으켜 앉는 모습이라니. 광증을 지니고 태어나 저주와 능력이 개화하여, 혈육에게도 자비를 모르던 휘강이 말이다.

과거와 현재의 괴리가 있기 때문인지, 두 사람 모두가 그의 이상함을 쉬이 깨닫지 못했다.

그대로, 려화가 떨리는 팔을 들어 이제 제법 세간이 생긴 처소 어딘가를 가리켰다.

"저기에, 폐하께서 주신 반짇고리를 두었습니다. 침광째요."

"이것 말이냐?"

안에 담긴 물건에 비해 퍽 수수한 나무 침광이 휘강의 손에 들렸다. 려화가 고개를 끄덕였다. 휘강은 영문도 모르고, 려화의 청에 따라 그것을 침상 위로 가져왔다.

려화가 자수 통의 고리를 풀고 뚜껑을 열었다. 함에 담긴 물건 중 가장 위에 있는 것이 휘강의 눈길을 사로잡았다.

도국의 이들이 복을 비는 나비박쥐가, 꽉 닫힌 채로도 큼직한 꽃봉오리 위에 몸을 누인 그림이 그려진 주머니였다.

"아무래도 자수는 무리였지만, 그림 그리는 재주는 그것보단 좀 더 나아서 만들어 보았습니다."

"내 것이냐?"

휘강의 손이 그 작은 주머니를 잡아 쥐었다. 언젠가부터 려화에게 다시금 비단 끈으로 만든 매듭을 받고 싶은 마음이 들었던 휘강이었다.

주머니를 오므리는 끈의 양 끝에 작은 매화매듭이 지어져 있었다. 그림도 눈에 들어오도록 시원스럽게 잘 그린 것이었으나, 이상하게도 휘강의 눈에는 그 작은 매듭이 더욱 맺혔다.

휘강이 매듭을 손으로 쓸었다. 때마침 꽃봉오리와 같은 붉은빛으로 된 매듭 끈이 손에서 까슬거렸다.

"피로할 때 드시는 환이나, 아니면 가볍게 쓸 금창약을 넣어 숨겨 다니시기 좋은 크기로 만들었습니다."

설명을 마친 려화가, 슬그머니 휘강의 눈치를 살폈다.

"마음에 아니 드시면, 그냥 두고 가셔도 좋고요……."

"누가 그렇다더냐?"

격렬하고 길었던 정사에 지쳐 려화는 늘어진 채였다. 하여 그녀가 손을 뻗어 채어 갈 일도 없건만, 휘강은 마치 손에 든 사탕을 빼앗을 위기에 놓인 아이처럼 잽싸게 등 뒤로 손을 물렀다.

려화는 어쩐지 휘강의 그러한 모습이 우스워 픽 웃었다. 이와 비슷한 상황이 아마, 과거에도 있지 않았는가 하고 떠올랐다.

"뭐……. 죄인의 손으로 만든 것이니, 내놓고 가지고 다니시긴 어렵겠지요. 들고 가셔서 어디 처박아 두셔도 저는 좋습니다."

과거에는 휘강에게 어울리지 않는 너무나 보잘것없는 것이라서, 지금은 죄인의 손으로 만든 것이라서.

이유는 달랐으나 하고 다니지 않아도 좋다는 말만큼은 같았다.

그러나 려화의 마음에 품은 생각이 달랐다. 과거의 그때는 휘강이 매듭을 달아 주지 않았다면, 사실 조금 서운했을 것이다.

하지만 이번에는 정말로 내놓고 다니지 않는다고 하더라도 상관이 없었다. 그저 뭐라도 해내서 보여 주기로 했으니 약조를 지킨 것이었다. 더불어 남의 눈에 보이기 위한 일이었다. 휘강이 어디 처박아 두어라 해도 죄인의 선물을 친히 챙기셨다고 소문이 날 테니. 가지고 다니지 않아도 좋았다.

필시 휘강이 황제궁으로 들고 가기만 해도 소문은 날개라도 달린 것처럼 알아서 퍼질 것이었다.

"물건에는 죄가 없질 않으냐."

휘강이 퉁명스레 답했다. 그러고는 바닥에 널브러진 제 옷을 찾았다. 허리춤에 주머니를 매달려다가 휘강이 뒤늦게야 이것이 밤에나 입는 가벼운 내의라는 것을 깨달았다.

그가 멋쩍게 손에 딱 들어오는 작은 주머니를 바라보다간 손에 꼭 쥐었다. 그러고는 려화의 말을 곱씹었다. 죄인의 손으로 만든 것이라.

그 말을 수없이 들었다. 이리 려화가 변화한 후에도 말이다. 그야 려화는 휘강에게 있어 천인공노할 죄인이 맞았다.

감히 황제를 모욕하고 어심을 배반했으니 말이다.

하나, 이리 달게 변한 려화의 모습이 어쩌면 다시금 저를 녹이는지도 모르겠다. 근래에 이르러서는 이제 그녀의 죄를 거두어도 상관없지 않을까 하는 마음이 드니 말이다.

휘강이 저의 생각을 피식 웃어넘겼다. 유 노인의 농간에 넘어갔는가. 아니면 진실로 려화가 저의 혈기를 제대로 내리 누르기에 사람이 이리도 물러졌는가.

진심으로 자신이 물러진 것이라면, 그 은혜를 가장 크게 입어야 할 려화가 입에서 죄인 소리를 내려놓아야 하거늘. 어찌 신료들이 기가 살아서 헛소리나 찍찍 늘어놓는 것인지.

"달고 다니시다간 누군가 폐하를 귀찮게 할지도 모릅니다."

려화가 걱정 가득한 목소리로 말했다. 껍질뿐인 걱정이어야 하건만 어쩐지 모르게 진심이 조금 섞였다. 마음을 다 정리했다고, 그리 생각하며 다잡아도 어디선가 과거의 연심이 모래 강의 사금파리처럼 섞여 들었다.

려화의 표정이 일순 묘해졌다가, 곧 안타까운 미소로 바뀌었다.

"누가 감히 짐을 귀찮게 한단 말이냐?"

오늘 밤도 저를 귀찮게 구는 신료들에게 잔뜩 기분이 상해 려화를 괴롭힌 주제에, 휘강은 객기를 부리며 그리 말했다.

려화는 그저 모르는 척 웃었다. 휘강은 또 혼자 객쩍어 입술만 잘근잘근 씹었다. 그러다간 또 혼자 성이 나는지 자리에서 벌떡 일어나 옷에 팔을 꿰었다.

"곧 동이 틀 것이니, 이만 가 보아야겠다."

정말 휘강의 말대로 동이 틀 무렵이었다. 사위가 밝아 오는 것이 느껴졌다. 곧 등잔불보다 창문 틈 너머 바깥에서 들어오는 빛이 더욱 밝아질 것이었다.

려화는 비틀거리며 몸을 조금 일으켜 앉았다. 그러고는 휘강을 보며 고개를 끄덕였다.

"벌써 그리되었네요. 살펴 가세요, 폐하."

휘강은 금세 착의를 마치고 고개를 가볍게 끄덕였다. 그러고는 훌쩍 려화의 처소를 떠났다. 결국엔 휘강의 허리에 달리지 못한 작은 주머니는 대신하여 그의 손에 꽉 들린 채였다.

홀로 남은 려화는 요의 젖지 않은 부분에 몸을 모로 다시 누이고 눈을 감았다. 수마가 몰려와야 하건만 정작 휘강이 자리를 비우자 잠이 오지 않았다. 수많은 생각이 머릿속을 가득 채웠다.

그 생각들이 한 갈래로 모이는 데에는 그리 오랜 시간이 걸리지 않았다.

그녀가 그를 진심으로 걱정하던 때. 티 없이 맑은 마음으로만 그를 대하고, 그 또한 거짓이 섞였을지언정 비틀린 마음이 없이 그녀를 대하던 때.

과거의 어느 무렵에서도 려화는 휘강을 걱정했었다.

그러나 지금과는 아마도, 아마도 꼭 달랐어야 할 마음으로.

항상, 같은 마음으로.

<2권에 계속>